Linea Harris
Bitter & Sweet
Mystische Mächte

PIPER

Zu diesem Buch

Jillian wünscht sich nichts sehnlicher, als ein ganz normaler Teenager zu sein – leider ohne Erfolg. An ihrem 17. Geburtstag erfährt sie von ihrer Tante, dass ihre seltsamen Fähigkeiten sich auf ihre Abstammung als Hexe zurückführen lassen. Kurz darauf findet sie sich in einer Welt wieder, in der Vampire, Werwölfe und Dämonen keine Fantasiegespinste mehr darstellen, und muss sich in der vollkommen neuartigen Umgebung der Winterfold Akademie zurechtfinden. Doch selbst unter Hexen ist Jillian keineswegs so normal, wie sie anfangs gehofft hat. Glücklicherweise lernt sie zum ersten Mal in ihrem Leben Freunde kennen, die ihr zur Seite stehen, als sie sich zu allem Übel auch noch unglücklich verliebt. Doch alles ändert sich, als es in der Umgebung zu vermehrten Dämonenangriffen kommt …

Linea Harris ist seit 2012 als Werbetexterin und Grafikdesignerin tätig. Nach dem Abitur und einer Ausbildung zur Bürokauffrau veröffentlichte die junge Mutter 2014 ihre erste phantastische Trilogie »Bitter & Sweet« und landete damit einen großartigen Erfolg. Zuletzt erschien ihr Fantasyroman »Silva & Baal« im Piper Verlag. Die Thüringerin wohnt heute mit ihrer Familie in einem idyllischen Ort mitten im grünen Herzen Deutschlands.

Linea Harris

BITTER & SWEET

Mystische Mächte

PIPER

Entdecke die Welt der Piper Fantasy:

PiperFantasy.de

Von Linea Harris liegen im Piper Verlag vor:
Bitter & Sweet. Mystische Mächte
Bitter & Sweet. Geteiltes Blut
Bitter & Sweet. Verlorene Welt
Bitter & Bad. Dunkle Legenden
Bitter & Bad. Glühender Verrat
Bitter & Bad. Entfesselte Kraft
Silva & Baal

MIX
Papier aus verantwortungsvollen Quellen
FSC® C083411
FSC www.fsc.org

Ungekürzte Taschenbuchausgabe
ISBN 978-3-492-28251-2
März 2021

Umschlaggestaltung: zero-media.net, München
Umschlagabbildung: FinePic®, München
Satz: Eberl & Kœsel Studio GmbH
Gesetzt aus der Mendoza Roman
Druck und Bindung: CPI books GmbH, Leck
Printed in the EU

Für den Mann, der Udo Lindenberg vergöttert.

Kapitel 1

Ich lag auf meinem Bett und starrte an die kleinen, fast unsichtbaren Risse an der Zimmerdecke, während ich mich meinen düsteren Gedanken widmete. Die Stimme von Pink dröhnte durch die Kopfhörer in meinem Ohr, sie schmetterte ihren traurigsten Song mit einer unendlichen Hingabe. Ja, ich badete im Selbstmitleid!

Zwei Wochen noch bis zum Ende der Ferien, dann würde ich mein neues Leben beginnen. Seufzend schaute ich zu meinem halb fertig gepackten Koffer, der wie bestellt und nicht abgeholt in der Ecke stand und darauf wartete, gefüllt zu werden.

Ich ließ den Blick durch mein Zimmer gleiten und die Atmosphäre auf mich einwirken. Die Wände waren in warmen Orangetönen gestrichen, und auf dem Regal zwischen der Glasfiguren-Sammlung und dem Schreibtisch gegenüber meinem Bett türmten sich unzählige Bücher und Zeitschriften. Es war schon das zweite Zuhause, das ich bald verlassen musste. Ich stand schwerfällig von meinem breiten Bett auf, schlenderte zu dem Bücherstapel und zog ein uraltes, zerfleddertes Kinderbuch hervor. Staub kitzelte in meiner Nase und ich konnte gerade noch ein Niesen unterdrücken. Das Buch handelte von der kleinen Fee Trixi. Meine Mutter hatte mir vor ihrem Tod daraus vorgelesen, einige der wenigen Erinnerungen, die ich an sie hatte. Auf der ersten Seite klebte ein Foto von unserem alten Haus, vor dem Mum Arm in Arm mit meinem Vater stand.

Nun lebte ich woanders, und dieses Zimmer hier war zu meinem Rückzugsort geworden. Auf dem Boden lagen einige Klamotten verstreut, obwohl ich für gewöhnlich Ordnung hielt, und an einigen Stellen klebte noch der Klebestreifen, mit dem meine Poster berühmter Comic-Helden angebracht gewesen waren und die ich vor Kurzem erst entfernt hatte. Ich wurde schließlich auch einmal erwachsen. Somit sah es hier aus, wie es eben in einem normalen Zimmer bei einem normalen Mädchen von siebzehn Jahren aussieht.

Nur dass ich nicht normal war. Nicht dass ich es nicht versucht hätte, das hatte ich. Das tat ich immer noch. Aber seit ich denken konnte, war ich anders als die anderen Kinder, denen ich begegnete. Vielleicht lag es daran, dass ich von meiner verrückten Tante aufgezogen wurde. Vielleicht aber auch daran, dass ich eine Hexe war. Jedenfalls sagte das Tante Amalia.

Etwas benommen ließ ich das Buch in meinen Koffer fallen. Es nützte nichts, ich konnte heute einfach nicht still sitzen. Diese innere Unruhe hatte mich jetzt schon seit Tagen gepackt. Und mit jedem Tag, mit dem der 5. August näher rückte, wurde es schlimmer. Etwas planlos lief ich durch mein Zimmer und sammelte eine rote Hose auf, nur um sie wieder achtlos aufs Bett fallen zu lassen.

Als ich am Fenster vorbeikam, warf ich einen Blick nach draußen. Dunkle Wolken rollten schwerfällig über den Himmel und nahmen der Sonne jegliche Kraft. Ich seufzte innerlich. Aber was sollte man in Langfield, einer Kleinstadt in Südengland, auch anderes erwarten. Ich drückte die Stirn gegen die angenehm kühle Scheibe und sah in unseren Vorgarten.

Tante Amalia hatte schon immer einen eigenen Stil, der

sich auch, zum Leidwesen aller Nachbarn, in unserem Garten zeigte.

Ich liebte diesen Ort. Allerlei Gewächse und Pflanzen ließen ihn zu jeder Jahreszeit blühen, überall hingen Zierkugeln, Solarleuchten und Bänder in den zahlreichen Obstbäumen.

Doch das Schönste war: Niemand konnte einen von der Straße aus beobachten, da der hohe Holzzaun mit dem dichten Efeubewuchs die Sicht hinderte. Das war es auch, was die Nachbarn so störte. Nicht die Tatsache, dass Tante Amalia ihr eigenes grünes Paradies geschaffen hatte, sondern dass sie ihre Neugier nicht befriedigen konnten. Klatsch und Tratsch über die Nachbarn gehörte zum Alltag. So war es hier nun einmal. Hier war jeder perfekt. Zumindest gab es jeder vor. Die Häuser in der Straße glichen sich, und die Vorgärten waren ähnlich einem Schachbrett aneinandergereiht und gut sichtbar für jedermann. Natürlich mit perfekt gemähtem Rasen.

Unser Haus dagegen war eben anders. Und wir waren anders, weshalb wir gemieden wurden.

In der Schule war ich immer nur das seltsame Mädchen aus dem letzten Haus der Jefferson Street. Das Mädchen, deren Eltern kurz nach ihrer Geburt umgekommen waren. Das Mädchen, deren Tante überall Amulette und Kräuter aufhängte, um böse Mächte abzuwehren. Das Mädchen, um das herum seltsame Dinge passierten.

Ich wandte mich vom Fenster ab und machte mich auf den Weg durch den Flur, die Treppe hinunter und in die Küche. Seit Tagen verspürte ich keinen Hunger, doch heute machte sich ein kleines Grummeln in meinem Magen bemerkbar.

Meine Tante, Amalia Bailey, stand am Tresen und zündete wieder eines ihrer zahlreichen Räucherstäbchen an. Die kühle Brise aus dem geöffneten Fenster wehte den

Lavendelduft zu mir herüber und kündigte gleichzeitig Regen an. Überall in unserem Haus hingen Glücksbringer und Amulette, die Einrichtung war eine Mischung aus Altem und Neuem, darunter auch einige kuriose Stücke. Die antiken Möbel und die selbstgemachten Dekorationen aus schimmernden Materialien sorgten nicht nur für Gemütlichkeit, sondern strahlten auch eine verhaltene Eleganz aus, sagte Amalia immer. Ich betrachtete es eher als vollgestopft mit allerlei Schnickschnack, aber mit der Gemütlichkeit hatte sie recht. Als ich eintrat, schaute sie kurz auf und lächelte.

»Hallo, Schatz, hast du Hunger? Ich wollte gerade Sandwiches machen.«

Ich nickte und setzte mich an den Tresen. »Ja, danke.«

Während sie die Zutaten zusammensuchte, beobachtete ich sie. Sie war die Schwester meiner Mutter Silva, und obwohl Tante Am schon auf die fünfzig zuging, sah sie immer noch äußerst gut aus. Sie war groß und schlank, und während Mum und sie kurze rote und lockige Haare hatten, fielen mir meine in einem dunklen Braun über die Schultern. Nur unsere Augen hatten dieselbe Farbe, ein schimmerndes Grün, das an saftige Wiesen erinnerte.

Tante Am schaute mich an und runzelte die Stirn. »Du siehst aus, als hättest du tagelang nicht richtig geschlafen, Liebes! Machst du dir etwa immer noch Gedanken wegen der Akademie?«

Sofort bildete sich wieder der Kloß in meinem Hals, und ich konnte nur nicken. Tante Amalia sah mich mitleidig an.

»Jillian, du wirst es schaffen. Wenn du erst unter deinesgleichen bist, dann wirst du ganz schnell Freunde finden.«

»Schon, aber es ist so weit weg …« Und da sind Monster. Ich schob den letzten Gedanken beiseite. Genau genommen wusste ich nicht einmal, wo sich diese Schule genau befand. Irgendwo in Englands Wäldern, versteckt vor den

Menschen. Man konnte es nicht einmal richtig Schule nennen. Eher ein Internat. Oder ein Trainingslager. Irgendetwas dazwischen.

Obwohl ich in der Highschool und der Stadt nie wirklich Anschluss gefunden hatte, konnte ich hier immer noch in unser Haus und den liebevoll gestalteten Garten flüchten. Ich lebte bei Tante Amalia, seit ich denken konnte. An meine Eltern konnte ich mich nicht erinnern, aber Tante Am versuchte seit jeher, mir ein guter Ersatz zu sein. Ich liebte ihre fürsorgliche Art und fühlte mich geborgen in ihrer Nähe. Und nun sollte ich woanders wohnen? Ich wusste ja nicht einmal, was dort auf mich zukommen sollte.

»Ach Jill, als ich in deinem Alter war, ging es mir genauso. Doch diese Schule ist wirklich etwas Besonderes, und du brauchst diese Ausbildung, um dich zu schützen! Es wird nicht lange dauern, dann hast du dich dort eingelebt. Glaub mir, es gibt dort so viel zu entdecken!«

Sie lächelte mir aufmunternd zu und hoffte, meine Neugier geweckt zu haben. Ich brachte es nicht übers Herz, sie vom Gegenteil zu überzeugen. Tapfer lächelte ich zurück und nahm das Sandwich entgegen, das sie mir reichte. Bloß schnell raus hier, bevor die Fassade bröckeln konnte.

»Ich gehe noch in die Bibliothek. Soll ich auf dem Rückweg etwas aus dem Supermarkt mitbringen?«

Mit einer Hand versuchte ich, mir meine Jacke überzuziehen, ohne das Sandwich fallen zu lassen. Der leichte Anflug von Hunger war wie weggeblasen.

»Nein danke, Schatz, aber bleib nicht so lange weg. Man sollte meinen, du hast schon alle Bücher gelesen, so oft, wie du in den letzten Wochen dort warst.« Tante Am schüttelte amüsiert den Kopf und wandte sich wieder den Sandwiches zu. Im Flur warf ich einen kurzen Blick in den Garderobenspiegel.

Grüne Augen blickten mir aus einem bleichen, schmalen

Gesicht entgegen. Im Großen und Ganzen war ich mit meinem Aussehen zufrieden, auch wenn ich mir nie besonders viel aus Make-Up und Mode gemacht hatte. Meine dunkelblaue Jeans, der schwarze Pullover und die dünne Lederjacke waren weder richtig angesagt noch aus der Mode gekommen. Im letzten Jahr hatte ich mir ein Nasenpiercing stechen lassen, einfach weil mir der kleine Ring gefiel und ich wenigstens ein bisschen auffallen wollte. Und weil ich zugegebenermaßen eine Trotzphase hatte, die jedoch schnell vorbei war. Hätte ich doch vorher gewusst, wie das *wehtut!*

Ich ging nach draußen, und sofort fing der leichte Nieselregen an, meine Haut zu durchnässen. Ich machte mir nicht die Mühe, einen Schirm mitzunehmen. Wenn man in Langfield aufwuchs, gewöhnte man sich daran, ständig nass zu werden. Ich atmete tief durch, in der Luft hing noch immer der Geruch nach frisch gemähtem Gras. Langsam schlenderte ich die Straße entlang, die Blicke der Nachbarn aus den Fenstern wohlweislich auf mir spürend. Provokativ klatschte ich mein Sandwich in eine der Tonnen am Straßenrand. Sollten sie sich doch aufregen.

Tante Am hatte recht. Seit meinem siebzehnten Geburtstag im Juni war ich jede freie Minute in der Bibliothek gewesen, um alles über Mythologie und magische Wesen zu lesen, was ich finden konnte. Kein Wunder nach dem, was meine Tante mir an diesem Tag eröffnet hatte. Noch heute fragte ich mich, ob es nicht doch alles ein riesengroßer schlechter Scherz war. Doch ich wusste es besser. Ich ließ den Abend meines Geburtstags Revue passieren.

Ich saß mit Tante Am auf dem kuscheligen Sofa und packte die Geschenke aus. Nachdem ich mich gebührend über meinen neuen iPod von Tante Am gefreut hatte, wandte ich mich dem letzten kleinen Päckchen zu. Es stellte sich heraus, dass es eine kleine silberne Kette mit einem runden

Anhänger enthielt, der in einem dunklen Blau schimmerte. Die Kette war in ihrer Schlichtheit wunderschön, und ich legte sie sofort um den Hals, wo sie sich an die Kuhle zwischen meinen Schlüsselbeinen schmiegte.

»Sie gehörte deiner Mutter. Du hast sie an dem Abend getragen, an dem man dich zu mir brachte, und ich habe sie für dich aufbewahrt. Sie dient dem Schutz vor der Dunkelheit und hat magische Kräfte.«

Ja klar, Tante Am und ihr Magiefimmel wieder. Trotzdem freute ich mich wahnsinnig. Ich hatte nur sehr wenig, was mich an meine Eltern erinnerte. Durch ein paar alte Bilder wusste ich nur, wie sie ausgesehen hatten, aber jedes Mal, wenn ich Tante Am nach ihnen fragte, begann sie zu weinen. Ich berührte den kühlen Stein an meinem Hals und lächelte – bis Tante Am die Bombe platzen ließ.

»Jill, es ist an der Zeit, dir von der verborgenen Welt und deinen Fähigkeiten zu erzählen, auch wenn es mir lieber wäre, ich könnte dich noch einige Jahre damit verschonen.«

Ich sah einen Augenblick lang einen traurigen Ausdruck in ihren Augen, vielleicht war es aber auch der Schein des Kaminfeuers.

»Du wurdest als Hexe geboren.«

Stille. Ich schaute sie einen Moment lang verwirrt an, dann räusperte ich mich.

»Wie bitte?«

War sie jetzt völlig durchgeknallt? Ich hatte ja schon so eine Vermutung, aber das ging nun wirklich zu weit. Ich wusste nicht, ob ich es als Scherz abtun und lachen sollte, oder ob ich mir ernsthaft Sorgen um Tante Am machen musste.

»Ich wünschte, es wäre anders, mein Kind«, entschuldigte sie sich, und diesmal war ich mir sicher, den Unmut darüber in ihren Augen lesen zu können. Und dann begann sie zu erzählen. »Es gibt sie alle, ob Fee oder Kobold, Vampir oder Werwolf. Wir gehören zu den Verborgenen. Du bist eine Hexe, genau wie deine Mutter es war und ich es bin. Es mag unglaublich klingen, aber wenn du tief in dein Innerstes schaust, dann weißt du, dass es stimmt.«

Ich schaute sie nur weiterhin mit großen Augen an. Ich wusste nicht, was ich denken sollte. Klar war ich schon immer anders, es passierten ständig unheimliche Sachen in meiner Nähe, aber das?! Nie im Leben …

Gerade wollte ich zu einem Protest ansetzen, als Tante Amalia mit einem Mal sämtliche Lichter im Raum ausgehen ließ. Selbst das Feuer im Kamin erlosch in einem Atemzug. Vor Verblüffung blieben mir die Worte auf der Zunge liegen. Mein erster Gedanke galt einem Stromausfall, doch dann bildete sich langsam eine Kugel aus gleißend hellem Licht vor mir und wurde etwa so groß wie ein Fußball, der den ganzen Raum erleuchtete. Sie schwebte da einfach so, und mir blieb die Spucke weg.

»Was ist *das* denn?«

Mit einem Mal erlosch die Kugel, und sowohl die Lampen als auch der Kamin strahlten wieder das übliche gedämpfte Licht aus. Toller Trick!

»Das ist es, was wir Hexen können«, erklärte Tante Am, »aber all das Zeug, das die Sterblichen mit Zauberei verbinden, ist ausgedachter Unfug. Wir können keine Hasen aus Hüten zaubern, weiß der Geier, wie sie darauf kommen. Aber wir verfügen über eine Energie, die sich mit der richtigen Ausbildung lenken und beherrschen lässt. Das Licht, das du gerade gesehen hast, war ein Energiebündel.«

Ich schwieg lange, während die Uhr auf dem Kaminsims unaufhörlich vor sich hin tickte. Tante Am gab mir Zeit, um über das Gesagte nachzudenken. Ich wartete immer noch darauf, dass sie »April, April!« rief und sich köstlich über ihren gelungenen Scherz amüsierte. Aber woher kam dann das, wie nannte sie es gleich, Energiebündel? Für einen

Moment lang zog ich es ernsthaft in Erwägung, ihr ein Stück weit zu glauben.

War es das also? Der Grund, warum in meiner Nähe ständig Dinge platzten, wenn ich zornig wurde. Und der Grund, warum Tante Am mein Leben lang versucht hatte mir beizubringen, meine Gefühle zu beherrschen. Wow, das war ja mal eine Neuigkeit. Nicht, dass ich sie *wirklich* geglaubt hätte.

»Also gut, nehmen wir mal an, ich bin eine Hexe ...«

Es hörte sich einfach nur total albern an, doch irgendetwas gab mir das Gefühl, heute einige der Antworten zu finden, die ich schon seit Jahren gesucht hatte. Die Antwort auf die Frage, wer oder was ich war.

»... wieso hast du es mir nicht schon früher gesagt?«

»Um dich zu schützen, mein Kind«, lenkte Tante Amalia ab.

»Wovor?« Jetzt wollte ich auch alles wissen.

Tante Am seufzte und goss sich eine Tasse dampfenden Tee aus der Porzellankanne ein, die auf dem kleinen Couchtisch vor uns stand. »Vor den Dämonen ...«

Mir schwirrte der Kopf. Jetzt auch noch Dämonen?

»Oder vielleicht sollte ich lieber Halbdämonen sagen. Wir nennen sie Chímairas oder Mairas.«

»Aha ... und wo kommen die Halbdämonen her? Und vor allem, was ist die andere Hälfte?«

Tante Am zog ein Gesicht, als wollte sie über dieses Thema lieber nicht sprechen. Trotzdem versuchte sie, es mir zu erklären. »Die Mairas sind entstanden aus Dämonen und Menschen, durch die Dummheit machtgieriger Dämonenbeschwörer.« Sie schüttelte angewidert den Kopf. »Mairas sind böse und machen Jagd auf alles, was auch nur ein bisschen Intelligenz besitzt. Sie sind einzig und allein auf der Welt, um anderen das Leben auszusaugen und sich davon zu ernähren.«

Ich starrte sie stumm an. Oh Gott, heute Nacht würde ich mit Sicherheit kein Auge zumachen. Es hörte sich wie ein schlechter Horrorfilm an. Moment mal. Begann ich wirklich, diesen Unfug zu glauben?

»Müssten dann nicht ständig irgendwelche Leute verschwinden?«, fragte ich skeptisch.

»Ab und zu tun sie das, aber wir sind Gott sei Dank nicht schutzlos. Die Verborgenenorganisation kümmert sich darum.«

Die wer? War das eine Art Polizei? Doch bevor ich fragen konnte, erzählte sie mir schon von der Welt, deren Existenz ich bisher nicht einmal erahnt hatte.

Die Verborgenenorganisation, im Allgemeinen nur VO genannt, war tatsächlich so etwas wie eine eigene Regierung unter den Übernatürlichen, die für die Verwaltung, den Schutz vor Dämonen und die Geheimhaltung vor den Normalsterblichen zuständig war.

Tante Am beschrieb auch die Schule, die ich ab August besuchen würde. Die Schule für Freaks, schoss es mir durch den Kopf, bis mir einfiel, dass ich ja angeblich auch dazugehören sollte. Ich hatte an diesem Abend noch tausend Fragen, doch irgendwann hatte ich das Gefühl, mein Kopf würde jeden Moment platzen, und verkroch mich in meinem kuscheligen Bett. Das war einfach alles zu absurd, um wahr zu sein. Und doch hatte ich die Energiekugel von Tante Am gesehen. Kopfschüttelnd schloss ich die Augen mit dem Gedanken, dass mein Leben wirklich noch sehr interessant zu werden schien.

Kapitel 2

Ein paar dickere Regentropfen holten meine Gedanken in die Gegenwart zurück. Ich hatte unbewusst schon die Hälfte der Strecke zur Bibliothek zurückgelegt, dabei hatte ich nicht einmal vor, dorthin zu gehen. Ich wollte einfach nur raus und meine Gedanken ordnen.

Tante Amalia hatte recht, ich hatte tatsächlich schon alle Bücher dort gelesen. Jedenfalls alle über Magie und Zauberwesen. Wenn man die Größe der Bibliothek betrachtete, die sich am Ende der Straße zeigte, war das gar keine so große Sache. Sie ähnelte eher einem kleinen Wohnhaus.

Eine Zeit lang hatte ich versucht, Tante Am über die verborgene Welt auszufragen. Leider war sie nicht gerade geduldig und sagte mir recht schnell, dass ich schon früh genug alles herausfinden würde und sie nicht möchte, dass ich mit Vorurteilen an die Sache herangehe. Also hatte ich versucht, selbst etwas herauszufinden. Keine leichte Sache, wenn Vampire und Werwölfe in den Büchern als Monster dargestellt werden und einem gesagt wurde, dass sie eigentlich ungesehen und friedfertig unter den Sterblichen lebten. Ich wusste nicht mehr, was ich glauben sollte, also würde es wohl doch bei dem Überraschungseffekt bleiben. Überraschung, wir haben Jill verarscht, und sie glaubt nun, sie wäre übernatürlich!

Nur über die Mairas hatte ich mit Tante Am gesprochen. Allein bei dem Gedanken daran lief mir ein Schauder über den Rücken. Mir wäre es lieber gewesen, sie hätte mir nicht von diesen Kreaturen erzählt.

Der Regen hatte endlich etwas nachgelassen, und ich beschloss, einen Spaziergang durch den kleinen, kunstvoll angelegten Stadtpark zu machen. Bei diesem Wetter würde mir wenigstens keiner aus meiner alten Schule begegnen. Man sollte meinen, nach all den Schauergeschichten über mordende Halbdämonen hätte ich das Haus nicht mehr verlassen. Was tatsächlich die ersten Tage nach meinem siebzehnten Geburtstag auch der Fall war, an denen ich die Haustür abends zweimal abschloss, nur noch bei geschlossenem Fenster schlief und mir einredete, dass ich verrückt war, überhaupt daran zu glauben. Bis mein liebes Tantchen mich über die besonderen Schutzmaßnahmen in allen bewohnten Gegenden aufklärte. Musste ihr wohl vorher entfallen sein. Oder sie hatte sich einfach nur einen kleinen Spaß auf meine Kosten erlaubt. Manchmal hatte ich auch das Gefühl, sie genoss es ein bisschen, eigenartig zu sein.

Jedenfalls gab es bestimmte Schutzrituale, die die Mairas daran hinderten, bewohnte Gegenden zu betreten. Mittlerweile hatte ich den Park erreicht und ging geradewegs auf die Bank am Rand des Teichs zu.

An den wenigen sonnigen Tagen in Langfield war der Park meistens überfüllt, also kam ich lieber bei Schmuddelwetter her.

Die Sitzgelegenheit befand sich am Ufer hinter einer großen Ansammlung von Gestrüpp und unter mehreren Eichen. Falls sich doch jemand bei dem Wetter aus dem Haus traute, blieb ich ungesehen. Ich selbst hatte den Ort nur durch Zufall entdeckt. Seufzend ließ ich mich auf dem morschen Holz nieder. Es war nass, aber meine Klamotten waren durch den Nieselregen sowieso schon klamm. Seufzend legte ich den Kopf zurück, ließ die kalten Tropfen über mein Gesicht laufen und lauschte dem Geräusch des Windes in den Blättern der Bäume. Mit der nächsten Brise wehte mir ein vermoderter, leicht verbrannter Geruch um die Nase. Hatten wieder ein paar Halbwüchsige versucht, mit nassem Laub ein Lagerfeuer zu machen?

Es fing schon an zu dämmern, was meiner Meinung nach die friedlichste Zeit des Tages war. Lange konnte ich nicht mehr bleiben. Tante Am und ich hatten stillschweigend eine Abmachung getroffen, dass ich bei Einbruch der Dunkelheit zu Hause war.

Trotzdem wollte ich es noch einmal versuchen, ich wollte meine eigene Magie testen. Ich musste wissen, ob tatsächlich etwas an der Hexensache dran war. Leider waren meine Versuche bisher zwecklos geblieben. Ich konnte tief in mir drin die Energie spüren, von der Tante Am erzählt hatte, die Prana.

Nur leider kam ich einfach nicht an sie heran. Stundenlanges Meditieren war nötig gewesen, bis ich überhaupt einen Unterschied zwischen meinem Herzschlag und dem leichten, aber stetigen Pulsieren dieser Energie erkannt hatte. Bis ich eines Tages den Dreh heraushatte und seitdem stets die Anwesenheit der Prana in meinem Innersten spürte. Oder ich bildete es mir einfach nur ein, denn ich wusste einfach nicht, wie ich sie benutzen sollte. Das konnte ja was werden, wenn ich die Schule für Verborgene besuchte. Wahrscheinlich würde ich die Schlechteste in der Klasse sein. Aber ich würde nicht aufgeben, also konzentrierte ich mich.

Mit geschlossenen Augen gelang es mir besser, die Energie in meiner Brust zu fühlen. War das tatsächlich real? Vor meinem geschlossenen Auge stellte ich sie mir vor. Sie floss leuchtend blau und in einem einzigen Durcheinander von Fäden in meinem Innersten. Meine Haut fing an zu kribbeln, und auf meiner Zunge breitete sich ein metallischer Geschmack aus.

So weit war ich jetzt schon mehrmals gekommen, und danach wusste ich nicht weiter. Ich bekam diese flüssigen Fäden einfach nicht zu fassen, geschweige denn, dass ich sie benutzen konnte. Sie tummelten sich einfach weiter in meinem Körper. Aber die Erinnerung an Tante Amalias Pranaball brachte mich auf eine Idee.

Ich konzentrierte mich und stellte mir vor, das Durcheinander der Fäden zu ordnen und sie zu einem Punkt in der Mitte zu lenken. Als hätte ich einen Startpfiff gegeben, änderte das flüssige Blau die Richtung, und plötzlich bewegten sich die Energiewürmer genau dorthin!

Ich bemühte mich, die Augen geschlossen zu halten, als die Fäden miteinander verschmolzen. Ich stellte mir vor, wie sie sich mit dem Punkt verknüpften und langsam zu einem immer größeren, blauen Ball aus Prana wurden.

Und es funktionierte. Ein keuchender Laut entkam meinen Lippen. Langsam lichtete sich das Durcheinander der Fäden, und in meiner Brust begann sich ein warmes Gefühl auszubreiten. Endlich hatte ich auch den letzten, wabbeligen Faden eingesammelt, und vor meinem inneren Auge strahlte eine kleine, mitternachtsblaue Kugel.

Nur hatte ich keine Ahnung, was ich damit anstellen sollte. So weit war ich noch nie gekommen. Ich wusste nicht einmal, ob es richtig war, was ich hier tat. Mittlerweile stand mir vor Anstrengung schon der Schweiß auf der Stirn.

Was nun?

Kälte drang durch meine Kleidung, und ein Gefühl der Verletzlichkeit überkam mich. Ich bemühte mich, meinen eigenen, neu geschaffenen inneren Energieball kraft meiner Gedanken in Richtung Hand zu lenken.

Erst schien es, als rühre er sich keinen Millimeter vom Fleck. Also holte ich Luft und konzentrierte jede Faser meines Körpers darauf, der Kugel einen kräftigen Stoß in Richtung meiner ausgestreckten Hand zu verpassen. Plötzlich schoss sie nach vorne, und in meinem Arm breitete sich ein brennender Schmerz aus. Ich riss vor Schreck die Augen auf und sah gerade noch, dass mein Energieball wie aus der Pistole geschossen davonfegte und mit einem Klatschen und Zischen auf dem Wasser des Sees vor mir auftraf.

»Huch!« Erschrocken starrte ich auf die Kreise, die das Wasser zog.

»Ich habe es geschafft!«, jubelte ich in meiner Überraschung. Anscheinend war ich doch nicht so unfähig, wenn auch nicht gerade begabt. Trotzdem war ich stolz auf mich.

Schnell blickte ich mich um und hoffte, dass mich niemand gehört oder das Leuchten der Kugel gesehen hatte. Mittlerweile war es schon ziemlich dunkel geworden, und meine Umgebung ließ sich immer schlechter erkennen. Aber alles war ruhig, selbst die Grillen und Frösche waren verstummt. Ich hörte ein leichtes Rascheln in der Baumkrone direkt über meinem Kopf. Ein mulmiges Gefühl breitete sich in mir aus. Ich kam mir beobachtet vor. Vorsichtig hob ich den Kopf und spähte in die Äste der dicken Eiche über mir mit der Erwartung, eine Krähe oder Ähnliches zu erspähen.

Stattdessen blickte ich in ein bleiches, rundes Gesicht.

Kapitel 3

Mir fiel die Kinnlade herunter, und mein Mund öffnete sich zu einem stummen Schrei. Ich war wie gelähmt vor Schreck. In diesem Moment wurden meine Albträume der letzten Tage wahr. Milchig-weiße Augen starrten mich durchdringend aus einem kahlen, fast menschlich wirkenden Schädel an. Eingefallene Wangen und ein geöffneter Mund ließen die Kreatur wirken wie eine Leiche, während der Geruch nach feuchter Asche intensiver wurde. Einen Moment lang fragte ich mich, ob sie wahrhaftig leblos war. Eine Puppe? Plötzlich bleckte das Wesen im Baum seine schwarzen Zähne, die wie kleine, rasiermesserscharfe Dornen aus dem Kiefer ragten. Mein Herz setzte aus, bevor es wie wild gegen meine Brust zu schlagen begann. Ich wollte schreien, doch meine Kehle war wie zugeschnürt. Die Kreatur neigte ihren haarlosen, von lederner Haut überzogenen Schädel zur Seite.

Ich erinnerte mich daran, wie man Luft holte. Und dann rannte ich.

Ich rannte so schnell wie nie zuvor in meinem Leben. Jeden Moment rechnete ich damit, von hinten gepackt zu werden. War das ein Geräusch von Flügeln? Ich sah nicht zurück, um es herauszufinden. Von Panik getrieben lief ich über die nasse Wiese und in Richtung Straße. Ich stürzte, als ich mit meinen Turnschuhen auf dem nassen Gras ausrutschte. Fast erwartete ich, dass sich das Wesen nun auf mich stürzte. Nur passierte nichts.

Ich sah mich schwer atmend um. Um mich herum standen vereinzelt Bäume und warfen schwere Schatten. Ich konnte kaum noch etwas sehen, so dunkel war es, doch ich wusste, dass die Straße nicht mehr weit sein konnte. Also stand ich auf und lief weiter. Ich lief, bis ich schwer atmend unseren Garten erreichte und das Holztor hinter mir zuschlug. Dann fiel ich auf die Knie.

Ich bekam keine Luft. Mein ganzer Körper zitterte und war schweißgebadet. Was zur Hölle war das gewesen? Nach Atem ringend ließ ich den Kopf auf meine Arme sinken.

Das Licht auf der Veranda ging an und blendete mich. Tante Amalia hatte schon immer ein Gespür dafür, wann ich in der Nähe war. Sie kam sofort auf mich zugeeilt, um mir auf die Beine zu helfen. Der Duft nach Lavendel, den sie mit sich brachte, wirkte auf der Stelle beruhigend auf mich und dämpfte das Schlottern meines Körpers etwas.

Eine halbe Stunde später saß ich in dicke Wolldecken eingehüllt und mit einem Becher heißer Schokolade auf der Couch. Die Flammen im Kamin knisterten fröhlich vor sich hin. Tante Am schaute mich besorgt an. Bis jetzt hatte sie mein Schweigen hingenommen, doch ich wusste, dass sie nicht zulassen würde, dass ich die Sache einfach verdrängte.

»Was ist denn passiert, mein Kind?«

Ich wusste selbst nicht einmal, was ich gesehen hatte. Und doch hatte ich so eine Vermutung. »Kannst du mir sagen, wie die Mairas aussehen?«

Tante Amalia schaute verwirrt. »Ich kann es nicht genau sagen, außer den Jägern der Verborgenenorganisation in London hat sie bisher kaum einer gesehen. Soweit ich weiß, kann man sie mit mannsgroßen grauen Fledermäusen vergleichen. Wie kommst du darauf?«

Ich erzählte ihr von meiner Begegnung. Tante Am warf den Kopf nach hinten und lachte.

»Süße, ich hatte schon darauf gewartet, dass dir deine Fantasie einen Streich spielt, nach allem, was du in den letzten Wochen an Informationen verarbeiten musstest. Die Mairas wurden schon jahrelang nicht mehr in dieser Gegend gesichtet. Die wenigen, die von ihnen noch übrig sind, bevorzugen die Wälder in der Nähe von großen Städten, weil dort die Chance auf Beute größer ist. Und selbst wenn sich ein Maira hierher verirrt, könnte er nicht durch die Schutzzauber gelangen.«

Klasse, sie glaubte mir nicht.

»Und was bitte habe ich dann gesehen? Vielleicht funktionieren die Schilde ja nicht mehr!« Zornig stellte ich die Tasse ab, und etwas von der heißen Schokolade schwappte auf den Couchtisch.

»Jill, du musst aufhören, dich verrückt zu machen. Ich bin mir sicher, du hast in der Dunkelheit nur irgendeinen Uhu gesehen. Die können verdammt Furcht einflößende Augen haben.« Wieder lächelte sie. »Die Schilde in dieser Gegend werden alle paar Tage von einem zuständigen Mitarbeiter der VO kontrolliert. Bis jetzt hat es noch nie ein dämonisches Wesen geschafft, sie zu durchdringen.«

Ich zögerte. Stand ich jetzt schon so sehr unter Spannung, dass ich wirklich verrücktspielte? Ich dachte noch einmal zurück. Konnte es sein, dass ich mich geirrt hatte? Innerhalb unserer sicheren vier Wände konnte ich mich wirklich kaum noch daran erinnern, was ich gesehen hatte. Aber ein Uhu war es definitiv nicht gewesen.

Trotz allem hatten mich Tante Ams Worte etwas beruhigt. Ich beschloss, nicht mehr daran zu denken. Die Wärme des Feuers kroch in meine steifen Glieder und erinnerte mich an die pulsierende Prana in meinem Innern. Vor lauter Schreck hatte ich doch glatt meinen Erfolg vergessen.

»Tante Amalia, du wirst es nicht glauben, was ich heute geschafft habe!«

Sie schaute mich neugierig an und war offensichtlich überrascht von meinem plötzlichen Stimmungswechsel. Ich beschloss, es ihr zu zeigen. Sie würde mir sonst ja doch nicht glauben. Auch wenn mein Pranaball am See ein unkontrolliertes Geschoss geworden war, so wusste ich nun, wie ich ihn handhaben musste. Es brauchte nur ein bisschen mehr Feingefühl.

Ich schloss wieder die Augen und wiederholte den Vorgang, die durcheinanderwirbelnden Energiefäden zu dem flüssig-blauen Ball zusammenzufügen. Wenn man es erst einmal geschafft hatte, war es kein Problem mehr. Der Pranaball schwebte vor meinem inneren Auge und diesmal gab ich ihm lediglich einen kleinen gedanklichen Schubs in Richtung meiner ausgestreckten Hände. Ich spürte, wie die Energie in meiner Handfläche pulsierte und sich langsam zu einer kleinen, leuchtenden Kugel manifestierte. Ich hielt die Verbindung aufrecht und ließ die Prana stetig in einem kleinen Fluss in die Kugel laufen.

»Ach du meine Güte!«, rief Tante Amalia überrascht.

Ich zuckte zusammen, und in dem kurzen Moment dieser Unachtsamkeit wurde die Prana mit einem brennenden Schmerz zurück in mein Innerstes gezogen.

Autsch, verdammt! Das musste ich wohl noch üben. Mit schmerzverzerrtem Gesicht sah ich zu Tante Amalia, die mich mit weit aufgerissenen Augen anstarrte.

Was hatte ich gemacht? Hatte sie nicht erwartet, dass ich überhaupt mit Energie umgehen konnte?

Dann kam mir unser letztes Gespräch über die Prana in den Sinn. »Hexen brauchen sehr lange, um den Umgang mit ihrer Magie zu erlernen. In der Schule bekommt ihr die Grundlagen beigebracht, aber um sie wirklich zu beherrschen, bedarf es jahrelanger Übung. Nicht selten schmeißt die ein oder andere Hexe das Handtuch und lebt wie ein ganz normaler Sterblicher«, hatte Tante Am gesagt.

Nun, von Beherrschen war hier ja kaum die Rede. Mein Körper brannte immer noch etwas von dem Rückstoß und der überschüssigen Energie. Tante Am starrte mich weiter mit offenem Mund an, und ich sah fast so etwas wie Panik in ihrem Gesicht, als sie eine rote Locke aus den Augen blinzelte.

Ich hielt es nicht mehr aus. »Was ist los? Sollte ich das nicht können?«

Tante Amalia löste sich aus ihrer Erstarrung. »Nein … ich meine, doch … das war eine großartige Leistung, ich bin stolz auf dich«, antwortete sie lahm. Dann drehte sie schnell den Kopf weg und begann fahrig, die leeren Tassen auf ein Tablett zu räumen. »Es ist spät, wir sollten langsam ins Bett gehen.«

Ich war verwirrt, irgendetwas stimmte nicht. Wie betäubt erhob ich mich. Als ich zur Tür ging, rief Tante Amalia mich noch einmal zurück.

»Ich möchte nicht, dass du noch einmal allein mit der Prana herumexperimentierst, solange du noch nicht die Grundlagen in der Schule gelernt hast. Auch wenn du das schon wirklich gut hinbekommen hast.«

Jetzt lächelte sie auch wieder.

»Gute Nacht, Tante Am.«

»Gute Nacht, mein Kind.«

An der Tür drehte ich mich noch einmal um. Sie blickte in die Flammen des Kamins und schien mit ihren Gedanken schon meilenweit entfernt zu sein. Irgendwie hatte ich das Gefühl, dass sie mir gerade eine äußerst wichtige Sache verschwiegen hatte.

Kapitel 4

Es war Freitag. Zwei Tage noch bis zu meinem Aufbruch in die Schule, und langsam machte sich die Aufregung bei mir bemerkbar. Und die Angst.

Ich saß in unserem Garten unter dem Kirschbaum und lehnte am Stamm. Heute war einer der wenigen Sonnentage, und ich genoss das warme Gefühl auf meinem Gesicht. Der Himmel leuchtete in einem strahlenden Blau, und auf meinen Knien lag einer meiner Lieblingsmittelalterromane. Ich hatte meine ganze Sammlung schon mehrmals durchgelesen, und auch wenn mir manche Stellen wirklich grausam vorkamen, so war ich doch immer wieder begeistert von den Heldinnen der Geschichten, den wenigen Frauen dieser Zeit, die sich mutig und selbstlos behaupteten, um anderen zu helfen.

Ich glaubte nicht, dass ich jemals so sein würde. In meiner alten Schule hatte ich versucht, so unsichtbar wie möglich zu bleiben, und es war mir bis auf einige Vorfälle recht gut gelungen. Ich hätte sowieso nirgends hineingepasst.

Ich fragte mich, ob es in der neuen Schule besser werden würde. In mir keimte schon seit Tagen die Hoffnung, dort einen Neustart zu schaffen. Ich freute mich sogar ein wenig darauf, endlich alles über die verborgene Welt zu erfahren.

Dennoch wurde mir übel bei dem Gedanken, ganz auf

mich allein gestellt zu sein. Ich ging schließlich völlig unvorbereitet an die Sache heran und wusste nicht, was mich erwartete. Was, wenn ich es dort mit Vampiren und Werwölfen zu tun bekam? Ein Schauder überlief mich. Ganz ruhig, Jill. Die sollten angeblich alle freundlich sein.

Gerade als ich wieder versuchte, mich auf mein Buch zu konzentrieren, kam Tante Amalia aus dem Haus, um in ihrem geliebten Garten zu arbeiten.

Sie wirkte in letzter Zeit müde, als würde sie sich um irgendetwas sorgen. Ich hatte noch ein paar Mal versucht, mit ihr über die Mairas und die Sache mit der Magie zu reden, doch ohne Erfolg. Irgendwann hatte ich es aufgegeben und war wieder zum Alltag übergegangen. Mittlerweile kam mir die unheimliche Begegnung selbst schon komisch vor, und ich fragte mich, ob ich es mir nicht doch eingebildet hatte. Schließlich war es dunkel gewesen an diesem Abend und ich hatte den Kopf voll mit Gedanken über die verborgene Welt gehabt. Mit diesem Unsinn, den ich seit Neuestem glaubte.

Ich versuchte mir einzureden, dass mir mein Verstand einen Streich gespielt hatte, bevor ich ihn gänzlich verlor. Für meine eigenen Kräfte hatte ich noch keine Erklärung. Vielleicht war ich ein Fall für die Psychiatrie?

Tante Amalia winkte mir kurz zu und begann, das Unkraut in dem großen Blumenbeet vor dem Haus zu jäten, als sie sich noch einmal umdrehte. »Ach ja, bevor ich es vergesse: In der Küche liegt ein Brief für dich!«

Ich horchte auf und erhob mich schnell. Wer sollte mir denn schreiben?

Ich stolperte über die Veranda und kickte die Schuhe von meinen Füßen. In der Küche war es angenehm kühl, und auf dem Tresen lag ein heller Umschlag der *Winterfold Akademie*. Hey, vielleicht wollten sie mir mitteilen, dass alles ein riesiger Irrtum war und ich gar nicht auf diese Schule musste.

Ich nahm den Brief mit in mein Zimmer und warf mich aufs Bett. Das Logo auf dem Umschlag zeigte ein großes, reich verziertes W, von dem kleine Blitze abgingen. Vor Aufregung bekam ich sofort eine trockene Kehle und riss das Schreiben mit zitternden Händen auf.

Sehr geehrte Frau Benett,

wir freuen uns, Sie ab dem 05. August in unserer Schule willkommen heißen zu können.

Anbei erhalten Sie Ihren Stundenplan mit der Bitte, Ihre drei gewünschten Wahlfächer anzukreuzen und am Sonntag bei Ihrer Anmeldung im Sekretariat abzugeben.

Mit freundlichen Grüßen,
Elisabeth Harrison
Sekretariat

	Montag	Dienstag	Mittwoch	Donnerstag	Freitag
08.00 - 09.00	Englisch	Geschichte	Mathematik	Magie	VO-Gesetz
09.00 - 10.00	Englisch	Geschichte	Mathematik	Magie	VO-Gesetz
10.00 - 10.30	-	-	-	-	-
10.30 - 11.30	Dämonologie	Wahlfach 2	Artenkunde	Magie	Verteidigung
11.30 - 12.30	Dämonologie	Wahlfach 2	Artenkunde	Magie	Verteidigung
12.30 - 13.30	-	-	-	-	-
13.30 - 14.30	Wahlfach 1	Verteidigung	-	Sport	Wahlfach 3
14.30 - 15.30	Wahlfach 1	Verteidigung	-	Sport	Wahlfach 3

Wahlfächer:

- ☐ Waffenkunde
- ☐ Sozialkunde
- ☐ Grundlagen der Mairajagd
- ☐ Informatik
- ☐ Offensive Magie
- ☐ Latein

Der Unterricht beginnt pünktlich 8.00 Uhr nach dem Frühstück.
Frühstückspause 10.00 - 10.30 Uhr, Mittagspause 12.30 - 13.30 Uhr.

Am schwarzen Brett jedes Gemeinschaftsraumes finden Sie die Listen der außerschulischen Aktivitäten, an denen Sie jeden Samstag teilnehmen können.

Ich ließ den Umschlag auf den Boden fallen und legte mich auf den Rücken.

»Verdammt, schon wieder Mathe«, murmelte ich und machte eine kurze Bestandsaufnahme.

Englisch, Sport, Mathe, Geschichte - alles Fächer, die ich auch auf der Highschool gehabt hatte. Obwohl ich mir sicher war, dass die Geschichte Englands durch die Offenbarung der verborgenen Welt aus einem völlig neuen Blickwinkel beleuchtet wurde.

Was die Wahlfächer anging, hatte ich keine Ahnung, für was ich mich entscheiden sollte, also machte ich mich mit dem Schreiben auf den Weg in den Garten.

Ich setzte mich auf die Bank am Teich und wartete, bis Tante Amalia sich erhob und stöhnend den Rücken durchstreckte.

»Ich bin eindeutig nicht mehr die Jüngste«, schmunzelte sie.

»Tante Am, ich habe Post von der Winterfold bekommen. Sie wollen, dass ich mich zwischen drei Wahlfächern entscheide.« Stirnrunzelnd las ich mir noch einmal die Möglichkeiten durch.

»Hast du denn schon eine Ahnung, was du nach der Ausbildung machen möchtest?«

Ich schüttelte den Kopf, während Tante Am ihre Gartenschere im Gras abwischte und zu mir kam. Neben ihrem üblichen Duft nach Lavendel roch ich nun auch Erde und Pflanzen. Ich atmete tief ein.

»Nun, im Prinzip musst du das auch noch nicht genau wissen. Du solltest lediglich jetzt schon entscheiden, ob du ein normales Leben unter den Sterblichen führen willst oder danach strebst, der Verborgenenorganisation beizutreten und gegen die dunklen Mächte zu kämpfen.«

Ich dachte kurz darüber nach. »Ich bin mir relativ sicher, dass sie mich bei der VO nicht gebrauchen können«, sagte ich unsicher.

»Und ich bin mir sicher, dass sie genau solche Leute wie dich dort haben sollten«, konterte Amalia. »Schon seit du klein warst, hast du immer nach Gerechtigkeit gestrebt. Die Arbeit bei der VO kann sehr gefährlich sein. Sie passen nicht nur auf, dass die Verborgenen nicht aus der Reihe schlagen, sondern kämpfen auch gegen die Mairas. Aber du wärst dort unter deinesgleichen. Du musst nur entscheiden, ob dich ein einfaches und verstecktes Leben unter den Sterblichen glücklicher machen würde.«

Sie setzte sich neben mich und sah auf den Zettel in meiner Hand. »Die Fächer Sozialkunde und Informatik dienen dazu, sich unter den Sterblichen zurechtzufinden und zum Beispiel einen ganz normalen Computerjob anzunehmen. Latein kann hilfreich sein, wenn du nach der Winterfold Akademie eine medizinische Ausbildung machen möchtest. Die anderen drei Fächer dienen dem Kampf gegen die Mairas.«

Wieder lief mir ein Schauder über den Rücken, als ich mich an die blassen, fast blind wirkenden Augen erinnerte, die mich im Park angestarrt hatten.

»Versteh mich nicht falsch, auch bei der VO gibt es Bürojobs. Die richtige Ausbildung ist jedoch Pflicht, da Kampfeinsätze im Bereich des Möglichen liegen, wenn ein Notfall eintritt. Ich bin sicher, du wirst die richtige Entscheidung treffen, und egal, welche das ist, ich stehe hinter dir.«

Sie lächelte und zog mich an sich. »Mein kleines Vögelchen wird das Nest verlassen! Ich hätte nicht gedacht, dass dieser Tag so schwer für mich werden würde.«

In dieser Nacht lag ich lange wach und dachte über meine Zukunft nach. Ich liebte Tante Amalia und unser Haus, aber wenn ich ehrlich sein sollte, vermisste ich den Kontakt zu anderen. Und in dieser Stadt war der Zug dafür definitiv abgefahren, hier würde ich nie etwas anderes als seltsam sein.

Oh, Himmel! Plötzlich wurde mir klar, dass ich all dieses Zeug wirklich und wahrhaftig glaubte. Aber der VO beitreten? Ich hatte ja nicht einmal eine Ahnung, wer oder was alles zur verborgenen Welt gehörte. Und wenn ich so darüber nachdachte, wollte ich schon gar keinem Vampir oder Mondkind begegnen, auch wenn Tante Am versichert hatte, dass sie sich durchaus zu benehmen wussten. Ob es den anderen Schülern genauso ging? Ich bezweifelte es. Ich verstand zwar, dass Tante Am nur versucht hatte, mich so normal wie möglich aufwachsen zu lassen, aber das machte es mir jetzt umso schwerer.

Dennoch bot sich mir nun die Chance, mehr aus meinem Leben zu machen. Mir gefiel die Vorstellung, mich für das Gute einzusetzen. Vielleicht steckte doch mehr in mir als nur ein schüchternes und ängstliches Mädchen. Als ich an diesem Punkt angelangt war, gab es für mich kein Zurück mehr. Ich wollte es wissen. Ich würde mein Bestes geben, um so zu sein, wie ich es schon immer wollte – mutig, selbstbewusst und jemand, auf den Tante Amalia stolz wäre.

Ich beschloss, die Fächer Waffenkunde, Grundlagen der Mairajagd und offensive Magie anzukreuzen. Was konnte es schon schaden, Erfahrung darin zu sammeln? Wenn ich nicht gut genug war, konnte ich später immer noch auf ein normales Leben umschalten. Und mit diesem Ziel vor Augen fiel ich das erste Mal seit Wochen in einen erholsamen und friedlichen Schlaf.

Der Samstag verlief eher hektisch. Die bisher schlaflosen Nächte hatten ihren Tribut gezollt, und ich wachte erst spät auf.

Tante Am war schon früh aus dem Haus gegangen, um auf den Markt der Nachbarstadt zu fahren, wo sie ihre Kerzen, Räucherstäbchen, Glücksbringer und Amulette verkaufte. Also aß ich schnell eine Schüssel Müsli, nur um danach alle Einkäufe zu erledigen.

Mein Koffer musste noch fertig gepackt werden, und ich beschloss, vorher das Schreibwarengeschäft im Einkaufszentrum aufzusuchen, um meine Schulutensilien aufzustocken. Ein neuer Jogginganzug konnte auch nicht schaden, da die körperliche Betätigung in der Winterfold Akademie anscheinend nicht zu kurz kam.

Als ich vollgepackt und müde wieder nach Hause kam, saß Tante Amalia schon in der Küche an dem großen Holztisch, um das Abendbrot vorzubereiten. Ich liebte chinesisches Essen.

Ich warf meinen Rucksack in die Ecke, zeigte ihr meinen neuen dunkelblauen Trainingsanzug und setzte mich zu ihr, um das Gemüse zu schneiden. Die Stimmung war friedlich, und eine Weile arbeiteten wir schweigend nebeneinander.

»Ich hoffe, du hast alles fertig gepackt. Morgen früh um

sieben wirst du schon abgeholt, da bleibt nicht mehr viel Zeit.«

Schon war die Aufregung wieder da. In meinem Magen lag plötzlich ein großer Stein, der mich nach unten zu reißen drohte. Ich ließ die Karotte sinken, in die ich gerade beißen wollte, und kämpfte mit der aufsteigenden Übelkeit.

»Ich dachte, du fährst mich?«

Sie schüttelte nur den Kopf. Um ehrlich zu sein, hatte ich gar nicht darüber nachgedacht, wie ich zur Schule gelangen sollte. Ich war einfach davon ausgegangen, dass Tante Am mich in ihrem alten Chevy fuhr.

»Ähm ... und mit *was* werde ich abgeholt?«, fragte ich vorsichtig.

»Mit einem fliegenden Besen natürlich«, sagte sie, als wäre es das Normalste der Welt.

Ich sah sie entgeistert an. Wie bitte? Ich fliege doch nicht! Tante Am sah das Entsetzen in meinem Gesicht und fing schallend an zu lachen.

»Du lässt dich wirklich leicht veräppeln, Liebes! Das war natürlich ein Scherz.«

Toll! Machen wir uns doch über die kleine, ahnungslose Nichte lustig! Nachdem Tante Am noch eine Weile gekichert hatte und ich etwas verstimmt meinen Frust mit dem Messer an der Karotte vor mir ausließ, erklärte sie: »Die Winterfold besitzt einige Wagen, da die Lehrerschaft eng mit der VO zusammenarbeitet und häufig nach London reisen muss. Zu Schulbeginn werden die Wagen dazu eingesetzt, Schüler abzuholen.«

Wow, die mussten ja viele Autos haben. Schließlich kamen hier Schüler aus ganz England.

Doch als ich am nächsten Morgen mit meinem Koffer an der Straße stand, bekam ich eine ganz andere Erklärung. Vor mir hielt eine glänzend schwarze Limousine, in der mit Sicherheit zwanzig Personen Platz hatten.

Als der Chauffeur ausstieg, um mir mein Gepäck abzunehmen, erinnerte ich mich gerade noch rechtzeitig wieder daran, wie man den Mund schloss. Mrs. Conner, der arroganten Schnepfe von nebenan, gelang das noch nicht. Sie stand stocksteif mit Morgenmantel und Kaffeetasse am Briefkasten und starrte mit einem Ausdruck purer Verblüffung zu mir herüber.

Der Fahrer öffnete mir die Tür, und ich stieg schnell ein, um hinter den getönten Scheiben zu verschwinden und mein heiß angelaufenes Gesicht zu verstecken. Morgen gingen garantiert die tollsten Gerüchte in Langfield um. Egal, ich würde sowieso für eine Weile weg sein. Seufzend warf ich einen letzten Blick zurück und ergab mich meinem Schicksal.

Anscheinend war ich die Erste, die mit dem Wagen abgeholt wurde. Das hatte natürlich auch den Nachteil, dass ich statt eineinhalb Stunden Fahrt, die es eigentlich wären, vier Stunden über die anderen Orte mitfahren musste, um den Rest einzusammeln, wie mir der Fahrer mitteilte.

Ich beschloss, etwas Musik zu hören und aus dem Fenster zu sehen. Nach einer halben Stunde waren wir schon zu dritt. Etwas weiter von mir entfernt saßen zwei Jungs, die im gleichen Ort eingestiegen waren und sich offenbar schon kannten. Sie unterhielten sich lautstark über das Fußballspiel, das gestern im Fernsehen gelaufen war. Ich machte mich so klein wie möglich. Waren das vielleicht Werwölfe? Mondkinder, verbesserte ich mich gedanklich. Das hörte sich nur halb so monstermäßig an, und dank Tante Am wusste ich, dass sie Wert auf die höflichere Bezeichnung legten. Mir wurde kalt, und mein Puls beschleunigte sich. Aber sie sahen so normal aus. Der große Dunkelhaarige blickte mich neugierig aus seltsam bernsteinfarbenen Augen an. Konnte er meinen Herzschlag hören?

Ganz ruhig, Jillian, reiß dich zusammen. Mir gegenüber

nahm nach einem weiteren Stopp ein freundlich wirkendes Mädchen Platz. Ihre rostroten Ringellöckchen wippten im Wind der Klimaanlage, und ich musterte sie verstohlen. Ein leichter Duft nach Blumen ging von ihr aus.

Sie lächelte mich an und schien meine Blicke bemerkt zu haben, woraufhin mir sofort die Hitze ins Gesicht schoss.

Sie streckte mir die Hand entgegen. »Hey, ich bin Alissa Collins.«

Ich nahm die Stöpsel meines iPods aus den Ohren und stellte mich ebenfalls vor. Wir kamen schnell ins Gespräch, denn sie redete gerne. Im Ernst, sie redete wirklich gerne. So etwa wie ein Wasserfall. Aber trotzdem gefiel mir ihre quirlige Art; sie lenkte mich ab. Alissa lebte mit ihren Eltern und ihrer jüngeren Schwester auf einer etwas abgelegenen Farm. Sie war – genau wie ich – eine Hexe, doch da ihre Familie in der unmittelbaren Umgebung keine Nachbarn hatte, musste Alissa ihre Magie nicht verbergen.

»Ich freue mich schon wahnsinnig auf die Schule, meine Eltern haben mir so viel davon erzählt. Endlich werde ich lernen, mit meiner Prana umzugehen. Ich schaffe einfach nicht mehr, als ein paar Sachen um wenige Zentimeter zu verrücken. Hast du schon ein Spezialgebiet?«

»Ähm … nein, bis vor ein paar Tagen wusste ich nicht einmal, dass ich eine Hexe bin.« Ich zuckte hilflos mit den Schultern, und sie sah mich ungläubig an.

»Im Ernst? Wow, das muss ja ein Schock gewesen sein.«

»Kann man wohl sagen«, murmelte ich. »Ich weiß nicht einmal, was es für Spezialgebiete gibt.«

Sie überlegte kurz und kratzte sich an der Nase. »Hmm … es gibt allerlei Magieformen, die sie uns im ersten Jahr beibringen. Ich weiß selbst nicht alle. Jedenfalls werden dann unsere Fähigkeiten getestet und eingestuft. Meine ist die Telekinese. Ich kann meine Energie so lenken, dass sie Dinge verschiebt. Aber wie gesagt, ich bin nicht besonders gut darin. Andere können mit der Energie Dinge in Brand stecken oder einfrieren, während wieder andere die Luft beeinflussen.«

»Wenigstens hast du schon ein bisschen Erfahrung, für mich ist alles noch neu.« Ich erzählte Alissa von Tante Amalia und der kleinen, versnobten Stadt, in der wir lebten. Alissa war mir mit ihrer netten und offenen Art sofort sympathisch, und während die Limousine sich langsam füllte, verging die Zeit wie im Flug.

Endlich erreichten wir den Winterfold Forest. In der Limo wurde es schlagartig still, und alle sahen gebannt aus den getönten Fenstern. Die Straße ging in einen schmalen Weg über, und eine ganze Zeit lang fuhren wir zwischen den immer dichter stehenden Bäumen entlang. Es wurde dunkler, je tiefer wir in den Wald kamen. Ich rutschte unruhig auf meinem Platz herum.

»Wie kommt es, dass die Normalsterblichen die Schule noch nicht entdeckt haben?«

Alissa schüttelte den Kopf. »Die Schule ist mit Magie verdeckt, eine Illusion.«

Ich nickte, als hätte ich es verstanden, und sah weiter gebannt aus dem Fenster, als der Wagen vor einem schwarzen, schmiedeeisernen Tor in einer hohen, efeubewachsenen Mauer anhielt. Das Tor bestand aus mehreren Gitterstäben, die in messerscharfen Spitzen zu enden schienen. Rechts und links davon saßen zwei riesige Löwenstatuen auf der Mauer, die düster auf uns hinab schauten. Scheiße, wo war ich denn hier gelandet?

Kapitel 5

»So, Herrschaften. Ab hier geht's zu Fuß weiter.« Der Fahrer der Limousine drehte sich zu uns um und zwinkerte mir kurz zu. Zum ersten Mal sah ich ihm in die Augen und erschrak kurz, da sie in einem hellen Goldton leuchteten.

Alissa packte mich am Arm und zog mich fröhlich aus dem Wagen. »Komm schon, oder willst du wieder mit nach Hause fahren?«

Ich verdrehte die Augen, aber ihr natürlicher Frohsinn nahm mir einen Teil der Angst, die ich beim Anblick der hohen Mauern und Gitterstäbe gefühlt hatte. In ihrer Gegenwart kam ich mir weit weniger verloren vor.

»Hast du die Augen des Fahrers gesehen?«, fragte ich sie leise, als wir unser Gepäck aus dem Kofferraum holten.

»Klar. Wieso, findest du ihn süß?«

»Ich bitte dich, er ist mindestens zehn Jahre älter als ich!«, flüsterte ich entrüstet. »Ich meinte die Farbe. Sie waren gelb!«

»Er ist ja auch ein Mondkind«, meinte Alissa, als wäre es das Normalste der Welt. Wahrscheinlich war es das für sie auch. Instinktiv bekam ich es mit der Angst zu tun, obwohl er so nett gewirkt hatte.

»Erkennt man alle Verborgenen an den Augen?«

»Ja, eigentlich schon. Hexen haben grüne, Mondkinder

gelbe oder goldene und Vampire haben nur schwarze Augen.«

»Wieso ist mir dann noch nie einer mit gelben Augen aufgefallen?«

»Kontaktlinsen«, erklärte sie mir augenrollend.

Wir gingen hinter den anderen Schülern her und passierten das Tor. Die eisernen Gitterstäbe mochten einen bedrohlichen Eindruck machen, doch ein schmaler Kiesweg dahinter führte durch eine freundliche Grünanlage mit hohen Laubbäumen und gepflegtem Rasen, auf dem sich hier und da schon einige Schüler lümmelten, um das Wetter zu genießen. Der »Garten« war scheinbar ein beliebter Aufenthaltsort und befand sich im Zentrum des Schulgeländes. Er war riesig.

Direkt vor uns konnte ich das Hauptgebäude zwischen den Bäumen durchblitzen sehen. Rechts und links befanden sich ebenfalls Gebäude, die jedoch etwas kleiner waren.

»Direkt vor uns, meine Damen, befindet sich das Schulgebäude. Dort müssen wir uns anmelden. Wenn ihr mir bitte folgen wollt«, hörte ich einen blonden Jungen mit Brille vor mir sagen.

Er gab sich ziemlich überheblich und bedachte uns mit einem herablassenden Blick, der mir sagte, dass er ein Hexer war.

»Was für ein Klugscheißer. Als wären wir da nicht selbst drauf gekommen«, zischte mir Alissa zu.

Ich lachte prustend los und erntete sofort einen missbilligenden Blick von Mister Neunmalklug. Vor dem Schulgebäude liefen die Grünflächen langsam aus und wichen einem kleinen, gepflasterten Hof, in dessen Mitte ein schöner Springbrunnen prangte.

Aber es war die Schule, die meinen Blick fesselte. Auch sie war riesig. Ich hatte eine Vorliebe für alte Gebäude, und dieses erinnerte an ein Herrenhaus im Barockstil, nur hatte es mindestens vier Etagen und zwei gewaltige Flügel, die sich rechts und links des runden Mittelrisalits befanden. Die geöffneten, schwarzen Fensterläden bildeten einen schönen Kontrast zu dem hell gestrichenen, mit Efeu bewachsenen Gebäude.

Man konnte es mit den kleinen Zinnen und Türmen fast schon als Schloss bezeichnen. Wir betraten die große Eingangshalle, und mir stockte der Atem.

Der barocke Stil des Gebäudes spiegelte sich auch hier in dem marmornen Boden und den kunstvollen Wandteppichen wieder. Der niedrige Absatz meiner Stiefel klapperte über den Boden. Die Decke war mindestens fünfzehn Meter hoch, und vor uns erstreckte sich eine breite Treppe, die jeweils nach rechts und links in die zweite Etage führte. Am oberen Ende der Treppe prangte ein Gemälde, das laut Mister Neunmalklug Karl I. zeigte und von dem riesigen Kronleuchter in angenehmes Licht getaucht wurde.

Alles in allem konnte man sagen, dass hier jemand ein sehr gutes Händchen für die Einrichtung hatte. Es wirkte edel, aber bis auf den Kronleuchter nicht zu überladen. Und es sah aus, als wäre der Besitzer stinkreich. Vielen Dank, Tante Am, eine kleine Vorwarnung wäre nicht schlecht gewesen.

Rechts gab es eine Doppeltür aus dunklem Holz, die mit Schnitzereien (waren das Elfen?) verziert war und über der das Schild *Speisesaal* hing. Links von uns befand sich ein breiter Gang, der zu den unteren Klassenzimmern führte. Und zum Büro, denn dort standen schon einige Schüler Schlange.

Alissa und ich beschlossen, uns die Zeit damit zu vertreiben, Mr. Besserwisser bei seinen Geschichten über den Bau der Winterfold Akademie zuzuhören. Er hieß Derek und erzählte gerade, dass es sich bei dem Gebäude tatsächlich einmal um ein riesiges Herrenhaus gehandelt hatte, in dem

König Karl I., der übrigens ein Werwolf gewesen war, seine Geliebte untergebracht hatte.

»Meine Güte, hör sich das einer an. Der Typ gehört ins Museum und sollte dort Führungen geben«, witzelte ich.

In diesem Moment wurde die Eingangstür aufgestoßen, und ein hochgewachsenes Mädchen trat ein. Sofort drehten sich alle männlichen Wesen im Raum, bis auf Derek, zu ihr um und man konnte förmlich die Sabberfäden aus ihren Mündern tropfen sehen. Was man ihnen nicht mal verübeln konnte. Jemand pfiff anerkennend. Ihre schwarzen Stilettos klapperten ebenfalls über den Marmorboden und betonten ihre langen Beine, die eher in einem zu breiten Gürtel als einem Rock steckten. Sie hatte ein Gesicht wie Barbie, das von langen blonden Haaren umrandet war, und stolzierte auf uns zu, da wir im Durchgang zum Sekretariat standen. Ihre eisblauen Augen streiften mich, bevor sie sich Alissa zuwandte.

»Hey, Rotschopf, beweg mal deinen Hintern aus dem Weg.« Damit schob sie das total verblüffte Mädchen zur Seite und marschierte direkt zur Anmeldung, ohne sich um eine eventuelle Reihenfolge der Wartenden zu scheren.

»Wer war das denn?«, fragte ich, nicht weniger baff.

Der Geruch nach Büchern, den ich mittlerweile mit Derek verband, stieg in meine Nase und erinnerte mich an die kleine Bibliothek in Langfield. Er stand hinter uns und hatte natürlich auch hierfür eine Antwort parat.

»Das war Vanessa Cole, die Tochter des VO-Leiters.«

Alissa und ich schnaubten gleichzeitig und sahen uns dann grinsend an. Wir hatten so einige Gemeinsamkeiten.

»Hey, Jill, wollen wir uns vielleicht ein Zimmer teilen? Ich habe echt keine Lust, mit so jemandem wie der da zusammengesteckt zu werden.« Sie zeigte auf Vanessa, die gerade das Büro verließ und die anderen Schüler keines Blickes mehr würdigte.

Ich freute mich über Alissas Angebot und nahm es dankbar an. So, wie es aussah, hatte ich gleich am ersten Tag eine Freundin gefunden. Wer hätte das gedacht?

Als die Schlange vor dem Büro der Sekretärin kleiner wurde, stellten wir uns ebenfalls an und unterhielten uns über die Wahlfächer. Wie sich herausstellte, hatte Alissa nicht vor, der Verborgenenorganisation beizutreten.

»Ich werde irgendwann die Farm meiner Eltern übernehmen müssen. London wäre sowieso nichts für mich, denke ich.«

Ich bemerkte ihren Unmut darüber, sagte jedoch nichts dazu.

Im Büro gaben wir die Wahlfachzettel ab, und Mrs. Harrison, die Sekretärin, gab uns die Hausordnung und eine Karte vom Schulgelände. Die Werwölfin teilte uns noch kurz ein Zimmer zu, übergab uns die Schlüssel und rief schon die nächsten Schüler zu sich.

In der Eingangshalle studierten wir die Karte. Der riesige Park und das Schulgebäude lagen ziemlich mittig. Wie sich herausstellte, waren die kleineren Gebäude rechts und links, die mir bei unserer Ankunft schon aufgefallen waren, die Wohnhäuser der Schule. Rechts die Hexen, links Vampire und Werwölfe. Oder besser gesagt, Mondkinder.

Erschrocken hielt ich inne. Ich hatte tatsächlich die letzte halbe Stunde vergessen, dass ich von Übernatürlichen umgeben war. Sie wirkten so normal!

Noch nicht offensichtlich war bis dahin allerdings, dass das Schulgebäude nicht nur von vorne riesig aussah, sondern auch genauso lang wie breit war und wie ein Viereck rund um einen großen, offenen Schulhof stand. Ein großer See und noch zwei kleinere Gebäude lagen ebenfalls verteilt auf dem riesigen Gelände.

Wir traten aus dem Gebäude und wandten uns gleich Richtung Osten, um die Koffer aufs Zimmer zu bringen. Der

Hexenwohntrakt war im selben Stil wie das Hauptgebäude gebaut, nur wesentlich kleiner. Mrs. Harrison hatte uns erklärt, dass der untere Bereich des Wohnheims der Freizeitbeschäftigung diente.

Als wir eintraten, standen wir sofort in einem ebenso gemütlichen wie stilvoll eingerichteten Aufenthaltsraum, den wir jedoch schnell durchquerten. Unser Zimmer lag im ersten Stock, und einen Moment lang musste ich in der Tür stehen bleiben, um den Anblick auf mich einwirken zu lassen.

Wow! Auch hier setzte sich der Stil des gesamten Anwesens fort, nur dass sich auf die Farben Gold, Dunkelbraun und Creme beschränkt wurde. Zwei große Fenster spendeten ausreichend Licht, und selbst die breiten Fensterbänke waren gepolstert. Doch es waren die zwei Himmelbetten, die mich am meisten beeindruckten. Die Baldachine trugen goldbestickte Vorhänge, die zu den Unmengen an Kissen passten. Ich zog die Schuhe aus, um den hellen, cremefarbenen Teppich nicht zu beschmutzen, und warf mich auf eines der Betten.

»Wahnsinn – ich fühle mich wie eine Prinzessin!«, lachte Alissa und warf sich auf das andere.

»Die Winterfold Akademie muss ja einige Sponsoren haben, wenn sie sich das leisten kann. Sieh mal, wir haben sogar unser eigenes Bad«, sagte ich kopfschüttelnd. In meinen kühnsten Träumen hätte ich so etwas nicht erwartet.

Auf dem Nachttischschränkchen lag ein Zettel mit den Zeiten des Speisesaals. »Hey, wenn wir uns beeilen, schaffen wir es noch zum Mittagessen.«

Ich stand auf und stellte meinen Koffer in den großen Holzschrank, wobei sich ein loses Holzbrett auf dem Boden bewegte. Ich lächelte in mich hinein. Nur diese Kleinigkeit überzeugte mich davon, dass ich von diesem perfekten Zimmer nicht nur träumte.

Der Speisesaal war, wie zu erwarten, genauso prachtvoll wie auch der Rest der Winterfold Akademie. Eine große Anzahl runder Tische, an denen jeweils mindestens acht Schüler Platz hatten, füllte den Raum. An der Wand stand ein riesiges Büffet mit Salat, Obst, Joghurt- und Quarkspeisen. Wir stellten uns an die Theke und ließen unsere Teller mit dem heutigen Gericht füllen: Spaghetti Bolognese.

»Dem Himmel sei Dank«, seufzte ich erleichtert, »ich hatte schon befürchtet, hier gäbe es nur Kaviar, Trüffel und Clawson White Stilton Gold Cheese.«

Letzteren hatte ich einmal probiert. Pfui, nie wieder!

Wir setzten uns an einen freien Tisch in der Ecke und beobachteten das Treiben um uns herum. Die älteren Schüler saßen in Grüppchen zusammen und unterhielten sich angeregt über Gott und die Welt.

Auch Alissa plapperte ununterbrochen, doch ich war zu abgelenkt, um wirklich zuzuhören. Ich bekam nur bruchstückweise irgendetwas über eine bestimmte Pizza und ein Leibgericht mit. Etwas überrascht erkannte ich, dass sich die Verborgenen vom Verhalten her in keiner Weise von den Normalsterblichen unterschieden. Hier ging es zu wie in einer ganz normalen Schule.

Ich sah einen Jungen mit schwarzen Haaren, die ihm lockig in die Stirn fielen, durch den Raum laufen. Mit seinem bleichen Teint hätte er wirklich hübsch sein können, wären da nicht der düstere Gesichtsausdruck und die kohlschwarzen Augen gewesen. Er setzte sich zu einer Gruppe von Jungs in der anderen Ecke des Saals, die ebenfalls blasse Haut hatten.

Ich unterbrach Alissa in ihrer Tirade über das schlechte Essen in ihrer alten Schule. »Ally«, den Spitznamen hatte sie mir auf unserem Zimmer verraten, »sind das da drüben Vampire?«

Sie schaute kurz auf und nickte. »Ja, das sind Vampire.

Aber nach allem, was ich weiß, bleiben sie meist unter sich und geben sich nur selten mit anderen Arten ab. Wenn ich so darüber nachdenke, habe ich noch nie mit einem geredet. Sie verachten uns Hexen und Mondkinder größtenteils.«

»Warum?«, fragte ich, bevor ich mir eine Gabel voll Nudeln in den Mund schob.

»Ich glaube, das hängt mit dieser ganzen Bluttrinken-Geschichte zusammen. Sie denken, wir verabscheuen sie deswegen, und manche tun das auch. Sie gelten als eine gefährliche Spezies. Viele Vampire leben total abgeschieden, weil sie sich nicht unter Kontrolle haben.«

Sie zuckte mit den Schultern und wandte sich wieder ihren Spaghetti zu, aber in meinem Magen breitete sich Übelkeit aus.

»Blut trinken? Sie ernähren sich davon?«, fragte ich.

»Na ja, nicht direkt«, schmatzte Alissa mit vollem Mund. »Sie essen genauso wie wir alle. Aber Vampirismus wird von vielen als eine Art Krankheit angesehen. Sie benötigen regelmäßig eine Portion Blut, weil in ihrem eigenen Blut irgendein Wirkstoff oder so fehlt.«

Ich verstand nicht, wie sie dabei noch weiteressen konnte. »Und da saugen sie einfach Leute aus?!«

»Hast du noch nie etwas von Blutspende gehört?«, lachte Alissa und der Duft nach Blumenwiesen nahm zu. »Die VO hat für das Aussaugen klare Regeln aufgestellt. Entweder die Leute halten freiwillig den Hals hin, oder es gibt nur Blut aus Flaschen.«

Ich dachte eine Weile darüber nach, während Alissa uns einen Nachtisch besorgte.

»Wer gibt denn sein Blut bitte freiwillig her?«, fragte ich und nahm den Schokopudding entgegen.

»Manche stehen auf die Gefahr, dass der Vampir die Kontrolle verlieren könnte. Es gibt den Leuten eine Art Kick und soll wohl auch ein tolles Gefühl auslösen.«

Kein Wunder, dass die Vampire unter sich blieben. Mir war selbst nicht wohl bei dem Gedanken, dass sie Blut tranken. Trotz allem taten sie mir irgendwie leid. Ich wusste, wie es war, wenn man gemieden wurde.

Als ich meinen Blick durch den Raum schweifen ließ, fiel mir auch auf, dass nur die Mondkinder wie selbstverständlich gemeinsam mit den Hexen an den Tischen saßen. Konnten Vampire wirklich so schlimm sein?

Wir verbrachten den Rest des Tages damit, das Schulgelände zu erkunden und uns am See hinter dem Wohntrakt der Vampire und Mondkinder in die Sonne zu setzen.

Ich genoss das Gefühl, mit jemandem in meinem Alter zu plaudern. Alissa hatte so eine ungezwungene Art und war die Freundlichkeit in Person. Das zarte Mädchen mit der hellen Haut und den Sommersprossen nahm mir einen Teil des Heimwehs, unter dem ich schon jetzt litt. Es war schon lange her, dass ich jemandem begegnet war, der mir gegenüber keine Vorurteile hatte.

Nachdem wir uns zum Abendbrot mit Salat und belegten Brötchen vollgestopft hatten, gingen wir wieder auf unser Zimmer. Ich zog meinen blauen Pyjama an und kuschelte mich in das traumhafte Bett, viel zu müde von den ganzen neuen Eindrücken, um mich noch lange zu unterhalten. Auch Alissa gähnte herzhaft und löschte das Licht.

Als ich langsam in den Schlaf fiel, ging ich noch einmal die Ereignisse des Tages durch. Ich hatte schon auf der Fahrt hierher eine Freundin gefunden. Die ganze Angst, die ich vor dieser Schule gehabt hatte, war vollkommen unbegründet. Tatsächlich hatte sich der Ort als wirklich beeindruckend erwiesen. Wie schlimm konnte da schon der Unterricht werden? Hätte ich doch nur vorher gewusst, wie sehr ich mich in diesem Punkt täuschen sollte.

Kapitel 6

»Ich habe keine Ahnung, was ich anziehen soll!« Ratlos stand ich in meinen Bademantel gehüllt vor meinem geöffneten Koffer. Irgendwie hatte ich das Gefühl, dass der Eindruck am ersten Tag wahnsinnig wichtig war.

»Meine Güte, Jill, so schwer wird das doch nicht sein.« Alissa kam herüber, um in meinem Koffer nach etwas Brauchbarem zu wühlen. Am Ende zog sie die hautenge Jeans, die zu tragen ich nie den Mut gefunden hatte, und einen schwarzen Pullover mit V-Ausschnitt heraus. Als ich in den Spiegel blickte, musste ich sagen, dass ich ganz passabel aussah.

Die Kette meiner Mutter passte perfekt dazu, und der kleine, blaue Stein lag kühl auf meiner Haut. Alissa zupfte noch hier und da an meinen dunklen Locken herum, und wir machten uns auf, um vor dem Unterricht noch etwas zu frühstücken. Die Aufregung machte sich bemerkbar, selbst Alissa war ungewohnt ruhig und kaute lustlos an ihrem Käsebrötchen.

Den Klassenraum zu finden war nicht ganz so einfach, da die Gänge der Schule auf den ersten Blick alle gleich aussahen. Nur die leuchtenden Motive von Königen, Rittern, Elfen und anderen Verborgenen auf den Wandteppichen gaben uns einen Hinweis darauf, wenn wir wieder im selben steinernen Gang wie zuvor gelandet waren. Die meisten Flure waren fensterlos und wurden hier und da sogar noch von Fackeln beleuchtet, was mir wieder das Gefühl gab, in einem anderen Jahrhundert gelandet zu sein. Die modernen Klamotten der Schüler und die ein oder andere elektrische Lampe bildeten einen eigenartigen Kontrast dazu.

Als wir den Raum schließlich doch erreichten, blieben uns nur die zwei Plätze an der Wand in der zweiten Reihe, direkt neben Klugscheißer Derek Watson. Klasse. Hoffentlich würde er nicht den ganzen Unterricht lang Lehrer spielen.

Eine kleine, rundliche Frau mit braunen Haaren und freundlichem Gesichtsausdruck betrat den Raum. Sie stellte sich als Mrs. Preston vor und hatte eine warme und mütterliche Art an sich. So weit, so gut. Mit ihrer geblümten Bluse und dem blauen Rock sah sie eher aus, als gehöre sie auf eine Farm.

Mrs. Preston erklärte uns kurz, dass wir bei ihr sowohl Englisch als auch Mathe haben würden, und den Rest der Stunde verbrachten wir damit, uns gegenseitig vorzustellen und über das Ziel dieser Ausbildung zu sprechen.

Wie sich herausstellte, hatten die Hexen alle Fächer bis auf Magie gemeinsam mit den Vampiren und Mondkindern. Vanessa Cole, die Barbie mit dem populären Vater, saß hinter uns und hatte es anscheinend schon am ersten Tag geschafft, eine Reihe von Anhängern um sich zu scharen, die ihr zu Füßen lagen.

Ich beobachtete sie aus den Augenwinkeln, als sie ihr feines, blondes Haar über die Schulter warf und sich über Derek lustig machte, der mit stolz geschwellter Brust erzählte, er wolle einmal in die Politik gehen und sich für die Offenbarung der Verborgenen vor den Normalsterblichen einsetzen.

Anscheinend gab es in jeder Schule so eine Gruppe von

Lästerschwestern, wie ich schon die Cheerleader meiner alten Schule genannt hatte.

Derek lief rot an, als er bemerkte, wie Vanessa leise hinter uns seinen leicht irischen Akzent nachahmte. Er kam mir auf Anhieb weniger unsympathisch vor und tat mir leid. Mit seiner dicken Brille und dem Holzfällerhemd aus Flanell war er das perfekte Opfer für Vanessa.

Ich funkelte sie böse an, doch sie lächelte nur hinterhältig. Dieses Mädchen konnte nur Ärger bedeuten.

Als es endlich zur Pause klingelte, kam ich zur selben Zeit wie der schwarzhaarige Vampir aus dem Speisesaal an der Tür an. Ich hatte ihn bis dahin gar nicht bemerkt, und er drängte sich nur schroff an mir vorbei, sodass meine Tasche herunterfiel. Vampire waren offensichtlich keine geselligen Wesen. Zerknirscht hob ich meine Schulutensilien auf und ignorierte Vanessas höhnisches Lachen.

Als ich Alissa auf dem Schulhof davon erzählte, zuckte sie nur mit den Achseln. »Lass ihn doch, so sind Vampire nun mal. Er heißt übrigens Ryan Almont. Du solltest wirklich besser aufpassen, Jill.«

Sie lachte ihr glockenklares Lachen, und ich machte mir keine weiteren Gedanken darüber, sondern beobachtete stumm meine Mitschüler, die auf dem Schulhof in Grüppchen standen oder sich auf den Bänken der kleinen Grünfläche in der Mitte lümmelten. Ich war wahnsinnig gespannt auf die nächste Stunde.

Unser Dämonologieprofessor war Mr. Sheffield, ein kleiner, säuerlich aussehender Mann mit Brille und strengem Blick. Laut seinen Augen war er ein Hexer, aber sie leuchteten nicht wie bei uns anderen, sondern schimmerten wässrig in einem trüben Dunkelgrün. Zusammen mit seiner krummen Nase und den Tränensäcken bot er keinen besonders attraktiven Anblick, was nicht zuletzt an dem verbissenen Gesichtsausdruck lag. Er begann ohne Umschweife mit einem Vortrag über Mairas, bei dem wir fleißig mitschrieben.

»Mairas ernähren sich von der Lebensenergie der Normalsterblichen und Verborgenen, der Prana. Sie werden deshalb am ehesten von Hexen und Magie angezogen, aber auch von Angst. Sie benötigen die Prana, um in dieser Welt existieren zu können. Das beweist, dass sie eigentlich gar nicht hierher, sondern in die Unterwelt gehören und mehr Dämon als Mensch sind. Und wenn Miss Cole endlich damit aufhören würde, mit Miss Brown über das Wetter zu schwatzen, könnten wir uns dem ersten Kapitel in unserem Lehrbuch zuwenden. Eventuell sehe ich dann davon ab, Ihnen schon am ersten Tag Nachsitzen zu erteilen.«

Vanessa und Megan, die gerade die Köpfe zusammen gesteckt hatten, zuckten schuldbewusst zusammen.

Ich grinste in mich hinein. Anscheinend war mit Mr. Sheffield nicht gut Kirschen essen.

»Hey, Ally, ich wusste gar nicht, dass alle eine Prana besitzen«, flüsterte ich hinter vorgehaltener Hand.

»Doch, aber nur die Hexen können sie benutzen. Bei uns ist sie intensiver.«

Mr. Sheffield verteilte die Lehrbücher, und wir begannen, eine gemalte Abbildung der Mairas zu studieren.

Ich warf einen Blick auf das zerfledderte Buch vor mir …

Und mir stockte der Atem. Das konnte doch nicht wahr sein. Ich spürte, wie mein Gesicht kalt wurde und mein Herz in der Brust zu rasen begann.

Ich hatte ein Gemälde desselben Wesens vor mir, das ich im Baum des Stadtparkes gesehen hatte. Der kahle Kopf, die lederne graue Haut. Spitze schwarze Zähne, die wie Dornen aus dem Kiefer ragten. Nun sah ich auch den Körper des Wesens. Große, ledrige Flügel und lange Klauen an einem fast menschlich wirkenden Körper. Die Zeichnung war nicht sehr deutlich, doch eines fiel mir sofort auf.

»Die Augen stimmen nicht«, stieß ich aus, immer noch geschockt.

»Wie bitte, Miss Benett?« Mr. Sheffield sah mich mit undurchdringlichem Blick an.

Verdammt, hatte ich das tatsächlich laut gesagt? In der Klasse war es ruhig geworden. Ich räusperte mich.

»Ich … ich sagte, die Augen stimmen nicht. Sie sind weiß und trüb, nicht schwarz wie auf diesem Bild.«

Ich war froh, dass wenigstens meine Stimme fest klang, auch wenn meine Hände bei dem Gedanken zitterten, dass ich nur wenige Meter von einem Maira entfernt gewesen war. Ich wusste doch, dass es nicht nur Einbildung gewesen war. Alissa sah mich mit großen Augen an.

Mr. Sheffield allerdings lächelte boshaft. »Und was bringt Sie zu dieser Annahme?«

Was soll's, dachte ich. Jetzt konnte ich ebenso alles von der Begegnung berichten, doch der untersetzte Mann unterbrach mich schon nach wenigen Augenblicken.

»Miss Benett, das ist haarsträubender Unfug, was Sie da erzählen. Die bewohnten Gebiete sind mit so mächtiger Magie geschützt, wie Sie sich nicht einmal vorstellen können. Und selbst wenn es diese Begegnung gegeben haben sollte, so hätten Sie sie gewiss nicht überlebt. Oder wollen Sie mir etwa noch erzählen, Sie hätten *ihn* verjagt?«

Hochmütig zog er die Augenbrauen in die Höhe. Einige lachten. Ich schüttelte den Kopf, und mir stieg die Hitze in die Wangen.

»Dann würde ich sagen, Sie hören auf zu versuchen, solche Geschichten zu verbreiten und anderen Angst damit zu machen. Die Mairas wurden seit Jahren nicht gesehen, und diese Abbildung wurde detailgetreu von einem VO-Jäger erstellt, der *wahrhaftig* schon einem Maira entgegengetreten ist.«

Ich biss die Zähne zusammen und starrte auf meine Aufzeichnungen. Ich konnte mich nicht gleich am ersten Tag in Schwierigkeiten bringen. Mr. Sheffield fuhr mit dem Unterricht fort, doch kaum einer hörte noch zu. Die meisten tuschelten und warfen Blicke auf mich. Ich hörte Gesprächsfetzen wie »Angeberin« und »will sich nur aufspielen«.

Klasse, ich hatte es schon am ersten Schultag geschafft, mich zum Gespött zu machen. Vanessa tippte mich von hinten an.

»Hey, Jillian, wie hast du das Vieh verjagt? Hast du ihm deine flachen Brüste gezeigt, und es ist abgehauen?«

Ihre Freunde brachen in schallendes Gelächter aus, und die Hexe lehnte sich mit einem spöttischen Lächeln zurück.

»Halt die Klappe, Barbie«, zischte ich ihr zornig zu. »Hast du nicht irgendetwas Besseres zu tun? Fingernägel feilen oder kleine Kinder fressen?«

»Eins zu null für Jillian«, sagte Derek trocken.

Vanessa funkelte mich wütend an, und ich drehte mich wieder nach vorn, um Derek ein Lächeln zu schenken. Vielleicht war er doch gar nicht so übel.

Vanessa war ein Biest. Ich würde an dieser Schule nicht denselben Fehler wie zuvor machen und mich verkriechen. Allerdings hatte ich mir bestimmt gerade eine Feindin gemacht.

Den zweiten Teil der Dämonologiestunde verbrachten wir damit, die Eigenschaften von Mairas aus Kapitel 1 herauszuschreiben, doch ich konnte mich nicht mehr konzentrieren.

Ich drehte mich zu Ally. »Du glaubst mir doch, oder?«

»Natürlich!« flüsterte sie mit ehrlichem Blick.

Ich atmete erleichtert auf, und wir fingen an, leise über meine Begegnung zu reden. Wie konnte es sein, dass ein Maira unbemerkt in einem bewohnten Gebiet auftauchen konnte? Und warum hatte er dann nicht sofort angegriffen, sondern mich erst beobachtet?

»Vielleicht war er schon satt«, mutmaßte Alissa mit einem Stirnrunzeln.

Derek drehte sich zu uns, und der angenehme Duft nach Pergament verstärkte sich.

»Wenn ihr das Kapitel zu Ende lesen würdet, dann wüsstet ihr, dass Mairas nie satt werden. Sie fressen die Leute ja nicht gänzlich, sondern verbeißen sich in der Kehle, um an die Prana zu kommen.«

Das Läuten zur Pause ersparte mir weitere Details. Ich schnappte meine Tasche und eilte aus dem Raum, um das mulmige Gefühl in meinem Magen loszuwerden.

Als ich auf den Flur trat, stand dort Vampir Ryan mit verschränkten Armen an die Wand gelehnt. Ich schob mich an ihm vorbei, doch er stellte sich mir in den Weg. Genervt holte ich Luft, um ihm die Meinung zu sagen, doch das Aufblitzen weißer Zähne brachte mich zum Verstummen.

»Du hast recht. Die Augen der Mairas sind weiß.«

Verblüfft starrte ich ihn an, doch er musterte mich nur kurz mit seinen schwarzen Augen und drehte sich auf dem Absatz um.

»Hey, warte doch mal!«, rief ich, doch er war schon verschwunden.

Alissa trat neben mich und sah ihm ebenfalls hinterher. »Mann, ist der unheimlich.«

»Ja, mag sein. Aber wenigstens glaubt er mir«, sagte ich auf dem Weg zum Mittagessen. »Mit dir und Derek Watson wären es dann immerhin schon drei, die mich nicht für vollkommen bekloppt halten.«

Wir suchten uns im Speisesaal einen Tisch in einer wenig beleuchteten Ecke, als Derek vorbeischlenderte.

»Mann, Jill, du bist das Gesprächsthema Nummer eins heute. Sogar die Oberstufe spricht schon darüber. Hey, darf ich mich zu euch setzen?«

Wir hatten nichts dagegen, solange er nicht wieder anfing,

Vorträge zu halten. Seufzend steckte ich die Gabel in mein Steak und schob den Teller beiseite. Hätte ich im Unterricht nicht einfach die Klappe halten können? Ich hatte wirklich ein Talent dafür, an Stellen aufzufallen, wo ich lieber unsichtbar geblieben wäre.

Die Türen des Speisesaals öffneten sich plötzlich wie von Geisterhand, und schlagartig endete das Gemurmel um uns herum. Alle starrten die große, schlanke Hexe an, die einen ganzen Saal voller Schüler ohne Mühe zum Verstummen bringen konnte. Und sie war die wohl hübscheste Frau, die ich je gesehen hatte.

Von ihr strahlte eine Macht aus, die fast greifbar war. Ich hatte das Gefühl, als läge eine Art Elektrizität in der Luft, und ihre schwarzen Haare schwebten in einem unsichtbaren Luftzug um ihren Kopf. Es knisterte um uns herum. Ich hielt den Atem an, als ihre autoritäre Stimme ertönte.

»Liebe Schüler, es freut mich, Sie wieder alle beisammen zu sehen. Auch die neuen Schüler möchte ich recht herzlich an unserer Schule begrüßen. Ergreifen Sie die Chance, die Ihnen hier geboten wird, und lernen Sie fleißig, Sie werden es nicht bereuen. Ich wünsche Ihnen ein erfolgreiches Jahr und einen guten Appetit!«

Die Schüler applaudierten und wandten sich wieder den Speisen zu. So langsam kapierte auch ich, dass es sich um die Schulleiterin handelte. Sie lächelte und ließ ihren Blick durch den Raum schweifen. Ich senkte den Kopf und tat so, als sei ich vollkommen damit beschäftigt, meinen Salat zu beäugen. Ich wollte nicht wissen, ob sie in meine Richtung schaute oder nicht, wollte nicht wissen, ob die Mairagegeschichte schon bis zu ihr vorgedrungen war.

»Ich habe gehört, Mrs. Grant sei eine der mächtigsten Hexen Englands, obwohl sie erst Ende dreißig ist«, meinte Derek, als die Schulleiterin den Saal verließ. Ich hörte nur noch halbherzig zu.

Er plauderte ein wenig mit Alissa, und so konnte ich meinen düsteren Gedanken freien Lauf lassen. Was für ein schrecklicher Start. Lustlos fummelte ich an der Tischdeko herum, einem teuren Kerzenständer aus Silber, der inmitten roter Rosenblüten stand.

Ich stand seufzend auf. »Wird Zeit, dass ich mich umziehe, ich muss noch zur Turnhalle rüber. Waffenkunde! Ich bin gespannt, was wir dort beigebracht kriegen.«

Ich verabschiedete mich von Alissa und Derek, die beide zum Sozialkundeunterricht mussten. Mittlerweile schien sich herumgesprochen zu haben, wer die angebliche Begegnung mit einem Maira gehabt hatte, denn plötzlich folgten mir alle Blicke durch den Raum.

Ich sah stur geradeaus und versuchte, jene zu ignorieren, die den Kopf schüttelten oder über mich lachten. Tief durchatmen. So viel zu meinem Neustart an einer Schule, auf der ich nicht von Anfang an als seltsam galt. Ich hatte es gehörig vermasselt.

Die Turnhalle war riesig, überall mit Matten ausgelegt und hatte eine komplett mit Waffen ausgestattete Wand. Schwerter, Armbrüste, verschiedene Dolche aller Art und einige Sachen, die ich nicht benennen konnte, waren an silbernen Haken und Ösen befestigt.

Erstaunt stellte ich fest, dass auch Vanessa Cole das Wahlfach belegt hatte. Es war schwer zu glauben, dass Barbie sich freiwillig die Fingernägel beim Schwertkampf abbrechen wollte.

Doch vielleicht lag es auch einfach nur an dem Lehrer, der in der Mitte der Halle stand und auf uns wartete. Er war der Knaller schlechthin, höchstens Mitte zwanzig und sah, um es kurz zu sagen, hinreißend aus. Sicher verbrachte er viel Zeit im Freien, er hatte eine angenehme Bräune, und zusammen mit den erdfarbenen Locken und dem gut trainierten Körper war er wirklich eine Augenweide. Und ich meine wirklich gut trainiert. Unter dem engen Kampfanzug sprangen einem die Bauchmuskeln förmlich entgegen!

Ich hörte zwei Mädchen aus einer anderen Klasse, die hinter seinem Rücken tuschelten.

»Er sieht so toll aus!«

»Ich habe gehört, er war einer der besten Jäger der VO!«

»Ob er mir seine Handynummer gibt?«

»Spinnst du? Er ist ein Lehrer! Das darf er gar nicht.«

Ich verdrehte die Augen und schnaubte leise. Mr. Lockwood stellte sich vor.

»Ich freue mich, Sie zu meinem Kurs begrüßen zu können. Mein Name ist Nathan Lockwood, aber ich würde es begrüßen, wenn wir alle Förmlichkeiten in dieser Halle ablegen und Sie mich einfach Nathan nennen. Ich war vier Jahre lang Jäger der VO und hoffe nun, dass ich Ihnen mein Wissen über Waffen und, sofern Sie diese Kurse belegt haben, auch die Grundlagen der Mairajagd und offensive Magie vermitteln kann.«

Er nahm ein gebogenes Schwert von der Wand. »Wer von Ihnen kann mir sagen, wie Mairas getötet werden können?«

Zögernd hoben sich einige Hände. Ein großer, stämmiger Werwolf, der aussah, als könnte er die Mairas mit puren Händen zerquetschen, antwortete mit tiefer Stimme. »Durch Köpfen. Oder durch einen Stich ins Herz.«

»Richtig. Name?«

»Jonathan.«

»Also, Jonathan. Sehr gut. Das Problem dabei ist aber zu wissen, wo genau sich das Herz dieser Wesen befindet. Ein häufiger Fehler ist es, das Herz in der linken Brusthälfte zu vermuten. Diese Annahme hat schon viele Übermütige das Leben gekostet. Vielmehr befindet es sich auf der rechten Seite und wird von zusätzlichen Rippenbögen geschützt. Wir werden im Kurs Grundlagen der Mairajagd näher darauf eingehen, denn heute will ich Ihnen den Umgang mit dem Kilidsch beibringen.«

Er wirbelte das gebogene Schwert in der Hand herum und erntete einige bewundernde Blicke.

»Ein Kilidsch hat genau die richtige Form, um das Herz der Mairas von unten zu durchbohren und somit die zusätzlichen Rippen zu umgehen.«

Oh mein Gott, worauf hatte ich mich denn da eingelassen? Skeptisch beobachtete ich die geschmeidigen Bewegungen des Hexers. Hatte ich wirklich geglaubt, ich könnte irgendwann einem Maira gegenübertreten, ohne in die Hose zu machen?

Mr. Lockwood, oder besser gesagt Nathan, zeigte uns noch einige Manöver und verteilte dann unsere Kampfanzüge. »Die werden Sie bei all meinen Stunden tragen. Das Leder ist elastisch und schützt vor Schürfwunden. Am Gürtel sehen Sie einige Schlaufen und Halterungen für verschiedene Waffen. Im Laufe Ihrer Ausbildung werden Sie lernen, mit mehreren Waffen an Ihrer Hüfte zu kämpfen.«

Wir zogen uns in den jeweiligen Kabinen um. Wow, war das Ding eng. Jetzt war ich froh darüber, dass ich eine recht passable Figur hatte. Auch wenn ich vielleicht etwas zu klein geraten war.

Die Stunde verlief besser als gedacht, und ich stellte mich nicht einmal schlecht an. Nathan stellte uns zu Pärchen zusammen und ließ uns die gezeigten Manöver üben.

Mein Partner war, wie sollte es auch anders sein, Ryan Almont. Wir trainierten eine Weile schweigend, und mir stand schon nach einer halben Stunde der Schweiß auf der Stirn. Ryan gab sich gelassen, doch seine schwarzen Haare fingen an, sich noch mehr zu locken, woraus ich schloss, dass er ebenfalls langsam ins Schwitzen kam. Ich lächelte in mich hinein. Das konnte er vergessen, dass ich um eine Pause bat.

Ich wollte unbedingt mehr über seine Begegnung mit den Mairas erfahren, und als Nathan nun doch fünf Minuten zum Ausruhen ankündigte, nutzte ich die Gelegenheit und ging auf den Vampir zu.

»Was hast du heute Morgen im Flur damit gemeint, als du sagtest, ich hätte recht?«

Ryan drehte sich weg. »Verschwinde.«

Mir fiel die Kinnlade herunter. »Wie bitte?«

»Ich habe gesagt, du sollst verschwinden«, knurrte Ryan leise. »Lass mich in Ruhe!«

Damit ließ er mich stehen. Was zum Henker war bloß los mit diesem Kerl? Hielt er mich auch für verrückt? Aber er hatte doch gesagt, er glaube mir. Ich spürte eine vage Enttäuschung in mir aufsteigen, doch ich ignorierte das Gefühl. Sollte er doch machen, was er wollte.

Nach der Pause stellte Nathan neue Paare zusammen, und ich kämpfte mit Vanessas Freundin Megan. Wir redeten nicht miteinander, und der Rest der Stunde ging schnell vorüber.

Ich ging in Richtung Umkleideraum, um meine Tasche zu holen.

»Jillian, könnte ich Sie kurz sprechen?« Nathan winkte mich heran. Ups, was hatte ich denn jetzt gemacht? Ich blieb vorsichtig stehen.

Vanessa hatte ihn gehört und warf uns neugierige Blicke zu, doch er wartete, bis die Halle leer war, um mit mir zu reden.

»Ich habe von Ihrer Begegnung mit einem Maira gehört.«

Super – war ja klar, dass es nicht nur unter den Schülern die Runde machen würde.

»Und, wollen Sie sich jetzt auch über mich lustig machen oder mir Vorträge halten, wie unsinnig das ist?«, fragte ich trotzig.

Nathan lachte, und ich konnte den Geruch von Ebenholz unter seinem männlichen Deodorant ausmachen.

»Nein, keineswegs. Ich bin niemand, der so etwas auf die leichte Schulter nimmt. Aber ich würde gerne mehr darüber erfahren.«

Ich beäugte ihn misstrauisch. Suchte er vielleicht nach Details in meiner Geschichte, die er weitertratschen konnte? Andererseits war er sehr freundlich und sympathisch. Als Jäger musste er wahrscheinlich jedem noch so kleinen Hinweis nachgehen, der mit dem Aufenthalt von Mairas zu tun hatte.

Also setzten wir uns auf den Stapel von Turnmatten, und ich begann zögernd zu erzählen. Ich beschrieb ihm jedes noch so kleine Detail vom Aussehen, das ich wahrgenommen hatte. Jede kleinste Bewegung. Nicht, dass es viel gewesen wäre, schließlich war ich an diesem Abend schreiend davongelaufen.

Nathan schwieg eine Zeit lang, nachdem ich geendet hatte.

»Das sind äußerst beunruhigende Fakten, die Sie da erzählen. Wie konnte ein Maira in bewohntes Gebiet gelangen? Sie müssen verstehen, dass die Mairas mehr gefürchtet werden als alles andere – und die Normalsterblichen wie auch die Verborgenen neigen dazu, ihre Ängste lieber zu ignorieren, als sich mit ihnen auseinanderzusetzen. Um es kurz zu sagen: Mr. Sheffield und auch die meisten anderen Lehrer *wollen* es nicht glauben. Ich bin jedoch der Meinung, man sollte die Sache weiter verfolgen. Es wurde in letzter Zeit wieder häufiger über verschwundene Personen rund um London berichtet.«

»Was werden Sie jetzt tun?«, fragte ich neugierig.

»Die VO informieren. Man wird den Vorfall und die Schutzzauber in Langfield überprüfen. Im Übrigen muss ich Mr. Sheffield in einem Punkt recht geben. Die Mairas haben schwarze Augen.« Er lächelte mich verschmitzt an.

Schön. Sollten sie doch alle glauben, was sie wollten.

Dann hatte ich eben einen Albino-Maira getroffen. Vielleicht war er auch alt und schwach und blind. Keine Ahnung.

Nathan verabschiedete sich von mir, doch mir fiel noch etwas ein.

»Mr. Lo… Nathan!« Er drehte sich noch einmal um. »Haben Sie eine Ahnung, warum er mich an dem Abend nicht angegriffen hat? Ich dachte, Mairas werden nur vom Instinkt geleitet und stürzen sich direkt auf die Beute?«

Nathan zwinkerte mir grinsend zu. »Vielleicht, weil Sie außerordentlich hübsch sind!«, rief er und verschwand in der Herrenumkleidekabine.

Ich blieb verdattert zurück und starrte ihm hinterher.

Kapitel 7

»Jillian, wow! Du siehst heiß aus in dem Ding!« Alissa beäugte aufgeregt meinen Kampfanzug, als ich unser Zimmer betrat.

»Ich hab dir was aus dem Speisesaal mitgebracht. Wo hast du denn so lange gesteckt?«

Ich griff dankbar nach dem eingewickelten Sandwich, das sie mir reichte. »Gott sei Dank, ich bin am Verhungern!«

Durch mein Gespräch mit Nathan hatte ich das Abendbrot verpasst. Ally schaute mich erwartungsvoll an.

»Ich war mit Nathan Lockwood noch in der Turnhalle, und wir haben über meine Mairabegegnung geredet.«

»Ist das nicht dieser neue, heiße Lehrer, von dem die gesamte weibliche Schülerschaft spricht?«

»Mhhh-hmm.« Mehr brachte ich mit vollem Mund nicht zustande. Der Salat knackte angenehm frisch und verband sich mit dem Geschmack von Thunfisch.

Alissa zappelte auf ihrem Bett umher und schien vor Neugier fast zu platzen, also erlöste ich sie und erzählte ihr alles. Bis hin zu Nathans Antwort auf meine letzte Frage.

»Ich glaube es ja wohl nicht! Er findet dich süß!«

Alissa klatschte in die Hände und benahm sich wie ein typisch aufgedrehter Teenager. Ich verdrehte die Augen, doch ihre gute Laune war wie immer ansteckend.

Wir lümmelten auf unseren Himmelbetten und sprachen noch eine Weile über Allys Sozialkundeunterricht und den knackigen Hintern von Nathan, bevor ich es endlich unter die Dusche in unserem Badezimmer schaffte. Alissa hatte noch vor, im Gemeinschaftsraum eine Runde Billard zu spielen, doch mir taten vom Training sämtliche Muskeln weh. Jetzt bereute ich es, dass ich das Joggen vor ein paar Monaten aufgegeben hatte.

Ich wünschte Ally eine gute Nacht, und nachdem ich endlich sauber war, kuschelte ich mich in die weiche Satinbettwäsche, um noch ein bisschen in meinem neuen Buch zu lesen, das ich mir vor ein paar Tagen in Langfield gekauft hatte. Doch ausnahmsweise fesselte mich die Geschichte heute nicht so sehr wie sonst, und ich dachte über das Erlebte nach.

Das Gespräch mit Nathan hatte mich etwas aufgemuntert, und ich war mir sicher, dass irgendwann auch das Gerede über mich aufhören würde. Ich musste nur warten, bis die Schüler eine neue Sensation fanden, über die sie tratschen konnten. Und hoffen, dass nicht *ich* wieder diese Sensation sein würde.

Wie sehr ich mich doch irren sollte.

Als ich am Dienstagmorgen aufstand, wusste ich, dass der Tag die Hölle werden würde. Mein Körper schmerzte bei jeder Bewegung. Beim Schwertkampf kamen offensichtlich Muskeln zum Einsatz, von denen ich nicht einmal gewusst hatte, dass es sie gab. Stöhnend zog ich mir eine der weiteren Jeans an und hoffte, dass die vier Stunden heute in der Turnhalle nur Theorie beinhalten würden. Obwohl ich mir fest vorgenommen hatte, modische Fehltritte zu vermeiden, entschied ich mich für bequeme Turnschuhe an Stelle meiner geliebten Lederstiefel.

Vorher hatten wir Geschichte bei Mr. Martin, einem

ebenso alten wie langweiligen Werwolf. Er erzählte uns von einer Reihe englischer Könige, die allesamt Werwölfe und Hexer waren und sich heimlich gegen die damalige Hexenjagd eingesetzt hatten.

Daraufhin mussten wir anfangen, die ersten Kapitel im Lehrbuch über die Hexenprozesse von Salem zu lesen. Vanessa machte einen Platz hinter mir noch ein paar lahme Versuche, sich über mich lustig zu machen, aber sie erntete nur noch spärliche Lacher außerhalb ihrer Anhängerschar.

Es hatte sich herumgesprochen, dass Nathan Lockwood sich mit der VO in Verbindung gesetzt hatte und in Langfield nach Anhaltspunkten gesucht wurde. Ich war ihm dankbar dafür.

Als ich in der Pause über Vanessas Sticheleien nur lachte, zog sie beleidigt davon. Im Schlepptau hatte sie seit gestern das Kraftpaket von Werwolf Jonathan, der mit uns zusammen Waffenkunde hatte. Der blonde Typ sah aus, als wolle er sie auf Händen tragen.

Dann endlich hatten wir unsere nächste Stunde bei Nathan, Grundlagen der Mairajagd. Mit schmerzenden Muskeln, aber auch einem kribbelnden Bauchgefühl, schleppte ich mich zur Turnhalle.

Als ich hereinkam, zwinkerte er mir wieder zu, woraufhin ich stolperte und feuerrot anlief.

Meine Güte, was war nur los mit mir? Da hatte ich einmal ein Kompliment von einem Mann bekommen, und schon bildete ich mir etwas darauf ein. Wahrscheinlich machte er das mit jedem Mädchen, um am Ende des Jahres zum beliebtesten Lehrer gewählt zu werden.

Ich drehte schnell den Kopf zur Seite und sah Vanessa, die uns beobachtet hatte und mich spöttisch anlächelte.

Na, ganz toll, das hatte mir gerade noch gefehlt. Doch die bissigen Kommentare blieben aus. Sie steckte lediglich den Kopf mit Jonathan zusammen und tuschelte, während

Nathan uns anhand einer Gummipuppe die Anatomie der Mairas erklärte.

Ich setzte mich zwischen zwei Hexen auf eine lange Bank und gab mir Mühe, mich zu konzentrieren. Als wir mit der Theorie fertig waren, kam die gefürchtete Praxis. Wir versuchten, den aufgestellten Gummipuppen mit dem Kilidsch im richtigen Winkel das Herz zu durchstoßen. Ich kam nicht einmal ansatzweise in die Nähe des imaginären Herzens, und am Ende steckte der krumme Säbel so in meiner Puppe, dass das spitze Ende wieder aus der Brust kam und auf mich zeigte.

Nathan kam herüber und lachte schallend, woraufhin ich zornig die Hände in die Hüften stemmte.

»Jillian, wenn Sie so weitermachen, werden Sie sich noch selbst aufspießen!«

»Ist doch nicht meine Schuld, dass wir mit so einem krummen Ding arbeiten sollen. Mit einem geraden Schwert hätte ich getroffen!« Ich zog schmollend den Säbel aus der Seite der Puppe.

»Nein«, sagte Nathan, »mit einem Schwert wären Sie an den Rippen hängen geblieben und jetzt höchstwahrscheinlich nicht mehr am Leben.«

Er legte eine Hand über meine und führte den Säbel in Richtung Brustkorb des Gummimonsters. »Sie müssen ihn hier unten ansetzen und in einem Bogen nach oben rammen.«

Ich spürte seinen Atem in meinem Nacken, und wieder stieg mir der Duft nach Ebenholz in die Nase. Er roch angenehm nach Wald. Meine Haut kribbelte an der Stelle, auf der seine Hand lag. Ich versteifte mich. Hör auf damit, Jillian. Er ist dein Lehrer!

Als hätte er meine Gedanken gehört, ließ er abrupt von mir ab und räusperte sich verlegen. Dann hob er die Stimme, damit auch die anderen Schüler ihn hörten.

»Die richtige Technik ist Ihre einzige Chance, um zu überleben. Wenn Sie das Herz verfehlen, gibt es meist keinen zweiten Versuch mehr.«

Wieder liefen mir Schauder über den Rücken. Ich hoffte nicht, dass ich einem Maira jemals so nahe kommen würde. Nathan hatte uns erklärt, dass Mondkinder und Vampire aufgrund ihrer Schnelligkeit und Stärke im Nahkampf erheblich bessere Chancen hatten. Hexen dagegen konnten immer noch auf ihre Magie setzen und aus der Ferne angreifen.

Ich beobachtete Nathan, wie er wild gestikulierte und von seinem ersten Maira erzählte, den er im Nahkampf aufgespießt hatte. »Sie werden in meinem Fach Grundlagen der Mairajagd nicht nur lernen, wie Sie Mairas töten können, denn die werden Ihnen nicht immer direkt vor die Füße springen. Oftmals dauert es Tage oder Wochen, bis ein Jäger sie aufgespürt hat. Ich werde Sie im zweiten Jahr auch lehren, Spuren zu lesen und im Wald zu überleben, schließlich können Sie nicht immer einen Sack mit Lebensmitteln hinter sich her schleifen. Wir werden erörtern, welche genießbaren Nahrungsquellen der Wald bietet und wo Sie die Nacht geschützt verbringen können.«

Es machte Spaß, ihm zuzusehen, wie er in seiner Rolle als Lehrer aufging. Seine Muskeln zeichneten sich deutlich unter dem eng anliegenden, schwarzen Kampfanzug ab, und mir wurde warm. Als ich meinen Blick durch den Raum schweifen ließ, fielen mir einige Mädchen auf, die den Hexer ebenfalls begeistert anstarrten.

Mein Gott, gehörte ich etwa auch schon zu seinen Groupies? Ich hatte absolut keine Erfahrung mit Männern, aber ich kam nicht umhin, mir einzugestehen, dass ich seine Aufmerksamkeit vorhin genossen hatte. Aber ich war auch nicht so blöd, mir etwas vorzumachen.

Selbst wenn ein gewisses Interesse beiderseits bestehen

würde, so wäre es doch nie mehr als ein simpler Flirt. Er war ein Lehrer, ich war minderjährig. Das Ganze war, um es kurz zu sagen, unmöglich.

Gerade als ich mich wieder meiner Gummipuppe zuwenden wollte, sah ich, wie Nathan einem hübschen blonden Mädchen aus der anderen Klasse ebenfalls zuzwinkerte, als er ihr das Manöver zeigte.

Ich zog eine Augenbraue in die Höhe. Da hatten wir es doch. Anscheinend war das seine übliche Art und hatte weder bei mir noch bei ihr irgendetwas zu bedeuten. Trotzdem spürte ich einen kleinen Stich in meiner Brust. Ich ärgerte mich über mich selbst, weil ich bei dem kleinsten Kompliment angesprungen war.

Um Dampf abzulassen, rammte ich mein Kilidsch in den Brustkorb der Gummipuppe und sah verblüfft auf mein Werk.

Nathan blickte zu mir herüber und begann nach kurzem Staunen zu applaudieren. »Respekt, Jillian! Soweit ich weiß, hat es noch keiner in der ersten Stunde geschafft, das Herz der Puppe im exakt richtigen Winkel zu durchbohren.«

Auch ein paar der anderen Schüler klatschten, und wieder spürte ich, wie mir die Röte ins Gesicht schoss.

»Ich glaube, das war eher ein Zufall«, sagte ich kleinlaut.

»Nun«, begann Nathan und klopfte mir auf die Schulter, »besser durch einen Zufall zum Helden werden, als durch einen Fehler sterben.«

Er sah mir tief in die Augen. Die Glocke zur Pause läutete, und die Schüler begaben sich zu den Umkleidekabinen. Ich bekam kaum etwas davon mit. Für einen Moment schien sich die Welt in diesem Augenblick zu verlieren. Das leuchtende Grün von Nathans Augen fesselte mich und ließ mich nicht mehr los. Er stand mit dem Rücken zu den Schülern, sodass ich von seinem Körper verdeckt wurde und niemand sah, dass er mir leicht über die Wange strich. Nathan schluckte und schüttelte fast unmerklich den Kopf, als müsse er sich zur Ordnung rufen.

»Sie haben wirklich Talent, Jill, auch wenn Sie es noch nicht glauben. Doch ich sehe in Ihnen den notwendigen Ehrgeiz, und so wahr ich hier stehe, werde ich dafür sorgen, dass Sie eine der besten Jägerinnen werden, die es je gab.«

Er sprach leise, doch die Worte dröhnten in meinem Kopf, als er sich abwandte. Ich, eine Jägerin? So war das doch gar nicht geplant, und ich hatte das noch gar nicht wirklich in Betracht gezogen. Ich wollte lediglich meine Ausbildung hier beenden und hatte dann zu einem Bürojob in der VO tendiert.

Mein Kopf schwirrte von Nathans Berührung. Ich atmete tief durch.

Konnte ich wirklich Mairas jagen? Meine Gedanken wanderten zu dem furchterregenden Augenblick im Park. Ich schauderte wieder. Nein, konnte ich nicht. Der Job war was für Helden wie Nathan, aber nicht für Angsthasen wie mich.

Und was zur Hölle war da gerade eben zwischen uns passiert? Was sollten dieser intensive Blick und die Berührung von ihm?

Ich war schrecklich verwirrt, als ich zum Speisesaal ging, um Ally zu suchen und mit ihr zu Mittag zu essen. Als ich sie fand, schaute sie mich nur kurz an und seufzte.

»Ach herrje, Jill, was ist denn nun passiert? Du siehst aus, als wärst du total durcheinander.«

Ich runzelte die Stirn. Wie konnte es sein, dass sie mich nach nur drei Tagen so gut kannte? Vor Tante Amalia hatte ich es schon immer geschafft, meine Gefühle zu verbergen und sie im Glauben zu lassen, es wäre alles in Ordnung. Und hier kam Alissa und las in meinem Gesicht, als wäre es ein offenes Buch. Ich musste mich erst daran gewöhnen, jemanden zu haben, dem ich alles anvertrauen konnte. Doch irgendetwas an ihrer Art gab mir das Gefühl, sie schon ewig zu kennen und ihr vertrauen zu können.

Ich erzählte ihr leise von meinen Befürchtungen, dem Charme von Nathan verfallen zu sein. Davon, dass er auch mit anderen flirtete, und von dem Augenblick, in dem er mir so tief in die Augen geschaut hatte.

Noch nie hatte sich ein Mann richtig für mich interessiert. Ich wusste absolut nicht, wie ich damit umgehen sollte. Oder ob es überhaupt eine Bedeutung hatte.

»Du solltest ihn ganz schnell wieder vergessen. Er ist dein Lehrer und würde sich wahrscheinlich nie darauf einlassen, schließlich könnte er seinen Job verlieren. Mach einen Strich drunter, bevor es dich ganz erwischt hat. Ich habe heute in Informatik hinter dieser Christine Owen aus unserer Klasse gesessen, als sie sich mit ihrer Freundin unterhielt. Sie macht sich die gleichen Hoffnungen wie du und bildet sich ein, zwischen ihnen hätte es gefunkt. Scheint so, als wäre das seine Masche, den Schülerinnen den Kopf zu verdrehen.«

Eines musste man Alissa lassen, sie war gnadenlos ehrlich. Und ich war ihr dankbar dafür. Sofort kam ich mir albern vor, weil ich mir überhaupt über Nathan den Kopf zerbrach.

Alissa schaffte es, mich abzulenken. Wir vertrieben uns die restliche Zeit der Pause damit, über Vanessa und ihre Crew zu lästern.

Derek gesellte sich irgendwann zu uns und konnte gleich den neuesten Klatsch dazu beisteuern. »Vanessa hat es heute tatsächlich geschafft, ein Mondkind-Mädchen aus der Parallelklasse so bloßzustellen, dass sie in Tränen ausgebrochen ist. Sie hat sie damit aufgezogen, dass ihr Vater kurz im Gefängnis saß, weil er vergessen hatte, dass Vollmond ist, und bei seiner Verwandlung ein paar Normalsterbliche fast zu Tode erschreckt hat. Dieses verdammte … Mädchen!«

Ally verschluckte sich fast an ihrem Orangensaft. »Meine Güte, Derek, das Fluchen müssen wir aber noch üben!«, prustete sie los.

Derek schenkte ihr hinter seiner Brille nur einen hochmütigen Blick und erzählte weiter. »Jedenfalls nutzt Vanessa ihren stinkreichen und berühmten Dad dazu, andere zu demütigen, damit sie besser dasteht. Woher sonst sollte sie die Informationen über VO-Verhaftungen haben?«

Mir fiel wieder ein, dass Vanessas Vater, Mr. Cole, der VO-Leiter war. Aber noch etwas anderes beschäftigte mich. »Was passiert bei Vollmond eigentlich? Verwandeln sich Mondkinder tatsächlich in Werwölfe, also in so richtige Monster?«

Alissa legte stöhnend den Kopf in die Hände. »Mann, Jill, wann hörst du endlich auf, all die Märchen aus den Büchern zu glauben?«

Ich zuckte mit den Achseln, als Derek wieder den Lehrer spielte und anfing zu erklären. »Alle Arten von Wesen haben Prana, die Lebensenergie. Bei Normalsterblichen hat sie keine Auswirkungen, Hexen können sie in Form von Magie verwenden, und bei Vampiren bewirkt sie die körperliche Veränderung und die Zerstörung eines wichtigen Stoffes im Blut, den sie durch das Trinken von gesundem Blut wieder ausgleichen. Deshalb können Vampire nicht voneinander trinken. Jedenfalls bewirkt die Prana bei Werwölfen ebenfalls eine Veränderung des Körpers. Schnelligkeit, Stärke … und gewisse animalische Züge. Der Vollmond wirkt sich auf die Prana aus. Hexen sind zu Vollmond mächtiger, Vampire durstiger und Werwölfe fangen an, sich zu verändern. Ich habe es noch nie gesehen, weil sie sich zu Vollmond lieber zurückziehen, aber ich habe gehört, sie bekommen längere Zähne und Klauen.«

»Und da sagst du mir, ich soll nicht von Monstern sprechen?«, murmelte ich Ally zu.

»Sei nicht so intolerant, es ist ja nicht so, dass sie den Verstand verlieren und Leute angreifen. Sie sind nur etwas wilder zu dieser Zeit«, meinte sie etwas säuerlich, mit den Gedanken anscheinend bei irgendeinem Mondkind, das sie kannte.

»Tut mir leid, du hast recht. Ich hatte nur noch keine Zeit, mich an die Welt der Verborgenen zu gewöhnen«, meinte ich entschuldigend. Ich kam mir mal wieder total unwissend vor.

Zum Glück hatte Alissa Verständnis für meine Reaktion. »Schon gut, du hast schließlich dein Leben lang geglaubt, dass Hexen, Vampire und Mondkinder nur in Schauermärchen vorkommen. Ich würde wahrscheinlich genauso reagieren.«

Auch Derek sah mich verständnisvoll an. »Wir sollten langsam los, damit wir rechtzeitig zu Verteidigung kommen.«

Die Unterrichtsstunde war ein Pflichtfach für alle und fand ebenfalls in der Turnhalle statt. Wir wurden von einer jungen Lehrerin begrüßt. Miss Evans war äußerst klein und zierlich, und ich konnte mir nur schwer vorstellen, dass sie sich gegen Mairas verteidigen konnte. Doch die hübsche Frau mit den hüftlangen, dunkelroten Haaren belehrte uns schnell eines Besseren.

Sie forderte den kräftigen Jonathan auf, sie anzugreifen. Der Werwolf sah aus, als wäre er am liebsten überall, nur nicht hier. Miss Evans wirkte, als würde sie schon bei der kleinsten Berührung auseinanderbrechen. Erst als sie ihn fragte, ob er Angst hätte, sich zu blamieren, willigte er ein. Nach kurzem Zögern und einem dümmlichen Blick ging er auf sie zu, doch bevor er sie packen konnte, war sie schon unter seinem Arm durchgetaucht.

Ich hatte noch nie jemanden gesehen, der sich so schnell und gleichzeitig elegant bewegen konnte. Jonathan machte noch ein paar Versuche, sie zu greifen, doch Miss Evans war jedes Mal schneller. Ihre federleichten Bewegungen sahen fast aus wie ein Tanz, bis sie schließlich hinter Jonathan auftauchte und ihm die Beine unter dem Körper wegzog.

Er landete krachend auf den weichen Matten und stöhnte.

Die Schüler klatschten begeistert, und Miss Evans verbeugte sich.

»Ich glaube, sie ist die einzige Vampirin unter den Lehrern!«, rief mir Alissa über den Lärm hinweg zu.

Verblüfft schaute ich zu Miss Evans, und jetzt fielen mir auch die schwarzen Augen und die bleiche Haut auf.

»Anscheinend sind doch nicht alle Vampire solche Eigenbrötler«, antwortete ich, und wir fielen in den Jubel der anderen Schüler ein.

Mit Alissa Collins und Derek Watson machte die Unterrichtsstunde wirklich Spaß. Wir übten gegenseitig, uns zu fangen und zu Fall zu bringen. Vanessas Partner war Jonathan, und es war nur allzu deutlich, dass er sich nicht allzu große Mühe gab, Barbie wirklich zu packen. Ich blickte mich weiter um. Am Ende des Raumes übte Ryan mit seinem Freund Jacob Chang, einem Vampir mit japanischen Wurzeln. Sie bewegten sich so schnell, dass ich mit bloßem Auge kaum folgen konnte. Die Mädchen, die bis vor kurzem noch von Nathan geschwärmt hatten, standen nun neben mir und begafften Ryan mit seinem süßen Gesicht und dem tollen Körperbau. Ich schüttelte den Kopf und verdrehte abermals die Augen.

Miss Evans zeigte uns noch einige Abwehrmanöver, und als es zum Stundenende klingelte, gingen wir alle erschöpft und zufrieden zum Duschen in die Wohnhäuser.

Seufzend schaute ich auf den Stapel Kissen in meinem Himmelbett. »Ich werde mich nie wieder erheben können, wenn ich mich jetzt hinlege!«

Als das heiße Wasser über meinen Rücken lief und endlich meine steifen Muskeln lockerte, wanderten meine Gedanken wieder zu Nathan. Der Nachmittag mit Ally und Derek hatte mir gutgetan und mich in die Wirklichkeit zurückgeholt. Ich würde Nathan erst am Freitag zum Unterricht wiedersehen, und bis dahin hatte ich Zeit, wieder einen klaren Kopf zu bekommen. Nach dem heutigen Tag kam es mir vor, als wären auch die Gespräche über mich weniger geworden. Vielleicht schaffte ich es ja doch noch, nicht aus der Reihe zu tanzen. Das sollte doch wohl kein Problem werden.

Kapitel 8

Nach dem Abendbrot beeilten wir uns, damit wir am Abend die heiß begehrten Sessel am Kamin belegen konnten. Der Wohntrakt der Hexen war für Jungs und Mädchen mit separaten Eingängen getrennt, doch bis neun Uhr durfte Derek abends mit uns im Aufenthaltsraum der Mädchen sein. Überall standen geschwungene Polstersessel und Sofas mit einladenden Kissen in kleinen Grüppchen zusammen. Der flauschige Teppich, das dunkle Holz der Möbel und Wände mit kunstvoll geschnitzten Blütenranken sowie satte Farben mit goldenen Verzierungen ließen den Raum aussehen wie im 16. Jahrhundert.

Ich saß auf dem weichen Teppich vor Alissas Sessel und wärmte mich an dem Feuer, das in einem riesigen, in die Wand eingelassenen Kamin knisterte. Alissa flocht meine Haare zu einem komplizierten Zopf, Derek und ich waren in ein Kartenspiel vertieft. Das Feuer im Kamin schuf eine entspannte Atmosphäre, und auch die restlichen Schüler gingen friedlich ihren Beschäftigungen nach. Ich fühlte mich wohl. Doch natürlich gab es immer jemanden, der diese schönen Momente kaputtmachen musste.

Vanessa kam zur Tür herein, dicht gefolgt von ihrer Freundin Megan. Sie kam auf uns zu, und ihr Blick aus stechend blauen Augen konnte nur Ärger bedeuten. Auch heute sah sie wieder aus wie ein Topmodel, mit einem engen schwarzen Kleid und dem leuchtend pinken Schal. Sie ignorierte Alissa und mich, aber sie schubste Derek von seinem hart erkämpften Sessel herunter, sodass er auf dem Boden landete.

»Platz da, Streber, du hast hier sowieso nichts zu suchen.«

Derek strich sich wütend seine blonden Haare glatt und rückte seine Brille wieder gerade. Doch er war zu eingeschüchtert, um irgendetwas zu sagen, und stellte sich resigniert neben Allys Sessel.

Ich funkelte Vanessa wütend an. »Was soll das, Vanessa? Nur, weil dein Vater der VO-Leiter ist, brauchst du nicht zu denken, dass dir alle zu Füßen liegen!«

»Halt die Klappe, Benett! Ich mache, was ich will. Und was ist übrigens mit deinen Eltern?«, fragte sie angriffslustig.

Ich biss wütend die Zähne zusammen. »Was soll mit ihnen sein? Sie sind tot.«

»Buhuuu, wie unsagbar traurig«, spottete sie, »aber nach allem, was ich gehört habe, ist das auch besser so!«

Ich sah sie fassungslos an, während sie ihre rotlackierten Fingernägel musterte. »Was willst du damit sagen?«

Alissa legte die Hand auf meinen Arm. »Hör nicht auf sie. Sie will dich nur provozieren.«

Vanessa ignorierte meine Freundin. »Ach nein, wie süß. Hat es dir dein liebes Tantchen nicht gesagt? Deine Mutter war eine schwarze Hexe.«

Um uns herum war es still geworden, und einige starrten zu uns herüber.

Ich sprang auf. Das ging jetzt echt zu weit.

»Nein, war sie nicht!«, rief ich wütend. »Hör auf, solche Geschichten zu verbreiten!«

Der Druck von Alissas Hand auf meinem Arm wurde stärker, und sie versuchte, mich zu beruhigen.

Die Luft um uns herum knisterte auf eine eigenartige Weise, als ich Vanessa zornig anfunkelte. Derek wippte von einem Fuß auf den anderen, unsicher, ob er eingreifen sollte oder nicht.

Vanessa stand ebenfalls auf und sah mir provokativ in die Augen, mit einem gehässigen Lächeln auf den Lippen. Toll, sie war auch noch fast einen Kopf größer als ich. Ein leichter Windstoß bewegte meine Haare.

»Doch, das war sie, und bei der VO waren sie froh darüber, dass sie sich selbst in die Luft gejagt hat. Nur leider muss sich die Welt nun mit ihrer verkommenen Tochter herumschlagen!«

Das reichte. Meine Sicherungen platzten, bevor ich etwas dagegen unternehmen konnte. Mein ganzer Körper fing an zu kribbeln. Ein metallischer Geschmack breitete sich in meinem Mund aus. Ich spürte unter meinem Zorn, wie sich heiße Energie in mir aufbaute. Sie tobte, kribbelte wie ein Haufen Ameisen und versuchte, einen Weg nach draußen zu finden. Ich fühlte mich, als müsse ich jeden Moment zerbersten, der Druck war kaum zu ertragen. Ich spürte, wie die Energie sich ausbreitete und von meiner Brust in die Arme wanderte, zu den Händen, den Fingern ...

»Oh, Scheiße!«, keuchte ich. Nur mit Mühe und Not konnte ich mich beherrschen und die Prana kraft meiner Gedanken in mein Innerstes zurückziehen, bevor sie aus meinen Händen schoss und Schaden anrichtete.

Dann passierten mehrere Dinge gleichzeitig. Die Energie zog sich wie an einem Gummiband in meine Brust zurück und verbrannte mich innerlich. Doch das war nicht alles. Ich spürte, wie von meinem Körper eine Druckwelle ausging und Vanessa traf. Sie versuchte noch, mich am Arm zu packen, bevor sie etwa zwei Meter nach hinten geschleudert wurde.

Ich ging in die Knie und rang nach Luft. Meine Brust war wie zugeschnürt, und mein ganzer Körper schmerzte. Verzweifelt japste ich nach Sauerstoff. Ich wollte mir nicht ausmalen, was passiert wäre, wenn die Prana Vanessa getroffen hätte, anstatt sich in mich zurück zu ziehen, wo sie hingehörte.

Aus dem Kamin schoss eine Stichflamme und kokelte den Sessel an, den Derek schnell mit einer Kanne Tee vom Tisch löschte.

Im Aufenthaltsraum herrschte ein riesiges Durcheinander. Die meisten Schüler gingen in Deckung oder liefen schnellstmöglich aus dem Raum.

Als der Druck nachließ, schnappte ich erleichtert nach Luft, auch wenn das Brennen in meiner Lunge fast unerträglich war. Alissa kam zu mir und half mir auf die Beine, während Megan Vanessa half. Alle anderen starrten uns nur mit offenem Mund an.

Der Schmerz verebbte langsam. Mein Arm brannte, und als ich hinunter schaute, sah ich eine Reihe von Brandblasen an der Stelle, die Vanessa berührt hatte. Sie atmete ebenfalls schwer und drehte sich keuchend zu mir um. Ihr sorgsam gepflegtes blondes Haar stand in alle Richtungen ab, und ihr schwarzer Lidstrich zog sich quer über die Wange.

»Dafür wirst du büßen, Benett. Darauf kannst du dich verlassen!« Sie richtete sich auf und wandte sich hochmütig an unsere Zuschauer. »Was glotzt ihr denn so, habt ihr nichts Besseres zu tun?«

Damit machte sie sich mit stolz erhobenen Kopf auf den Weg in die obere Etage, doch ich sah, dass sie leicht schwankte.

Derek beobachtete mich vorsichtig und trat nervös von einem Fuß auf den anderen. »Was zur Hölle ist denn da passiert?«

Wow, ein Derek, der mal keine Antwort wusste und gleichzeitig fluchte.

»Ich habe keine Ahnung«, murmelte ich, »irgendwie bin ich ausgerastet und hätte ihr fast eine Welle Energie entgegengeschleudert. Aber ich konnte sie noch zurückhalten.«

Alissa riss die Augen auf. »Was meinst du damit, Energie entgegengeschleudert? Wie soll das denn gehen?«

Verwirrt schüttelte ich den Kopf. Ich hatte keine Ahnung und war einfach nur erschöpft.

»Weiß jemand von euch, was mit dem Kamin passiert ist?«, fragte ich die zwei. »Denn das war ich nicht. Glaube ich.«

Derek dachte kurz nach. »Ich vermute, du warst nicht die Einzige, bei der die Sicherung durchgebrannt ist. Ich würde behaupten, dass Vanessas Spezialgebiet das Feuer ist.«

»Das würde auch die Brandblasen auf meinem Arm erklären. Super, das hat mir noch gefehlt. Eine Feindin, die mich mit bloßer Gedankenkraft anzünden kann.«

Ally beruhigte mich sofort. »Mach dir keine Sorgen, es dauert meist viele Jahre, bis eine Hexe ihr Spezialgebiet wirklich beherrscht, falls sie es überhaupt schafft. Ich glaube nicht, dass Vanessa wusste, was sie tat.«

Ich stand auf und streckte mich. Ich war plötzlich unendlich erschöpft, und wieder schmerzte jeder Muskel meines Körpers. Sämtliche Blicke der Verbliebenen folgten mir. Mal wieder.

»Oh Mann …«, murmelte ich.

»Tja, du weißt, wie man auffällt«, meinte Ally mit einem mitfühlenden Lächeln.

Ich schnitt ihr eine Grimasse. Für heute hatte ich wirklich genug, also wünschte ich den beiden schnell eine gute Nacht und machte mich auf den Weg in unser Zimmer.

Als ich die Tür schloss, atmete ich erleichtert auf. Ich war verwirrt. Durcheinander. Und unendlich müde.

Ich schleppte mich zum Bett, ohne mir die Mühe zu machen, meine Klamotten auszuziehen. Ich dachte über Vanessas Worte nach. Meine Mutter sollte eine schwarze Hexe gewesen sein? Das konnte doch nicht stimmen, oder?

Tante Am hatte nie viel über meine Eltern gesprochen, so

hartnäckig ich auch nachbohrte. Ich wusste, dass meine Mutter bei der VO gearbeitet hatte, bevor sie meinen Dad kennenlernte. Danach waren sie aufs Land gezogen und hatten mich bekommen. Tante Am sagte, sie wären bei einem Unfall gestorben. Aber was sollte das für ein Unfall gewesen sein? Hatte meine Mum sich und meinen Dad wirklich in die Luft gejagt?

Ich glaubte Vanessa nicht. Sie wollte mich mit Sicherheit nur provozieren. Aber ich musste definitiv noch ein ernstes Gespräch mit Tante Am führen, denn nun wollte ich Antworten. Leider war das kein Thema, das man mal eben am Telefon besprach, und bis zum ersten Besuchstag waren es noch ein paar Wochen. Also musste ich wohl geduldig sein und so lange versuchen, nicht allzu viel Mist zu bauen.

Um ehrlich zu sein machte ich mir Sorgen um den nächsten Tag. Bestimmt bekamen wir einiges zu hören, weil wir uns angegriffen und einen Sessel in Brand gesteckt hatten. Das wäre ja ein Ding, wenn sie mich schon nach zwei Tagen der Schule verweisen würden. Tante Amalia wäre sicher furchtbar enttäuscht. Und ich ebenfalls. Obwohl ich schon genug Ärger hatte, fühlte ich mich hier schon fast wie zu Hause. Ich würde mir selbst nicht verzeihen, wenn ich es vermasselt hatte.

Niemand kam am nächsten Tag, um mir eine Standpauke zu halten. Klar waren Vanessa und ich mal wieder das Gesprächsthema Nummer eins, aber keiner der Erwachsenen äußerte sich dazu. Unsere Klassenlehrerin Mrs. Preston testete in den ersten beiden Stunden unsere bisherigen Mathekenntnisse, und ich musste bedauernd feststellen, dass ich nur gerade so noch im Durchschnitt lag. Mathe war eben einfach nicht mein Fach. Hinzu kam, dass ich mich noch immer nicht von den gestrigen Strapazen erholt hatte und mir ständig die Augen zufielen. Nach der Frühstückspause hatten wir Artenkunde bei meinem heiß geliebten Lehrer Mr. Sheffield, der wie üblich mit gebückter Haltung und grimmigem Gesicht Vorträge hielt. Wir würden mit dem Thema Hexen anfangen und uns danach den Werwölfen und Vampiren zuwenden. Erst nächstes Jahr kamen die Feen, Kobolde und anderen Wesen dazu, von denen ich bis jetzt ebenfalls gedacht hatte, es gäbe sie nur im Märchen.

Die zweite Hälfte der Doppelstunde verbrachten wir mit der Ausarbeitung der Merkmale von Hexen aus dem Lehrbuch, während Mr. Sheffield am Lehrertisch Zeitung las und ab und zu einen tuschelnden Schüler anbrüllte. Christine Owen, eine große braunhaarige Hexe, schaffte es sogar, sich eine Strafarbeit aufbrummen zu lassen. Bis zum Ende der Woche musste sie Mrs. Harrison, der Sekretärin, nach der Schule im Büro helfen.

Ich versuchte die ganze Stunde über, ein Gähnen zu unterdrücken, und endlich erlöste uns die Schulglocke, damit wir unseren freien Nachmittag genießen konnten. Die Sonne schien und lockte die Schüler zum großen See auf dem Gelände. Derek, Alissa und ich saßen unter einer großen Trauerweide, und ich ließ mir erklären, was es mit den Wesen auf sich hatte, die wir nächstes Jahr in Artenkunde behandelten. Wie sich herausstellte, hatten aber weder Alissa noch Derek je eine Fee oder einen Kobold gesehen. So langsam begann ich zu glauben, dass ich vielleicht doch noch als normale Schülerin meinen Abschluss machen konnte. Wie schwer konnte es schon sein, unter allerlei Übernatürlichen mit seltsamen Eigenschaften nicht aufzufallen?

Der Donnerstag begann schon mit schlechtem Wetter, und am Himmel türmten sich schwere Regenwolken, die dafür sorgten, dass es draußen gar nicht richtig hell wurde. Ein bedrohliches Grollen in der Ferne kündigte ein Unwetter an. Wir waren klatschnass, als wir im Unterricht ankamen, und das Wasser lief mir den Rücken hinunter, als wäre ich geradewegs aus dem riesigen See des Geländes gestiegen.

Heute hatten wir vier Stunden Magie, und ich war zum Zerreißen gespannt. Als wir in den Klassenraum kamen, staunten wir nicht schlecht, als uns Mrs. Grant begrüßte. Die Schulleiterin hatte ihre wilde Mähne zu einem schwarzen Knoten gebunden und sah in ihrem roten Hosenanzug schlichtweg atemberaubend aus. Die Frau hatte eine Wahnsinnsfigur.

»Hätten wir uns ja denken können, dass uns die mächtigste Hexe Englands selbst in Magie unterrichtet«, flüsterte mir Alissa zu.

Die Schulleiterin sah uns mit gerunzelter Stirn an. Ein warmer Wind wehte plötzlich durch unsere Haare, und mit einer Handbewegung bedeutete sie uns, uns einmal im Kreis zu drehen. Der Wind wurde wärmer und trocknete meine nassen Kleider wenigstens so weit, dass sie nicht mehr an meinem Körper klebten.

Mrs. Grant studierte kurz unsere Namensliste und warf erst mir und dann Vanessa einen Blick zu. Die Klasse kam mir bedeutend leerer vor, da die Mondkinder und Vampire fehlten. Nicht, dass man die Vampire überhaupt je bemerkt hätte. Sie verstanden es, sich im Hintergrund zu halten. Mrs. Grant begrüßte uns und begann ohne Umschweife mit dem Unterricht. Wieder spürte ich die Elektrizität in ihrer Umgebung.

»Sie alle sind hier, um zu lernen, mit Ihrer Magie umzugehen. Wir werden testen, auf welchem Stand Sie sich derzeit befinden und zu welchem Spezialgebiet Sie tendieren. Miss Collins, welche Gebiete kennen Sie?«

Alissa lief rot an, und die Farbe ihres Gesichtes biss sich mit den karottenroten Haaren und den vielen Sommersprossen. Dennoch antwortete sie mit fester Stimme. »Die

Telekinese. Und es gibt Hexen, die die Luft, das Wasser und das Feuer beeinflussen können.«

Ich sah zu Vanessa, die mich jedoch keines Blickes würdigte. Sie schien nicht einen Regentropfen abbekommen zu haben und war perfekt gestylt. Bestimmt hatte Jonathan, der Werwolf, ihr einen überdimensionalen Schirm gehalten.

»Sehr richtig, Miss Collins, doch das sind bei weitem noch nicht alle. Und manch eine Hexe oder ein Hexer spezialisiert sich gar nicht, doch das ist eher selten der Fall. Wer von Ihnen hat schon eine Ahnung, in welche Richtung er tendiert?«

Etwa eine Handvoll Schüler meldete sich.

»Nun, Miss Collins?«

»Ich beherrsche die Telekinese. Oder ich versuche es zumindest.«

»Sehr gut, das ist ein sehr interessantes und hilfreiches Gebiet. Was ist mit Ihnen, Miss Owen?«

Christine rutschte aufgeregt auf ihrem Platz umher. »Ich habe die Vermutung, dass ich Elektrizität beeinflussen kann.« Wie Tante Amalia, dachte ich amüsiert. Christine zuckte mit den Achseln. »Jedenfalls sind immer alle Lampen bei uns zu Hause ausgegangen, wenn ich zornig war. Meine Mutter nennt mich seitdem Elektrohexe. Aber ich habe es nicht unter Kontrolle.«

»Keine Sorge, Miss Owen, dafür sind Sie ja hier in der Schule. Und Sie haben recht, Gefühle wie Zorn, Hass oder Liebe verstärken unsere Prana und somit unsere Fähigkeiten.«

Mrs. Grant schenkte der Klasse ein strahlendes Lächeln, das selbst ihre grünen Augen leuchten ließ. Sie hatte irgendetwas Vertrautes an sich.

»Magie zu wirken ist nicht so einfach, wie es aussieht. Sie sollten die Erwartung an das erste Schuljahr nicht allzu hoch legen. Das Schwierigste ist, überhaupt an die innere

Prana zu kommen, und es wird Sie ein paar Monate Übung kosten, bis der Prozess ohne größere Anstrengung vonstattengeht. Öffnen Sie nun bitte Ihre Lehrbücher auf Seite 56 und machen Sie eine kurze Auflistung der bisher bekannten Spezialgebiete. Ich möchte darauf hinweisen, dass dies lediglich die häufigsten sind.«

Theorie. Na toll. Hoffentlich würden wir bald zur Praxis übergehen. Ich zog meinen Schreibblock heran und begann etwas enttäuscht, das Kapitel zu lesen. Der erste Teil enthielt eine stinklangweilige Einleitung, die dann in einen trockenen Text über die verschiedenen Gebiete überging. Am Ende hatte ich eine recht passable Liste zusammengestellt:

Telekinese	Bewegung oder Ortsveränderung von Gegenständen
Makropsychokinese	Verformung von Gegenständen
Mikropsychokinese	Beeinflussung elektronischer Schaltkreise oder radioaktiver Zerfall
Pyrokinese	Entzündung von Feuer durch Gedanken
Kryokinese	Gefrieren von Wasser durch Gedanken
Aerokinese	Einflussnahme auf Luft
Ferrokinese	Manipulation magnetisch beeinflussbarer Metalle
Biokinese	Einflussnahme auf biologische Systeme

Ich fragte mich, zu welchem Gebiet ich gehören würde. Die einzelnen Fähigkeiten hörten sich wahnsinnig interessant an, auch wenn mir die Fachbegriffe dafür Kopfschmerzen bereiteten.

An und für sich war der Unterricht mit Mrs. Grant gar nicht so übel. Sie schien eine freundliche und faire Lehrerin zu sein, die aber trotzdem durch ihre autoritäre Ausstrahlung Respekt einflößte.

Wir verglichen gemeinsam mit Mrs. Grant die Stichpunkte, und sie erklärte uns die Vorgehensweise für den Umgang mit Magie. »Um mit der Prana arbeiten zu können, müssen Sie sie erst einmal richtig wahrnehmen. Schließen Sie die Augen und gehen Sie in sich. Lassen Sie sich durch nichts ablenken und konzentrieren Sie sich einzig und allein auf Ihren Herzschlag, Ihren Atem ...«

Mrs. Grant hatte eine beruhigende Stimme, wie das leise Plätschern eines Baches klangen ihre Worte hypnotisierend durch den Raum, und im Klassenzimmer herrschte absolute Stille.

»Versuchen Sie, die Kraft in Ihrem Inneren zu spüren und sich bildlich vorzustellen. Achten Sie auf den leichten, kribbelnden Strom in Ihrer Brust. Dort sitzt die Quelle Ihrer Macht.«

Endlich mal etwas, das ich schon konnte! Ich freute mich, dass ich zu Hause schon genug meditiert hatte, um meine Prana auf Anhieb zu spüren. Ich sah mich im Klassenzimmer um. Alle hatten die Augen geschlossen und konzentrierten sich. Manche hatten einen träumerischen Gesichtsausdruck.

Alissa kniff die Augen zusammen und presste ihre Lippen aufeinander. Sie sah aus, als müsse sie jeden Moment pupsen, und ich konnte mir nur mit Mühe ein Lachen verkneifen.

Schnell schloss ich die Augen. Es war nicht fair, mich über ihre Bemühungen lustig zu machen. Ich beschloss, mich meiner Prana zuzuwenden. Was konnte es schon schaden, die nächsten Schritte zu üben?

Vor meinem inneren Auge erschien innerhalb weniger

Sekundenbruchteile das Wirrwarr aus blau leuchtenden Pranafäden, die wie schwerelose Wasserbindfäden in meiner Brust pulsierten. So ein Gewimmel.

Das letzte Mal hatte es mich viel Anstrengung gekostet, die Fäden dazu zu bringen, zu einem Punkt zusammenzufließen. Diesmal jedoch schien es, als reagierten sie schon auf den kleinsten Gedanken in meinem Kopf.

Es dauerte nicht lange, bis ich wieder die leuchtende Kugel vor mir hatte. Sie sah aus wie pure, flüssig wabernde Energie, und der glitzernde Ball faszinierte mich jedes Mal aufs Neue. Ich hielt die Augen geschlossen und fragte mich, ob ich die Form der Kugel auch verändern konnte.

»Miss Benett, packen Sie sofort dieses Ding weg!«, schrie Mrs. Grant. Ihre Stimme schallte durch den Raum und ließ mich zusammenzucken. Ich hatte nicht mitbekommen, dass sich mein Pranaball materialisiert hatte. Er hatte tatsächlich vor mir geschwebt. Und nun zog er sich mit einem Schnippen schmerzhaft in mein Innerstes zurück, als meine Konzentration nachließ. Klatsch!

»Autsch!«, stöhnte ich, als sich das vertraute Brennen in meiner Brust ausbreitete und mir die Luft abschnürte. Wie oft sollte mir das denn noch passieren?

»Ich weiß nicht, wer Ihnen das beigebracht hat, aber in meinem Unterricht dulde ich keine lebensgefährlichen Angebereien!« Die Stimme der Schulleiterin klang hart und bestimmt. Sie blickte mich zornig an. Lebensgefährliche Angebereien? Was zur Hölle ging hier vor sich? Ich hatte doch nur einen Pranaball erschaffen, wie Tante Amalia mit ihrer Elektrizität auch. Und das nicht einmal mit Absicht!

»Ich ... es tut mir leid«, stotterte ich, »ich wusste nicht, dass man das nicht darf. Ich weiß ja nicht einmal, was genau ich gemacht habe.«

»Sparen Sie sich Ihre Ausreden. Wer auch immer Sie

darin unterrichtet hat, wird Ihnen doch gewiss gesagt haben, wie gefährlich es ist, mit purer Energie zu experimentieren! Ich hätte Amalia wirklich mehr Vernunft zugetraut!«

Mrs. Grant hatte die Lippen zu einem wütenden Strich zusammengepresst. Ich war fassungslos. Tante Amalia? Mich unterrichtet? Ich sah hilfesuchend zu Alissa, doch sie blickte nur genauso erschrocken wie der Rest der Schüler.

»Mrs. Grant! Mich hat niemand unterrichtet. Ich wusste bis vor ein paar Wochen doch nicht einmal, dass ich eine Hexe bin!«

Stille. Jetzt war es Mrs. Grant, die mich bestürzt ansah. Und ich glaubte nicht, dass sie allzu oft aus der Fassung geriet.

»Ist das Ihr Ernst?«

»Ja«, flüsterte ich, »es tut mir leid.«

Dabei wusste ich nicht einmal, wofür genau ich mich entschuldigte. Ich wusste nur, dass ich gerade in tiefen Schwierigkeiten steckte.

Mrs. Grant räusperte sich. »Der Unterricht ist für heute beendet. Üben Sie bitte bis zur nächsten Stunde, Ihre Prana wahrzunehmen. Miss Benett, ich möchte mich kurz mit Ihnen unterhalten.«

Oh, verdammt. Ich schluckte.

»Jetzt bist du fällig, Benett!«, feixte Vanessa hinter mir.

Ich war noch immer zu geschockt, um darauf zu reagieren. Die restlichen Schüler verließen den Raum und warfen mir teils misstrauische, teils mitleidige Blicke zu.

»Wir sehen uns später«, murmelte Alissa und ließ mich mit Mrs. Grant allein.

Die Schulleiterin setzte sich auf den Tisch vor mir und sah mich nachdenklich an. »Erklären Sie mir bitte, wie Sie das gemacht haben.«

Ich schluckte und starrte angestrengt auf meinen Schreibblock, um nicht aus der Fassung zu geraten. Ich erzählte ihr von meinen anfänglichen Versuchen, meine Prana zu entdecken, und wie ich die einzelnen, blauen Fäden kontrollierte.

»Es tut mir leid«, wiederholte ich abermals, »ich wusste nicht, dass ich das nicht darf.«

Mrs. Grant schwieg eine Weile, und ich platzte fast vor Anspannung, bis ich es nicht mehr aushielt und nach oben in ihr Gesicht blickte. Zu meiner Erleichterung schien der Zorn wie weggeblasen. Sie wirkte nachdenklich.

»Nun, man kann Ihnen wohl kaum zum Vorwurf machen, dass Sie zu Hause geübt haben, als Sie herausfanden, dass Sie eine Hexe sind. Ich bezweifle, dass auch nur einer der anderen Schüler das *nicht* gemacht hat. Die Frage ist allerdings, wie Sie es innerhalb so kurzer Zeit geschafft haben, Ihre Prana zu beherrschen.«

Ich sah sie stirnrunzelnd an, und Mrs. Grant seufzte.

»Was Sie heute zustande gebracht haben, schaffen einige der besten Hexen nicht.«

Wie bitte? Aber es war doch kinderleicht, wenn man von den Schmerzen absah, wenn ich die Prana in mich zurückzog!

»Miss Benett, Sie scheinen eine der wenigen Hexen zu sein, denen die pure Prana zur Verfügung steht.«

Was? Ich wusste immer noch nicht, wovon Mrs. Grant redete, und sie schien es in meinem Gesicht zu lesen, als sie seufzte.

»Sie müssen sich vorstellen, dass Hexen ihre Prana normalerweise nicht direkt nutzen können. Die Prana verstärkt unsere gedanklichen Fähigkeiten. Ich spreche zum Beispiel von der Telekinese Ihrer Freundin. Sie verwendet die Energiequelle in ihrem Innersten nicht direkt, sondern zapft sie nur an und schöpft Kraft daraus. Damit verstärkt sie ihre speziellen Fähigkeiten, nämlich mit Hilfe der Gedanken Dinge zu bewegen. Es ist wie eine Steckdose. Sie steckt den

Gedankenstecker in die Leitung und gibt ihren Gedanken Kraft.«

Wow, das wusste ich nicht. Mrs. Grant nickte, als sie sah, dass ich verstanden hatte.

»Selten können Hexen, und zwar wirklich nur eine Handvoll von uns, mit viel Übung die pure Prana verwenden und damit arbeiten. Mächtige Hexen. Hexen wie ich zum Beispiel.« Sie zwinkerte mir zu. »Mir ist jedoch schleierhaft, wie Sie es in so kurzer Zeit geschafft haben«, meinte sie dann kopfschüttelnd. »Sie nutzen nicht die gedankliche Steckdose. Sie nehmen den Strom in die bloßen Hände und spielen mit Blitzen.«

Mein Pulsschlag verlangsamte sich. Vielleicht bekam ich doch nicht so viel Ärger wie gedacht.

»Ich glaube, Sie wissen gar nicht, was Sie für eine Macht besitzen, und das kann sehr gefährlich sein. Besonders dann, wenn man noch nicht mit ihr umgehen kann.«

Ich sah schuldbewusst zu Boden. »Was passiert jetzt mit mir?«

»Ich werde Sie heute nicht bestrafen«, entschied Mrs. Grant. »Allerdings habe ich einige Bedingungen.«

Oje, was kam denn jetzt?

»Sie werden ab sofort jeden Samstag zusätzlichen Unterricht nehmen, um diese Macht schnellstmöglich unter Kontrolle zu bekommen. Ich befreie Sie hiermit von den außerschulischen Aktivitäten.«

Ich spürte einen Stich der Enttäuschung. Alissa und ich hatten schon begeistert die Listen mit den verschiedenen Angeboten studiert und wollten uns der Theater- und Schauspielgruppe anschließen.

Mrs. Grant schien nichts zu bemerken.

»Ich werde Mr. Lockwood fragen, ob er Ihren Extraunterricht übernimmt.«

Mein Kopf schoss nach oben.

»Mr. Lockwood? Aber ... aber wieso denn nicht Sie?«

»Miss Benett, ich bin Schulleiterin und eine sehr beschäftigte Frau.«

Ach ja, richtig.

»Mr. Lockwood dagegen ist in Sachen Magie ebenfalls sehr begabt und wird Ihnen nicht nur beibringen, sie zu beherrschen, sondern auch, sie als Waffe einzusetzen. Wie ich gehört habe, gehören Sie zu den Schülern, die Potenzial als Jäger haben. Sie haben doch wohl nichts dagegen?«

Sie bedachte mich wieder mit einem strengen Blick.

»Nein, natürlich nicht.« Was sollte ich auch anderes sagen?

»Nun, ich hoffe jedenfalls, dass mir keine Klagen zu Ohren kommen. Handeln Sie verantwortungsbewusst und verschwenden Sie Ihre Gabe nicht. Vielen Hexen und Hexern wurde schon von zu viel Macht der Kopf verdreht. Ich hoffe, dass Sie Ihre richtig einsetzen. Sie können es weit bringen.«

In ihrem Blick lag plötzlich wieder Wärme. Ich nahm mir fest vor, sie nicht zu enttäuschen.

»Nur eines noch: Haben Sie irgendeine Ahnung, warum Ihre Prana blau ist?«

Sie sah mich neugierig an.

»Sollte sie das nicht?«

Ich erinnerte mich daran, dass Tante Ams Elektroball weiß leuchtete. Woher sollte ich denn wissen, dass es verschiedenen Farben gibt? Hatte Tante Am deshalb so geschockt auf meine Energiekugel reagiert? Oder wegen der Tatsache, dass ich es überhaupt konnte? Ich wusste es nicht.

Mrs. Grant schüttelte den Kopf und begab sich wieder zum Lehrertisch. »Es ist sehr ungewöhnlich, und ich habe noch nie von so einem Fall gehört. Ich werde die Sache überprüfen. Sie können nun gehen.«

Ich wandte mich ab und lief gedankenverloren durch die steinernen Gänge. Eigentlich hätte ich zum Sport gemusst, aber da ich sowieso zu spät kommen würde, beschloss ich, einen Spaziergang zu machen und den Unterricht zu schwänzen.

Ich musste einen klaren Kopf bekommen. Es regnete immer noch, als ich aus dem Gebäude trat, und ich lief ziellos über den Campus. Ohne Schüler wirkte die große Wiese mit den vereinzelten hohen Bäumen verlassen und ruhig.

Zerknirscht kickte ich ein paar vereinzelte Kieselsteine auf dem schmalen Weg herum.

Konnte ich nicht wenigstens *einmal* normal sein? Nicht einmal als Hexe schaffte ich das! Und nicht genug, dass ich wahrscheinlich auch an dieser Schule als Freak galt, nun hatte ich auch noch zusätzlichen Unterricht bei Nathan. Allein!

So viel zum Thema, den Kopf frei zu kriegen und sich nicht von diesem Mann ablenken zu lassen. Konnte das gut gehen, ohne dass ich mich in ihn verguckte?

Ich erinnerte mich an Allys Worte und gab mir gedanklich einen Arschtritt. Ich hatte weiß Gott genug um die Ohren, ohne mich von so etwas ablenken zu lassen.

Und jetzt hatte ich ein neues Ziel. Ich wollte herausfinden, warum meine Prana blau war. Und ich musste meine Magie unter Kontrolle bekommen. Ganz zu schweigen von dem restlichen Unterricht und den Hausaufgaben, die ich nicht vernachlässigen durfte. Ich musste mit Tante Amalia ein paar wichtige Sachen besprechen. Und ich musste herausfinden, was mit meinen Eltern passiert war, um sie von dem schlechten Ruf, den Vanessa ihnen verschafft hatte, wieder reinzuwaschen. Dann gab es da noch die Sache mit den Mairas in Langfield. Irgendwie wurde ich das Gefühl nicht los, dass deren Auftauchen dort kein Zufall war. Ja, ich hatte noch einiges zu tun!

Kapitel 9

Ich krachte mit dem Rücken gegen die Wand und hob den Arm, um mein Gesicht vor dem nächsten Schlag zu schützen. Mein Körper war mal wieder von blauen Flecken übersät, und ich konnte mich kaum noch bewegen.

»Was ist los, Jillian? Haben Sie schon genug für heute?«

Ich sah Nathan finster an. Seit ein paar Wochen bekam ich nun schon Privatunterricht von ihm, und entgegen meiner Befürchtungen nahm er diesen sehr ernst. Außer ein paar kleinen Flirts war nichts weiter passiert, und doch freute ich mich die ganze Woche auf unser Privattraining. Und tatsächlich hatte sich zwischen uns so etwas wie eine Freundschaft entwickelt. Jedenfalls redete ich mir das ein, denn ich versuchte geflissentlich, das kribbelnde Gefühl in meiner Bauchgegend zu ignorieren.

Wir trainierten jeden Samstag von früh bis spät in der Turnhalle, so lange, bis ich kurz vorm Umfallen war. Und es lief jedes Mal nach demselben Schema ab.

Die ersten zwei Stunden verbrachten wir damit, meine Prana unter Kontrolle zu bekommen. Nathan war begeistert von meinen Fortschritten und lobte mich regelmäßig, dass er selten so eine gute Beherrschung der Energie gesehen hatte. Was ich ihm allerdings nicht verriet, war, dass ich immer nur einen Bruchteil der gesamten Energie verwendete, die mir zur Verfügung stand. Und selbst da hatte ich schon genug Mühe, die Prana das machen zu lassen, was ich wollte.

Den restlichen Tag wendeten wir uns dem Kampftraining zu. Und ich brauchte es. Wie sich herausstellte, hatte ich wirklich eine Begabung im Umgang mit dem Kilidsch, jedoch war ich im Zweikampf ohne Waffe absolut talentfrei. Und Nathan hatte sich nun einmal in den Kopf gesetzt, mich zur Jägerin auszubilden.

Schwer atmend stieß ich mich von der Wand ab, um Nathan erneut anzugreifen. Doch wieder war er schneller, tauchte unter meinem Arm durch und hievte mich wie einen nassen Sack über seine Schulter.

»Nathan, was soll das? Lassen Sie mich runter! Das ist *nicht* lustig!«

Nathan lachte. »Ach, kommen Sie schon, ein kleiner Spaß zum Abschluss.«

Ich zappelte, und er ließ mich behutsam wieder auf den Boden. Mit schmerzverzerrtem Gesicht betastete ich meine Rippen. Die Prellung von dem letzten Sturz würde ich wohl noch eine Weile spüren.

»Sie machen Fortschritte, Jillian. Sie konnten immerhin nach drei Stunden einen Schlag auf meiner Schulter platzieren«, neckte er mich und schenkte mir wieder sein übliches, verschmitztes Lächeln.

»Sehr witzig. Ich bin einfach nur müde, und mir tut alles weh! Das bringt ja doch nichts!« Ja, ab und zu musste ich auch mal jammern.

»Sie sollten mehr Geduld haben. Oder haben Sie wirklich geglaubt, sie können mich nach nur ein paar Wochen besiegen, obwohl ich eine jahrelange Ausbildung genossen habe?«

Angeber! Aber er hatte recht, vielleicht erwartete ich einfach zu viel von mir. Der Unterricht mit Nathan machte

Spaß, auch wenn er beim Kampftraining keine Gnade zeigte. Wir verstanden uns gut, und er schaffte es ständig, mich zum Lachen zu bringen. Was es mir nicht gerade leicht machte, die Tatsache zu beachten, dass er mein Lehrer war.

Ich sollte die Zusatzstunden mit Nathan nicht so genießen, und dennoch stand ich jeden Samstagmorgen mit blendender Laune auf. Wenn wir alleine waren, verhielt er sich mir gegenüber wesentlich offener, als in den regulären Unterrichtsstunden mit den anderen Schülern. Ich hatte es bis jetzt auch noch nicht geschafft, die Schmetterlinge in meinem Bauch unter Kontrolle zu bringen, wenn er mich ansah, auch wenn ich immer im Hinterkopf hatte, dass er ein Weiberheld war.

Ich setzte mich schwer atmend auf den Boden der Turnhalle. Er schüttelte amüsiert den Kopf.

»Lassen wir es für heute gut sein. Sie haben zum Samstagabend doch bestimmt Pläne, oder?«

Ja klar, weil man hier ja auch so viel machen konnte. Ab und zu fanden Privatpartys auf den Zimmern der älteren Schüler statt, doch die wurden meistens von einigen versnobten Lehrern aufgelöst. Ally und ich mieden diese Partys.

»Nein. Na ja, nicht wirklich. Ich treffe mich mit Alissa Collins und Derek Watson in der Bibliothek. Wir haben noch einen Berg Hausaufgaben zu bewältigen.«

»Nur gut, dass ich das los bin«, murmelte er und setzte sich zu mir. Sein Arm berührte meinen, und ich spürte das vertraute Ziehen in meiner Magengegend.

Gott, Jillian! Du musst damit aufhören!

Ich dachte an unsere erste Begegnung. Nathan war einer der wenigen, die mir wegen des Mairaangriffs geglaubt hatten und mich nicht für verrückt hielten. Er war immer nett und gab mir schon damals das Gefühl, etwas Besonderes zu sein.

»Nathan, haben Sie nach unserem Gespräch damals

etwas herausfinden können? Über die Mairas in Langfield, meine ich.«

»Nein, leider hat die VO den Vorfall nicht besonders ernst genommen. Sie haben jemanden geschickt, der die Sache überprüft und nichts gefunden hat. Es ist auch schwierig, im Nachhinein noch Spuren zu entdecken, und selbst wenn welche zu finden sind, sind die Mairas meist schon über alle Berge.«

Wir schwiegen eine Weile.

»Wie läuft der Unterricht so?« Nathan legte sich zurück auf die Matte, und ich dachte kurz nach.

»Im Großen und Ganzen ganz gut.«

Wir hatten nun schon die ersten Noten bekommen, und bis auf Mathe waren diese relativ gut ausgefallen. In Magie hatte ich sogar Bestnoten, da die anderen Schüler immer noch mit den Grundlagen beschäftigt waren. Alissa hatte es geschafft, mit Hilfe ihrer Telekinese einen Bleistift in Richtung Vanessa zu schießen, nachdem diese sie als Landei bezeichnet hatte. Nach anfänglichem Tadel musste selbst Mrs. Grant sie für diese Leistung loben. Derek und ich suchten immer noch nach unserem Spezialgebiet.

»Nathan, könnte ich Sie etwas fragen?«

»Nein, tut mir leid, ich kann Ihnen nicht das Geheimnis meines guten Aussehens verraten«, witzelte er.

»Ha ha, nein, im Ernst. Kann es sein, dass ich gar kein Spezialgebiet bei der Magie habe, weil ich die Prana direkt verwenden kann?«

Er sah mich stirnrunzelnd an. »Nein, eigentlich nicht. Mrs. Grant kann das ebenfalls, und ihr Spezialgebiet ist die Luft.«

»Kann man auch mehrere Spezialgebiete haben?«

Er schüttelte den Kopf. »Ich habe jedenfalls noch nie davon gehört.«

Ich seufzte. Vielleicht ging ich die ganze Sache einfach

falsch an und sollte mir eine andere Vorgehensweise ausdenken. Ich konnte die Prana bündeln und lenken, aber außer einem kleinen Energieball brachte ich nichts weiter zustande. Den Energieball konnte ich lenken und auf Leute oder Gegenstände zuschießen lassen, doch er tat nicht einmal schlimm weh. Nathan hatte es getestet.

Ich hatte ihn für vollkommen verrückt gehalten, als er mich aufgefordert hatte, ihn mit meinem Pranaball zu beschießen. Doch als er nur circa zwei Minuten außer Gefecht gesetzt gewesen war, stieg in mir die Enttäuschung auf. Damit konnte ich einen Maira höchstens kitzeln.

Ich hatte versucht, mehr Energie in meine Geschosse fließen zu lassen, doch es kostete mich zu viel Anstrengung, die Prana dann noch zusammenzuhalten. Das Ende vom Lied waren schmerzhafte Rückstöße gewesen, die mich innerlich verbrannt und meine Magie für ein paar Stunden außer Gefecht gesetzt hatten.

Ich war frustriert darüber, dass ich mein ganzes Potential einfach nicht nutzen konnte. Die Quelle in meinem Inneren kam mir unendlich vor.

Nathan stand auf und reichte mir die Hand. Ich nahm sie dankbar an und ließ mich stöhnend von ihm auf die Beine ziehen. Heute hatte er wirklich ein paar gute Treffer gelandet.

Ich wollte mich abwenden, doch Nathan hielt meine Hand weiter fest. Er sah mir in die Augen und wirkte verlegen. Ohne etwas zu sagen gingen wir in Richtung Ausgang. Hielt ich wirklich gerade mit meinem Lehrer Händchen? Seine Haut fühlte sich rau und kräftig von seinen zahlreichen Kämpfen an. Mein Herz klopfte bis zum Hals. Was zum Henker sollte das werden?

Ich wusste, dass ich besser so schnell wie möglich die Flucht ergreifen sollte, doch ich konnte mich nicht vom

Fleck rühren, als Nathan im Flur kurz vor der Turnhallentür anhielt und mir noch einmal tief in die Augen sah.

Oh mein Gott, er wollte mich doch nicht wirklich küssen, oder? Ich sah seine Lachfältchen rund um die grünen Augen und die braunen Locken fielen ihm tief in die Stirn. Er war wirklich hübsch, und ich hielt den Atem an, unfähig, noch einen klaren Gedanken zu fassen. Ich war mir seiner strammen Bauchmuskeln unter dem Kampfanzug nur allzu deutlich bewusst.

Seine Hand umfasste meinen Nacken und mit dem Daumen strich er mir sanft über die Wange. Seine Stirn berührte meine.

»Jillian«, flüsterte er, »was tun wir hier?«

Wir? Das war doch nicht meine Idee! Ich konnte nicht antworten, ich war gefangen von seiner Berührung und dem kribbelnden Gefühl, das sie in mir auslöste. Seine Augen strahlten unter den langen, braunen Wimpern und musterten jeden Zentimeter in meinem Gesicht. Die Stimme in meinem Hinterkopf wurde so leise, dass ich ihre Warnungen kaum noch hören konnte. Mir wurde warm, und hätte er mich nicht festgehalten, dann hätten meine Knie nachgegeben. Er ließ seine Lippen über meine Wange streichen. Der herbe Duft nach Wald überwältigte mich, und ich sog ihn tief in mich ein.

»Vom ersten Tag an hast du mich fasziniert.« Seine Stimme klang belegt und verführerisch. Ich legte die Hand auf seine Brust und konnte den Herzschlag unter seinen harten Muskeln spüren.

Und dann küsste er mich.

Erst ganz vorsichtig, als hätte er Angst, mir wehzutun. Eine Welle von Gefühlen überschwemmte mich und nahm mir jegliche Vernunft. Ich weiß nicht, wie lange wir so dastanden. Es kam mir unendlich vor. Seine weichen Lippen auf meinen. Das brennende Gefühl, das durch meine Adern strömte. Ich legte meine Hand in seinen Nacken und zog ihn an mich. In mir tobte ein Verlangen, dass ich nicht für möglich gehalten hätte.

Mir wurde warm, heiß, schwindelig. Das Blut rauschte in meinen Ohren. Sein Kuss wurde ungestümer, und sein Atem ging schwer. Er ließ seine Hand entlang meiner Wirbelsäule wandern, und ich schauderte vor Erregung. O mein Gott. Er schob sie schließlich unter den Saum meines Kampfanzuges, um die Finger über meiner Haut kreisen zu lassen. Über meinen Rücken, vor zu meinem Bauch, nach oben …

»Warte«, keuchte ich. Er zog sich ebenfalls schwer atmend zurück. Wollte er mir etwa gerade an die Wäsche? Mitten im Flur der Turnhalle?

»Es … es tut mir leid … ich habe wohl kurz die Kontrolle verloren«, meinte er etwas zerknirscht. »Ich weiß nicht, was heute los war.«

Nun ja, wenn man bedenkt, dass ich mich ihm genauso an den Hals geworfen hatte, konnte man ihm keinen Vorwurf machen. Dennoch sah ich die Enttäuschung in seinen Augen. Was hatte er denn erwartet?

Ich war erst siebzehn und er fünfundzwanzig. Er hatte bestimmt mehr Erfahrung als ich. Ich spürte, wie mir die Wärme in die Wangen schoss, und drehte mich schnell weg. Es war mir schrecklich peinlich. Und dann traf mich die Erkenntnis wie ein Schlag. Ich hatte meinen *Lehrer* geküsst. Mir blieb die Luft weg. Ich musste raus hier.

Nathan trat peinlich berührt einen Schritt zurück.

»Jillian …«, sagte er in dem Versuch, mich zu beruhigen, doch ich hörte nicht mehr hin und stieß die Tür auf.

Sofort blendete mich die Sonne, und ich rannte los – nur, um fast in Vanessa hineinzulaufen. Sie stand auf der Treppe zur Turnhalle und hatte ein Gesicht aufgesetzt, das nichts Gutes heißen konnte. Ihr gehässiges Lächeln bereitete mir

Sorge. Konnte sie tatsächlich etwas gesehen haben? Die Tür zur Halle bestand aus Milchglas, doch ich war mir nicht sicher, ob unsere Schatten zu sehen gewesen waren.

Doch es war mir gerade egal. Ich musste mich erst einmal beruhigen und wieder klare Gedanken fassen. Der Campus war voller Schüler, also begab ich mich auf direktem Weg zum Wohntrakt der Hexen. Alissa war noch bei ihrer Schauspielgruppe, ich konnte also davon ausgehen, meine Ruhe in unserem Zimmer zu haben.

Dort angekommen ließ ich mich erschöpft auf mein Himmelbett fallen und starrte auf den reich verzierten Baldachin. Während mein Finger die silbern verschlungene Stickerei auf einem meiner zahlreichen Kissen nachfuhr, dachte ich nach. Mein erster Kuss. Ich hatte meinen ersten Kuss gehabt, und das ausgerechnet mit meinem Lehrer. In einem Flur. Wie romantisch.

Und dann war ich wie ein kleines Kind weggerannt. Ich drehte mich auf den Bauch und vergrub das Gesicht vor Scham in dem Kissen. Was sollte das noch werden? Schließlich stand uns beiden keine gemeinsame Zukunft offen. Oder?

Ich hatte ja nur noch drei Jahre Ausbildung an dieser Schule. Danach war mein Ziel, nach London zu gehen. Würde Nathan mir folgen?

Schnell verdrängte ich den Gedanken. Es war nur ein Kuss gewesen, und ich malte mir schon unsere Zukunft aus. Wie lächerlich.

Ich ging den Moment noch einmal gedanklich durch. Er küsste wahnsinnig gut, jedenfalls soweit ich das beurteilen konnte. Schließlich hatte ich keine Vergleichsmöglichkeiten. Als ich daran dachte, wie hemmungslos ich ihn an mich gezogen hatte, spürte ich sofort meine heiß glühenden Wangen. Die nächste Unterrichtsstunde bei ihm konnte ja nur endpeinlich werden.

Eine Weile lag ich noch da und ging jeden einzelnen Augenblick des Kusses durch, dann sah ich auf die Uhr. Langsam sollte ich mich auf den Weg machen, damit ich nicht zu spät zu meinem Treffen mit Alissa und Derek kam. Ich schlüpfte aus meinem eng anliegenden Kampfanzug, machte mich frisch und zog meinen kuscheligen, cremefarbenen Rollkragenpullover über. Dann ging ich zum Hauptgebäude und suchte die Bibliothek im ersten Stock auf. Man konnte sie definitiv nicht mit der kleinen Bücherei in Langfield vergleichen. Die Bibliothek war riesig und hübsch eingerichtet. Die Bücherregale trennten den großen Raum in mehrere Abschnitte, die zu gemütlichen Leseecken gemacht wurden, in die man sich ungesehen zurückziehen konnte. Manche der Abschnitte waren mit praktischen Tischen und Stühlen ausgestattet, und wieder andere dienten mit Sesseln und riesigen Sitzkissen der Gemütlichkeit.

Alissa und Derek warteten bereits in unserem Lieblingsbereich. Er befand sich genau im Mittelrisalit der Schule. Durch ein paar große Fenster konnte man die Grünanlage des Campus überblicken. Der Abschnitt war nur durch einen schmalen Durchgang zwischen zwei Regalen zu erreichen, und es war eher Zufall, dass Derek ihn entdeckt hatte. Ally lümmelte auf einem der riesigen, weinroten Kissen. Derek hatte sich einen der beiden Sessel geschnappt, die an einem kleinen, runden Tischchen standen.

»Hey, ihr zwei, schon fleißig am Üben?«

Alissa schnaubte und starrte dann weiter auf ihr Übungsobjekt: einen schweren Stein. »Ich bekomme ihn keinen Millimeter von der Stelle«, jammerte sie.

»Du weißt wenigstens, was du machen musst«, murrte Derek, »ich weiß nicht einmal, wo ich anfangen soll.«

Es belastete ihn schwer, dass er im Fach Magie nicht einfach aus Büchern lernen konnte. Er hatte es probiert. Leider half ihm das in der Praxis nicht weiter.

»Wir finden unser Spezialgebiet schon noch«, beruhigte ich ihn und ließ mich neben Alissa nieder.

Sie sah kurz von ihrem Stein auf, und sofort blieb ihr Blick an meinen Augen haften. Manchmal hatte ich das Gefühl, sie könne direkt in meine Seele blicken.

»Also ist es doch passiert«, seufzte sie und runzelte missbilligend die Stirn.

»Was ist passiert?«, wollte Derek wissen.

»Nichts!«, antworteten wir wie aus einem Munde.

Mit einem Blick gab ich Alissa zu verstehen, dass wir uns später darüber unterhalten würden. Ich konnte mich sicher schon auf einen Vortrag gefasst machen.

Ally stand auf, griff sich ein Geschichtsbuch und setzte sich an den kleinen Tisch neben Dereks Sessel.

»Was soll's«, seufzte sie, »heute bekomme ich den Stein sowieso nicht mehr vom Fleck. Da kann ich genauso gut diesen blöden Aufsatz über den englischen Bürgerkrieg schreiben.«

»Ich habe meinen schon fertig, wenn du willst, kannst du ihn durchlesen.« Derek schob ihr seinen Geschichtshefter hin, und Alissa begann zu lesen. Ich sollte eigentlich üben, meine Prana zu verwenden, aber ich konnte mich nicht konzentrieren. Mit geschlossenen Augen lehnte ich mich zurück.

»Hey, Derek«, begann Alissa, »im Bürgerkrieg kamen tatsächlich echte Dämonen vor? Keine Mairas?«

Sie sah ihn erstaunt an.

Derek zuckte mit den Achseln. »So steht es jedenfalls geschrieben, aber es war nur eine Handvoll. Ansonsten hätten die Verborgenen dieser Zeit keine Chance gehabt.«

»Wie meinst du das?«, fragte ich neugierig.

»Dämonen kannst du nicht mit Mairas vergleichen. Sie sind intelligent und wahnsinnig gerissen. Und sie haben unglaubliche Macht. Sie können die Gestalt ändern und sich somit ungesehen zwischen den Menschen bewegen. Sie können ein Gebäude ohne mit der Wimper zu zucken in die Luft jagen. Sie haben magische Fähigkeiten, von denen Hexen nur träumen können. Laut den Geschichtsbüchern waren sie es, die die Unruhen in England angezettelt haben.«

»Und was bitte sollten sie davon haben?«

»Langsame Machtübernahme. Sie waren schließlich nur zu fünft. Ich will mir gar nicht vorstellen, was passiert wäre, wenn die gesamte Unterwelt den Weg hierher gefunden hätte. Ich vermute mal, England wäre ein Inferno geworden.«

Alissa sah von dem Hefter auf und zog zweifelnd die Augenbrauen in die Höhe. »Wie sind denn die Dämonen hierhergekommen? Ich dachte, sie können die Unterwelt nicht verlassen? Selbst wenn sie beschworen werden, gibt es für sie keinen Weg, sich komplett in unserer Welt zu materialisieren.«

»Das weiß keiner so genau. Laut den Legenden hatte es etwas mit einem magischen Artefakt zu tun, das einst von den Dämonen selbst erschaffen wurde. Es handelt sich wohl um irgendeinen Gegenstand, der Dämonenmagie enthält, aber nur von Hexen aktiviert werden kann. Die fünf Überläufer hielten sich bedeckt, um es zu finden, und es dauerte Jahre, bis die VO sie aufgespürt und besiegt hatte. Damals gab es Tausende von Toten, durch nur *fünf* Dämonen. Aber die Existenz dieses Artefaktes wird mittlerweile angezweifelt. Die VO hat damals ganz England auf den Kopf gestellt und Nachforschungen betrieben. Niemand wusste etwas darüber, also wusste die VO nicht einmal, wonach sie suchen sollte. Und da es seitdem auch kein Dämon mehr in unsere Welt geschafft hat …«

Derek zuckte die Achseln.

Ich wollte nicht weiter darüber nachdenken. Um ehrlich zu sein vermisste ich die Zeit, in denen Dämonen und andere Monster nur Schauergeschichten aus meiner Kindheit gewesen waren.

Um mich abzulenken, sah ich mich ein bisschen in dem kleinen Bibliotheksabteil um. Die Wände zwischen den Bücherregalen waren auch hier mit reich verzierten Wandtäfelungen und Teppichen ausgestattet, die mir jedes Mal aufs Neue das Gefühl gaben, mich in einem ganz anderen Jahrhundert zu befinden. Warme Lampen sorgten für ein gedämpftes Licht, das hell genug zum Lesen war, aber trotzdem nicht blendete und für eine angenehme Atmosphäre sorgte, die durch den Teppich, den Kamin und die Sessel und Sitzkissen verstärkt wurde.

Nach einer Weile setzte ich mich auf und beschloss erst einmal, das Problem mit meinem Spezialgebiet zu lösen.

»Sag mal, Ally«, fragte ich träge, »was genau machst du mit deiner Prana, wenn du die Telekinese einsetzt?«

Sie überlegte kurz. »Ich kann es gar nicht richtig beschreiben. Die Energie spüre ich in meinem Inneren, also in meiner Brust, um genau zu sein. Wenn ich etwas mit Hilfe meiner Gedanken verschieben will, dann konzentriere ich mich mit aller Kraft darauf. Dann stelle ich mir vor, wie die Kraft in meinem Inneren sich mit meinen Gedanken verbindet und diese verstärkt. Hört sich komisch an, oder?«

»Nein, ich glaube, ich weiß in etwa, wie du es meinst. Wie eine Steckdose …«, murmelte ich.

Ich dachte noch eine Weile darüber nach. Da ich eine der wenigen Hexen war, die direkten Zugang zur Prana hatten, war ich nie darauf gekommen, mit ihr meine Gedanken zu verstärken. Ich war viel zu abgelenkt von der Prana an sich, also dem Wirrwarr von leuchtend blauen Fäden vor meinem inneren Auge.

Ein Versuch konnte ja nicht schaden. Ich würde alles ausprobieren, vielleicht zeigte sich ja dann mein Spezialgebiet.

Telekinese hörte sich toll an. Ich nahm einen Bleistift und legte ihn vor mich auf den Boden. Ich starrte ihn an. Und starrte. Dann konzentrierte ich mich mit aller Kraft darauf, ihn zur Seite rollen zu lassen. Und es passierte …

Nichts!

Doch so schnell würde ich nicht aufgeben. Die Prana pulsierte in meinem Körper, so als warte sie nur darauf, zum Einsatz zu kommen. Ich zapfte die Quelle gedanklich an, ohne sie direkt zu nutzen.

Wieder knisterte die Luft um mich herum, als wäre sie elektrisch aufgeladen. Ich hatte das Gefühl, als würde ein Bruchteil der Energie nun in meinem Kopf umherwirbeln, und ich verband sie schnell mit meinen Gedanken, bevor mir schwindlig wurde. Alissa hatte recht, man konnte es schwer beschreiben.

Ich starrte weiter auf den Bleistift und stellte mir vor, er rolle zur Seite. Und eine Sekunde später tat er es tatsächlich.

Mein Herz machte einen Satz. Ich hatte es geschafft und gleich richtig getippt. Ich würde mich auf die Telekinese spezialisieren, wie Alissa auch!

Um meine Konzentration aufrecht zu erhalten, sagte ich Derek und Ally noch nichts davon. Ich wollte sie überraschen. Etwa fünfzehn Minuten später hatte ich es vor mich hin grinsend geschafft, den Bleistift in der Luft schweben zu lassen. Langsam ließ ich ihn Richtung Alissa wandern, die konzentriert auf ihren Zeichenblock schrieb. Nur wenige Augenblicke später schwebte er direkt vor ihrer Nase.

Sie stieß einen spitzen Schrei aus und fiel vor Schreck mitsamt ihrem Stuhl nach hinten.

»Wo kommt der denn her?!«

Jetzt konnte ich mein Lachen nicht mehr unterdrücken, und der Bleistift fiel zu Boden. Derek musterte mich trocken. »Scheint so, als hätte da jemand sein Spezialgebiet gefunden.«

Ich sah ihn an, und irgendetwas veränderte sich in seinem Gesicht, obwohl seine Miene gleich blieb. Ally brauchte ein paar Sekunden, um die Information zu verarbeiten. Dann sprang sie auf und umarmte mich stürmisch.

»Toll, jetzt können wir immer gemeinsam üben! Ich freu' mich so für dich! Wahnsinn, dass du es so schnell geschafft hast, es zu perfektionieren! Ich übe schon seit Monaten und bin noch nicht so gut!«

Sie packte mich an den Händen und sah mich strahlend an, während mich ihr Duft nach Blumen einschloss. Es war klasse, eine beste Freundin zu haben.

Derek murmelte ein zerknirschtes »Glückwunsch« und konzentrierte sich wieder. Mein Erfolg schien ihm noch einmal zusätzlichen Ehrgeiz zu geben. Er konnte es nicht ausstehen, wenn andere besser waren als er. Was bis auf das Fach Magie und die sportlichen Tätigkeiten auch in keinem Unterrichtsfach der Fall war.

Ally dagegen schien sich aufrichtig für mich zu freuen. Während sie sich nach dem Freudentanz wieder ihrem Aufsatz zuwandte, übte ich weiter meine neuen Fähigkeiten. Der Stein von Ally ließ sich auch von mir kaum vom Fleck bewegen, aber eine kleine Feder wirbelte fröhlich vor mir her.

Ich fragte mich ... nein, das konnte nicht funktionieren. Stirnrunzelnd sah ich zu dem kalten Kamin, der in die Wand eingelassen war. Da es heute relativ warm war, brannte er nicht. Ich schenkte meine Aufmerksamkeit dem angekokelten Stück Holz und konzentrierte mich darauf, einen Funken mit Hilfe meiner Gedanken zu entzünden.

Augenblicklich loderten heiße Flammen empor und tauchten den Raum in das warme Licht des Feuerscheins. Mit offenem Mund starrte ich in die Flammen. Ein paar Augenblicke bemerkte es keiner. Dann riss Alissa den Kopf hoch.

»Herzlichen Glückwunsch, Derek! Nun hast du es auch endlich geschafft!« Sie lächelte ihm zu, doch Derek starrte mich nur erschrocken an.

»Das war ich nicht«, sagte er langsam und ungläubig. »Aber ich glaube, Jill hat eine Erklärung dafür.«

Die hatte ich nicht. Ich war genauso geschockt, wie die beiden aussahen.

»Oh ...« Mehr fiel mir im Moment nicht dazu ein. Auch meinen Freunden schienen kurzzeitig die Worte zu fehlen.

Derek setzte sich aufgeregt neben mich. »Hast du das wirklich gerade mit deinen Gedanken angezündet?«

Verwirrt nickte ich.

»Wahnsinn, anscheinend hast du mehr als ein Spezialgebiet! Das soll noch nie vorgekommen sein!«

Super. Schon wieder eine meiner Abnormitäten. Ich hätte nie gedacht, dass es so schwer sein würde, in einer Welt voller Fabelwesen normal zu sein.

»Jill! Versuch doch mal, ob du noch mehr kannst!«

»Was soll ich denn noch versuchen?«

Alissa zeigte auf ihre Teetasse. »Lass das mal gefrieren!«

Ich blieb skeptisch. Vielleicht gab es eine ganz einfache Erklärung dafür. Vielleicht war es auch mit Telekinese möglich, ein Feuer anzuzünden.

Ich runzelte die Stirn. Was soll's?! Jetzt konnte ich ebenso gut herausfinden, *wie* abnormal ich war. Also konzentrierte ich mich auf Allys Tasse und versuchte mir vorzustellen, Kälte hineinfließen zu lassen. Es fiel mir immer schwerer, einen klaren Kopf zu behalten, und in mir breitete sich die Erschöpfung aus. Das stundenlange Training mit Nathan, die Aufregung nach unserem Kuss, nun die Übungen mit der Prana. Es war ein langer Tag gewesen, und ich fühlte mich plötzlich wahnsinnig schlapp.

»Es funktioniert nicht«, sagte ich fast schon erleichtert.

Alissa schaute in ihre Tasse und trank einen Schluck Tee.

»Das würde ich so nicht sagen. Der Tee ist eiskalt. Bis eben war er noch heiß.«

Ich riss die Augen auf. Hatte ich wirklich alle Spezialgebiete zur Verfügung? Um ehrlich zu sein hatte ich keine Energie mehr, um es herauszufinden. Ich fühlte mich ausgelaugt, und auch Derek schien es zu bemerken.

»Jill, du solltest es für heute gut sein lassen. Du bist käseweiß.« Er blickte mich besorgt an. »Morgen ist auch noch ein Tag zum Üben und um herauszufinden, ob du tatsächlich die mächtigste Hexe Englands werden kannst.«

Er grinste, als ich ihn verdattert ansah. Wie bitte? Das war ja wohl nicht sein Ernst. Nur weil ich scheinbar mehr Dinge mit meiner Prana anstellen konnte als der Rest der Hexen? Ich glaubte kaum, dass eine Mrs. Grant oder ein Nathan schon nach einer halben Stunde Übung aus den Latschen kippen würde.

Ich kuschelte mich in mein Sitzkissen und nahm eine Tasse Tee von Alissa entgegen. Eine Weile diskutierten wir noch über die Bedeutung der Verwendung mehrerer Fähigkeiten, bevor sie sich wieder ihren Beschäftigungen zuwandten – Ally ihrem Aufsatz und Derek dem Vor-sich-hinstarren.

Ich dachte derweil wieder über Nathan nach und fragte mich, wie er wohl auf meine neuen Fähigkeiten reagieren würde. Würde er stolz sein? Wie würde er sich mir gegenüber nun überhaupt verhalten?

»Mann, ich weiß einfach nicht, auf was ich mich noch konzentrieren soll! Ich habe anscheinend kein Spezialgebiet!«, maulte Derek.

Ich sah ihn an, und mir blieb der Mund offen stehen. Auch Ally blickte verdattert in sein Gesicht, bevor sie schallend anfing zu lachen. Ich konnte nicht anders, auch ich prustete los. Derek sah aus, als würde er uns für verrückt halten und wollte gerade beleidigt aufstehen.

»Nein, warte, Derek!«, kicherte ich. »An was hast du gerade gedacht?«

Er sah mich entgeistert an.

»Daran, dass ihr zwei völlig übergeschnappt seid!«

»Nein, ich meinte eben, als du dich konzentriert hast.«

»Keine Ahnung. Ich bin irgendwie abgeschweift und fast eingeschlafen. Ich habe nur daran gedacht, dass meine Nase gekratzt ...« Er hielt inne und griff sich an die Nase. Dann riss er die Augen auf.

Ich nickte zufrieden, als ich sah, dass er verstanden hatte. Dereks Nase hatte sich vorhin zu einem riesigen, krummen Zinken und wieder zurück verwandelt. Das erklärte auch die Veränderung, die ich vor einer Stunde an ihm bemerkt hatte.

»Scheint so, als hättest du dich mit der Biokinese angefreundet. Du kannst dein Aussehen verändern! Deshalb hast du auch nie bemerkt, dass sich etwas verändert. Du hättest es einfach mal vor dem Spiegel ausprobieren sollen!«

Ich lachte immer noch über Dereks erschrockenes Gesicht, auf dem sich nun langsam ein Grinsen ausbreitete. Wir saßen noch eine Weile und beobachteten ihn dabei, wie er angestrengt sein Aussehen veränderte. Es lief noch ganz schön planlos ab, und seine Haare wurden kurzzeitig grau, als er die Länge verändern wollte.

Als wir in unseren Wohntrakt zurückkehrten, hatte ich blendende Laune. Obwohl ich vollkommen erschöpft und immer noch durcheinander wegen Nathan war und keine Ahnung hatte, was mich bei unserer nächsten Begegnung erwartete, war der Abend sehr ausgelassen verlaufen. Derek und ich hatten unser Spezialgebiet gefunden. Oder in meinem Fall sollte man wohl besser von der Mehrzahl sprechen. Fragte sich nur, wie der Rest der Schule auf diese Neuigkeit reagieren würde.

Kapitel 10

Es war eine Katastrophe! Die Neuigkeit hatte sich wieder rasend schnell verbreitet, und gleich am Montag wurde ich von sämtlichen Schülern als Lügnerin und Angeberin bezeichnet. Manche taten es hinter meinem Rücken. Andere machten sich nicht die Mühe, ihre Stimmen zu senken. Ich war die, die behauptete, mehrere Spezialgebiete der Magie zu beherrschen, und prompt musste ich im Büro der Schulleiterin antanzen.

Der große Raum sah eher aus wie der Salon einer Königsfamilie aus vergangenen Jahrhunderten, der mit einem riesigen eleganten Holztisch zu einem Arbeitszimmer umfunktioniert wurde. Die großen Fenster hatten weinrote Vorhänge mit goldenem Besatz, die zum Rest der Einrichtung und dem eleganten Parkettfußboden passten.

Ich musste Mrs. Grant gefühlte hundert Mal Telekinese, Pyrokinese und Kryokinese, Feuer und Eis, vorführen, bevor sie es glaubte. Danach war ich kurz vorm Umfallen, und erst unsere Klassenlehrerin Mrs. Preston, die mich begleitet hatte, holte die Schulleiterin aus ihrer Schockstarre.

»Meine Güte, Annabell, lass es gut sein. Das Mädchen ist völlig erschöpft. Sie hat es uns nun weiß Gott genug bewiesen.«

»Ja … ja, vielleicht hast du recht.« Mrs. Grant wandte

sich zu mir und sah mich mit ausdrucksloser Miene an. Trotz allem meinte ich, so etwas wie Bestürzung in ihrem Blick lesen zu können. Ich bemerkte eine kleine Narbe an ihrer Augenbraue und fragte mich, ob sie wohl auch schon gegen Mairas gekämpft hatte. Bestimmt nicht. Mittlerweile hatte ich herausgefunden, dass fast alle Hexen den Geruch nach Natur mit sich brachten, und vermutete, dass es mit der Prana zusammenhing. Von Mrs. Grant wehte mir gerade der leichte Duft nach Kiefern entgegen. Und noch etwas. Waren das Räucherstäbchen? Vielleicht war sie ja auch so verrückt wie Tante Am.

Ihre erschöpfte Stimme holte mich zurück in die Gegenwart. »Miss Benett, ich befürchte, Sie wissen gar nicht, wie besonders Sie sind. Und in was für einer Gefahr Sie schweben. Sollte das an die Öffentlichkeit geraten, wird man Sie benutzen wollen.«

Ich sah sie verwirrt an. »Was meinen Sie damit?«

»Medizinische Tests. Die VO wird selbst die kleinste Pore von Ihnen untersuchen, um herauszufinden, was Sie von den anderen Hexen unterscheidet und so mächtig macht. In der Hoffnung, auch die eigenen Fähigkeiten zu verbessern. Man wird versuchen, Sie als Waffe und Forschungsobjekt zu benutzen.«

Mir wurde kalt. Im ersten Moment dachte ich, dass Mrs. Grant maßlos übertreiben musste. Doch was wusste ich schon über die Vorgehensweise der VO? Ich sah hilfesuchend zu meiner Klassenlehrerin, und die mütterliche Hexe legte mir sofort zur Unterstützung eine Hand auf die Schulter.

»Annabell, wir müssen sie beschützen! Sie ist noch zu jung, um sich selbst zu wehren! Die VO wird zu schnell erkennen, dass sie mit ihr leichtes Spiel hat.«

Hey, Moment mal! Ich war doch kein kleines Kind, das sich herumschubsen ließ. Ich wusste, dass es Mrs. Preston nicht böse gemeint hatte, doch irgendwie verspürte ich den Drang, das vor der Schulleiterin klarzustellen.

»Ich danke Ihnen, Mrs. Preston, aber ich habe durchaus Charakter und werde garantiert nichts mit mir machen lassen, was ich nicht will.«

Die zwei Lehrer starrten mich überrascht an. Um ehrlich zu sein, war ich selbst erstaunt über meine feste Stimme. Hatte das nicht gerade saumäßig arrogant geklungen? Aber ich hatte mich in Langfield einfach schon zu lange umherschubsen lassen.

Mrs. Grant nickte mir anerkennend zu. »Ich bewundere Ihren Mut, Miss Benett. Leider lässt die VO in solchen Angelegenheiten kein Wenn und Aber zu. Sie haben so ihre Methoden.«

Mrs. Preston räusperte sich unbehaglich, doch die Schulleiterin beachtete sie gar nicht.

»Ich schlage vor, wir halten diese Sache so lange wie möglich geheim. Mr. Lockwood wird Sie weiterhin samstags in Magie unterrichten und auf jede einzelne Ihrer Fähigkeiten eingehen. In meinem Unterricht werden Sie sich auf ein Gebiet spezialisieren. Ich denke, es wird nicht viel Überzeugungskraft kosten, um die anderen Mitglieder dieser Schule davon zu überzeugen, dass es alles nur ein Gerücht war. Bis vor einer halben Stunde habe ich es selbst nicht geglaubt.«

Ich starrte sie an. Wusste sie überhaupt, was das nun für mich bedeutete? Die halbe Schule hielt mich für eine Angeberin und Lügnerin, und nun sollte ich ihnen auch noch recht geben?!

»Mrs. Grant …«, begann ich.

»Es tut mir leid, Miss Benett, in dieser Angelegenheit lasse ich nicht mit mir diskutieren! Es ist zu Ihrer eigenen Sicherheit.« Ihre Stimme klang bestimmt und ließ keinen weiteren Widerspruch zu. Sie strahlte wieder diese unheimliche Macht aus, und ihre Haare schienen ständig um ihren

Kopf herum zu schweben. Der Anblick konnte einen wahnsinnig machen.

Was soll's, dachte ich mir. Es hatte ja doch keinen Sinn, sich mit ihr anzulegen. Wahrscheinlich hatte sie sogar recht. Wer wusste schon, was die VO mit mir anstellen würde. Ich hatte keine Lust, als Versuchskaninchen zu enden.

Resigniert verließ ich Mrs. Grants Büro und stellte mich dem, was da kommen mochte.

Der Rest der Woche wurde genauso schlimm, wie ich erwartet hatte. Ich war das Gespött der Schule. Das Mädchen, das angeblich Mairas begegnet war und sich für überaus talentiert hielt. Die, die vor den Lehrern mit Lügengeschichten prahlte. Selbst die Schüler aus den oberen Klassen trieben ihre Scherze auf meine Kosten und demütigten mich mit derben Sprüchen und Lachern. Ich biss die Zähne zusammen und ließ alles über mich ergehen. Was sollte ich auch sagen?

Nur Ally und Derek hielten zu mir und verteidigten mich unentwegt.

»Lasst es gut sein, ihr zwei«, sagte ich geknickt. »Irgendwann werden sie es wieder vergessen und mich normal behandeln.«

Ich hoffte es jedenfalls. Was mich allerdings verwunderte, war, dass Vanessa sich zurückhielt. Ich wusste, dass sie etwas im Schilde führte. Ihr durchtriebenes Grinsen, wenn sie mich ansah, konnte gar nichts anderes bedeuten. Ich fragte mich, was sie vorhatte. Wartete sie nur den richtigen Moment ab, um noch eins draufzusetzen und zu erzählen, meine Mutter wäre eine schwarze Hexe gewesen? Oder hatte sie etwa doch gesehen, wie Nathan mich geküsst hatte? Die Unwissenheit machte mich wahnsinnig.

Endlich war Samstag, und ich konnte sämtlichen Schülern aus dem Weg gehen. Außerdem würde ich Nathan wiedersehen. Im regulären Unterricht hatte er mich wie vorhergesehen genauso behandelt wie jeden anderen Schüler auch. Dennoch war ich mir sicher, dass er meinen Blicken absichtlich auswich. Dabei war er doch einer der Wenigen, die wussten, dass ich nicht gelogen hatte. Vielleicht war es ihm aber auch peinlich, dass wir uns geküsst hatten? Ich musste mit ihm reden, daran führte kein Weg vorbei.

Die Woche hatte sich ewig hingezogen, und obwohl ich ihn im Unterricht gesehen hatte, vermisste ich ihn. Ich vermisste seine Späße und seine lockere, freundschaftliche Art. Und das Feuer, das er vor einer Woche in mir entfacht hatte.

Ich beschloss am Samstagmorgen, etwas früher zur Turnhalle zu gehen. Das Wetter hatte wieder umgeschlagen, und am Himmel hingen die regenverhangenen Wolken so tief, als könnten sie ihr eigenes Gewicht kaum tragen. Ich konnte gerade noch einem Schauer entkommen, als ich durch die Tür zur Halle hineinschlüpfte. Etwas außer Atem versuchte ich, meine vom starken Wind zerzausten Haare zu glätten.

»Lass es gut sein, Süße. Du siehst fabelhaft aus.«

Erschrocken drehte ich mich um und spähte in den dämmrigen Flur.

Dort lehnte Jonathan an der Wand. Er hatte die Arme verschränkt und ließ seine Muskeln unter dem dünnen T-Shirt spielen. Der große Werwolf hätte mit seinen blonden Haaren als hübsch durchgehen können, hätte er nicht so einen arroganten Gesichtsausdruck gehabt.

»Was willst du denn hier, Jonathan?«, fragte ich misstrauisch.

Er war selten ohne »Barbie« Vanessa anzutreffen.

»Ich hab auf dich gewartet.« Er setzte ein Lächeln auf und kam auf mich zu. Die gelben Augen leuchteten förmlich in der Dämmerung. Er stellte sich direkt vor mich. Jonathan war über einen ganzen Kopf größer als ich und stand viel zu nah für meinen Geschmack. Ich konnte sein billiges Parfüm riechen, mit dem er den widerlichen Geruch nach nassem Hund überdecken wollte.

Ich sah ihm fest in die Augen. So leicht ließ ich mich nicht einschüchtern. »Und warum bitte hast du auf mich gewartet?«

»Weil ich mich für dich interessiere.« Er grinste mich an. War das jetzt wirklich sein Ernst?!

»Verschwinde, Johnnyboy, ich habe keine Zeit für Spielchen!« Meine Stimme klang fest, doch ich hatte einen Kloß im Hals. Was zur Hölle wollte er? Er nahm eine Strähne von mir und wickelte sie um den Finger.

»Keine Zeit für Spielchen? Ich hab aber gehört, du spielst gerne! Oder etwa nur mit Mr. Lockwood? In was gibt er dir Unterricht? Kamasutra?«

Ich starrte ihn entgeistert an, und er rückte näher. Ich spürte die kalte Wand an meinem Rücken und roch seinen schlechten Atem, als er sich zu mir beugte.

»Vielleicht kannst du mir ja ein paar Sachen beibringen?«, säuselte er und ließ seine Zunge über meine Wange gleiten.

Igitt! Hatte er mich gerade abgeleckt?! Sofort löste ich mich aus meiner Starre und versuchte, unter seinem Arm durchzutauchen. Jonathan war schneller und zog mich an meinen Haaren zurück.

»Nicht so schnell, Hexe, wir sind noch nicht fertig!«

Ich erinnerte mich an die Unterrichtsstunden mit Nathan und rammte mit aller Kraft meinen Ellenbogen nach hinten, genau in seinen Magen.

»Verfluchtes Miststück!« Er krümmte sich, doch er ließ nicht los und zog fester. Ich schrie kurz auf vor Schmerz. Langsam hatte ich es satt! Was glaubte er eigentlich, wer er war? In mir steigerte sich die Wut über seine Dreistigkeit, und ich griff gedanklich nach meiner Prana. Der Junge würde einen gehörigen Stromschlag von mir bekommen!

Doch bevor ich mich versah, wurde Jonathan nach hinten gerissen und vor die gegenüberliegende Wand geschleudert.

Ryan Almont stand vor ihm und hatte ihn an der Kehle gepackt. Obwohl der schwarzhaarige Vampir bedeutend schmaler als Jonathan war, hielt er ihn ohne Mühe zappelnd in die Luft.

Ich hatte weder bemerkt, wie Ryan den Flur betreten, noch, wie er Jonathan von mir heruntergezogen hatte. Er bewegte sich mit einer Geschwindigkeit, die für das bloße Auge kaum sichtbar war. Und er sah wirklich zornig aus. Seine dunklen Augen blickten hasserfüllt in Jonathans nun blau angelaufenes Gesicht.

»Du solltest ganz schnell die Füße in die Hand nehmen, Hündchen!«, knurrte er mit einer Stimme, die selbst mir Schauder über den Rücken jagte. Dann warf er ihn in Richtung Ausgang, wo sich Jonathan hustend aufrappelte und schnell das Weite suchte.

Ryan schüttelte seine Hand aus und sah zu mir herüber. Ich war immer noch geschockt von dem ganzen Vorfall. Eine Weile sahen wir uns misstrauisch an.

»Ähm«, stotterte ich, »ich schätze, ich sollte mich bei dir bedanken. Trotzdem wäre das nicht nötig gewesen, ich wollte ihn gerade grillen.«

Und ich wollte nicht, dass Ryan mich für ein kleines, unbeholfenes Mädchen hielt.

Er sah mich skeptisch an und lächelte dann spöttisch. »Ja, klar. Vielleicht solltest du deine Zeit dafür nutzen, deine Reaktionen zu verbessern, anstatt mit deinen Lehrern herumzuknutschen.«

Mir fiel die Kinnlade herunter. »Wie bitte? Was zum Henker geht dich das eigentlich an?«

Ich spürte, wie mir die Schamesröte ins Gesicht stieg. Was bildete er sich eigentlich ein? In mir staute sich der Zorn. Und Zorn war besser als Scham.

Ryan zuckte gelassen mit den Achseln und ging in Richtung Ausgang. »Du glaubst doch nicht wirklich, dass er dich liebt, oder? Er spielt doch nur mit dir. Aber du hast recht, es geht mich nichts an. Und es interessiert mich ehrlich gesagt auch nicht, was du machst.«

»Was verstehst du denn schon von Liebe?«, rief ich ihm hinterher. »Nur weil dein Leben anscheinend ein tiefes, dunkles Loch ist, muss es anderen nicht gleich genauso gehen!«

Das hatte gesessen. Ich sah es ihm an, als er stehen blieb und mich zornig anfunkelte. Aber irgendwohin musste ich mit meiner Wut, und wenn er mich schon zur Weißglut trieb, musste er auch mit den Konsequenzen leben.

Ryan kam auf mich zu und packte mich am Arm. »Wie kann man nur so naiv sein?«

Er schleifte mich durch den Flur in Richtung Turnhalle, und ich stolperte eine Weile, bevor ich mein Gleichgewicht fand. Glaubte denn eigentlich jeder, dass man mich herumschubsen konnte? Der Typ hatte wirklich Kraft, das musste man ihm lassen. Seine Hand hatte sich eisern um meinen Oberarm gewickelt. Ich wollte mich gerade losreißen, da stieß mich Ryan durch die Hallentür. Ich sah auf und blieb entsetzt stehen.

In der Ecke, an einen Stapel Gummimatten gelehnt, stand Nathan. Und knutschte mit Vanessa.

Ich starrte sie an und hörte es knacken, als mein Herz brach. Meine Brust schnürte sich zu, und ich hatte das Gefühl, keine Luft zu bekommen. Sie hatten uns nicht einmal bemerkt. Hatte ich mich so in ihm getäuscht? Ich konnte es nicht mehr aufhalten. Die Wut über Jonathans Anmache und Ryans Sprüche, die Enttäuschung über Nathan und der Schmerz in meiner Brust. Alles drohte, mich zu ersticken. Ich wusste nicht mehr, wo mir der Kopf stand. Die Gefühle drohten, mich zu übermannen. Und brachen eine Energiewelle aus mir heraus. Es war wie eine unsichtbare Explosion; eine Druckwelle. Die hohen Turnhallenfenster zersprangen, und die Lampen über uns explodierten in einem Funkenregen. Wind und Regen fegten durch die mit Glassplittern bestückten Fensterrahmen und wirbelten Herbstblätter herein.

Nathan und Vanessa sprangen erschrocken auseinander. Ich drehte mich um und eilte Richtung Ausgang. Das war zu viel für mich. Schwer atmend versuchte ich, mein rasendes Herz unter Kontrolle zu bringen.

Nathan holte mich im Flur kurz vor der Tür ein und hielt mich an der Schulter fest. Genau hier hatten wir uns vor nur einer Woche geküsst.

»Jill, warte!«, flehte er. »Es ist nicht so, wie es ausgesehen hat! Sie hat mich einfach überrumpelt!«

Ich drehte mich um und sah ihm ins Gesicht. Die Erkenntnis traf mich wie ein Messer ins Herz. Ich hatte einen der wenigen Menschen vor mir stehen, denen ich vertraut hatte. Und er hatte mich hintergangen. Ryan hatte recht gehabt. Ich war nur ein Spielzeug gewesen.

»Bitte, Jill. Ich bin doch auch nur ein Mann. Du bist die Einzige, die mir etwas bedeutet!« Er hob die Hand und wollte über meine Wange streichen. Ich trat einen Schritt zurück. Hatte er sich wirklich gerade damit herausgeredet, dass er eben nur ein Mann sei? Das war der Gipfel! Der Druck hinter meinen Augen verstärkte sich, und ich biss die Zähne zusammen. Ich würde nicht anfangen zu weinen. Nicht jetzt! Also verschloss ich mein Herz und blickte fest in seine leuchtend grünen Augen, die mich verzweifelt ansahen.

»Bitte belästigen Sie mich nicht weiter, Mr. Lockwood«, sagte ich mit eisiger Stimme. Ich sah seinen entsetzten Blick, als ich mich umdrehte und mit hoch erhobenem Kopf zur

Tür hinausmarschierte. Wenigstens ein bisschen meiner Würde wollte ich behalten.

Der Wind peitschte den Regen in mein Gesicht, und ich war innerhalb von Sekunden nass bis auf die Haut. Es machte mir nichts aus. Alles um mich herum kam mir unwirklich vor. Ich konnte jetzt mit niemandem reden. Als die Turnhalle außer Sicht war, begann ich zu rennen. Ich rannte über den leeren Campus, vorbei am Wohntrakt der Hexen über die breite Wiese, wo meine Füße sich in den schlammigen Boden gruben. Vor mir erstreckte sich der Winterfold Forest, und ich lief ein ganzes Stück hinein, bis mich die hohen Bäume vor jedermanns Sicht schützten. Schwer atmend fiel ich auf die Knie. Und begann zu weinen.

Ich ließ den Tränen freien Lauf. Ich ließ den Schmerz hinaus. Die Woche war einfach zu viel für mich gewesen. Das Gespött der anderen Schüler, die missbilligenden Blicke der Lehrer. Jonathan und Ryan. Nathan und Vanessa. Wie konnte ich nur so dumm gewesen sein? Alissa hatte mich oft genug gewarnt, und trotzdem hatte ich mich in Nathan verliebt. Und Vanessa wusste genau, was sie getan hatte. Ich würde sie nie verpetzen können, weil sie etwas mit einem Lehrer gehabt hatte, schließlich hatte ich es selbst getan. Und mir würde sowieso niemand glauben, ich galt ja schon als Geschichtenerfinderin. Sie wusste, dass sie mich damit genau ins Herz getroffen hatte. Ich war so dumm!

Ich weinte so lange, bis ich keine Tränen mehr übrighatte und meine Augen brannten. Der Regen und die Kälte drangen bis in meine Knochen, und ich hatte das Gefühl, als betäubten sie auch den Schmerz in meiner Brust. Es war mir egal.

Ich wusste nicht, wie viele Minuten oder gar Stunden schon vergangen waren, als Alissa mich fand. Sie hatte eine Decke dabei und legte sie um mich, nur um sich dann wortlos neben mir niederzulassen und mich in den Arm zu nehmen.

Ich konnte nicht anders, sofort spürte ich wieder die Tränen in meine Augen steigen. Wir saßen eine ganze Weile schweigend da, ich vor mich hin schluchzend, bis mir auffiel, dass sie ja ebenfalls klatschnass war und leicht zitterte. Ich war froh, dass sie da war. War froh, dass wenigstens ein Mensch bei Wind und Wetter zu mir hielt.

»Wie hast du mich gefunden?« Meine Stimme war nur ein Krächzen, und meine Kehle brannte vom vielen Weinen.

»Ryan war bei mir und hat mir erzählt, was vorgefallen ist. Und in welche Richtung du gegangen bist. Er sah fast aus, als hätte er sich Sorgen gemacht.«

Ich schüttelte den Kopf. »Nein, garantiert nicht.«

Ich glaubte nicht, dass der Vampir überhaupt irgendwem gegenüber Gefühle zeigen würde. Und schon gar keine Besorgnis.

Ally drückte mich an sich. »Es tut mir so leid, Jill. Ich hatte gehofft, er würde dir nicht wehtun.«

Ich begann zu zittern. Ich wollte nicht über Nathan reden, und Alissa wusste das, denn sie sagte nichts mehr und war einfach stillschweigend für mich da. Ich wusste nicht, was ich ohne sie getan hätte. Kein »Ich hab's dir doch gesagt« oder »Was hast du denn erwartet« kam über ihre Lippen. Nach einer ganzen Weile standen wir auf und gingen zu unserem Wohntrakt. Ally versicherte mir, dass man nicht sehen würde, dass ich geweint hatte. Wir waren klatschnass, und die Tränen hatten sich einfach mit dem Regen vermischt.

Schon an der Eingangstür erwartete uns Vanessa. Sie hatte eine selbstgefällige Miene aufgesetzt, stieß sich von der Wand ab, an der sie gelehnt hatte, und beugte sich zu mir. Ich funkelte sie an.

»Was ist los, Benett? Ich habe dir schließlich einen Gefallen getan! Du solltest mir dankbar sein«, flüsterte sie mir ins Ohr. Ich hatte keine Kraft mehr, um mich aufzuregen.

Innerlich war ich taub. Alissa allerdings nicht. Sie machte drei Schritte auf Vanessa zu und verpasste ihr eine schallende Ohrfeige. Verdutzt schaute ich sie an, und auch Vanessa war zu geschockt, um zu reagieren. Sie hielt sich die Hand an die Wange und riss die Augen auf.

Alissa stieß ihr zornig den Zeigefinger vor die Brust. »Du bist die dümmste und lächerlichste Person, der ich je begegnet bin!«

Damit drehte sie sich um und packte mich am Arm. Wir gingen durch den Aufenthaltsraum zur Treppe, ohne uns noch einmal nach Vanessa umzusehen.

Im Zimmer lächelte ich sie gequält an. »Du glaubst gar nicht, wie gut das getan hat, deinen Handabdruck auf Vanessas Gesicht zu sehen. Danke, dass du für mich da bist.«

»Kein Problem. Jetzt lassen wir dir erst einmal ein heißes Bad ein, damit du wieder warm wirst. Und in der Zeit hole ich dir in der Küche einen Kakao. Oma hat mir immer einen gemacht, wenn ich etwas auf dem Herzen hatte. Das Zeug wirkt Wunder.«

Ich sah ihr dankbar hinterher.

Unser Luxusbad war genau das, was ich jetzt brauchte. Seufzend ließ ich mich in das heiße Wasser gleiten und legte den Kopf zurück. Nach einer Weile hörte auch das Zittern auf, und meine steifen Glieder entspannten sich.

Alissa hatte ein Badeöl mit Vanillegeruch ausgesucht und war dann in der kleinen Küche unseres Wohntraktes verschwunden. Der Schaum ging mir bis zum Kinn, und ich fühlte mich fast schon wieder wohl. Ich sah an die mit Gold und Silber verzierten weißen Marmorfliesen an der Decke. Das Licht der Kerzen um mich herum ließ das Bad funkeln und sorgte dafür, dass ich mich entspannte.

Ich war heute kurz davor gewesen, direkt nach Hause zu Tante Amalia zu fahren. Nur mein letztes bisschen Stolz und

Alissa hatten mich davon abgehalten. Und nach einer Weile kam auch meine Entschlossenheit zurück.

Vielleicht wurde es einfach mal Zeit, dass ich erwachsen wurde. Ich hatte heute lange genug gejammert und mich gefragt, warum so etwas immer mir passierte. Und ich wusste die Antwort darauf plötzlich: Weil ich es mit mir machen ließ!

Natürlich hatte ich auch ein Händchen dafür, in Schwierigkeiten zu geraten. Doch ich war auch von Natur aus vertrauensselig und vermutete in jedem nur das Beste. Das würde mir so schnell nicht mehr passieren. Es wurde Zeit, dass ich mich nicht mehr herumschubsen ließ. Und es wurde Zeit, dass ich mich nicht mehr versteckte. Vielleicht war ich anders. Nun ja, nicht nur vielleicht. Ich war es definitiv. Und ich hatte immer versucht, es zu verstecken, ob an meiner alten Highschool oder jetzt an der Winterfold Akademie.

Was ich nicht bedacht hatte, war, dass man es nicht einfach verstecken konnte. Man konnte versuchen, sich so zu verstellen, dass man wie die Anderen war. Doch das war nur eine Illusion. Und allein der Versuch, die Andersartigkeit zu verstecken, gab den Anderen einen Grund, auf einem herumzuhacken. Man versuchte schließlich etwas zu verbergen. Man hielt sich für nicht gut genug.

Damit war nun Schluss. Ich war anders, ja. Ich hatte gewisse Fähigkeiten, die niemand sonst an dieser verrückten Schule besaß. Ich wollte nicht angeben, so etwas lag noch nie in meiner Natur. Ich wollte auch nicht beliebt sein oder mich mit falschen Freunden umgeben. Ich hatte meine Freunde und brauchte keine Heuchler. Aber ich würde dem Rest der Schule verdammt noch mal zeigen, dass ich stolz darauf war, anders zu sein.

Kapitel 11

Montag. Ich konnte mich nicht länger in unserem Zimmer verkriechen, und das wollte ich auch gar nicht. Alissa und ich hatten einen Plan, für den ich mit Derek den ganzen Sonntag geübt hatte.

Die Englischstunde verlief, wie ich erwartet hatte. Ich musste mir fiese Sprüche anhören, und es ging das Gerücht herum, dass ich die Turnhallenfenster in einem Wutanfall zerstört hätte, als ich mich mit meinem Lehrer anlegte. Obwohl das mit dem Wutanfall gar nicht so weit hergeholt war. Davon, dass auch Ryan, Jonathan und Vanessa da gewesen waren, wurde nicht gesprochen.

Doch es interessierte mich nicht. Ich hatte eine Mauer um mich herum aufgebaut, die undurchdringlich war. Nach meinem Zusammenbruch am Samstag war das für mich nicht allzu schwer gewesen. Meine Seele benötigte Zeit, um sich zu erholen. Ich hüllte mich in eine angenehme Gleichgültigkeit, die mich dazu brachte, über alle dummen Kommentare zu lächeln.

Auch Vanessa war wieder in Topform und versuchte, mich bis aufs Blut zu reizen und zu demütigen. Meine Gleichgültigkeit schien sie nur noch mehr zur Weißglut zu treiben.

Leider war nun auch Alissa ihr Ziel geworden, doch sie

steckte es wesentlich besser weg, als ich von ihr erwartet hätte. Ich vermutete, sie hatte immer noch die Genugtuung der schallenden Ohrfeige, die sie Vanessa verpasst hatte.

In der Mittagspause bekam ich endlich die Gelegenheit, es Vanessa heimzuzahlen. Sie kam an unserem Tisch vorbei. Showtime!

»Hey Benett, ich habe gehört, du hast die Turnhallenfenster zerspringen lassen. Wolltest du Lockwood beeindrucken oder warst du einfach nur sauer, dass er sich nicht für kleine Schülerinnen interessiert?« Ihre Stimme hallte laut durch den Saal, und einige Köpfe drehten sich zu uns um. Gott sei Dank verstand keiner der Anwesenden die Ironie dieser Aussage.

Ich grinste sie an. »Mensch Barbie, ich muss dir wirklich zu deinem Aussehen gratulieren. Du hast so wahnsinnig reine Haut, davon kann ein Mädchen nur träumen. Du bist bestimmt stolz darauf, oder?«

Sie sah mich an, als hätte ich den Verstand verloren. Einige fragende Gesichter blickten zu uns herüber. Ich sah Vanessa fest in die Augen. Und ich fing an, mich auf ihr Gesicht zu konzentrieren. Ein winziger Strom siedend heißer Energie floss aus meiner Pranaquelle direkt in meine Gedanken und gab ihnen Kraft.

Im nächsten Moment veränderte sich ihre Haut unter dem Haaransatz und nahm einen rötlichen Ton an. Langsam materialisierte sich ein riesiger, roter Pickel mitten auf ihrer Stirn. Ich konzentrierte mich fester, und der Pickel wuchs zu einer kleinen Beule, die aussah, als würde sie jeden Moment platzen.

Derek und Alissa brachen in schallendes Gelächter aus, in das auch die Schüler an den umliegenden Tischen einstimmten. Vanessa griff sich panisch an die Stirn und sah uns verwirrt an.

Dann richtete sie ihren Blick auf Derek, und ich hörte

von einigen Seiten Ausrufe wie »Igitt« und »Pfui«! Vanessa schrie Derek wutentbrannt an, er solle dieses Ding wieder wegnehmen.

»Sorry, Vanessa, das kommt nicht von mir!«, brachte er unter einem Lachen zustande, das ihm die Tränen in die Augen trieb. Vanessa sah aus, als wolle sie ihm jeden Moment den Hals umdrehen.

Was sie nicht wusste, war, dass ich am Sonntag erfolgreich mit Derek die Biokinese geübt hatte. Ich konnte mein eigenes Aussehen zwar noch nicht verändern, aber ich konnte Einfluss auf ihr biologisches System ausüben. Und für einen Pickel reichten meine Fähigkeiten. Es hatte Vorteile, alle Spezialgebiete zur Verfügung zu haben! Zeit, die Sache aufzuklären.

»Hey, Vanessa«, rief ich und sie sah zu mir.

Ihr Gesicht war mittlerweile puterrot vor Scham und Zorn. Ich zeigte auf das Glas Milch vor mir. Sie blickte abwechselnd vom Glas zu mir und wieder zurück, die Hand immer noch auf die Stirn gepresst. Schnell griff ich gedanklich nach meiner Prana und verstärkte meine Gedanken, um Kryokinese einzusetzen. Die Milch gefror innerhalb weniger Sekunden und ließ das Glas rundherum zerspringen. Zurück blieb ein großer, kreisrunder Milcheiswürfel.

Vanessa machte große Augen, als ich den Würfel mit Telekinese auf sie zu schweben ließ. Langsam ließ sie die Hand sinken, und in ihrem Gesicht breitete sich Unglauben aus.

Ich spürte kleine Schweißperlen, die mir den Rücken herunterliefen. Es kostete mich ganz schön viel Anstrengung, so viele Magieformen auf einmal zu nutzen. Die Luft um mich herum war wieder elektrisch aufgeladen und ließ meine Haare schweben. Bloß weiter konzentrieren!

Im Speisesaal war es totenstill geworden, und alle blickten zu uns herüber. Auch die Letzten hatten sich nun zusammengereimt, dass ich diejenige war, die ein Objekt gleichzeitig schweben und gefrieren lassen konnte. An den hinteren Tischen standen sie schon auf den Stühlen, um auch ja nichts zu verpassen. Es schien, als hielten alle die Luft an.

Ich ließ den Eiswürfel eine Weile vor Vanessa schweben und lenkte ihn über ihren Kopf. Sie sah nach oben, und bevor sie reagieren konnte, erwärmte ich ihn mit meinen Gedanken blitzschnell, so als würde ich versuchen, den Würfel zum Brennen zu bringen. Die Milch schmolz und landete mit einem Platschen in Vanessas Gesicht. Ihre Schminke verlief, und die sorgfältig frisierten, blonden Haare hingen in nassen Strähnen von ihrem Kopf.

Sie rührte sich nicht vom Fleck, zu geschockt, um etwas zu unternehmen. Ich stand auf, sah in ihr entsetztes Gesicht und lächelte befriedigt. Meine Stimme war eisig und schallte durch den Speisesaal. »Ich hab gehört, Milch ist gut für unreine Haut. Du solltest mir dankbar sein!«

Damit drehte ich mich um und schritt seelenruhig, gefolgt von Alissa und Derek, zum Ausgang. Um mich herum rührte sich niemand vom Fleck. Keiner wagte es auch nur, den kleinsten Laut zu machen. Alle starrten mich mit offenem Mund an. Jetzt hatten sie einen neuen Skandal, über den sie tratschen konnten. Doch diesmal war es wenigstens einer, der der Wahrheit entsprach.

Als wir den Saal verließen und die Tür hinter uns ins Schloss fiel, hörten wir den Tumult losbrechen. Aufgeregte Stimmen drangen dumpf bis in die Eingangshalle, und alle schienen durcheinander zu reden.

»Wow, Jill!« Derek klopfte mir auf die Schulter. »Du weißt wirklich, wie man einen guten Auftritt hinlegt.«

Ich lächelte ihn an und seufzte. »Ich bin nur mal gespannt, wie ich für diese Aktion büßen muss.«

Es war nicht Vanessas Reaktion, die ich befürchtete. Sondern die von Mrs. Grant. Ich hatte gerade ihren Befehl missachtet und der ganzen Schule bewiesen, dass ich mehrere

Magiegebiete beherrschte. Das konnte nur Ärger bedeuten. Trotzdem …

»Vanessa endlich die ganzen Gemeinheiten heimzuzahlen, war es auf jeden Fall wert«, sagte ich befriedigt.

Alissa kicherte. »Der Pickel auf ihrer Stirn ist riesig! Und er wird garantiert noch mindestens zwei Wochen zu sehen sein. Reife Leistung, Jill!«

Es kam, wie ich erwartet hatte. Schon eine halbe Stunde später stand ich in Mrs. Grants riesigem, gemütlichen Büro. Und sie kochte vor Wut. Als ich eintrat, wehte mir ein starker Wind entgegen, und die Tür hinter mir flog mit einem Krachen ins Schloss. Mir fiel wieder ein, dass die Schulleiterin die Luft beherrschte. Oder auch die Aerokinese, in Fachkreisen genannt. Kurz war ich verblüfft darüber, dass ich mir den Begriff hatte merken können. Die Lampe über uns flackerte kurz.

Oh verdammt, sie musste wirklich zornig sein, wenn sie sich so wenig unter Kontrolle hatte. Nervös versuchte ich, ein unschuldiges Lächeln aufzusetzen. Mrs. Grant starrte mich mit ihren leuchtend grünen Augen zornig an, ohne mit der Wimper zu zucken. Sie sah in ihren schicken, langen Kleidern jedes Mal aufs Neue elegant und machtvoll aus. Heute trug sie ein violettes. Irgendetwas war anders an ihr. Da war nichts Freundliches oder Verständnisvolles mehr in ihrem Blick. Langsam verblasste mein Lächeln.

Oh, oh. Ich schluckte.

»Haben Sie eigentlich eine Ahnung, was Sie da angerichtet haben?« Ihre Stimme war nur ein Flüstern. Doch mit jedem weiteren Wort stieg die Lautstärke an. »Ich hatte Ihnen untersagt, Ihre Fähigkeiten an die große Glocke zu hängen! Und statt auf mich zu hören, spazieren Sie bei der nächstbesten Gelegenheit in einen Saal voller Schüler und prahlen damit! Was denken Sie sich eigentlich? Meinen Sie, ich habe es nur zum Spaß verboten? Die VO wird versuchen, Sie zu benutzen!«

Ich fiel ihr ins Wort. »Ich werde mich nicht vor der VO oder sonst irgendjemandem verstecken! Diese Fähigkeiten gehören nun mal zu mir. Was wollen die schon mit mir anstellen? Mich ins Gefängnis stecken? Die VO muss sich selbst an Gesetze halten, sie kann mich zu nichts zwingen!«

Mrs. Grant schlug auf den Tisch. Ein kurzer Sturm wehte eine der Vasen im Fenster um, die am Boden zerschellte.

»Sie haben keine Ahnung, wozu die VO fähig ist. Vielleicht sollten Sie einmal aufhören, nur an sich zu denken! Die VO *macht* die Gesetze, glauben Sie wirklich, da gibt es keine Schlupflöcher? Vielleicht haben *Sie* nicht viel zu verlieren, aber was ist mit Ihrer Tante Amalia? Sie ist sehr angesehen unter uns Hexen. Die VO braucht nur mit dem Finger zu schnippen, und sie wird zur Geächteten.«

Mir wurde kalt. Daran hatte ich nicht gedacht. Ich holte Luft, um zu einer Entgegnung anzusetzen, schloss den Mund aber wieder. Was konnte ich schon sagen?

»Ich hätte Sie wirklich für intelligenter gehalten. Aber nicht genug damit, dass Sie sich und Ihre Tante in Gefahr bringen. Sie haben eine Schülerin angegriffen! Und noch dazu die Tochter des VO-Leiters! Ich sollte Sie der Schule verweisen, wegen Verstoßes gegen die Regeln und gnadenloser Dummheit!«

Ich sah sie entsetzt an. Schulverweis? War es wirklich so schlimm, was ich angestellt hatte? Vielleicht konnte ich die Konsequenzen meiner Offenbarung wirklich nicht einschätzen. Und es war garantiert auch nicht von Vorteil gewesen, die Familie des Leiters der Verborgenenorganisation anzugreifen. Doch es ging schließlich um Barbie, die seit unserer Ankunft hier nichts anderes zu tun hatte, als mich und fast alle anderen Schüler fertigzumachen. Dennoch wurde ich immer kleinlauter.

»Vanessa ist ein Biest, sie hat es nicht anders verdient!« Mein Einwand kam nur noch halbherzig über meine Lippen.

Mrs. Grant funkelte mich immer noch an. »Was Ihnen noch lange nicht das Recht gibt, Selbstjustiz zu üben. Wir haben hier Regeln und Pflichten, halten Sie sich daran oder Sie können gehen! Rache ist keine Lösung! Wir haben hier keinen Platz für bockige Mädchen, die denken, sie stehen über dem Gesetz!«

Ihre Stimme war nun beherrschter. Anscheinend war der Wutanfall vorbei. Und langsam wurde mir klar, wie dumm ich gewesen war. Ich senkte den Kopf. »Es tut mir leid, Mrs. Grant. Es sollte nur ein Streich sein. Bitte verweisen Sie mich nicht der Schule.«

Sie sah mich eine Weile schweigend an. Mein Herz schlug mir bis zum Hals, und die Sekunden zogen sich wie Gummi. Ich spürte, wie die Elektrizität in der Luft nachließ, und erst jetzt fiel mir auf, in was für einem gewaltigen Sturm ich mich befunden hatte.

»Ich werde Sie nicht nach Hause schicken, aber Sie bekommen eine Strafarbeit. Und ich werde Sie im Auge behalten. Sie sollten sich in Zukunft zweimal überlegen, was Sie tun, denn glauben Sie mir: Ich habe meine Augen überall!«

Ich musste wieder schlucken, schließlich wusste ich, wie schnell ich die Beherrschung verlieren konnte. Ich erinnerte mich an den Vorfall mit Vanessa im Aufenthaltsraum und an die zerbrochenen Turnhallenfenster. Die Schulleiterin schien es in meinem Gesicht ablesen zu können.

»Machen Sie sich keine Sorgen, Prana-Unfälle aufgrund von Gefühlsausbrüchen sind hier keine Seltenheit. Was auch immer in der Turnhalle vorgefallen ist, Mr. Lockwood hat mir versichert, dass es ein Unfall war. Es kann von keinem Schüler verlangt werden, dass er die Magie sofort unter Kontrolle hat. Schon gar nicht, wenn es sich um solche Unmengen wie bei Ihnen handelt. Der Vorfall vorhin im

Speisesaal war jedoch von Ihnen geplant, und so etwas dulde ich nicht. Wie gesagt, ich hätte mehr von Ihnen erwartet. Sie können gehen.«

Ich konnte mich nicht vom Fleck rühren. Sie hatte recht. Was war nur aus mir geworden? Wenn man es so betrachtete, dann war ich nicht besser als Vanessa. War es jetzt schon so weit, dass ich mich an dem Leid anderer erfreute? Leid, das ich selbst zugefügt hatte? Mir schossen die Tränen in die Augen; ich fühlte mich erbärmlich. Ich murmelte noch eine Entschuldigung und begab mich geknickt zur Tür, doch Mrs. Grant rief mich noch einmal zurück.

»Darf ich fragen, warum Sie Vanessa Cole angegriffen haben?«

Ich hielt an der Tür inne und zögerte. Ich wollte keine Petze sein und die Sache mit Nathan konnte ich Mrs. Grant auch nicht erzählen. »Tut mir leid, ich möchte nicht noch mehr Ärger heraufbeschwören«, flüsterte ich.

Mrs. Grant sah mich mit einem Stirnrunzeln an. »Miss Cole hält sich für eine Göttin und schikaniert die Hälfte der Schule, so viel ist mir schon zu Ohren gekommen. Aber ich glaube nicht, dass das ausgereicht hat, um Sie aus der Reserve zu locken. Was ist noch passiert?«

Verblüfft über ihre Wortwahl beschloss ich, wenigstens einen Teil der Wahrheit preiszugeben. »Sie hat meine Mutter als schwarze Hexe bezeichnet.«

Mrs. Grant sah mich überrascht an und öffnete kurz den Mund, um etwas zu sagen, entschied sich dann jedoch dagegen. Was wollte sie sagen? Ich beschloss, ein wenig nachzuhaken.

»Sehen Sie, ich habe meine Mutter nie richtig kennengelernt und …«

»Und nun fragen Sie sich, ob etwas an Miss Coles Aussage dran ist.«

Ich nickte. Das lag mir tatsächlich schon länger auf dem

Herzen. »Ja. Vanessa weiß durch ihren Vater so einiges und ich bin mir nicht sicher, ob Tante Amalia es mir wirklich gesagt hätte, wenn es so wäre.«

Mrs. Grant bedeutete mir, mich wieder zu setzen.

»Miss Benett, ich kannte Ihre Mutter. Um ehrlich zu sein, sehr gut sogar. Wir haben gemeinsam an einem Forschungsprojekt gearbeitet, bevor mir der Posten als Schulleiterin angeboten wurde und sie das Projekt allein weitergeführt hat. Sie war keine schwarze Hexe.«

Ich atmete auf. Wow, Mrs. Grant und meine Mutter hatten sich gekannt? Und ich glaubte ihr, denn sie kam mir vor wie eine Person, die nicht unbedingt Rücksicht auf Gefühle anderer nahm, sondern die Wahrheit vorzog. Endlich hatte ich jemanden gefunden, bei dem ich mehr erfahren konnte.

»Wieso gibt es dann überhaupt so ein Gerücht? Vanessa meinte, bei der VO waren sie froh, dass meine Mutter sich und meinen Vater in die Luft gejagt hat. Ich weiß nicht einmal, wie genau sie ums Leben gekommen sind.«

Mrs. Grant seufzte. »Eigentlich steht es mir nicht zu, mit Ihnen darüber zu sprechen. Die Forschungsarbeit Ihrer Mutter wurde nach meinem Austritt immer komplizierter und von der VO als gefährlich eingestuft. Sie war ihnen ein Dorn im Auge. Das ist auch der Grund, warum sie ihren Job dort aufgegeben hat und aufs Land gezogen ist. Über ihren Tod weiß niemand genau Bescheid, die Umstände sind bis heute nicht geklärt. Man hat es als Magieunfall abgetan, so wie immer, wenn man keine andere Lösung hat.«

Sie runzelte missbilligend die Stirn. Ich saß auf der Stuhlkante und war zum Zerreißen gespannt.

»Sie scheinen nicht zu glauben, dass es ein Unfall war. Denken Sie, die VO steckt dahinter?«

Mrs. Grants Blick wurde plötzlich verschlossen und distanziert. »Nein, Miss Benett, ich glaube nicht, dass es die VO war. Aber ich werde auch nicht weiter mit Ihnen über

Sachen spekulieren, die wir sowieso nie herausfinden werden. Eines sollten Sie sich aber merken. Es gibt nicht nur gute Menschen bei der Verborgenenorganisation. Silva Bailey dagegen war eine gute Frau. Entschlossen. Temperamentvoll. Und mit einem Hang dazu, durch zu viel Wissensdurst in Schwierigkeiten zu geraten. Und um ehrlich zu sein, sehe ich genau dieses Wesen auch in Ihnen. Sie sind Ihrer Mutter wahnsinnig ähnlich, und ich bin sicher, sie wäre stolz auf Sie gewesen.«

Für einen Moment war ich verblüfft.

»Trotz allem sollten Sie sich nicht mit der VO anlegen, und es wäre mir lieber gewesen, Sie hätten auf meinen Rat gehört. Hüten Sie sich vor Henry Cole. Ein Mensch, der so viel Einfluss hat, kommt schnell in Versuchung, seine Macht auszunutzen. Reizen Sie ihn nicht. Und hängen Sie um Gottes willen nicht mehr Ihre Fähigkeiten an die große Glocke.«

Mrs. Grant bedeutete mir, dass unser Gespräch nun beendet war, und ich verließ ihr Büro. Leider fiel mir zu spät ein, sie nach dem Projekt meiner Mutter zu fragen. Ich hätte zu gerne gewusst, mit was sie die VO verärgert hatte.

Mir ging es besser, auch wenn mir eine Strafarbeit bevorstand. Die Schüler und Lehrer wussten nun, dass ich keine Lügnerin war, auch wenn ich Gewissensbisse spürte, weil ich mich an Vanessa gerächt hatte. Doch der Knoten in meiner Brust, den ich in letzter Zeit beim Gedanken an meine Mutter bekommen hatte, hatte sich gelöst. Um die VO würde ich mich später kümmern, ich ließ es einfach auf mich zukommen.

Der Rest der Woche verlief den Umständen entsprechend gut. Am Dienstag kamen tatsächlich einige Schüler auf mich zu und gratulierten mir zu meinen Fähigkeiten. Darunter waren Christine Owen und ihre Freundin Zoe Balinda, eine hübsche farbige Werwölfin. Selbst ein Junge aus der oberen Klasse zeigte sich beeindruckt und versuchte beim Mittagessen, mich in ein elend langes Gespräch zu verwickeln. Alissa kam mir zu Hilfe und zog mich von ihm weg, mit der Aussage, es wäre ein Notfall.

Sie kannte mich einfach zu gut und spürte genau, dass mir sein Flirten unangenehm war. Selbst unter den Vampiren hatte ich Anhänger. Jacob Chang klopfte mir im Flur beim Vorbeigehen auf die Schulter und zwinkerte mir zu. Es war mir schon fast peinlich, und ich stöhnte. Sein Freund Ryan dagegen lehnte nur an einem der pompösen Wandteppiche und zog arrogant die Augenbrauen hoch, als er die Szene beobachtete.

Vanessa lief die ganze Woche mit finsterer Miene und riesigem Pickel auf der Stirn herum. Meine neue Popularität schien ihr ebenso zu missfallen wie das eitrige Gewächs. Mir ging es genauso, ich stand nicht gerne im Mittelpunkt.

Bei den Lehrern hatte ich nicht so viel Glück. Mrs. Preston hielt mir nach dem Unterricht mit Tränen in den Augen einen Vortrag, wie enttäuscht sie von mir wäre. Es war mir wirklich unangenehm, der immer so besorgten und mütterlichen Frau Sorgen zu bereiten.

Mr. Sheffield, der Dämonologielehrer, verstärkte seine Sticheleien und nutzte jede Gelegenheit, mich mit Fragen zu bombardieren, von denen er genau wusste, dass ich die Antworten nicht kannte. Er war mir unheimlich, und ständig umgab ihn eine dunkle Aura. Ich wusste nicht, was ich dem schrecklichen Mann mit der gebogenen Nase überhaupt getan hatte. Doch ich ertrug es störrisch mit zusammengebissenen Zähnen, im Hinterkopf Mrs. Grants Drohung im Falle von weiteren Fehltritten.

Am schlimmsten waren jedoch die Unterrichtsstunden mit Nathan. Ich versuchte, ihn weitestgehend zu ignorieren, was schwierig war, denn er suchte ständig meinen Blick und hielt sich in meiner Nähe auf. Zweimal schaffte ich es mit den anderen Schülern zum Ausgang, ohne dass er die Gelegenheit bekam, allein mit mir zu reden. Am Freitag allerdings änderte er seine Taktik.

»Jillian, würden Sie mir bitte helfen, die Übungspuppen zu verstauen?«

Super. Ich konnte schlecht vor der ganzen Klasse eine Bitte vom Lehrer abweisen. Die anderen Schüler begaben sich zu den Umkleidekabinen. Vanessa warf mir einen spöttischen Blick zu, bevor sie verschwand. Ich packte genervt eine der Gummipuppen und schleifte sie zum Abstellraum, denn je schneller ich fertig wurde, umso eher konnte ich hier raus.

Nathan folgte mir. Ups. So war das nicht gedacht. Nun stand ich allein mit ihm in dem düsteren Kämmerchen. Ich versuchte, mich an ihm vorbei zu drängen, doch er hielt mich an der Schulter fest und sah mir in die Augen.

Dieser verdammte Heuchler! Ich wurde wütend. Glaubte er wirklich, ich würde noch einmal auf ihn hereinfallen? Er schlug seinen charmantesten Tonfall an.

»Jillian, ich möchte mich bei dir ent...«

Ah, jetzt waren wir also wieder beim Du.

»Sparen Sie sich das, Mr. Lockwood«, fuhr ich ihn an, und er zuckte überrascht zurück. »Sie brauchen sich für gar nichts zu entschuldigen. Sie sind mein Lehrer, und dabei bleibt es in Zukunft auch. Was zwischen uns vorgefallen ist ... war ein Fehler, der sich nicht wiederholen wird.«

»Jill ...«

»Nein«, sagte ich in einem eisigen Tonfall, obwohl es mir das Herz fast brach. Ich mochte ihn, obwohl er mich so enttäuscht hatte. Aber aus uns hätte sowieso nie etwas werden können.

Resigniert ließ er die Schultern hängen. »Ich weiß, dass ich dich verletzt habe. Und es tut mir leid. Wir hätten nie so weit gehen dürfen.«

Ich schnaubte, doch er ließ sich nicht beirren. »Wenn du Abstand möchtest, dann werde ich mich selbstverständlich daran halten. Ich möchte trotzdem nicht, dass wir die zusätzlichen Trainingsstunden wegen diesem Vorfall abbrechen. Du brauchst die Übung mehr denn je, gerade jetzt, wo du deine gesamten Fähigkeiten testest.«

Ich sah in sein trauriges Gesicht und hätte am liebsten sofort auf dem Absatz kehrtgemacht, um nicht auf die Idee zu kommen, ihn zu trösten. Denn das hatte er nicht verdient. Ich überlegte kurz, denn ich hatte wirklich daran gedacht, die Zusatzstunden zu beenden. Mit Mrs. Grant wäre ich schon einig geworden. Doch er hatte recht. Ich brauchte mehr Zeit und Training als die anderen, da ich ja nicht nur meine Prana direkt nutzen konnte, sondern auch in sämtlichen Spezialgebieten üben musste. Langsam hatte ich das Gefühl, dass mir alles über den Kopf wuchs, und ich wünschte mir wieder, einfach nur normal zu sein.

»Also gut«, seufzte ich, »Sie haben vermutlich recht. Es wäre nur schön, wenn ich wenigstens diesen Samstag freibekommen könnte. Ich muss bis Sonntag noch meine Strafarbeit machen. Versprechen Sie mir aber bitte, dass Sie mich künftig wie jede andere Schülerin auch behandeln.«

In meiner Brust breitete sich ein Schmerz aus, doch ich wusste, dass ich das Richtige tat.

Auf seinem Gesicht breitete sich ein vorsichtiges Lächeln aus. »Ich werde es versuchen.«

Und damit verließ ich die Turnhalle, um wie jeden Nachmittag nach der Schule zu unserem Hausmeister zu schlendern. Ich hatte keine Ahnung, ob Nathan sich wirklich daran halten würde, mich normal zu behandeln. Aber ich war fest entschlossen, die Sache mit ihm zu vergessen. Vielleicht hatte Vanessa mir tatsächlich einen Gefallen getan, bevor ich mich noch unsterblich in ihn verliebt hätte.

Kapitel 12

Meine Strafarbeit bestand darin, Mr. Yeng zur Hand zu gehen. Der alte Werwolf kam mit seiner Arbeit kaum hinterher, und ich musste ihm helfen, das Laub auf dem gesamten Campus zusammenzurechen. Und ja, der Campus war riesig! Eigentlich war die Arbeit gar nicht so übel, Mr. Yeng war nett, und das Wetter spielte auch mit. Wenn man einmal von den ersten beiden Tagen absah, die Vanessa und ihre Crew damit verbracht hatten, auf den Bänken im Freien zu lümmeln und mich auszulachen, konnte ich mich nicht beschweren. Durch das Training war ich in den letzten Wochen körperlich fit geworden, und es machte mir nichts aus, Tag für Tag den Laubrechen zu schwingen. Wenn da nicht die Hausaufgaben wären, die ich noch bis spät abends zu erledigen hatte. Heute wartete eine Ausarbeitung über die Eigenschaften von Dämonen auf mich.

Ich war gerade in meine Gedanken über »Incuben« vertieft, als Alissa über den Campus schlenderte. Ihre Mütze war in einem Rotbraun, das zu ihren karottenroten Haaren und den Sommersprossen passte. Obwohl sie von einer Farm kam, war sie modisch immer auf dem Laufenden. Ich hielt mich eher an Jeans und Leder. Ally lehnte sich an einen Baum und sah mir zu, während sie wie ein Wasserfall losplapperte und mir das Neueste vom Neuesten erzählte.

»Hey, Jill, hast du schon gehört: Am 15. November machen wir eine Exkursion nach London, zur VO! Mr. Griffith meinte, so können wir am besten alles kennenlernen. London, Jill! Ich wollte schon immer nach London!«

Ich lehnte mich auf den Rechen und lächelte sie an. Alissas größter Wunsch war es, endlich die große Stadt zu besichtigen. Mr. Griffith war unser Lehrer in »VO-Gesetz« und ein netter, rundlicher Mann, der mit seinen Anzügen immer wie ein Anwalt aussah. Wahrscheinlich war er das auch früher einmal gewesen.

»Na, siehst du«, schmunzelte ich, »jetzt kommst du doch noch dorthin. Ich bin gespannt, wo sich die VO befindet und wie es dort aussieht. Aber wahrscheinlich werde ich mit dieser Arbeit hier nie fertig und muss zu Hause bleiben.« Seufzend sah ich auf den riesigen Laubhaufen neben mir und die weite, mit Laubbäumen bestückte Fläche, die ich noch vor mir hatte.

»Mann, Jill, was bist du denn für eine Hexe! Wozu hast du all die Fähigkeiten, wenn du sie nicht einsetzt?«

Ich verdrehte die Augen. »Und an was hast du gedacht? Soll ich den gesamten Campus in Brand stecken? Oder jedes einzelne Blatt mit Telekinese wegschieben?«

Sie lachte. »Dann könnte ich dir helfen! Nein, jetzt mal im Ernst. Versuch doch mal, ein bisschen Wind zu machen.«

Daran hatte ich noch gar nicht gedacht. Ob ich die Aerokinese auch beherrschte? Aber die zwei Luftschüler aus unserer Magieklasse schafften es gerade einmal, eine Feder durch den Raum zu pusten. Es brauchte jahrelange Übung. Andererseits hatte ich in den anderen Gebieten auch schon enorme Fortschritte gemacht.

»Komm schon, überleg nicht so lange und fang endlich an!«

Alissa hatte recht. Ich erinnerte mich daran, dass Mrs. Grant bei ihren Luftvorführungen immer Handbewegungen machte. Also nahm ich die Hände an die Seite und drehte die Handflächen nach vorn. Ich machte einen Ausfallschritt vorwärts und versuchte, die Luft vor mir herzuschieben. Die Bewegung sah ein bisschen aus, als hätte ich links und rechts zwei imaginäre Bowlingkugeln, die ich langsam wegrollen wollte. Ich wiederholte die Bewegung ein paar Mal, bis ich sah, dass Alissa an dem Baum lehnend zusammengesunken war und sich vor Lachen den Bauch hielt. Ich stemmte die Hände in die Hüfte und wippte zornig mit dem Fuß.

»Du siehst so albern aus, Jill! Entschuldige! Eine Zeit lang habe ich gedacht, du machst Yoga!« Sie hatte schon Tränen in den Augen und schüttelte kichernd den Kopf.

»Ganz toll! Das war schließlich deine Idee!« Beleidigt drehte ich mich zu dem riesigen Blätterhaufen neben mir. Na warte!

Ich konzentrierte meine gesamten Gehirnzellen darauf, die Luft vor mir in Richtung des Haufens zu bewegen und zapfte meine innere Energiequelle an. Vielleicht reichte auch eine kleine Handbewegung zur Unterstützung. Und endlich kam eine Windböe, die die Blätter auseinanderfegte. Alissa, die immer noch mit Lachen beschäftigt war, wurde unter einem Wirbel aus nassem, glitschigem Laub begraben!

»Hey!«, prustete sie, als sie sich aus dem Haufen gegraben hatte. Ihre Haare waren zerzaust, und überall klebten Blätter an ihr, doch sie grinste. Das liebte ich so an Alissa, sie war für jeden Spaß zu haben. Und sie war nicht dumm, denn im selben Moment starrte sie den großen Sack mit Blättern an, die ich schon weggeräumt hatte. Der Sack hob sich langsam und kippte sich über meinem Kopf aus. Alissa hatte wahnsinnige Fortschritte mit ihrer Telekinese gemacht.

Wir alberten noch eine Weile umher und beschossen uns mit Laub, bis das Stück des Schulgeländes, das ich schon freigeräumt hatte, wieder genauso aussah wie vorher.

Stirnrunzelnd sah ich auf die Sauerei. Ich hatte eine Idee.

»Würdest du mir ein bisschen helfen, Ally? Ich glaube, ich weiß, wie wir das ganze Zeug auf einmal wegkriegen.«

»Klar, deshalb bin ich eigentlich auch hergekommen.«

Fünf Minuten später hatten wir ganze Arbeit geleistet. Ich wusste nun, wie man einen Wind heraufbeschwor, und fegte die Blätter in Richtung Alissa. Die hielt mit ihrer Telekinese den drei Meter hohen Blättersack aufrecht, sodass ich das Laub direkt hineinbefördern konnte. Es erforderte einiges an geistiger Anstrengung, doch das war immer noch besser, als körperlich zu schuften. Nach zwei Stunden war der Campus von Blättern befreit, und Ally und ich setzten gemeinsam Telekinese ein, um den letzten Blättersack zum Komposthaufen schweben zu lassen.

Mr. Yeng kam um die Ecke und sah uns ungläubig zu. Dann lachte der alte Mann mit dem krummen Rücken herzhaft und klopfte uns auf die Schultern.

»Ich sollte bei der Schulleitung eine Hexe als Hilfe beantragen. Vielen Dank, ihr zwei, das erspart mir drei weitere Tage Arbeit. Jillian, ich glaube, du hast genug geleistet. Von meiner Seite aus bist du von den letzten zwei Tagen Strafarbeit befreit. Ich hätte jedoch nichts dagegen, wenn du dir öfter eine aufbrummen lässt.«

Er zwinkerte mir freundlich zu, und wir verabschiedeten uns mit dem Versprechen, ihm nächstes Jahr im Herbst bei der Laubbeseitigung wieder zur Hand zu gehen. Auf dem Weg zum Wohntrakt streckte ich meine müden Knochen.

»Mann, bin ich froh, dass ich morgen frei habe.«

Ally schüttelte missbilligend den Kopf. »Eigentlich könntest du ja nun zu deinem Training mit Nathan gehen, da du keine Strafarbeit mehr hast.«

Ich grinste sie an. »Nö, den Tag habe ich mir verdient! Und ich kann ihn auch gut gebrauchen, um den Berg an Hausaufgaben zu erledigen.«

»Wieso? Du hast doch noch die ganze Woche Zeit dafür!« Ich sah sie verwirrt an.

»Mann Jill, wo hast du denn deinen Kopf! Wir haben *Ferien*!«

»Ach du meine Güte, du hast ja recht!« Ich klatschte mir vor die Stirn. All das Theater um meine Fähigkeiten, der Unterricht und die Strafarbeit hatten mich völlig abgelenkt. Wir hatten eine Woche Herbstferien! Gott sei Dank!

Als wir die Treppe erreichten, kam Derek gerade aus dem Mädchenwohnhaus. »Hey, ihr zwei, ich habe euch schon gesucht! Treffen wir uns nachher wieder in der Bibliothek?«

Ich gähnte. »Ja, muss wohl sein. Vielleicht finden wir ja heute etwas heraus. Ich muss nur noch duschen.«

Angewidert zog ich ein nasses Blatt aus den Haaren. Alissa und Derek hatten sich bereiterklärt, mir bei der Suche nach Informationen über das Forschungsprojekt meiner Mutter zu helfen. Leider bis jetzt erfolglos. Wir hatten schon Unmengen von Büchern über die jüngste Geschichte der VO durchgewälzt und nichts gefunden. Doch so schnell würde ich nicht aufgeben. Ich hatte versucht, Mrs. Grant zu fragen, doch die Schulleiterin gab mir ausweichende Antworten, und ich wollte sie nicht weiter belästigen. Ich war mir sicher, dass wir es auch alleine herausfinden würden.

Mit dem Gedanken an eine ganze Woche ohne Unterricht kam mir die Welt gleich viel freundlicher vor. Den Abend verbrachten wir in unserer Lieblingsabteilung der Bibliothek. Der Kamin knisterte fröhlich vor sich hin, und wir streckten uns auf den kuscheligen Sitzkissen und samtüberzogenen Sesseln aus. Derek besorgte eine Kanne mit heißer Schokolade, und wir versuchten, den Großteil der Hausaufgaben zu erledigen, damit wir den Rest der Ferien einfach genießen und eventuell das ein oder andere Buch lesen konnten, das mir mehr Informationen über das Projekt von

Silva Bailey, meiner Mutter, liefern konnte. Ich schaffte mit Dereks Hilfe die gefürchteten Geometrieaufgaben in Mathe und verstand sogar einen Teil davon, was er mir erklärte.

Auch der Aufsatz über die Verwandlung von Mondkindern ging mir leicht von der Hand. Ich wollte zu Vollmond wirklich keinem Werwolf begegnen. Gott sei Dank war der letzte ohne besondere Vorkommnisse vonstattengegangen und die Mondkinder artig für ein paar Tage in ihren Wohnhäusern geblieben.

Nur die Ausarbeitung über Incuben, also Dämonen und die Unterwelt, lag noch vor mir. Mr. Sheffield nutzte jede Gelegenheit, mir schlechte Noten aufzubrummen oder auch die kleinsten Fehler anzustreichen. Ich musste mir wirklich Mühe geben, wenn ich in dem Fach nicht durchfallen wollte.

Am Ende hatte ich einen sieben Seiten langen Text geschrieben. Dämonen waren wirklich unheimlich. Sie konnten einfach alles und waren, außer in ihrer Grausamkeit, nicht mit Mairas zu vergleichen, die ich eigentlich für die richtigen Monster hielt. Dämonen hatten keine Gefühle, kein Gewissen. Dafür aber Intelligenz. Keiner wusste, wie sie wirklich aussahen, da sie ihre Gestalt beliebig verändern konnten. In den wenigen Beschwörungen, die tatsächlich jemand überlebt hatte, traten sie meist in Gestalt von Menschen auf. Vorzugsweise als verstorbene Angehörige, um die Menschen dazu zu bringen, in den Beschwörungskreis zu treten. Es wurden Forschungen über die Zeit angestellt, in denen die Dämonen über die Erde herrschten. Es war im wahrsten Sinne des Wortes die Hölle gewesen. Tod. Zerstörung. Und Gott sei Dank Tausende von Jahren her. Lange, bevor der Mensch selbst zu Intelligenz neigte.

Die Dämonen lebten nun in der Unterwelt, über die nur wenig bekannt war. Es war eine Art andere Dimension, in der die Dämonen gefangen waren. Eine Theorie war, dass die Erde sich selbst gerettet hatte, bevor sie ganz von ihren Bewohnern zerstört wurde. Evolution. Entwicklung. Keiner wusste es genau. Bekannt war nur, dass sich zu dieser Zeit die Prana entwickelt hatte. Sie war die pure Energie. Das Leben. Der Atem.

Und womit könnte man dem wandelnden Tod wohl besser Einhalt gebieten als mit dem Leben? Die Energie herrschte in der Unterwelt, was auch der Grund war, warum Dämonen dort so mächtig waren. Sie lebten quasi in der Quelle. Und hatten Tausende von Jahren Zeit gehabt zu lernen, damit umzugehen. Ihr Pech war nur, dass sie die Quelle nicht verlassen konnten.

»Derek, würdest du dir bitte noch meinen Aufsatz ansehen, damit ich nicht wieder eine schlechte Note bekomme? Dann bin ich endlich fertig für heute und kann Tante Am anrufen.«

Derek nahm bereitwillig die Ausarbeitung entgegen. Es hatte wirklich Vorteile, einen überaus klugen Freund zu haben. Und seit er mit mir und Ally herumhing, war er nur noch halb so spießig. Allerdings konnten wir ihm die karierten Holzfällerhemden aus Flanell noch immer nicht abgewöhnen.

Ally und Derek wollten noch einen Moment in der Bibliothek bleiben, während ich mich auf den Weg in unser Zimmer machte. Ich wusste, dass Ally mit ihrer Arbeit fertig war und mir nur Zeit gönnen wollte, mich allein mit Tante Amalia zu unterhalten. Genauso machte ich es, wenn sie mit ihrer Familie sprach.

Ich telefonierte mindestens einmal die Woche mit Tante Am und erzählte ihr von meinen Erlebnissen. Heute war sie etwas enttäuscht, dass ich in den Ferien nicht nach Hause kam, um sie zu besuchen.

»Ach Tante Am, nicht böse sein. Ich möchte gerne etwas Freizeit mit meinen Freunden verbringen. Wir wollen in der

Stadt einkaufen, und ich hatte noch nie eine Freundin zum Shoppen.«

Oder einen Freund. Derek lag zwar modisch total daneben, sparte aber nie mit Kommentaren und Tipps zu unserer Kleidung.

»Schon gut, Liebes. Ich freue mich, dass es dir dort so gut gefällt!«

Tatsächlich hatte ich mich schon sehr gut eingelebt, und seit ich nicht mehr für alle eine Angeberin und Lügnerin war, konnte ich die Zeit an der Winterfold wirklich genießen. Dennoch vermisste ich meine Tante.

»Bald ist doch schon Weihnachten, da sehen wir uns auf jeden Fall«, versprach ich ihr. »Dann komme ich nach Hause!«

Ich hörte sie am Telefon lachen. »Gerade zu Weihnachten, wo in der Winterfold die größte Weihnachtsfeier überhaupt stattfindet? Keine Chance! Da komme ich dich in der Schule besuchen! Die Weihnachtsfeier war schon zu meiner Zeit ein Highlight!«

Mein Herz machte einen Hüpfer. Ich hatte von der pompösen Weihnachtsfeier gehört, zu der man einige Verwandte einladen konnte, die auch über die Feiertage in Winterfold bleiben durften. Ich wollte Tante Am nur nicht damit kränken, da wir bis jetzt jedes Jahr gemütlich zu zweit gefeiert hatten. Wir sprachen noch eine Weile über Ally und Derek, den geplanten VO-Ausflug und das Ende meiner Strafarbeit, bis Alissa den Raum betrat und ich mit Erschrecken feststellte, dass es schon auf Mitternacht zuging.

Die Sperrstunde wurde zum Wochenende etwas gelockert, und die Schüler durften bis Mitternacht auf dem Gelände bleiben. Dafür standen an jeder Ecke Lehrer, die Wache hielten und für Ordnung sorgten. Auch wenn wir hier viele Freiheiten hatten und nicht einmal Einheitskleidung tragen mussten, sorgte das Personal doch für Disziplin und Ordnung. Nächtliche Ausflüge gab es hier nicht, dafür waren die Aufpasser da.

Wir saßen in unseren Pyjamas auf unseren Betten und unterhielten uns noch eine Weile, bevor wir das Licht löschten und offiziell in unsere Ferien starten konnten.

Und diese wurden die schönsten, die ich je gehabt hatte. Wir schliefen lange und verbrachten die Tage gemeinsam mit Derek in der Bibliothek oder den Aufenthaltsräumen im Wohntrakt der Hexen. Die meisten Schüler waren nach Hause zu ihren Familien gereist, und somit war die Schule ruhig und friedlich.

Wir spielten Billard, Karten, Brettspiele. Wir pflanzten uns in die Kuschelecke mit dem riesigen Flachbildfernseher im Aufenthaltsraum der Mädchen und sahen uns eine DVD nach der anderen an, während es draußen regnete und Derek versuchte, bei den traurigen Stellen nicht allzu laut zu schluchzen. Wir liehen uns Bücher aus der Bibliothek, die wir am Kamin lasen. Wir holten uns Zutaten aus der großen Küche im Hauptgebäude und versuchten uns an exotischen Gerichten. Seltsamerweise war die Küche im Hexertrakt der Jungen bedeutend besser eingerichtet als die der Mädchen, wie uns Derek mitteilte. Und sie war größtenteils unbenutzt, weshalb wir unsere Kochabende dorthin verlegten.

Einen Tag fuhren wir mit einer Auswahl an Lehrern in das Einkaufszentrum der nächsten Stadt zum Shoppen. Ally und Derek kamen aus relativ wohlhabenden Familien und bekamen regelmäßig etwas Geld geschickt. Tante Am hatte zwar nie Geldprobleme, aber ich wollte sie nicht danach fragen. Schließlich hatte ich mir durch Ferienarbeit eine Menge angespart. Ich nutzte das Geld, dass ich mir eigentlich fürs College zurückgelegt hatte. Damals hatte ich noch nicht gewusst, dass ich eine Hexe war.

Derek willigte endlich ein, seine Flanellhemden abzulegen, und Alissa zeigte ihm ein paar moderne, eng anliegende

Pullover. Zusammen mit der engen Jeans und ein paar passenden Schals sah er fast wie ein Männermodel aus, und uns fielen fast die Augen heraus, als er aus der Kabine trat. Wer hätte gedacht, dass so etwas in unserem Derek steckte?

Ich ließ mich ebenfalls von Alissa beraten und fühlte mich mit den engen und tief ausgeschnittenen Pullovern zwar etwas unbehaglich, aber gleichzeitig auch attraktiv. Es wurde auch Zeit, meine dünne Lederjacke gegen einen schwarzen Wollmantel einzutauschen, damit ich im Winter nicht erfror. Unsere prall gefüllten Tüten enthielten Kleidung, Accessoires, Süßigkeiten und auch schon das ein oder andere Weihnachtsgeschenk. Erschöpft, aber zufrieden, kamen wir wieder in der Winterfold Akademie an und genossen den Rest der Ferien. Es kam mir fast schon zu schön vor. Wie die Ruhe vor dem Sturm.

Kapitel 13

Ich schlenderte mit Alissa über den dunklen Campus. Um uns herum am Wegrand standen vereinzelte Solarlämpchen, die uns den Weg leuchteten und die Blumen und Gewächse in einem weißblauen Licht erstrahlen ließen. Der Himmel über uns war sternenklar, und der Vollmond ging gerade auf. Tante Am kam uns mit Vanessa entgegen, und sie trugen beide einen der Pullover mit dem Logo der Winterfold Akademie, die wir alle im Schrank hatten.

Moment mal, das war falsch! Das war ganz falsch! Oh, bitte nicht schon wieder! Schnell packte ich Alissas Hand. Ich sah mich um, und die Welt um uns herum verschwamm. Nun stand ich an dem großen See, Allys Hand noch immer fest umklammert. Das Wasser lag ruhig mit einer spiegelglatten Fläche vor uns, und nur der Wind raschelte in dem hohen Gras. Am anderen Ufer des Sees konnte ich eine dunkle Gestalt mit Kapuzenumhang erkennen. Sie zeigte auf uns. Und plötzlich roch ich es. Ich würde diesen Geruch überall wiedererkennen. Es stank nach Verwesung und verbranntem Laub. Nach Tod!

Verzweifelt sah ich in die Bäume und suchte die milchigweißen Augen, von denen ich wusste, dass sie mich gleich anstarren würden.

»Ally, wir müssen hier weg!«

Sie antwortete mir nicht. Ich sah zu ihr und stellte erschrocken fest, dass der Vampir Ryan nun neben mir stand und mich finster aus den schwarzen Augen anblickte. Warum zum Teufel war Ryan hier? Und warum rannten wir nicht um unser Leben?

Ich zog an seiner Hand, doch er rührte sich keinen Millimeter. Sein Blick blieb an irgendetwas hinter mir kleben. Oh, bitte nicht!

Ryan packte meine Schultern und warf mich zur Seite. Ich fiel auf die Knie, und als ich mich aufrappelte, sah ich einen schwarzen Schatten auf ihn niedergehen.

»Nein! Ryan!«

Er blickte zu mir, und ich sah das Entsetzen in seinen Augen. Hinter ihm stand eine große, schemenhafte Gestalt. Ich konnte sie in der Dunkelheit kaum erkennen, doch ich wusste, was sie war. Große, ledrige Flügel legten sich wie ein sanfter Umhang um den Vampir. Sein Mund öffnete sich zu einem stummen Schrei. Ich wollte etwas tun, doch ich konnte mich nicht bewegen. Schwarze Reißzähne blitzten auf. Ryans Kehle wurde durch eine blitzschnelle Bewegung zerfetzt. Sein Blut spritzte mir ins Gesicht und lief warm an meinen Wangen herunter, wo es sich mit meinen Tränen vermischte, während ich zusah, wie die Kreatur den Kopf senkte und zu trinken begann.

Ich schrie und wachte schweißgebadet in meinem Bett auf. Ein Traum. Ein verdammter Alptraum. Und das nicht zum ersten Mal. Seit Wochen hatte ich immer wieder Träume über Mairas, die meine Freunde oder Leute, die ich kannte, vor meinen Augen zerrissen. Und von dieser dunklen Gestalt im Umhang.

Ich ließ mich in die Kissen zurücksinken und wartete darauf, dass sich mein Puls beruhigte. Der Geruch nach Asche und Verwesung hing mir noch immer in der Nase. Im Badezimmer lief die Dusche, Ally war also schon wach.

Ich sah auf den Wecker. 5.45 Uhr? Viel zu früh für einen normalen Schultag. Dann fiel es mir wie Schuppen von den Augen. Heute machten wir die Exkursion nach London zur VO.

Mein Herzschlag verlangsamte sich, und ich streckte meinen Rücken durch. Es kam mir vor, als hätte ich nur kurz gedöst. Das konnte ein langer Tag werden.

Als Alissa fertig war, sprang ich ebenfalls unter die Dusche und ließ mir eiskaltes Wasser über den Körper laufen. Somit brauchte ich nur fünf Minuten, um hellwach zu werden, wenn auch mit einer Gänsehaut. Ich zog meine schwarze Hose und den neuen, cremefarbenen Satinpullover zusammen mit dem weinroten Schal an. Seufzend griff ich nach meiner Lederjacke. Für heute würde sie noch einmal gehen. So kalt war es draußen noch nicht, und ich fühlte mich mit der Jacke einfach mehr wie ich selbst.

Die hohen schwarzen Stiefel mit den Pfennigabsätzen und meine ungezähmten Locken sorgten dafür, dass ich mich attraktiv und verwegen zugleich fühlte. Der Traum verblasste langsam unter der Vorfreude auf die englische Hauptstadt, und ich legte sogar etwas Make-Up auf. Was konnte es schon schaden, zu diesem Anlass schick auszusehen?

Ally pfiff, als ich aus dem Bad kam und warf mir einen anerkennenden Blick zu. Sie hatte sich ebenfalls in Schale geworfen und trug eine schwarze Hose mit weißer Bluse. Alissa hätte in diesem Aufzug direkt zu einem Bewerbungsgespräch gehen können, doch ich wollte es nicht übertreiben. Der Speisesaal war relativ leer, da nur der erste Jahrgang an der Exkursion teilnehmen würde. Die anderen Schüler hatten noch etwas Zeit zum Aufstehen. Ich belud meinen Teller mit Pfannkuchen, Speck und Eiern, dann schaufelte ich eine Schüssel Müsli mit frischem Obst und einen Joghurt hinterher. Alissa und Derek sahen sich an und schüttelten den Kopf.

»Wie kann sie nur immer so viel essen und dabei trotzdem so eine Figur haben? Da könnte man glatt neidisch werden«, seufzte Derek.

Manchmal benahm er sich wirklich wie eine Frau. Seine neue Vorliebe für lila und rosa Halstücher und Schals ließ Ally und mich einige Vermutungen anstellen, aber wir würden ihn nicht darauf ansprechen. Es störte uns nicht, und er sollte den Zeitpunkt seines Outings selbst entscheiden.

Nach dem Frühstück stiegen wir in die langen Limousinen, die uns am großen Tor erwarteten. Mr. Griffith, der VO-Gesetz-Lehrer, stand in seinem Anzug da und zählte nach, ob alle anwesend waren. Auch die liebenswerte Mrs. Preston würde uns heute begleiten.

Die Fahrt nach London verging wie im Flug, und die meisten Schüler klebten an den abgedunkelten Fenstern, um die eine oder andere Sehenswürdigkeit betrachten zu können. An manchen Stellen, wie dem Buckingham Palace und dem Palace of Westminster, durften wir aussteigen, ein wenig herumlaufen und Fotos schießen. Ich kam mir wie einer der japanischen Touristen mit Handykamera vor, die man so oft in den Filmen sah. Aber ich war nun einmal vorher noch nie in London gewesen, und auch einige der anderen Schüler, darunter Alissa, waren ganz aus dem Häuschen. Vanessa lehnte an der Limousine, wippte mit dem Fuß und betrachtete uns hochnäsig. Sie war in London aufgewachsen und hielt sich sowieso für etwas Besseres.

Unser nächster Halt war der Bermondsey-Antiquitätenmarkt, und wir hatten eine halbe Stunde Zeit, um uns umzusehen. Ich schlenderte mit meinen beiden Freunden zwischen den Ständen herum, und wir ließen die Blicke über das kunstvolle Angebot schweifen. Ein Stand erregte meine Aufmerksamkeit. Hier gab es Kerzen, Räucherstäbchen, Amulette und Talismane. Der Geruch nach Lavendel erinnerte mich sofort an Tante Amalia, und ich hielt an, um mir die Sache genauer anzuschauen.

Auf jedem Markt gab es eine Hand voll Betrüger, die irgendwelchen Ramsch als magische Glücksbringer verkauften. Da ich mich durch Tante Am aber damit auskannte, konnte ich auf Anhieb erkennen, dass es sich hierbei nicht um Schnickschnack handelte. Die alte, weißhaarige Frau mit den wässrigen Augen schien zu wissen, was sie tat. Vielleicht konnte ich hier ein passendes Weihnachtsgeschenk für Tante Am ergattern. Alissa und Derek standen an dem Ständer mit den Holzamuletten. Die alte Frau vom Stand beobachtete mich, als ich mich durch die verschiedenen Utensilien zum Kerzenmachen wühlte. Ihre blassblauen Augen und der stechende Blick waren mir etwas unheimlich. Sie wirkte misstrauisch. Ob sie dachte, ich wolle etwas klauen?

Ich fragte sie nach einigen Utensilien, die Tante Am immer benutzte. Die Frau schien zu bemerken, dass ich mich auskannte, und kam vorsichtig näher. Ich kaufte ein paar ätherische Öle, die Tante Am in ihre Kerzen mischen konnte und von denen ich wusste, dass sie sie noch nie verwendet hatte. Ich las mir die Wirkung der Öle durch und freute mich schon auf das Leuchten in Tante Amalias Augen, wenn sie wieder etwas Neues ausprobieren konnte. Ich reichte der Frau das Geld, doch sie zeigte nur auf den Tisch vor sich, auf den ich die Münzen fallen ließ. Sie schien nicht von mir berührt werden zu wollen. Sie starrte mich nur an.

»Gibt es irgendein Problem?«, fragte ich vorsichtig.

Sie schüttelte kaum merklich den Kopf. Ich zuckte mit den Achseln und wandte mich ab. Alissa wollte mir folgen, doch die Alte hielt sie plötzlich am Arm fest. Für ihren gebrechlichen Körper schien sie einen erstaunlich starken Griff zu haben, denn Ally stieß ein leises »Au« aus.

Die Frau sprach zu Alissa, doch sie schaute mich dabei an. »Die Dunkelheit wird kommen! Tut etwas dagegen!«

Ally riss sich los und rieb sich das Handgelenk.

Schnell kam sie zu uns und murmelte etwas, das sich wie »verrückte Alte« anhörte. Wahrscheinlich gehörte die Frau zu den Predigern, die ständig den Untergang der Welt ankündigten.

Die Alte griff sich ans Herz. Etwas Verzweifeltes lag in ihrem Blick. Sie sah zu Alissa, dann zu Derek. Dann schüttelte sie traurig den Kopf.

»Seid vom Verrat geblendet!
Im Blute dunkel, das Herz ist rein.
Es wird das Kind der Hölle sein,
Das das Blatt wendet.«

Sie sah mich eindringlich an und verschwand dann hinter einem großen Vorhang, der vermutlich einen Privatraum abtrennte. Stirnrunzelnd sah ich ihr hinterher.

»Was war *das* denn?«

Derek zuckte mit den Achseln. »Sie erinnert mich an meine Oma. Die war auch so durchgeknallt.«

Ich lachte, doch ich hatte ein mulmiges Gefühl bei der Sache. Was hatte die alte Dame damit gemeint? War es tatsächlich nur irgendein dahergeredetes Zeug? Ich hatte selbst schon wochenlang ein ungutes Gefühl. Seit die Träume angefangen hatten.

Ich sah auf die Uhr. »Wir sollten zum Treffpunkt zurück, die Zeit ist fast um.«

Die meisten Schüler waren schon versammelt, und Mr. Griffith verteilte ein paar belegte Brötchen. Mein Magen knurrte, es war schließlich Mittagszeit. Wir fuhren weiter und hielten vor einem riesigen, wirklich richtig riesigen Gebäude. Mrs. Preston verkündete, dass dies der Hauptsitz der Verborgenenorganisation war. Mir fiel die Kinnlade herunter.

Ein Museum? Dieses riesige Ding? Darin sollte sich die VO befinden? Wie zum Henker konnten sie das geheim halten? Ich hatte mit einem versteckten oder unauffälligen Gebäude gerechnet. Aber nicht mit einer Kathedrale mitten in South Kensington! Jedenfalls sah das Gebäude für mich wie eine Kathedrale aus. Einige der anderen Schüler blickten ebenfalls überwältigt aus dem Fenster.

Mrs. Preston erklärte uns, dass sich die VO erst seit fünf Jahren in dem romanisch-byzantinischen Gebäude befand. Für die Normalsterblichen war es offiziell ein Gebäude für historische Forschungen, welches man nicht ohne Genehmigung betreten durfte. Da die richtigen Stellen der Regierung von Verborgenen besetzt waren, kam niemand auf die Idee, diese Sache infrage zu stellen. Wir stiegen aus und betraten die große Treppe, die zu einem hohen, von zwei Türmen flankierten Eingangsbogen führte.

Bald befanden wir uns in einer großen Halle mit einem wahnsinnig hohen Dach, das einige Fensterscheiben enthielt und den Raum heller wirken ließ.

An den Seiten der Halle führten mehrere steinerne Bögen in verschiedene Richtungen, und die Wände wurden von schmucken Säulen verziert. Aber das Highlight bildete ein über zwanzig Meter langes Dinosaurierskelett, das sich in der Mitte befand. Ich war sprachlos.

Nichts deutete darauf hin, dass hier die Verwaltung der Verborgenen war. Es sah einfach nur aus wie eine Museumshalle, durch die hier und da ein paar Menschen mit weißen Kitteln eilten und uns kurz zunickten.

»Das gehört alles zur Tarnung, falls sich doch mal ein Normalsterblicher hierher verirrt«, erklärte Derek.

Aha. Wir waren in einem Museum, und schon ließ er wieder den Lehrer heraushängen. Ich lächelte in mich hinein.

Wir verließen die große Halle und gingen durch einen Torbogen auf der rechten Seite.

Prompt änderte sich die Atmosphäre, und wir befanden uns in einem breiten Gang mit großen Büros auf beiden Seiten. Wir durften in jeden Raum einen Blick werfen, und Mr. Griffith erklärte uns die einzelnen Abteilungen und deren Funktion.

Es gab für jede Spezies eine eigene Verwaltung, vorwiegend von Mitgliedern der entsprechenden Art besetzt. Wir kamen an einem abgedunkelten Büro mit Vampiren vorbei, die allesamt mürrisch dreinblickten. Die Abteilung daneben schien sich mit Hexen zu beschäftigen, denn hier und da sah man einen Stapel Papier durch den Raum schweben oder plötzlich in Flammen aufgehen. Auch die Werwölfe hatten ein extra Zimmer, in dem es recht hektisch zuging und laut gelacht wurde. Mondkinder waren von Natur aus fröhlich und umgänglich, wenn nicht gerade Vollmond war.

Das wohl größte Büro enthielt circa dreißig Schreibtische, die von halbhohen Trennwänden umgeben waren. Es war die Abteilung der Jäger.

Hier wurden Attacken von Mairas verzeichnet, Pläne geschmiedet, Jagden vorbereitet. Gerade fand an der großen Tafel am Ende des Raumes eine Versammlung statt. Ich hörte, wie ein Vampir über vermehrte Angriffe von Mairas in London und Umgebung sprach. Er verstummte verärgert, als er unsere Klasse bemerkte. Mr. Griffith scheuchte uns schnell weiter, mit der Bemerkung, dass wir uns in der Abteilung der Jäger leider nicht länger aufhalten dürften. Schade, denn ich war wirklich interessiert.

Wir kamen an zahlreichen etwas kleineren Abteilungen vorbei, doch meine Gedanken hingen immer noch im Büro der Jäger fest, sodass ich Mr. Griffith kaum noch zuhörte. Würde ich irgendwann auch hier arbeiten und Mairajagden planen? Hatte ich überhaupt den Mumm dazu?

Die Führung näherte sich dem Ende. Vor uns im Korridor lag nur noch eine große Tür zum Versammlungssaal, in dem uns der VO-Leiter Mr. Cole begrüßen und eine Rede halten würde, und eine kleine Tür zur rechten Seite. Wie sich herausstellte, führte sie in den Keller, wo sich das Archiv befand.

Wir stiegen die Treppe hinab und wurden von einem Sicherheitsmann mit blauer Uniform, an dessen Brust eine Karte baumelte, in einem Vorraum empfangen. Mit der Schlüsselkarte öffnete er die Tür zum Archiv und ermahnte uns, nichts anzufassen und zusammenzubleiben, um die Sicherheitsmaßnahmen nicht auszulösen. Wir gingen durch mehrere miteinander verbundene Räume, ein Labyrinth von hohen, grauen Aktenschränken. Das Neonlicht drückte auf den Augen, und ich fühlte mich eingesperrt. Was nicht nur daran lag, dass es in den hohen Steinmauern keine Fenster gab. Auch die schweren Metallgitter, die sich nach einer Abteilung über jeder Zwischentür befanden und jeden Moment herunterfallen konnten, bereiteten mir ein mulmiges Gefühl in der Magengegend. Ich sah nach oben.

Über dem Gitter befanden sich ein rotes und ein grünes Lämpchen. Im Moment leuchtete nur das grüne, doch ich hatte keine Zweifel, dass mit nur einem Knopfdruck sämtliche Gitter in einer Kettenreaktion nach unten donnern würden, um jeden Einbrecher in dem entsprechenden Abteil einzusperren oder aufzuspießen, wenn er sich direkt darunter befand.

Ich richtete meine Aufmerksamkeit auf Mr. Griffith, der mitteilte, dass über jeden Verborgenen schon von Geburt an eine Akte geführt wurde. Die Akten durften nur von einer Auswahl an Mitarbeitern der VO eingesehen werden.

Interessant. Wie meine wohl aussah? Viel konnte nicht darin sein, mein Leben verlief bis vor Kurzem sehr unspektakulär. Ob meine speziellen Fähigkeiten schon vermerkt waren?

Wahrscheinlich nicht. Entgegen meinen schlimmsten Vorstellungen wurde ich schließlich nicht gleich nach unserer Ankunft auf einem Labortisch festgeschnallt. Ich zog Alissa am Ärmel, und wir fielen etwas zurück, da die Klasse weiter durch den langgezogenen Keller schlenderte.

»Was meinst du«, flüsterte ich, »meine Mutter müsste doch auch eine Akte haben, oder?«

Sie zuckte mit den Achseln. »Wahrscheinlich schon. Jeder aus der verborgenen Welt hat doch eine.«

Ich zögerte, als sich in meinem Kopf eine wahnwitzige Idee bildete. »Ally, ich würde zu gerne mal einen Blick da rein werfen.«

Sie kniff die Augen zusammen. »Spinnst du? Das zählt hier als Hochverrat! Hast du nicht zugehört, was Mr. Griffith gesagt hat? Ein Einbruch in das Archiv ist ein Eingriff in die Privatsphäre! Und nicht nur das, sie würden dir auch anhängen, du würdest Geheimnisse des Landes ausspionieren.«

Ich bedeutete ihr, leiser zu sprechen, und lächelte verwegen. »Na ja, wenn man es so betrachtet, sind wir ja nicht eingebrochen. Sie haben uns freiwillig reingelassen. Und da meine Mutter tot ist, stört sie das mit der Privatsphäre bestimmt eher weniger.«

Alissa schürzte die Lippen, doch ich war noch nicht fertig.

»Komm schon, Ally, das ist wahrscheinlich meine einzige Chance, etwas über meine Eltern und ihren Tod herauszufinden! Ich glaube einfach nicht, dass es ein Unfall war! Und niemand will mir die Wahrheit sagen!«

Sie schien ins Wanken zu geraten. »Ich weiß nicht, Jill ...«

»Ist doch halb so wild! Sie werden es gar nicht merken. Und selbst wenn sie es doch tun, bekomme ich höchstens eine Verwarnung. Sie werden ja kaum ein siebzehnjähriges Mädchen einbuchten, das seinen Eltern nachtrauert und ein Andenken gesucht hat.«

Sie zog die Augenbrauen nach oben. »Darauf würde ich lieber nicht wetten.«

Doch sie grinste ebenfalls, und ich wusste, dass sie mich nicht hängen lassen würde.

Derek blieb stehen und wartete auf uns. »Mann, ihr zwei trödelt ganz schön!«

Alissa sah mich fragend an, und ich zuckte mit den Schultern. Was konnte es schon schaden, ihn einzuweihen? Wir erzählten Derek von meinem Vorhaben, und er war genau wie Alissa zuvor dagegen. Sein Gesicht lief rot an. »Vergiss es, Jill! Du hattest schon genug Ärger. Wir werden Schwierigkeiten bekommen! Und wer weiß, wo sich diese blöde Akte überhaupt befindet, dieser Keller hier ist riesig!«

Langsam verlor ich die Geduld. Ich war wie besessen, und uns verstrich die Zeit, je länger wir diskutierten. Wir waren im letzten Raum angekommen, von dem nur noch eine verschlossene Tür mit Kartenschloss abging.

Mr. Griffith machte Halt und erklärte uns, dass dahinter die Hochsicherheitsabteilung war und wir diese nicht betreten durften. Uns blieb also nur der Rückweg. Ich war so nah dran und würde jetzt nicht aufgeben!

»Ich will euch doch gar nicht mit reinziehen! Ich brauche nur ein bisschen Rückendeckung. Jemanden, der die anderen ablenkt, wenn ich zurückbleibe. Wir sind circa hundert Schüler, niemandem wird auffallen, dass ich kurz verschwunden bin. Es ist ok, wenn ihr es nicht machen wollt, ich gehe auch alleine!«

Alissa schüttelte den Kopf. »Kommt gar nicht in Frage, wir sind mit dabei!«

Sie warf Derek einen strengen Blick zu, und er murmelte zerknirscht seine Zustimmung.

»Und, wie gehen wir vor?«, fragte sie.

Nun, einen richtigen Plan hatte ich ehrlich gesagt noch nicht. Ich improvisierte lieber. Alissa schien es zu merken, und bevor sich einer der anderen Schüler umdrehen konnte, zog sie mich und Derek hinter einen hohen Aktenschrank. Mein Herz klopfte laut in meiner Brust, doch keiner schien unser Verschwinden bemerkt zu haben.

»Also gut, beeilen wir uns!«

Ich ging den Gang zwischen den Aktenschränken entlang, in den Ally uns gezogen hatte. Die Beschriftungen sahen nicht sehr vielversprechend aus. Unsere Klasse drehte mittlerweile wieder um und ging, flankiert vom Sicherheitsmann, langsam zurück zum Ausgang. Wir duckten uns und huschten zwischen den etwas niedrigeren Schränken umher.

»Jill«, flüsterte Alissa, die drei Meter neben mir hinter einem Schrank hervorschaute, »ich bin hier beim Buchstaben B angelangt. War der Mädchenname deiner Mutter nicht Bailey?«

Mein Herz machte einen Sprung, und ich kroch zu ihr. Das war unsere Chance. Wenn wir uns beeilten, konnten wir uns der Gruppe wieder anschließen, ohne später den Ausgang suchen zu müssen.

Ich öffnete die Schublade, und wir begannen zu suchen. Derek hielt solange am Ende unseres Ganges Wache.

»Hier ist nichts«, sagte ich enttäuscht. »Hier sind mehrere Akten mit dem Namen Bailey, aber es ist keine Silva Bailey dabei.«

Alissa kaute auf ihrem Fingernagel, wie immer, wenn sie nervös war. »Vielleicht haben sie die Akte nach dem Tod deiner Mutter vernichtet?«

»Nein, das glaube ich nicht«, sagte ich zögernd.

Wir gingen einen Schrank weiter. Auch unter Benett, dem Nachnamen meines Vaters, war nichts zu finden. Mein Blick wanderte zu der verschlossenen Tür. Dem Hochsicherheitstrakt, den wir nicht hatten betreten durften.

»Anscheinend haben sie hier nur die unwichtigen Akten.

Wer weiß, mit was meine Mutter die VO verärgert hat. Vielleicht sollte es geheim bleiben?«

Derek kam zu uns. »Wenn wir jetzt nicht aufbrechen, verlieren wir den Anschluss!«

Die zwei sahen mich an. Ich wollte noch nicht zurück. Ich musste durch diese Tür. Ich musste in die Hochsicherheitsabteilung.

»Hört zu, ich habe einen Plan. Ich werde es hinter dieser Tür versuchen, und ihr könnt euch der Gruppe wieder anschließen!«

Diesmal war es Derek, der widersprach. Vermutlich wollte er sein Zögern von vorhin wiedergutmachen.

»Freunde halten zusammen, wir helfen dir! Aber die Tür lässt sich nur mit dieser blöden Sicherheitskarte öffnen. Das könnte zum Problem werden.«

Ich bekam leichte Gewissensbisse, dass meine Freunde wegen mir Ärger bekommen könnten.

Mit dem Finger wickelte ich eine meiner dunklen Locken auf und überlegte. Mir kamen Alissas Worte bei meiner Strafarbeit in den Sinn. *Was bist du denn für eine Hexe! Wozu hast du all die Fähigkeiten, wenn du sie nicht einsetzt?* Dann hatte ich die Idee. Verstohlen spähte ich am Ende des Aktenschrankes um die Ecke. Unsere Gruppe war weiter Richtung Ausgang gezogen, befand sich jedoch noch im Raum nebenan und hörte Mr. Griffith bei einem weiteren Vortrag zu. Hier im Hauptsitz der VO schien er ganz in seinem Element versunken zu sein. Der Sicherheitsmann stand in der Zwischentür unter dem schweren, hochgezogenen Eisengitter und blickte gelangweilt.

Ich rutschte ein wenig heran und konzentrierte mich auf die Karte an seiner Brust. Oder besser gesagt, auf den kleinen Plastikring, an dem sie befestigt war. Ich zapfte meine Prana an und zwang meine Gedanken, den Ring zu erwärmen. Es war ein heikles Unterfangen, und sofort stand mir der Schweiß auf der Stirn. Es kostete wesentlich mehr Anstrengung, die Energie der blauen Glitzerfäden zurückzuhalten und nur einen Bruchteil zu verwenden. Ich wollte die Uniform des Mannes schließlich nicht in Flammen aufgehen lassen.

Es dauerte nur einen kurzen Moment, und gerade als er sich in Bewegung setzte, um die Schüler weiterzugeleiten, fiel die Karte lautlos auf den Boden. Ich hielt den Atem an, doch der Sicherheitsmann schien nichts bemerkt zu haben. Ich hatte Glück, dass er gerade gehen wollte, sonst hätte ihn der kleine Rauchfaden oder der Geruch nach verschmortem Plastik vermutlich aufmerken lassen. Innerlich jubelte ich und warf meinen Freunden, die hinter mir kauerten, ein strahlendes Lächeln zu.

Wir warteten, bis die Luft rein und die anderen weitergezogen waren. Ihre Stimmen drangen nur noch gedämpft zu mir, als ich die Karte aufhob und zu der geschlossenen Tür eilte, Ally und Derek direkt hinter mir.

Ich sah mich beklommen um und zog die Karte durch das elektronische Schloss, welches sich mit einem leisen Klicken öffnete. Wir würden verdammt viel Ärger bekommen, wenn sie uns erwischten.

Kapitel 14

Wieder meldete sich mein schlechtes Gewissen, dass ich Alissa und Derek mit in die Sache hineinzog. Sie konnten zwar selbst entscheiden, was sie machten, doch ich musste mir eingestehen, dass es meine Idee gewesen war. Schließlich ging es um meine Eltern.

Die Tür öffnete sich mit einem Zischen, und wir spähten in den riesigen Raum. Es sah aus wie in einem OP-Saal. Kahl und mit weißen Fließen an Fußboden, Wänden und Decke. In der Mitte befand sich ein schwerer Metalltisch, und an den Seiten standen ebenfalls hohe, schwere Metallaktenschränke. Uns gegenüber befand sich eine weitere Tür, bei der das Gitter jedoch heruntergelassen war. Der Raum dahinter lag im Dunkeln. Ich suchte die Decke nach Kameras ab, doch es waren keine zu sehen. Entweder waren sie gut versteckt oder die VO verließ sich vollkommen auf ihre Sicherheitstüren. Ich zögerte.

»Das kommt mir alles zu einfach vor …«

Alissa drängte sich an mir vorbei und sah sich um. »Sie haben bestimmt sonst auch Wachleute hier stehen, und die Metallgitter der Zwischentüren vorhin sind geschlossen. Vielleicht machen sie wegen dem Rundgang eine Ausnahme. Bringen wir es schnell hinter uns, bevor jemand kommt.«

Sie nahm sich die linke Seite vor, ich die rechte. Stirnrunzelnd betrachtete ich die grauen Schubladen und las die kleinen weißen Schilder, mit denen sie beschriftet waren … als Derek plötzlich einen schrillen Schrei ausstieß, der besser zu einem Mädchen gepasst hätte.

»Mein Gott, Derek«, zischte ich ihn an, »willst du uns in Teufels Küche bringen? Sei leise!«

Er stand vor dem Gitter am anderen Ende des Raumes und starrte hinein. Sämtliche Farbe war aus seinem Gesicht gewichen, und ich sah, dass seine Hände zitterten wie Espenlaub. Irgendetwas stimmte da nicht.

»Derek?« Ich eilte zu ihm herüber. Hinter dem Eisengitter lag ein kleiner, dunkler Raum. Im ersten Moment konnte ich außer den kahlen Steinwänden nichts erkennen. Dann blieb mir der Mund offen stehen.

Was ich erst für einen Schatten gehalten hatte, entpuppte sich als die grässlichste Kreatur, der ich je begegnet war. Sie lag auf dem Boden und hatte die Größe eines Pferdes, aber das war auch schon alles, was daran erinnerte. Das Wesen sah aus, als hätte man sein Innerstes nach außen gekehrt. Es bestand aus einem seltsamen Knochenpanzer, an dem Hautfetzen herunterhingen. Zwischen den Rippen lugte büschelweise schwarzes, zerzaustes Fell hervor. Der Kopf erinnerte an einen Hundeschädel. Zähne, so lang wie meine ganze Hand, standen in alle Richtungen aus dem Knochengesicht, und die ganze Kreatur sah aus, als wäre sie von einer Schleimschicht bedeckt. Es war ein grausamer Anblick, so als stünde man einem halb verwesten, übergroßen Hundeskelett gegenüber.

»Ist es tot?«, wisperte Alissa, die ebenfalls zu uns kam und die Augen entsetzt aufriss.

Ich sah genauer hin. Hinter dem Wesen zuckte ein langer Schwanz aus Knochen hervor, dessen Ende mit einem faustgroßen Stachel versehen war. Es hatte Klauen mit scharfen Krallen, die einen menschlichen Körper mit Leichtigkeit zerfleischen konnten. Jetzt konnte ich auch die langsame Atmung erkennen. Sofort senkte ich meine Stimme.

»Nein, ich glaube, es schläft!«

Derek löste sich aus seiner Erstarrung.

»Wir müssen hier weg!«, flüsterte er entsetzt. »Das ist ein Zerberus!«

»Ein was?«, fragten Alissa und ich wie aus einem Munde.

Derek hatte sich immerhin wieder so weit im Griff, um verärgert auszusehen. »Ein Höllenhund! Eines der Wesen aus der Unterwelt! Die Dämonen halten sie wie Haustiere. Es war eine furchtbare Idee, hier herzukommen! Das Ding wird uns innerhalb von Sekunden umbringen.«

»Nun mal langsam«, beruhigte ich ihn, »sieh mal genauer hin. Er ist festgekettet und sieht auch irgendwie so aus, als würde er es nicht mehr lange machen. Der ist doch schon halb tot! Außerdem ist das Metallgitter noch da.«

Derek packte mich bei den Schultern. »Jill, das Vieh ist nicht umsonst hier! Deshalb gibt es auch keine Wachen! Ich kann es nicht glauben, dass die VO zu solchen Mitteln greift. Wir sollten schleunigst verschwinden!«

»Schon gut, du hast ja recht! Beeilen wir uns. Im Moment scheint er ja noch friedlich zu schlafen. Wie kommt ein Wesen der Unterwelt eigentlich hierher?«

Derek zeigte auf den Boden. »Sieh mal, das Zeichen dort auf dem Boden dient der Beschwörung. Ich vermute, der Hochsicherheitsraum oder vielleicht auch der ganze Keller liegen in einem riesigen Beschwörungskreis. Unfassbar und trotzdem genial. So kann die VO das Archiv schützen, ohne Angst haben zu müssen, dass der Zerberus ausbricht. Sie werden garantiert nicht wollen, dass das jemals an die Öffentlichkeit gelangt.«

Wenn er recht hatte, dann steckten wir tief in der Scheiße, sollte man uns erwischen. Wir gingen schnell die Aktenschränke ab und versuchten, so leise wie möglich zu sein. Es dauerte nicht lange, und wir waren wieder beim Buchstaben B angelangt. Ich zog den schweren Schubkasten auf. Hier hatte ich mehr Glück und fand die Akte meiner Mutter auf Anhieb. Hinter dem Gitter ertönte ein leises Grollen.

Alissa sah nervös hinter sich und trat von einem Fuß auf den anderen. Ich sah die Akte durch.

Silva Bailey - Hexe (Spezialgebiet Pyrokinese).

»Hey, meine Mum war eine Feuerhexe!«

In der Akte waren alle Verwandten aufgeführt. Bis auf Tante Am und mich war niemand mehr am Leben. Bei uns beiden stand ein Verweis auf eine eigene Akte. Mein Dad war ein Normalsterblicher, das wusste ich schon. Über ihn führte man keine Informationen.

Dann fand ich endlich die gesuchten Seiten über das Projekt meiner Mutter, mit dem sie die VO verärgert hatte, und mir wurde kalt.

»Leute, ihr werdet es mir nicht glauben, aber meine Mutter betrieb Forschungen über das verschollene Artefakt. Das, mit dem die Dämonen in unsere Welt gelangen konnten!«

Ich las weiter. Meine Mutter hatte jahrelang versucht, den Verbleib des Artefaktes quer durch die Geschichte zu verfolgen. Das war es also! Das hatte die VO so gestört. Nicht schwer vorzustellen, dass keiner dieses Ding mehr wiedersehen wollte. Wurde sie deshalb umgebracht? War sie mit ihren Forschungen eine potenzielle Bedrohung für die Welt der Verborgenen? Galt sie deshalb gerüchteweise als schwarze Hexe? Was hatte sie überhaupt mit dem Artefakt vorgehabt? Es davor bewahren, dass es in falsche Hände geriet? Es der VO übergeben? Oder konnte doch etwas Wahres an der Behauptung sein, meine Mutter hätte der dunklen Seite angehört? Mrs. Grant hatte doch gesagt, sie wäre ein guter Mensch gewesen.

Statt Antworten zu finden, stand ich nun hier und hatte mehr Fragen als jemals zuvor. Ich überflog noch die letzten

Seiten. Meine Mutter war viel auf Reisen gewesen, wobei sie auch meinen Vater kennengelernt hatte. Nach meiner Geburt und nach einer Verwarnung der VO hatte sie die Forschungen ohne nennenswertes Ergebnis eingestellt und war mit meinem Vater aufs Land gezogen.

Was hatte die VO dann noch für einen Grund, sie umzubringen? Oder war es vielleicht doch ein Unfall?

Das Grollen hinter uns wurde lauter. Ketten klirrten.

»Jill, komm schon. Wir müssen hier verschwinden!«, flüsterte Derek eindringlich. Er hatte recht. Wir hatten schon viel zu lang hier unten verbracht. Vielleicht hatten sie unser Verschwinden auch schon bemerkt. Ich steckte die Akte zurück und ließ die Schublade langsam wieder zugleiten, als ein leises Piepen ertönte. Verwundert schaute ich auf. Hatten sie hier auf einmal doch eine Alarmanlage?

Die Antwort kam mit Alissas entsetztem Flüstern. »Leute, wir haben ein riesiges Problem! Ich vermute, sie haben das Sicherheitssystem wieder angestellt.«

Ich schaute zum schweren Metallgitter, das sie mit weit aufgerissenen Augen ansah und welches zwischen uns und der grässlichen Kreatur lag. Nur dass dort kein Gitter mehr war. Mir blieb das Herz einen Moment lang stehen, und ich hielt die Luft an. In der Wand, wo die Eisenstäbe eben noch gesteckt hatten, klaffte ein riesiges Loch.

Ich hörte die Ketten in der Dunkelheit klirren und hatte sofort die Befürchtung, dass auch diese die Bestie nicht mehr zurückhielten. Das Grollen wurde lauter. Wir drängten uns mit dem Rücken zur Wand und schlichen in Richtung der elektronischen Tür, unserer Rettung. Wenn wir nur leise genug waren, konnten wir vielleicht darauf hoffen, dass die Bestie noch benommen vom Schlafen war und uns Zeit zur Flucht blieb.

Wir hatten natürlich kein Glück.

Gerade, als wir die Tür erreichten, tauchten zwei flammend blaue Augen in der Dunkelheit auf. Der Kopf der Kreatur schob sich langsam in den Lichtkegel. Ich konnte nach und nach die schiefen Reißzähne erkennen, von denen der Speichel tropfte. Wir waren geliefert!

Die Kreatur beobachtete uns kurz, stieß ein weiteres bedrohliches Knurren aus und setzte zum Sprung an. Blitzschnell drehte ich mich um und zog die Karte durch das Schloss. Mein Herz machte einen Satz, als das vertraute Klicken ertönte und die Tür sofort aufsprang.

»Lauft!«, schrie ich und setzte mich in dem Moment in Bewegung, als die Kreatur unsere Verfolgung aufnahm. Über uns tönte ein Alarm, der mit Sicherheit im ganzen Gebäude zu hören war.

Wir rannten den Gang entlang, das Schnaufen und Zähnefletschen des Zerberus direkt hinter uns. Wir würden es nicht schaffen, er war einfach zu schnell. Im Laufen zog ich einen der niedrigen Aktenschränke an der oberen Kante und warf ihn um. Er stürzte dem Höllenhund in den Weg und brachte ihn damit zum Straucheln. Wir rannten weiter, unsere Schritte auf den Fliesen hallten laut von den Steinwänden wieder. Vor uns ergab sich das nächste Problem.

»Die Gitter!«, schrie Derek und zeigte auf die nächste Zwischentür vor uns. Ich wusste, was er meinte. Das Licht über der Tür war von Grün auf Rot umgesprungen, und jeden Moment würde das Gitter heruntersausen und uns mit dem sicheren Tod in einem Abteil einsperren. Und die Tür war einfach noch zu weit weg, um sie rechtzeitig zu erreichen. Ich sah einen schweren Metalltisch schräg vor uns. Er war unsere einzige Hoffnung.

Im Laufen drehte ich mich zu Alissa um, die dicht hinter mir rannte.

»Ally, der Tisch!«

Sie verstand sofort. Der Tisch befand sich etwa zehn Meter vor uns, die Kreatur direkt hinter uns. Ich war nicht gut genug, um den Tisch allein mit Telekinese zu verrücken. Mit Alissa zusammen konnte es jedoch funktionieren. Wir fassten uns bei den Händen.

»Jetzt!«, schrie ich und konzentrierte sämtliche Windungen meines Gehirnes darauf, den Tisch unter das Gitter zu schieben, das sich gerade in Bewegung setzte. Alissa drückte meine Hand und stieß einen erstickten Laut der Anstrengung aus.

Bitte, dachte ich. Bitte, lass es uns schaffen! Und mit einem Quietschen schoss der Tisch mit einem Affenzahn unter das Gitter, welches seine spitzen Enden in die Metallplatte bohrte. Was unser Glück war, denn so blieb der Tisch an der richtigen Stelle und sauste nicht darunter hinweg.

Der Weg war nun frei! Leider bedeutete das auch, dass das Monster hinter uns ebenfalls folgen konnte. Wir hatten höchstens noch vier Meter Vorsprung, und der Zerberus war eindeutig schneller als wir. Derek kam als Erstes am Gitter an und duckte sich, dicht gefolgt von Alissa. Ich rannte den beiden hinterher, ließ mich auf die Seite fallen und rutschte im Liegen darunter weg. Das war meine Chance! Ich sammelte blitzschnell die Energie in meinem Inneren und entwickelte in einem Bruchteil einer Sekunde den wohl größten Pranaball, den ich konstruieren konnte. Er pulsierte in meiner Brust und schmerzte, doch zum ersten Mal in meinem Leben musste ich keine Beherrschung zeigen, damit ich niemanden verletzte. Hier wollte ich verletzten!

Ich spürte, wie die Prana in mir tobte und auszubrechen drohte. Mit aller Kraft hielt ich sie noch einen letzten Moment zurück, um möglichst viel davon in meinen Energieball fließen zu lassen. Es verbrannte mich innerlich. Es raubte mir die Sinne. Ich wurde langsamer und rappelte mich auf die Knie, obwohl der Schmerz dafür sorgte, dass ich mich kaum bewegen konnte. Ich sah nur noch verschwommen, jedoch war der riesige Schatten, der auf mich zustürmte, nur noch einen Katzensprung entfernt.

Und dann ließ ich los. Ich erlaubte der Unmenge an Prana, endlich auszubrechen. Der leuchtend blaue Ball, den ich aus den Pranafäden geflochten hatte, materialisierte sich vor mir und schoss auf den Höllenhund zu. Er traf ihn genau in der Brust, die Kreatur fiel auf die Knie und kam schlitternd direkt vor mir zum Stehen. Der Zerberus war nun von einer Schicht blauer Magie umgeben, die knisterte und von der kleine Blitze und Funken in jede Richtung ausgingen. Es sah aus, als stünde die Kreatur unter Strom.

Schwer atmend rappelte ich mich hoch und kam taumelnd auf die Beine. Ich hatte den Zerberus definitiv nur für eine kurze Zeit außer Gefecht gesetzt, denn er zappelte unter Schmerzen und versuchte ebenfalls aufzustehen.

»Jill, beeil dich!«, rief Alissa von der letzten Zwischentür aus. Sie und Derek hatten es geschafft, einen Aktenschrank unter das nächste herunterfallende Gitter zu schieben. Er stand jedoch sehr wackelig, hielt das Gitter nur mit einer kleinen Ecke und drohte, jeden Moment umzukippen. Ich rannte zu den beiden, schob mich unter dem Gitter durch und verpasste dem Schrank einen Tritt. Er kippte weg und konnte somit das Gewicht des schweren Eisentores nicht mehr halten. Das Gitter krachte in dem Moment herunter, als der Zerberus sich abermals auf mich werfen wollte. Er donnerte mit dem Knochenschädel dagegen, jaulte auf und fletschte die Zähne. Das Tor jedoch hielt stand. Wir hatten es geschafft!

Schwer atmend ließ ich mich an der Wand hinabsinken und hielt mir die schmerzenden Rippen. Es dauerte einige Momente, bis ich wieder genug Luft bekam, um mich umzusehen. Der Höllenhund tobte hinter dem Eisengitter und gab scheußliche Geräusche von sich. Alissa und Derek stützten sich auf einem großen Holztisch ab und sahen beide aus, als müssten sie sich jeden Moment übergeben. Wir befanden uns in dem Vorraum zum Archiv, von dem aus die Treppe nach oben führte. Rechts von uns befanden sich zwei riesige Kleiderschränke, links eine kleine Küchenzeile.

»Schnell«, flüsterte ich und eilte zur Treppe, wohl wissend, dass der Alarm schon eine Weile ertönte. Zu spät. Ich hörte, wie sich die obere Tür öffnete und Stimmen zu uns herunterklangen. Jetzt würden sie uns erwischen. Wir hatten keine Chance mehr. Doch gerade als ich den Stimmen entgegentreten wollte, zog Derek an meinem Arm und schleifte mich blitzschnell in einen der Kleiderschränke. Zusammen mit ihm und Alissa war es beängstigend eng zwischen den aufgehängten Wechseluniformen. Ich spürte mein Herz in der Brust hämmern und zwang mich, ruhiger zu atmen, um uns nicht zu verraten. Durch ein paar Belüftungsschlitze konnten wir etwa zwei Dutzend Wachleute sehen, die die Treppe heruntergestürmt kamen und erschrocken vor dem Gitter mit dem dahinter tobenden Zerberus stehen blieben.

»Wie zum Teufel ist der denn hier hergekommen?«, rief ein großer Wachmann mit braunem Vollbart und tiefer Stimme, »schafft ihn so schnell wie möglich hier weg, bevor ihn jemand sieht.«

Ich konnte sie durch die Schlitze nicht erkennen, doch ich hörte ein paar Stimmen in einer Sprache murmeln, die sich stark nach Latein anhörte. Das Knurren des Höllenhundes verstummte augenblicklich, und ein Geruch nach Asche und Rauch breitete sich aus. Es kratzte in meinem Hals, und ich konnte nur mit Mühe ein Husten unterdrücken. Der blumige Geruch Alissas vermischte sich in dem engen Schrank mit Dereks Duft nach Pergament. Mein Körper schmerzte immer noch, und ich hatte das Gefühl, als würden meine Knie jeden Moment nachgeben. Ich hörte, wie das Eisengitter mit einem Quietschen angehoben wurde und der Vollbärtige mit dröhnender Stimme Befehle erteilte.

»Durchsucht alles. Lasst keinen Zentimeter aus! Wenn jemand hier unten ist, werden wir ihn finden.«

Ich spürte, wie Alissa hinter mir vor Nervosität an meinem Jackensaum zupfte und schluckte. Wir saßen in der Falle. Selbst wenn niemand auf die Idee kam, den Schrank zu durchsuchen, so waren wir doch mit Sicherheit für eine ganze Weile hier eingesperrt. Ich sah auf meine kleine, silberne Uhr und konnte nur schwer in dem kleinen Lichtstrahl die Zeit erkennen. 14.50 Uhr. Die Rede von Mr. Cole sollte nur noch zehn Minuten gehen, und danach würde man uns garantiert vermissen, falls unser Verschwinden bis dahin tatsächlich unbemerkt geblieben war.

»Wir müssen hier raus«, wisperte ich so leise wie möglich und griff nach Alissas Hand, weil mich ihr nervöses Zupfen an meiner Jacke langsam nervte. Durch den Spalt ließ sich erkennen, dass sich die Mannschaft systematisch aufgeteilt hatte und langsam das gesamte Archiv durchkämmte. In unserem Vorraum standen jedoch immer noch mindestens zwei Leute. »Habt ihr irgendeine Idee?«

»Ja«, kam es zu meinem Erstaunen von Derek, »aber ich brauche deine Hilfe dafür.«

Ich sah ihn erstaunt an, konnte in dem schwachen Licht im Schrank jedoch wenig erkennen.

»Erinnerst du dich an das Gesicht des Wachmannes, der uns durch das Archiv geführt hat?«, flüsterte er.

Ich versuchte angestrengt, es mir in Erinnerung zu rufen. Der Mann hatte ein kantiges Gesicht mit einer geraden Nase und buschigen, blonden Augenbrauen gehabt. »Ja, jedenfalls größtenteils …«

»Ich brauche deine Hilfe«, fuhr Derek fort, »alleine bekomme ich das nicht hin.«

Verwirrt versuchte ich mir einen Reim darauf zu machen.

Dann verstand ich. »Natürlich! Die Uniformen! Derek, du bist ein Genie!«

Alissa wackelte ärgerlich an meiner Hand. »Würdet ihr zwei mich auch mal einweihen?«

»Die Biokinese, Ally! Derek kann sein Aussehen so verändern, dass er dem Wachmann von vorhin ähnelt, und eine der Uniformen hier drin anziehen. Bei der Hektik wird es keinem auffallen, wenn sein Gesicht etwas anders aussieht. Groß genug ist er jedenfalls.«

Ich hörte, wie sie einen unterdrückten Laut des Erstaunens ausstieß und Derek in eine der Uniformjacken schlüpfte.

»Also, ich kann meine Haare in seinen Bürstenhaarschnitt verändern.« Dereks Stimme klang gedämpft und ungeduldig. »Die Nase bekomme ich auch hin. Keine Ahnung, was er für eine Augenfarbe hatte, aber das hätte ich sowieso nicht geschafft. Jill, du musst dir meine Gesichtsform vornehmen. Ich kann nicht alles auf einmal, ohne Fehler zu machen!«

In dem schwachen Licht konnte ich schon erkennen, dass er sich veränderte. Ich hatte mich nicht viel mit der Biokinese beschäftigt, außer um Vanessa den Pickel ins Gesicht zu zaubern. Bei mir selbst schaffte ich es gar nicht, aber die Kopfform von Derek konnte ich mit ein bisschen Anstrengung verändern.

Ich fühlte mich jetzt schon ausgelaugt, doch wenn ich uns hier herausbringen wollte, musste ich mich zusammenreißen. Ich konzentrierte mich auf Dereks Kopf. Sein Gesicht hatte eigentlich eher eine Herzform, und ich verbreiterte gedanklich sein Kinn und die Wangenpartie, bis ich den gewünschten Effekt erzielt hatte. Meine Augen hatten sich mittlerweile an die Dunkelheit gewöhnt, und mir lief ein Schauder über den Rücken, als mich statt Derek der grimmig aussehende Wachmann anstarrte. Wir hatten wirklich gute Arbeit geleistet, soweit sich das in dem Dämmerlicht sagen ließ.

»Also gut«, flüsterte Derek und versuchte, seine Stimme tiefer klingen zu lassen, »hoffen wir, dass er ganz vorne bei den Suchtrupps ist und nicht gerade hier im Raum steht.«

Und damit schob er die Schranktür einen Spalt auf und schlüpfte hinaus. Die zwei Wachmänner bei uns im Raum standen mit dem Rücken zu ihm. Derek machte ein paar Schritte zur Treppe und tat, als wäre er gerade heruntergekommen. Dann hob er die Stimme, zeigte in den Keller und rief: »Da hinten! Im Abteil vor dem Hochsicherheitstrakt! Ich hab ihn gesehen!«

Es hatte die gewünschte Wirkung. Die Männer, die noch mit der Suche im angrenzenden Raum beschäftigt waren, rannten tiefer in das Archiv hinein und vertrauten ganz darauf, den Täter tief im Keller beim Hochsicherheitstrakt zu finden. Auch die zwei Wachposten bei uns im Vorraum warfen Derek nur einen flüchtigen Blick zu und setzten sich in Bewegung.

»Jetzt«, flüsterte ich und zog Alissa mit mir aus dem Schrank. Derek hatte sich schon aus der Jacke geschält und sie achtlos beiseitegeworfen. Wir rannten die Treppe hinauf, ohne uns noch einmal umzusehen.

Das Stimmengewirr aus dem Archiv wurde leiser, und wir landeten in dem verlassenen Flur vor dem Versammlungsraum, dessen Türen sich gerade öffneten. Ich zog Derek und Ally hinter eine riesige Statue, die neben der Tür stand, und unsere Klasse strömte vorbei.

»Derek, dein Gesicht!«, flüsterte ich ihm zu.

Die Wirkung meiner Prana hatte nachgelassen, doch Derek hatte immer noch den Bürstenhaarschnitt und die Nase des Wachmannes.

»Oh, richtig«, sagte er trocken und schon begannen seine blonden Haare feiner und länger zu werden. Wir mischten uns ungesehen in die Menge der Schüler und versuchten, so unauffällig wie möglich auszusehen.

»Ich fasse es nicht, wir haben es geschafft! Das war der Wahnsinn!«, flüsterte Alissa begeistert.

Derek kniff die Lippen zusammen und sah aus, als wolle er nie wieder ein Wort mit uns wechseln. Ich war zu erschöpft, um zu antworten. Ja, wir hatten es geschafft. Aber wir hatten auch gerade unser Leben aufs Spiel gesetzt, nur um Informationen über meine Mutter zu bekommen, die mich nur noch mehr beschäftigten als vorher. Es war schier unglaublich, dass man uns nicht erwischt hatte.

Ich beobachtete unsere Mitschüler, als wir auf dem Weg zur großen Halle waren. Um uns herum gab es laute Kommentare über den Vortrag von Mr. Cole und Spekulationen darüber, was den Alarm ausgelöst hatte. Ich lauschte kurz einem Gespräch zwischen Christine Owen, der Elektrohexe aus meinem Kurs, und ihrer Freundin Zoe Balinda. Offenbar hatte der VO-Leiter an einem Podium gesessen und die Bedienung, die ihm einen Kaffee brachte, hatte diesen über seinem Vortrag verschüttet.

Dann traf mein Blick auf Ryan, der in der Menge stand und mich mit seinen schwarzen Augen unergründlich anstarrte. Er weiß es, dachte ich. Es war die Art, wie er die Augen zusammenkniff. Verwirrt, misstrauisch und neugierig.

Aber was konnte ich dagegen schon tun? Wenn er uns verraten wollte, dann konnte ich es sowieso nicht ändern, also richtete ich meinen Blick stur geradeaus.

Wir kamen in der großen Eingangshalle mit dem Skelett an.

Die meisten Schüler verteilten sich und begutachteten neugierig die Schaukästen mit Ausstellungsstücken, die überall verteilt waren.

Ich setzte mich auf den Sockel des Skelettes und stützte das Kinn auf meine Hände. Die überstandene Aufregung und die Anstrengung, die mich meine Magie gekostet hatte, machten sich bemerkbar. Ich fühlte mich unendlich müde. Alissa und Derek setzten sich neben mich, ihnen schien es nicht besser zu gehen.

Der VO-Leiter Mr. Henry Cole tauchte in der Halle auf. Mit den hellblonden Haaren war es offensichtlich, dass er Barbies Vater war. Dieselben gleichmäßigen Gesichtszüge. Derselbe hochmütige Blick. Mr. Cole war kräftig gebaut und steckte in einem maßgeschneiderten Anzug, der höchstwahrscheinlich teurer war als meine gesamte Garderobe in der Akademie. Er schlenderte zwischen den Schülern herum und beantwortete die eine oder andere Frage. Ich hatte das dumpfe Gefühl, dass er absichtlich unsere Richtung einschlug. Super, das konnte ich nun gar nicht gebrauchen. Ich wollte einfach meine Ruhe.

Leider sollte ich wieder einmal recht behalten, und etwa fünf Minuten später stand er vor uns.

»Ah, Sie müssen Miss Benett sein, habe ich recht?«, fragte er in einer Gelassenheit, die mir unecht vorkam. Sein Lächeln erreichte die kühlen, blauen Augen jedenfalls nicht. Was sollte diese Frage? Ich war mir sicher, dass er schon lange wusste, wer ich war. Vanessa hatte sicherlich genug zu erzählen gehabt. Wollte er mir einen Vortrag wegen seiner Tochter halten? Nein, er sah eher aus wie ein Typ, der seinen Kindern beibrachte, die eigenen Kämpfe allein und mit gehobenem Kopf auszufechten. Dennoch konnte ich spüren, dass er etwas Bestimmtes wollte. War es wegen meiner Fähigkeiten? Ich hatte keine Lust auf Ratespiele und eigentlich auch nicht darauf, mich zu verstellen. Doch was er konnte, das konnte ich schon lange.

»Kann ich Ihnen helfen, Mr. Cole?«, fragte ich mit einem zuckersüßen Lächeln.

Er rieb sich sein glatt rasiertes Kinn. »Nun, ich muss gestehen, dass ich etwas neugierig war. Ich habe schon viel von Ihnen gehört und wollte mir selbst ein Bild machen.«

Ich tat, als wäre ich verlegen. »Von mir? Ich hoffe doch, es war nur Gutes, was Sie gehört haben.«

»Sagen wir einfach, es war höchst interessant«, sagte er höflich. »So jung und schon einen Maira-Angriff hinter sich. Und Sie scheinen ja sehr besondere Fähigkeiten zu haben. Und einen Hang dazu, sich damit Schwierigkeiten einzuhandeln.«

Er sah mich etwas tadelnd an. Toll. Vanessa hatte geplaudert. Ich setzte den unschuldigsten Blick auf, zu dem ich momentan in der Lage war.

»Nun ja, Mr. Cole, jeder steckt doch einmal in Schwierigkeiten. Und meist gibt es mehrere Personen, die daran beteiligt sind.« Mein Blick wanderte zu Vanessa, die an der Wand lehnte und düster zu uns herüberstarrte.

»Zweifellos«, stimmte ihr Vater mir zu, und ich spürte kurz Erleichterung, die sich jedoch bei seinem nächsten Satz in einen Knoten in meinem Magen verwandelte. »Ich habe Sie heute bei meiner Ansprache vermisst, Miss Benett.«

Er sah mich bedeutungsschwer an und wartete meine Reaktion ab. Konnte er wissen, was Derek, Ally und ich im Archiv getrieben hatten? Nein. Der Einzige, der davon wusste, war Ryan, und ich glaubte nicht, dass er in dieser kurzen Zeit direkt zu Mr. Cole gelaufen war. Alissa und Derek warfen mir nervöse Blicke zu. Ich tat das für mich einzig Sinnvolle und schauspielerte, so gut ich konnte.

»Tatsächlich, Mr. Cole? Dann scheinen Sie mich übersehen zu haben. Ich fand Ihre Ansprache sehr informativ und bewundere Sie dafür, dass Sie es trotz des Kaffees auf Ihrer Rede so souverän gemeistert haben. Wirklich ein ungünstiges Missgeschick von der Bedienung.«

Für einen Moment wirkte er sichtlich überrascht. Ich wusste nicht, ob er mir wirklich glaubte. Er sah mich eine Zeit lang unergründlich an, bevor er antwortete. »Es freut mich, dass ich Sie nicht gelangweilt habe. Dann will ich Sie nicht weiter aufhalten. Sie möchten sich bestimmt noch eine Weile umsehen.«

Wollte ich nicht. Doch eine bessere Gelegenheit zur Flucht würde ich wohl nicht mehr bekommen. Ich verabschiedete mich höflich, Alissa und Derek im Schlepptau.

»Eines noch, Miss Benett!«, rief er mir hinterher, und ich drehte mich um. Er senkte die Stimme, damit niemand uns belauschen konnte. »Wie Sie wissen, sind Sie die erste Hexe, die mehr als ein Spezialgebiet hat. Und dazu noch eine blaue statt einer weißen Prana. Haben Sie irgendeine Idee, warum das so sein könnte? Einige meiner Mitarbeiter würden sich gerne mit diesem Phänomen beschäftigen.«

Sollte wohl heißen, die Laboranten hielten schon die Spritzen bereit. Super. Da hatte jemand ganze Arbeit geleistet und alles über mich erzählt. Ich schluckte die Angst herunter, die in mir aufkeimte, und versuchte, so selbstsicher wie möglich aufzutreten.

»Nein, Mr. Cole, ich habe keine Ahnung, warum meine Prana blau ist. Was meine Fähigkeiten angeht, da bin ich gerade am Austesten. Ich glaube nicht, dass ich dazu Hilfe benötige. Vielleicht habe ich auch gar kein Spezialgebiet und kann deshalb von jedem nur ein bisschen. Ich werde es Sie wissen lassen, wenn ich etwas Neues herausgefunden habe.«

Würde ich nicht. Und er wusste es. Er setzte gerade zu einer Antwort an, als plötzlich eine ganze Schar Leute aus der Jägerabteilung an uns vorbeirannte und laut durcheinander redete. Sie schienen besorgt zu sein.

Mr. Cole räusperte sich. »Nun gut, Miss Benett. Ich bin sicher, wir werden uns sehr bald wiedersehen, und dann bin ich sehr gespannt auf Ihre Ergebnisse. Ich hoffe für Sie, dass Sie recht schnell Fortschritte machen.«

Dann eilte er zu einem der Jäger, um nachzufragen, was vor sich ging. Ich schluckte. Das hatte sich gerade ganz stark nach einer Drohung angehört. Ich sah mich um und versuchte herauszufinden, warum alle so aufgeregt waren.

Ein Mitarbeiter zog unseren Lehrer beiseite und redete eindringlich mit ihm. Mr. Griffith nickte ernst und rief uns alle zu sich. »Alle mal herhören. Gerade ist hier in der Nähe ein Maira gesichtet worden.«

Kapitel 15

Um uns herum wurde es laut. Die meisten Schüler sahen sich panisch an, und Megan brach sogar in Tränen aus, bis Vanessa sie ungeduldig anfuhr, sich zusammenzureißen. Einige blickten ängstlich zum Archiv. Mr. Griffith bemerkte den Aufruhr und versuchte, sich Gehör zu verschaffen.

»Die Mairajäger werden sich darum kümmern, und bis zu ihrer Rückkehr werden wir zu unserer eigenen Sicherheit hier in der Halle warten. Machen Sie sich keine Sorgen, noch ist nicht klar, ob es nicht eventuell ein Fehlalarm war. Es wird eine Zeit dauern, bis die Jäger das umliegende Gebiet abgesucht haben.«

Kaum jemand hörte ihm zu, und er wurde lauter.

»Meine Damen und Herren, ich bitte Sie! Es gibt keinen Grund zur Aufregung. Mir wurde bestätigt, dass der Alarm im Archiv ein Versehen war und in keiner Weise mit einem Maira zusammenhängt. Wir sind hier vollkommen sicher, es wird nur noch eine Weile dauern, bis sich die Sache aufgeklärt hat.«

Genervt lehnte ich mich an die Wand in einer relativ dunklen Ecke. Wie lange sollte dieser Tag denn noch dauern? Falls kein Maira gefunden wurde, konnte es noch Stunden dauern, bis die gesamte Umgebung abgesucht war. Alissa und Derek redeten aufgeregt mit Mr. Griffith und versuchten, Genaueres zu erfahren. Ich ließ den Blick durch den Raum schweifen, und mir fiel Ryan ins Auge. Ich fragte mich, ob er irgendetwas damit zu tun hatte, dass Mr. Cole mich für den Einbruch im Archiv verdächtigte.

Ryan hatte etwas Seltsames an sich, ich wurde einfach nicht aus ihm schlau. Einerseits war er düster und verschlossen. Er gab sich mir gegenüber immer feindselig. Andererseits war er damals einer der Ersten gewesen, die mir den Mairaangriff geglaubt hatten. Er wusste, dass ich recht hatte, was die milchig-weißen Augen der Halbdämonen anging. Er war mir zu Hilfe gekommen, als Jonathan mich belästigt hatte, und hatte nach meinem Zusammenbruch Alissa zu mir geschickt. Nun gut, er hatte auch eine gewisse Teilschuld an der ganzen Aktion gehabt, aber trotzdem. Warum setzte er in der Schule alles daran, dass andere ihn hassten?

Ich beobachtete ihn eine Weile, als er plötzlich im Schatten der Wand zu der kleinen Hintertür der Halle schlich. Er verschmolz mit der Dunkelheit der Wände, und hätte ich ihn nicht gerade im Blick gehabt, wäre er mir gar nicht aufgefallen.

Was hatte er vor? Er wollte doch wohl nicht abhauen? Doch genau in diesem Moment schaute er sich kurz um und schlüpfte durch den Türspalt. Keiner schien sein Verschwinden bemerkt zu haben.

Hatte er nicht mitbekommen, dass es eine Mairawarnung gegeben hatte? Es war nicht mein Problem. Ich hatte heute genug erlebt und wollte mein Schicksal nicht noch einmal herausfordern. Andererseits … was, wenn er draußen angegriffen wurde? Und ich die Einzige war, die ihn hätte warnen können? Könnte ich das mit meinem Gewissen vereinbaren? Nein.

Mein erster Gedanke galt Mr. Griffith. Er könnte Ryan wieder zurückschleifen. Doch ich hatte das Gefühl, dass

Ryan irgendetwas geplant hatte. Konnte ich ihn verraten, wo er doch gerade erst meinen kleinen Ausflug für sich behalten hatte? Ich sah zu Alissa und Derek. Sie hatten meinetwegen heute in Lebensgefahr geschwebt, ich konnte sie nicht schon wieder belasten.

»Oh Mann, mir bleibt auch gar nichts erspart«, murmelte ich grimmig vor mich hin. Ryan konnte noch nicht weit gekommen sein. Ich würde die Gelegenheit gleich nutzen und ihn zur Rede stellen, für den Fall, dass er Mr. Cole doch etwas gesteckt hatte. Danach musste ich ihn nur noch vor dem Maira warnen, und wenn er dann immer noch abhauen wollte, dann war das sein Problem. Zugegebenermaßen war ich auch etwas neugierig darauf, was er vorhatte.

Ich nahm denselben Weg wie er und schloss meine Lederjacke, damit der helle Pullover in den Schatten nicht herausstach. In der Halle ertönte immer noch aufgeregtes Gemurmel, sodass es niemandem auffiel, als ich mich durch den Spalt der Tür schob. Der kalte Wind fegte mir sofort durch die langen Haare. Es hatte geregnet, und mir kam es vor, als wäre die Luft schlagartig abgekühlt. Ich stand in einer dunklen und schmutzigen Gasse. Rechts von mir befand sich eine Steinmauer, also blieb mir nur der linke Weg. Ich fröstelte und zog die Jacke enger zusammen. Die Gasse endete an einer wenig befahrenen Straße. Wohin war Ryan gegangen? Ich suchte beide Seiten ab, und gerade als ich mir eingestehen musste, dass ich zu lange in der Halle gezögert hatte, sah ich seinen dunklen Lockenkopf auf der anderen Straßenseite um die Ecke biegen. Ich sprintete los und holte ihn in der Seitengasse ein, kurz bevor er gänzlich in den Schatten verschwinden konnte.

»Hey, Reißzahn! Was soll denn der Ausflug?«, rief ich ihm hinterher und musste vom Laufen schon wieder schwer atmen.

Er drehte sich um und sah mich finster an.

»Ich hätte es wissen müssen«, murmelte er gerade so laut, dass ich es noch verstehen konnte. Ich beschloss, die Sache schnell hinter mich zu bringen, denn mir klapperten schon die Zähne.

»Hast du nicht mitbekommen, dass es eine Mairawarnung gegeben hat? Bist du jetzt lebensmüde geworden?«

Er schnaubte. »Das fragst gerade *du* mich? Du wolltest das Archiv wohl noch etwas länger erkunden, was? Kümmere dich besser um deine eigenen Angelegenheiten, damit dürftest du eine Weile beschäftigt sein.«

Da war er wieder, dieser arrogante und feindselige Tonfall, den ich so an ihm hasste. Ich versuchte, drohend auszusehen, und stemmte die Hände in die Hüften.

»Hast du zufällig Mr. Cole oder irgendeinem etwas davon erzählt?«

Er sah mich verärgert an. »Nein, habe ich nicht! Bist du deswegen hier? Weil du dachtest, ich hätte dich verpetzt, und mir jetzt eins auswischen willst?«

»Nein, natürlich nicht«, sagte ich verblüfft, denn Rache hatte ich gar nicht im Sinn gehabt, »Mr. Cole war nur eben bei mir und schien mich zu verdächtigen. Ich dachte mir schon, dass du es nicht warst. Ich wollte dich wirklich nur warnen. Wir sollten nicht hier draußen sein.«

Ich sah mich unbehaglich um. Die Gasse, in der wir standen, befand sich zwischen hohen Häusern, war eng, düster und sah nicht so aus, als würde sie häufig benutzt werden.

Ryan schien unbeeindruckt. »Dann geh halt wieder zurück, wenn du Angst hast. Ich habe noch etwas zu erledigen. Außerdem bin ich bewaffnet.«

Er öffnete seinen schwarzen Mantel, und ich sah ein Kilidsch in der Innentasche stecken. Ungläubig sah ich ihn an.

»Ich habe keine Angst! Und was hast du mit dem Ding

vor? Willst du jetzt Mairas jagen, oder was? Du hast sie ja nicht mehr alle!«

Ich dachte an meine Begegnung im Park von Langfield und an den Albtraum, den ich erst letzte Nacht hatte. Den Albtraum, in dem genau Ryan die Kehle zerfetzt wurde. Plötzlich bekam ich es wirklich mit der Angst zu tun. Was taten wir hier draußen eigentlich?

»Ryan, es ist mein Ernst«, sagte ich leise, »bitte lass uns verschwinden.«

Er bemerkte meinen plötzlichen Stimmungswechsel und kam ein paar Schritte auf mich zu, bevor er zögernd stehen blieb. Seine Stimme klang nicht mehr ganz so schroff, und er sah mich verwirrt an.

»Ich bringe dich zurück, wenn du willst. Und nein, ich will keine Mairas jagen. So lebensmüde bin ich nun doch nicht. Ich habe etwas in London zu erledigen. Die Wahrscheinlichkeit, dass es kein Fehlalarm war und gerade hier ein Maira auftaucht, ist lächerlich gering.«

Ich wollte gerade antworten, als ein Schatten über uns hinwegflog. Ich hörte das leise Schlagen eines Flügels. Ryans Augen weiteten sich, und ich schluckte.

»Dann lass das bitte einen Vogel gewesen sein«, flüsterte ich heiser, und die nackte Angst kroch meinen Rücken rauf. Ich wollte den Kopf nicht heben. Der Schatten zog über uns hinweg und verschwand. Ich wollte mir einreden, dass mir meine Fantasie einen Streich spielte. Doch ich roch den vertrauten Gestank schon, bevor ich die seltsamen Geräusche aus dem Winkel der dunklen Gasse vor uns hörte. Ein Schleifen. Ein kurzes Poltern. Und mein Herz setzte für ein paar Schläge aus, als ein Kreischen ertönte, das sich wie von einer riesigen Echse anhörte.

Verdammt, da war etwas gelandet. Und das nur eine Hausecke weiter, wie es sich anhörte.

»Weg hier!«, flüsterte ich und wollte die Flucht ergreifen.

Ryan packte mich am Arm und zog mich zwischen zwei Müllcontainer, die in unserer Gasse an der Seite standen. »Nein, zu spät! Verhalte dich so ruhig wie möglich!«

Aha. Leichter gesagt als getan, denn selbst ich konnte das Schlagen meines rasenden Herzes nun hören. Wir drängten uns so weit wie möglich in den Schatten und standen dicht nebeneinander im Spalt zwischen den stinkenden Müllcontainern. Ich legte den Kopf an Ryans Brust und vergrub das Gesicht in seinem Pullover. Mir war egal, was er darüber dachte, ich hatte Angst! Ich wusste, dass Vampire jeglichen Körperkontakt vermieden. Aber besser von einem Vampir gebissen als von einem Maira enthauptet zu werden.

Ryan roch angenehm nach Mandeln, aber es lag auch eine düstere Note darunter, die ich nicht genau definieren konnte. Ich atmete tief ein. Ryan drückte mich an sich und zog uns weiter nach hinten. Das unheimliche Schleifen kam näher, die Kreatur hatte also unsere Gasse gewählt. Ich versuchte, mich an Mr. Sheffields Vortrag über die Mairas zu erinnern. Wie spürten sie gleich ihre Beute auf? Sie witterten die Angst der Opfer!

Automatisch brach mir der Schweiß aus. Sofort versuchte ich, mich damit zu beruhigen, dass der Gestank des Mülls um uns herum alles übertönen würde. Vorsichtshalber hob ich den Kopf und schnüffelte. Eine Welle der Übelkeit von dem Geruch nach verdorbenen Essen überkam mich. Doch da lag noch etwas anderes in der Luft. Der Geruch nach Asche und Verwesung, den ich mittlerweile mit den Mairas verband.

Wieder ertönten der Schrei einer riesigen Echse und ein Zischen. Es war ganz nah.

»Was tun wir, wenn er uns bemerkt?«, wisperte ich so leise wie möglich direkt in Ryans Ohr.

»Wir kämpfen!« Seine Stimme war nur ein kleiner Lufthauch, und doch bereitete mir das Gesagte ein unbeschreibliches Grauen. Kämpfen? Mit diesem Monster, das mich seit Wochen in meinen Träumen verfolgte? Bei dem ich im Schlaf vor Angst erstarrte und tatenlos zusah, wie es meine Freunde umbrachte?

Doch ich wusste, dass uns nichts anderes übrig blieb, wenn wir überleben wollten. Und plötzlich fasste ich einen Entschluss. Ich würde diesmal nicht tatenlos bleiben. Das hier war kein Traum, aus dem ich dann unversehrt aufwachen würde. Ich hatte es heute schon mit einem Zerberus aufgenommen und würde mich jetzt nicht geschlagen geben.

Wir hatten eine denkbar ungünstige Position zum Kämpfen, so eingequetscht zwischen den Müllcontainern. Was wir brauchten, war Zeit. Und die würde ich uns verschaffen. Ich atmete tief durch und konzentrierte mich auf meine Prana. Ich sammelte sie in meinem Inneren, wie ich es zuvor auch bei dem Zerberus getan hatte. Es kam mir vor, als schwebten meine Haare in einem unsichtbaren Wind. Die Luft knisterte. Wieder ein Schlurfen. Ein Knurren. Mein ganzer Körper fühlte sich an, als stehe er unter Strom. Ryan sah mich verdutzt an, und dann leuchtete Verstehen in seinen Augen auf. Ein leichtes Lächeln umspielte seine Lippen. Einen kurzen Moment fiel mir auf, dass seine Augen gar nicht komplett schwarz waren, sondern die riesigen Pupillen von einem dünnen, hellblauen Ring umgeben waren.

Ich spürte nicht einmal mehr die Erschöpfung von vorhin. Das Adrenalin, die Angst und auch ein bisschen Wut auf diese Kreatur gaben mir Kraft. Das Schleifen war nun so nah, dass ich auch das leise Klackern der riesigen Krallen auf dem Boden hören konnte. Ich sah nach vorne. Wir standen in dem Spalt, und wer auch immer daran vorbei ging, brauchte sich nur zur Seite zu drehen, um uns zu sehen.

Als Erstes sah ich den Kopf. Der haarlose Schädel war von faltiger Lederhaut überzogen. Man hätte ihn von der Form her fast mit einem menschlichen Kopf vergleichen können, doch er hatte keine Ohren und keine Nase. An dieser Stelle klafften nur dunkle Löcher. Das Wesen schob sich geduckt an den Containern vorbei, so als lauerte es jemandem auf, den wir nicht sehen konnten. Es hatte das Maul geöffnet, und ich sah den Speichel von den kleinen, spitzen Zähnen tropfen. Die Kreatur bewegte sich langsam, sehr langsam vorwärts – sie schien auf der Jagd zu sein. Hatte sie uns gewittert oder ein anderes Opfer erspäht?

Ich war zum Zerreisen gespannt. Meine Prana hatte sich wieder zu diesem riesigen Energieball zusammengestaut und verbrannte langsam aber sicher mein Innerstes. Ich würde keinen Mucks machen. Auch Ryan stand stocksteif und bewegte sich keinen Millimeter. Er hatte die Hand in der Jacke vergraben, an seinem Kilidsch, und war bereit zum Angriff.

Das Wesen blieb stehen. Scheiße. Ich sah, dass sich die Schlitze der Nase bewegten, als es witterte. Und langsam, wie in Zeitlupe, drehte es den Kopf und blickte uns mit den milchig-weißen Augen direkt an.

Ich wartete nur etwa einen Herzschlag ab, dann riss ich mich aus meiner Erstarrung.

»Jetzt!«, schrie ich, riss die Hände nach vorne und schoss meinen Energieball ab. Die Prana verbrannte meine Hände, meine Finger! Ich konnte einen schmerzvollen Aufschrei nicht unterdrücken, doch die Prana hatte die gewünschte Wirkung. Die Kreatur wurde direkt in der Brust getroffen und nach hinten geschleudert. Ryan nutzte die Gelegenheit, drängte sich aus dem Spalt hervor und stürzte sich auf das unter Strom stehende Wesen. Mit einer wahnsinnigen Geschwindigkeit und einer präzisen Handbewegung rammte er das gebogene Schwert aus seiner Jacke direkt in die Brust des Mairas. Ich wusste auf Anhieb, dass er den richtigen Winkel getroffen hatte. Die Kreatur gab ein markerschütterndes Kreischen von sich, breitete die riesigen Lederschwingen aus und zerfiel urplötzlich zu Staub. Nichts war mehr übrig, außer dem beißenden Gestank nach meinem verbranntem Fleisch und einer kleinen Rauchwolke. Ich kam aus dem Spalt heraus.

»Wow«, sagte Ryan und blickte fassungslos auf die Stelle, an der eben noch das zwei Meter große Etwas gestanden hatte. Ich wollte schreien, jubeln, ihn umarmen, auch wenn meine Hände sich anfühlten, als hätten sie Verbrennungen dritten Grades. Doch das Aufstellen meiner Nackenhaare ließ mich innehalten. Wir waren nicht allein. Hinter Ryan standen zwei weitere Mairas.

»Pass auf!«, schrie ich, doch es war zu spät.

Die Mairas hatten den Schreck unseres plötzlichen Auftauchens überwunden und stürzten sich auf uns. Einer davon packte Ryan von hinten, doch er war nicht umsonst für seine Schnelligkeit und Stärke bekannt. Im Nahkampf hatte er eindeutig bessere Chancen als ich.

Die zweite Kreatur machte einen Satz durch die Luft und landete direkt vor mir. Sie bleckte die schwarzen, spitzen Zähne. Ich griff nach meiner Prana, doch mein Energieball hatte mich schon zu viele Kräfte gekostet. Ich konnte keinen Neuen erstellen, es würde zu lange dauern. Mir blieben nur noch meine körperlichen Fähigkeiten, die ich mir im monatelangen Training mit Nathan angeeignet hatte.

Ich drehte mich im Kreis und rammte dem Maira mit aller Kraft meinen Fuß in den Bauch. Er taumelte ein Stück zurück, und ich nutzte die Gelegenheit, um mich nach einer Waffe umzusehen. Auf dem Müllhaufen des Containers konnte ich einen zerbrochenen Besen erkennen. Das spitze Ende des Stiels war besser als nichts. Ich musste es nur bis zum Container schaffen, doch als ich mich in Bewegung setzte, griff der Maira von hinten nach meiner Schulter.

Ich spürte, wie die scharfen Krallen sich in meinen Rücken bohrten und in mein Fleisch schnitten. Meine Knie gaben nach, und ich stürzte, drehte mich jedoch sofort auf den Rücken und kickte dem Maira mit meinem Fuß die Beine weg. Das Biest fiel auf die Knie und stieß ein lautes Fauchen aus. Ich rappelte mich hoch und rannte zum Container. Gerade als ich den Stab zu fassen bekam und den Schmerz meiner Hände unterdrückte, wurde ich an die Wand geschleudert und blieb benommen am Boden liegen.

Sternchen funkelten in meinem Sichtfeld, und ein höllischer Schmerz breitete sich in meinem Kopf aus. Ich war so gut wie tot. Die Welt drehte sich und klarte nur langsam wieder auf. Ich hatte den spitzen Stiel des Besens fest in der Hand, doch ich konnte mich kaum noch bewegen. Ich war wie gelähmt. Mein Kopf hämmerte. Ich konnte Ryan kämpfen hören. Wenn ich tot war und er es mit beiden Mairas aufnehmen musste, hatte er keine Chance.

Die Kreatur, die mich angegriffen hatte, beugte sich langsam über mich, das Gesicht nur Zentimeter von meinem entfernt. Der Speichel der Zähne tropfte auf meine Wange. Ich sah fest in die weißen, leblosen Augen …

Doch anstatt mich zu zerfleischen, zögerte der Maira plötzlich. Ich dachte nicht lange darüber nach, riss den Arm hoch und stieß die Spitze meiner Waffe von unten in die Brust des Mairas. Das Biest stürzte zurück und blieb kreischend am Boden liegen. Ich wusste, dass ich das Herz nicht getroffen hatte, dazu war die Waffe einfach nicht geeignet und mein Stoß durch die lederne Haut nicht fest genug. Die Spitze jedoch schien das Herz berührt zu haben und die Kreatur für eine Weile außer Gefecht zu setzen.

Ich rollte mich unter Schmerzen auf den Bauch und blickte zu Ryan. Er war unbewaffnet. Sein Kilidsch steckte in der Brust des Mairas, doch er hatte das Herz ebenfalls verfehlt. Nun blieb ihm nur noch, das Wesen abzuwehren. Ich musste ihm helfen. Unter meiner Jacke spürte ich eine klebrige, warme Flüssigkeit, die mir den Rücken herunter lief. Ich wusste nicht, wie tief die Krallen des Wesens eingedrungen waren.

Langsam kroch ich vorwärts und versuchte mit meinen verbrannten Händen in dem unebenen Boden Halt zu finden. Meine Beine wollten nicht mehr gehorchen. Ich geriet in Ryans Blickfeld und war nur noch zwei Meter entfernt.

»Lauf verdammt noch mal weg!«, brüllte er.

Diese eine Sekunde. Dieser kleine Moment der Unachtsamkeit reichte, damit der Maira seine Zähne in den Hals des Vampirs schlagen konnte.

»Ryan!«

Ryans Augen blickten mich entsetzt an, als er auf die Knie sank. Die Kreatur stand mit dem Rücken zu mir und hing an seinem Hals. Sie saugte ihn aus. Ich konnte die widerlichen Schmatzgeräusche hören. Es war wie in meinem Traum, ich musste dabei zusehen und konnte nichts tun. Ryan würde sterben.

Nein! Eine Welle des Zorns überkam mich. Ich musste etwas tun!

Ich tastete nach meiner Prana, die Energie pulsierte weiterhin in mir. Ich hatte nur keine Kraft mehr, sie so lange anzustauen, dass daraus ein Geschoss werden konnte. Doch ich wusste, was ich jetzt zu tun hatte. Ich schob mich einen letzten Meter vorwärts, packte den langen Schwanz des Mairas und zog mich daran hoch. Die Kreatur war so dem Hungerwahn verfallen, dass sie mich gar nicht bemerkte.

Ich krallte mich am Flügel des Wesens fest. Endlich tat sich etwas. Es riss den Kopf hoch und ließ Ryans leblosen Körper fallen. Der Hals des Vampirs war an einer Seite zerfetzt und voller Blut. Ich zapfte meine innere Energiequelle an, doch anstatt die flüssige Prana zu sammeln, leitete ich sie einfach durch meine Arme direkt in den Rücken des

Mairas. Er kreischte und zuckte unter meinen Händen, die sich anfühlten, als stünden sie in Flammen.

Ich hielt mich eisern an dem Flügelansatz fest und weigerte mich, loszulassen. Ich konnte es auch gar nicht. Ich konnte weder meine Hände wegziehen, noch den Energiefluss stoppen, der in meinem Körper brannte und mir die Sinne raubte. Der Schmerz war unerträglich. Wieso musste Magie so wehtun? Um mich herum wurde es schwarz, und ich hatte das Gefühl zu fallen. Leise Stimmen drangen zu mir, doch das konnte nur Einbildung sein. Hier war niemand. Niemand außer den beiden Monstern. Niemand außer Ryan, der mit aufgerissener Kehle am Boden lag. Ich würde sterben. Der Schmerz in meinem Körper breitete sich ins Unermessliche aus, und ich hatte nicht einmal mehr die Kraft zu schreien, als ich in die Dunkelheit hinüberglitt.

Kapitel 16

Ich schwebte. So kam es mir vor. Leicht wie eine Feder. Um mich herum nur weißer Nebel. Ich hatte nichts dagegen, es war besser, als die unendlichen Schmerzen ertragen zu müssen. Es war ein angenehmer Zustand, und ich konnte sowieso nichts dagegen unternehmen. Warum auch? Hier spielte nichts eine Rolle. Hier gab es niemanden, der meinetwegen verletzt wurde. Und hier gab es keine Monster! Vielleicht war ich auch tot? Ich ließ mich in den Nebelschwaden treiben und genoss das Gefühl der Leichtigkeit. Mein Kopf fühlte sich an, als wäre er mit Watte ausgestopft, die meine Gedanken abschwächte.

»Komm schon, aufwachen!«, hörte ich Allys Stimme durch den Nebel hallen. Oh nein, bitte nimm mir nicht diese entspannende Ruhe!

Mit einem Ruck wurde ich zurück in die Wirklichkeit katapultiert. Und natürlich trafen mich auch die Schmerzen mit voller Wucht. Mein Kopf hämmerte, meine Schulter schmerzte, und mein ganzer Körper fühlte sich noch immer an, als hätte ich in Flammen gestanden und nun überall Brandblasen. Das war äußerlich. Innerlich dagegen fühlte ich mich seltsam leer.

»Autsch.« Meine Stimme war nur ein Krächzen, und ich versuchte, mich so gut wie möglich aufzusetzen, damit ich mich umsehen konnte. Es roch nach Desinfektionsmittel. Ich lag in einem Zimmer mit mehreren weißen Betten, und irgendjemand hatte mir ein wahnsinnig hässliches Nachthemd angezogen. Rosa, also wirklich!

Alissa saß auf einem Sessel neben dem Bett und grinste. »Jetzt hast du aber lange genug gefaulenzt!«

Ich stöhnte und ließ mich zurück in die Kissen sinken. Ally reichte mir einen kleinen Becher mit Wasser. »Hier, trink. Da sind auch gleich deine Schmerzmittel drin.«

»Danke.« Hoffentlich wirkten die schnell. Mein Hals war trocken, und ich zwang mich, nur kleine Schlucke zu nehmen. Dann schloss ich die Augen und versuchte, mich an alles zu erinnern. Der Ausflug zur VO. Die alte Frau auf dem Markt. Der Zerberus. Das Projekt meiner Mutter. Die Mairas. Ryan.

»Ryan!« Mit einem Ruck saß ich wieder aufrecht, und der Schmerz ließ mich zusammenzucken. »Was ist passiert?«

»Keine Sorge, er wird wieder«, beruhigte mich Alissa schnell und nahm meine Hand.

Mein Puls beruhigte sich langsam, und ich atmete erleichtert aus. Er war nicht tot. Klar, ich konnte ihn mit seiner feindseligen Art eigentlich nicht einmal ausstehen, und er hatte uns in diese Situation gebracht. Aber wir hatten auch zusammen gekämpft, und ich hatte das Gefühl, als verbände uns irgendetwas.

Alissa begann ohne Umschweife zu erzählen. »Die Jäger haben den Lärm gehört, den ihr bei eurem Kampf gegen die Mairas gemacht habt. Ich kann einfach nicht glauben, dass du uns nicht einmal Bescheid gesagt hast! Du hättest sterben können! Hat dir der Zerberusangriff nicht gereicht?«

Sie sah mich vorwurfsvoll an.

»Es tut mir leid, Ally, dafür war keine Zeit mehr.« Ich erzählte ihr von Ryans heimlichen Ausflug und wie wir in die Gasse gelangt waren. Von Ally erfuhr ich, dass die Jäger mich gerade gefunden hatten, als ich dabei war, das Bewusstsein zu verlieren.

»Du hast ihn gerettet! Als die Jäger kamen, hattest du den Maira schon fast mit deiner Prana gegrillt. Und dich gleich mit! Die ganze Schule spricht von nichts anderem mehr. Ein Maira tot, einer aufgespießt und einer geröstet. Ihr zwei habt ein ganz schönes Aufsehen erregt. Mrs. Grant ist übrigens stinksauer. Im Moment ist sie in London, um die Sache mit der VO zu klären. Sie dachte erst, es wäre deine Schuld gewesen, und wollte dich der Schule verweisen. Es hieß erst, du wolltest die Mairas alleine zur Strecke bringen und hättest Ryan da mit reingezogen. Ryan hat Mrs. Grant, als er wieder wach war, gesagt, dass du ihn nur warnen wolltest und es seine Schuld ist. Ihr bekommt trotzdem beide Strafarbeiten, wenn sie wieder da ist. Anscheinend hilft sie der VO zu klären, warum die Londoner Schutzschilde nicht mehr funktioniert haben und die Mairas eindringen konnten.«

Mir schwirrte der Kopf von Alissas Geplapper, und ich bat sie, mir noch ein bisschen Wasser einzugießen, damit sie wenigstens für einen kleinen Moment Ruhe gab.

»Wie lange war ich denn weg?«, fragte ich. Mittlerweile hatte ich den Ort als Krankenstation der Winterfold Akademie wiedererkannt.

»Fast drei Tage. Deine Tante ruft mich stündlich auf dem Handy an und fragt nach dir. Tu mir bloß den Gefallen und ruf sie zurück. Ich konnte sie nur mit Mühe davon abhalten, auf der Stelle hierher zu kommen.«

Ich ließ Ally noch ein bisschen erzählen, doch ich hörte nur noch halb hin. Ryan ging es gut, und sie hatten uns rechtzeitig rausgeholt. Vor meinem Auge sah ich ihn immer noch mit aufgerissener Kehle auf dem Boden liegen, auch wenn Ally mir versichert hatte, dass sie ihn ganz gut zusammengeflickt hatten. Vampire heilten schneller als alle anderen. Er lag noch zur Beobachtung im Krankenflügel der Winterfold Akademie nebenan.

Ich würde wahrscheinlich noch Jahre brauchen, bis ich die Ereignisse dieses einzelnen Tages verarbeitet hatte, und sehnte mich nach ein bisschen Zeit zum Nachdenken. Alissa bemerkte es und verabschiedete sich mit dem Versprechen, mich am nächsten Tag wieder zu besuchen. Es war sowieso Zeit fürs Abendessen.

Als sie ging, kam die Krankenschwester Mrs. Iwanow herein. Die kleine Vampirin mit dem strengen Haarknoten machte ein finsteres Gesicht und fragte mit russischem Akzent, ob ich Schmerzen hätte. Dann wechselte sie meine Verbände. Irgendwie wollten ihre rosa gefärbten Haare nicht zum Rest ihres Auftretens passen. Ich betrachtete neugierig meine Wunden, denn die Hände hatten bis eben noch in Bandagen gesteckt. Ich konnte einige Brandblasen unter der dicken Creme erkennen, die darauf geschmiert war. Meine Schulter sah schlimmer aus. Auf meine Bitte hin hielt Mrs. Iwanow mir einen kleinen Spiegel hin, und ich konnte auch meine Rückseite betrachten. Von der Schulter bis zum Rücken zogen sich zwei mindestens zwanzig Zentimeter lange Risse, die mit blauen Fäden vernäht waren. Ich würde mein Leben lang die Narben behalten, aber angesichts der Tatsache, dass ich nicht nur fast verbrannt, sondern auch verblutet wäre, interessierte es mich eher weniger. Jedenfalls im Moment.

Mrs. Iwanow erklärte mir mit schroffer Stimme, dass mehrere Jäger ihre Kräfte zusammengelegt hatten, um meine Prana in eine innere Schutzblase zu sperren, damit sie die aus mir herausbrechende Kraft stoppen konnten. Ich erinnerte mich, dass ich die Kontrolle über die Energie verloren hatte. Deshalb also fühlte ich mich innerlich so leer. Ich spürte meine Prana nicht mehr, obwohl sie noch da war. Mein Körper brauchte einfach nur Zeit, sich von den äußerlichen Verletzungen und den innerlichen Verbrennungen zu erholen. Nicht zu vergessen auch von meinen seelischen Wunden.

Wie sich herausstellte, waren diese schlimmer als alles andere, denn die nächsten paar Tage waren die Hölle. Man ließ außer Alissa niemanden zu mir, da ich mich so gut wie möglich schonen sollte. Da Ally jedoch nur vom Mittag bis zum Abendbrot bleiben durfte, war ich die meiste Zeit des Tages allein und somit meinen verwirrten Gedanken ausgeliefert. Die Träume von den Mairas kamen wieder, schlimmer als jemals zuvor. Ich hatte nachts Angst einzuschlafen und versuchte mit aller Kraft, wach zu bleiben. Doch mein Körper war noch so geschwächt, dass ich mich kaum auf den Beinen halten konnte und mir immer wieder die Augen zufielen. Sobald ich eingeschlafen war, fingen die Träume an, und ich schreckte kurz darauf schweißgebadet aus dem Schlaf. Ich träumte von Mairas, Höllenhunden, Dämonen. Von meinen Freunden und Tante Am, die in jedem meiner Träume auf brutalste Weise umgebracht wurden. Niemals jedoch wurde ich angegriffen. Ich war immer nur stiller Zuschauer und gelähmt vor Angst. Und ich träumte von meiner Mutter. Ich kannte sie nur von ihrem Hochzeitsbild, und so fand ich es nicht weiter verwunderlich, dass sie immer das schlichte und elegante weiße Trägerkleid anhatte. Ihre roten Locken, die wild von ihrem Kopf abstanden, die grünen, gutmütigen Augen, das sanfte Lächeln. Und immer ein und derselbe Satz, den sie sagte, bevor die Kreaturen der Unterwelt auftauchten und mit dem Gemetzel begannen.

»Erinnere dich, Blümchen!«

Ich hatte keine Ahnung, was es bedeuten sollte. Oder an was ich mich erinnern sollte. Blümchen, so hatte sie mich immer genannt. Doch alles andere war so verschwommen. Ich war doch erst drei, als sie starb. Ich wusste nicht einmal, was von meinen Erinnerungen der Wahrheit entsprach. Und langsam hatte ich auch genug von verschlüsselten Botschaften. Erst die verrückte Alte, die mir auf dem Marktplatz ihr Rätsel vortrug. Und dann Mum in meinen Träumen. Konnte nicht wenigstens ein einziges Mal jemand Klartext reden? Ich hatte doch so schon genug um die Ohren.

Da war noch die Sache mit Mr. Cole und der VO. Sie hatten mich im Blick, und der VO-Leiter hatte mir unmissverständlich klargemacht, dass ich nur vorläufig in Ruhe gelassen wurde. Und das auch nur dann, wenn ich ihm bei unserem nächsten Treffen bewies, dass ich Fortschritte machte. Fortschritte in meiner Forschung über meine Prana und meine Fähigkeiten. Ich hatte nicht die geringste Ahnung, warum meine Prana blau war oder wieso ich solche Kräfte hatte. Und wenn ich es nicht herausfand, dann würde er es tun. Ich würde zur Laborratte werden. Mrs. Grant hatte recht gehabt.

Mrs. Grant. Damit waren wir bei meinem zweiten Problem. Es war Montag, und ich wusste von Mrs. Iwanow, dass die Schulleiterin am Freitag aus London zurückkommen wollte. Somit konnte ich die Tage bis zu meiner Standpauke an einer Hand abzählen. Die Angst, dass sie mich vielleicht doch noch der Schule verwies, war fast unerträglich.

Ich hatte ständig das Gefühl, als schwebe über uns allen eine dunkle Wolke, die Unheil brachte. Und ich wusste, dass ich ein Teil davon war, ohne dass ich den Zusammenhang erkennen konnte. Den ganzen Tag verbrachte ich damit, die Lösung nach dem Rätsel zu suchen und meine Gedanken zu ordnen. Da war der Schock über die Existenz des Zerberus und die fraglichen Sicherheitsmaßnahmen der VO, den ich verarbeiten musste. Da war die Frage, ob meine Mutter tatsächlich eine schwarze Hexe gewesen war und warum sie überhaupt nach diesem schrecklichen Artefakt gesucht hatte. Ich überlegte hin und her, wo ich mit meiner Suche nach Informationen über meine Kräfte beginnen sollte. Und ich versuchte mit aller Macht zu vergessen, dass Ryan und ich fast getötet worden waren.

Ryan. Waren wir jetzt so etwas wie Freunde, nachdem wir zusammen gekämpft hatten? Oder würde er wie immer feindselig gegenüber mir und allen anderen, die keine Vampire waren, sein?

Ich erinnerte mich an den Moment, als wir zwischen den Müllcontainern eingequetscht waren. Seine Arme, die mich umschlungen hielten. Fest entschlossen, mich zu beschützen. Und er hatte mich vor Mrs. Grant in Schutz genommen, als sie dachte, ich hätte ihn dazu angezettelt, alleine Mairas zu jagen. Hätte er gelogen, wäre er aus dem Schneider gewesen, und man hätte mich von der Schule geschmissen. Ich beschloss, dass ich nun durchaus davon ausgehen konnte, dass wir Freunde waren.

Als Nächstes rief ich Tante Amalia an und erzählte ihr von meinem Problem mit Mr. Cole.

»Ach Liebes, ich glaube nicht, dass er es wirklich böse meint. Er ist bestimmt nur neugierig.« Das war das Problem mit Tante Am. Sie sah in jedem nur das Beste. »Trotzdem finde ich die Idee nicht schlecht, so viel wie möglich über deine Fähigkeiten zu lernen. Wie du siehst, haben sie dir das Leben gerettet. Ich habe noch einige Bücher deiner Mutter über dieses Thema im Keller stehen, du kannst sie haben. Vielleicht findest du noch etwas Brauchbares.«

Ich bedankte mich und schluckte meine Sorgen herunter. Mum war Forscherin gewesen, vielleicht fand ich da wirklich etwas über meine Prana. Oder über Mums Beweggründe, ein mit Dämonenmagie verseuchtes Artefakt zu suchen.

Am Montagnachmittag durfte ich das erste Mal die Verbände ablegen, um richtig duschen zu gehen, anstatt mit dem Waschlappen darum herum zu waschen.

»Sie riechen muffig«, begrüßte mich Mrs. Iwanow wie üblich mit ihrer schroffen Art.

»Ihnen auch einen guten Morgen, Mrs. Iwanow. Wie immer sind Sie die Freundlichkeit in Person! Man könnte meinen, die Sonne geht auf, wenn Sie den Raum betreten.«

Ich konnte auf ihrem Gesicht den Anflug eines Lächelns erkennen, obwohl sie schnell in dem Schrank mit den Verbänden wühlte, damit ich es nicht sah. Ich mochte die mürrische Krankenschwester, und sie wusste es. Sie gehörte einfach zu den Menschen, die Gefühle nie offen zeigten. Ich war froh, dass sie mich nicht mit Fragen bombardierte, denn davon würde ich noch genügend beantworten müssen, wenn ich hier raus war.

In dem luxuriösen Badezimmer der Krankenstation sah ich entsetzt in den Spiegel. Die schlaflosen Nächte hatten ihren Tribut gezollt und dunkle Augenringe hinterlassen. Mein ganzes Gesicht wirkte eingefallen, und ich sah aus, als wäre ich zehn Jahre gealtert. Über meine linke Gesichtshälfte zog sich ein bläulicher Bluterguss, und ich überlegte einige Zeit, woher ich ihn hatte. Wahrscheinlich von meinem Flug gegen die Wand.

Mein restlicher Körper sah nicht besser aus. Überall waren kleine blaue Flecken, die langsam einen Grünton annahmen, meine Hände leuchteten dank der tollen Salbe nur noch in einem empfindlichen Rosa, und die zwei Narben auf meinem Rücken sahen wulstig aus. Ich hoffte, dass sie sich nach dem Fädenziehen etwas glätten und verblassen würden.

Die Dusche war eine Wohltat, und ich ließ mir mindestens eine halbe Stunde lang das heiße Wasser über den Körper laufen, bevor ich den Schmutz der vergangenen Tage abwusch. Ich setzte mich in einen Bademantel gehüllt aufs Bett und kämmte die nassen Haare. Sauber und erfrischt legte ich mich zurück und schlief sofort ein.

Mit einem Schrei fuhr ich nach oben. Ein Blick auf die Uhr an der Wand verriet mir, dass ich immerhin drei Stunden Schlaf bekommen hatte, bevor die Mairas in meinen Träumen diesmal Derek in zwei Hälften gerissen hatten.

»Also, wie lange geht das schon so?«

Erschrocken fuhr ich herum und sah Alissa in dem Sessel an meinem Bett sitzen und mich mit zusammen gekniffenen Augen ansehen.

»Was meinst du?«, fragte ich zurückhaltend.

»Ach, komm schon, Jill. Meinst du, ich sehe die Ringe unter deinen Augen nicht, obwohl du hier drin eigentlich alle Zeit der Welt zum Schlafen hättest?« Ihre Stimme klang vorwurfsvoll. Resigniert ließ ich mich in die Kissen zurück sinken. Es hatte keinen Sinn, ihr etwas vorzumachen.

»Wenn ich ehrlich sein soll, schon seit ein paar Wochen. Seit letztem Freitag habe ich die Träume jedoch regelmäßig.«

Ich erzählte ihr, was ich jede Nacht durchmachte. Sofort verwandelte sich ihre Miene von vorwurfsvoll zu mitleidig, und sie strich sich nachdenklich die roten Schillerlocken aus dem Gesicht.

»Du solltest etwas dagegen unternehmen, das kann ja nicht ewig so weitergehen.«

»Aha, und an was hast du bitte gedacht?«, fragte ich sie schroff. »Ich will nicht, dass sie mich hier mit Medikamenten vollpumpen oder für verrückt erklären.«

»Das meinte ich auch nicht. Rede mit jemandem!«

»Tue ich doch gerade!«

Seufzend schüttelte sie den Kopf über meine Begriffsstutzigkeit. »Ich meinte mit jemandem, der dich auch wirklich versteht. Jemandem, dem es eventuell genauso gehen könnte.«

Ich sah sie verwirrt an, doch dann dämmerte es mir. Natürlich. Ryan. Er hatte an dem Tag so ziemlich dasselbe durchgemacht. Trotzdem hatte ich meine Zweifel.

»Wer weiß, vielleicht hat es ihn gar nicht gejuckt, dass wir fast umgebracht wurden. Er ist so schwer zu durchschauen. Am Ende redet er wahrscheinlich nicht einmal mit mir.«

Alissa warf sich auf das Bett neben mir und streckte die Füße aus. »Wieso? Du hast ihm schließlich das Leben gerettet.«

Ich schüttelte den Kopf. »Nein, seien wir mal ehrlich, wenn er nicht gewesen wäre, hätte ich keine fünf Minuten überlebt. Wir haben uns gegenseitig gerettet.«

»Wie ist er denn so? Er schaut immer so übellaunig aus.«

»Ryan? Ich kenne ihn doch kaum. Aber es stimmt, er ist irgendwie mürrisch und feindselig. Ach ja, nicht zu vergessen egoistisch. Und lebensmüde. Er zeigt mir ständig, dass er mich nicht leiden kann, aber wenn es darauf ankommt, rettet er mir den Arsch. Nachdem er ihn erst einmal in Schwierigkeiten gebracht hat. Ich habe also keine Ahnung, wie ich ihn einschätzen soll.«

Alissa setzte sich abrupt auf und sah mich an. Dann lachte sie los. »Du magst ihn!«

»Wie kommst du denn darauf?«

»Es ist die Art, wie du von ihm sprichst. Ich kenne dich! Jill, er ist ein Vampir. Vergiss es lieber ganz schnell wieder!«

Ich hatte keine Ahnung, was sie meinte. Mochte ich Ryan Almont? Wir hatten zusammen gegen Mairas gekämpft und überlebt, ja. Aber mögen? Den mürrischen und geheimnisvollen Vampir? Nein, ich mochte ihn nicht. Jedenfalls nicht so, wie Alissa es meinte.

»Du irrst dich. Außerdem habe ich der Männerwelt abgeschworen, nachdem Nathan mich so hintergangen hat.«

Alissa brach in schallendes Gelächter aus. »Du hörst dich ja an wie eine alte Jungfer. Dabei hattest du doch erst einen Kuss! Und das mit einem, der dir danach gleich an die Wäsche wollte. Willst du jetzt Nonne werden?«

Ich konnte nicht anders, als in ihr Lachen einzustimmen,

wobei ich einen schmerzhaften Stich an meiner Wunde im Rücken spürte. Den Spieß konnte ich aber auch umdrehen.

»Was ist denn mit dir, Miss Collins? Du scheinst ja zu wissen, wovon du sprichst!«

Und schon waren wir die nächsten Stunden damit beschäftigt, uns über unsere wenigen Erfahrungen auszutauschen. Alissa wusste alles über mich und Nathan, deshalb gab es da auch nicht viel zu erzählen. Für mich war er mittlerweile einfach nur noch ein Lehrer wie jeder andere auch, jedenfalls redete ich mir das ein. Und wenn ich so darüber nachdachte, musste ich mir eingestehen, dass der Schmerz über die Enttäuschung merklich nachgelassen hatte. Alissa erzählte mir von ihrem ersten Freund, mit dem sie in der Highschool gegangen war. Viel mehr als Herumknutschen war da jedoch auch nicht gelaufen.

Wir unterhielten uns noch eine Weile über die Jungs in unserem Jahrgang. Da war der hübsche Werwolf Jonathan, der nun fest mit Vanessa zusammen war und sie ständig auf die widerlichste Art und Weise abknutschte. Sie machten keinen Hehl daraus, dass sie schon weitaus weiter gegangen waren als manch anderer. Über Verhütung brauchten sie sich schließlich keine Gedanken machen. Hexen konnten nur mit Hexern Kinder kriegen. Mondkinder nur mit anderen Mondkindern. Vampire nur mit Vampiren. Alle jedoch konnten sich mit den Normalsterblichen vermehren, und es war keine Seltenheit, dass ein Schüler aus einer Familie mit nur einem Elternteil aus der verborgenen Welt kam. So wie ich zum Beispiel.

Natürlich gab es auch Mischehen, die allerdings kinderlos waren. Nur die Vampire mieden sowohl die Menschen als auch die Hexen und Mondkinder. Ihr Blutdurst machte es nicht möglich, eine körperliche Beziehung zu führen, ohne den anderen zu verletzen. Sie verloren die Kontrolle.

Wir überlegten weiter. Da waren noch Ryan und sein

Freund Jacob Chang. Alissa fand Jacob mit seinen schwarzen Haaren und dem japanischen Aussehen wirklich süß. Er war bedeutend freundlicher als Ryan, auch wenn die Spezies generell eher grimmig war.

»Zu schade, dass er ein Vampir ist.«

»Haben sie es wirklich so schwer, sich unter Kontrolle zu halten?«

Alissa zuckte mit der Schulter. »Vermutlich schon. Erst letztes Jahr gab es hier an der Schule einen Unfall, bei dem eine Vampirin ihrem Hexerfreund beim Knutschen die Kehle aufgerissen hat.«

Ich schauderte.

Zu den beiden Vampiren gesellten sich meist noch die Brüder Malcom und Marvin, die jedoch relativ still und unscheinbar waren. Unser Derek stand für uns gar nicht erst zur Auswahl und konnte, nach unseren Vermutungen, eher zur Konkurrenz im Kampf um die Aufmerksamkeit der Männerwelt werden. Dann gab es noch die Schönlinge aus Vanessas Clique, über die wir uns jedoch nur lustig machten. Wir waren uns einig, dass der Hexer Don länger im Bad brauchen würde als Ally und ich zusammen. Seine braunen Haare waren perfekt gestylt, und nicht der größte Sturm konnte seine Frisur zunichtemachen.

Es waren die schönsten Stunden der letzten drei Tage, und ich war Alissa dankbar für die Gesellschaft. Zum krönenden Abschluss kam Derek mich vor dem Abendbrot noch kurz besuchen.

»Sie haben deine Besucherliste erweitert«, sagte er grinsend und umarmte mich. Ich war froh, dass er wegen der Aktion im Archiv der VO nicht mehr sauer war. Die beiden machten sich, viel zu früh für meinen Geschmack, auf den Weg zum Abendbrot, und Mrs. Iwanow erschien mit einer dampfenden Schüssel Eintopf, den ich hungrig in mich hineinschlang.

Dann wurde ich wieder mir selbst überlassen, und ich kämpfte mit meiner Angst vor dem Einschlafen. Vielleicht hatte Alissa recht, und ich sollte Ryan einmal einen Besuch abstatten.

Kapitel 17

Ich wusste, dass Ryan noch im Krankensaal der Jungen nebenan lag. Es war schon nach neun, und ich war mir sicher, dass ich zu dieser Uhrzeit definitiv nichts dort verloren hatte. Mrs. Iwanow hatte jedoch ihre abendliche Runde beendet und war ins Schwesternzimmer gegenüber im Gang verschwunden. Sie hatte mit nur zwei Patienten so gut wie nichts zu tun.

Ich schlüpfte in den flauschigen, weißen Bademantel, der an meinem Bettende lag, und tapste barfuß über den Flur, damit meine Schritte nicht zu hören waren. Der Krankensaal der Jungen sah genauso aus wie meiner. Ryan lag voll bekleidet auf seinem Bett.

»Hast du ein Glück, dir haben sie nicht so ein rosa Nachthemd angezogen«, platzte ich heraus.

Ryan sah mich verdutzt an, und ich errötete.

»Ich darf morgen gehen und wieder in meinem Zimmer wohnen. Was willst du hier?«

Ja, was wollte ich eigentlich hier? Sein Tonfall klang zwar nicht schroff, aber misstrauisch.

»Keine Ahnung, ich wollte sehen, ob sie dich wieder halbwegs hingekriegt haben. Und mich bedanken, dass du mich bei Mrs. Grant nicht in die Pfanne gehauen hast.«

Er grunzte irgendetwas Unverständliches und drehte sich

weg. Seine abweisende Art brachte mich langsam zur Weißglut.

»Kannst du mir mal verraten, was ich dir getan habe?«

Er fuhr herum und sah mich verärgert an. »Was willst du denn hören? Danke, dass du dich in die Angelegenheiten anderer einmischst und dabei fast gestorben wärst?«

Da war er wieder. Der feindselige Ryan, den ich so verabscheute. Ich ballte die Hände zu Fäusten, damit mein Zittern nicht verriet, wie wütend er mich machte.

»Nein, wie wär's mit: Danke, dass du mir den Arsch gerettet hast!«

»Du hättest mir ja nicht folgen müssen!«

»Sei froh, dass ich es getan habe, sonst wärst du jetzt tot! Ich wollte dir nicht hinterherspionieren, ich wollte dich warnen, weil ich dachte, du hättest nichts von dem Mairaangriff mitbekommen!«

Ohne es zu merken, hatte ich angefangen zu schreien. Ich spürte, wie mir die Tränen in die Augen stiegen, und drehte mich schnell zur Tür, damit Ryan es nicht sah.

»Vergiss es einfach! Ich hätte nicht herkommen sollen«, spuckte ich über meine Schulter und wollte schnellstmöglich von hier verschwinden. Es war eine blöde Idee gewesen, mit Ryan zu reden. Ich fand seine schroffe Art und die Vorwürfe ungerecht. Erst jetzt fiel mir auf, wie sehr ich auf seine Hilfe gehofft hatte und dass ich davon ausgegangen war, wir wären nun so etwas wie Freunde.

»Jill, warte!« Ryans Stimme klang ruhig und gefasst.

Ich blieb an der Tür stehen, doch ich drehte mich nicht um. »Was ist?«

»Es tut mir leid. Ich weiß selbst nicht, warum ich immer so gemein bin …«

Verwirrt drehte ich mich nun doch zu ihm. Er hatte die Zähne aufeinandergepresst, und die Entschuldigung schien ihm einiges abverlangt zu haben. Und plötzlich konnte ich unter seiner harten Fassade einen Funken Verletzlichkeit erkennen. Es hatte Gründe, warum er so war. Er schützte sich damit, auch wenn er es nie zugeben würde. Konnte ich es schaffen, sein wahres Ich hervorzulocken? Sofort stellte sich mir die Frage, warum ich so darauf aus war, den Ryan hinter der harten Schale kennenzulernen. Vielleicht, weil ich einen Bruchteil davon in London zu Gesicht bekommen hatte? Einen Teil von dem netten Ryan?

»Ist schon gut. Ich wollte dich nicht nerven.« Ich versuchte, lässig mit den Schultern zu zucken, doch ich kam mir vor wie ein weinerliches kleines Kind.

»Also, wieso bist du wirklich hierhergekommen?«

Er wusste also, dass mehr dahinter steckte, aber seine Stimme klang sanft und freundlich.

»Ich ... ich wollte dich fragen, ob du seit Freitag auch diese Träume hast. Ich kann seit Tagen nicht schlafen. Ich träume ständig von Mairas und den entsetzlichsten Sachen.«

Klasse, jetzt hielt er mich wirklich für einen Angsthasen, wie ich so auf meinen Füßen wippte und den Boden anstarrte. Doch als ich ihm ins Gesicht sah, verhärteten sich seine Züge, und er hatte die Lippen aufeinandergepresst. Nun konnte ich auch die Ringe unter seinen Augen sehen. Doch in seinem Blick lag noch etwas. War es Mitleid?

»Das gehört zu ihrer Jagdtechnik. Ihr Anblick und das Verhalten sind darauf ausgerichtet, dass sie den Menschen größtmögliche Angst machen. Irgendwie schaffen sie es, einem Albträume einzupflanzen. Sie können die Angst riechen. So stellen sie sicher, dass sie ihre Beute wiederfinden, wenn sie entkommen konnte und sich in der Nähe versteckt.«

Er schien zu wissen, wovon er sprach. Mir fiel ein, dass auch er schon vorher einem Maira begegnet war, in welcher Form auch immer.

»Wann hört das wieder auf?«, flüsterte ich.

»Gar nicht, wenn du nichts dagegen tust.«

Ich riss entsetzt die Augen auf, und er deutete auf sein Bett. Ich setzte mich ans Fußende und zog die Knie an. Ryan betrachtete mit hochgezogenen Augenbrauen meine nackten Füße, die mittlerweile eiskalt waren. Kopfschüttelnd reichte er mir seine Decke, und ich wickelte mich ein.

»Was hast du getan, als es dir so ging?«

Er wusste, dass ich nicht die Begegnung vor ein paar Tagen meinte. Seine Albträume schienen länger zurückzuliegen und waren nur wieder aufgefrischt worden. Er zuckte mit den Achseln. »Das Einzige, was mir übrig blieb. Ich habe meine Angst besiegt, als ich zehn Jahre alt war.«

So jung. Ich hatte gerade vor zu fragen, wo er damals dem Maira begegnet war, doch er gab mir mit einem Blick zu verstehen, dass er nicht weiter darüber reden wollte.

»Ich glaube nicht, dass ich es jemals schaffe, keine Angst mehr vor diesen Monstern zu haben … Ich traue mich kaum, das Licht auszumachen, obwohl ich genau weiß, dass ich hier in Sicherheit bin.«

Ich fühlte mich verletzlich, als ich ihm davon erzählte, doch gleichzeitig wusste ich, dass er mich verstand.

»Du musst, wenn du die Träume loswerden willst. Wieso genau hast du Angst vor ihnen? Du warst wahnsinnig mutig in London.«

Ich überlegte eine ganze Weile hin und her. »Ich glaube, ich habe weniger Angst um mich als um alle anderen. In meinen Träumen bin ich ständig hilflos, wenn meine Freunde verletzt werden. In London bin ich auch fast zu spät gekommen, du warst schon halb tot.«

Ich lief rot an, denn gerade war mir klar geworden, dass ich ihn doch zu den Menschen zählte, die mir wichtig waren. In seinem Blick spiegelte sich kurz Verwirrung wieder, dann lächelte er leicht.

»Aber trotzdem hast du es geschafft. Du bist nicht einfach vor Angst abgehauen, du bist geblieben und hast gekämpft. Wir waren nur nicht genug darauf vorbereitet. Und genau das ist es. Nach meiner ersten Mairabegegnung habe ich angefangen, meine Ausdauer und Stärke zu trainieren. Ich konnte es kaum abwarten, hier an der Schule die Kampftechniken zu lernen. Ich wollte gewappnet sein, wenn ich ihnen das nächste Mal begegne. Das Gefühl, dass ich sie besiegen kann, wenn ich nur hart genug trainiere, hat mir nach und nach die Angst genommen.«

Bis letzten Freitag, dachte ich, doch ich sprach es nicht aus. Von einem Maira die Kehle aufgerissen zu bekommen, musste ein harter Rückschlag für ihn gewesen sein.

»Deshalb hattest du auch das Kilidsch dabei, oder? Du wolltest sie nicht jagen, du wolltest nur nicht schutzlos sein!«

»Ja.« Er drehte sich zur Seite, um nach seinem Glas Wasser auf dem Nachttisch zu greifen. Ich konnte einen Blick auf seinen Hals erhaschen und sah die Wunde, die das Monster hinterlassen hatte. Auch Ryan würde für den Rest seines Lebens gezeichnet sein.

»Kamen dir die Mairas irgendwie anders vor, als Mr. Sheffield sie beschrieben hat?«, fragte ich vorsichtig.

»Du meinst, außer den Augen? Na ja, ich hatte jetzt nicht Zeit, ihr Verhalten zu studieren ...«

»Nein, das meine ich nicht ... ich weiß nicht ... fandest du sie zurückhaltend?«

Er sah mich entgeistert an. »Willst du mich ...«

»Nein«, unterbrach ich ihn schnell, »ich meine es ernst! Das ist der einzige Grund, warum ich noch lebe. Die Kreatur, die mich an die Wand geschleudert hat ... sie hat für einen Moment gezögert, als sie über mir hing.«

Er schnaubte. »Das kann ich von dem Maira, der mich angegriffen hat, nicht behaupten.«

»Ich dachte nur ... ach, ich weiß auch nicht ...«

»Was dachtest du?«

»Na ja, es kam mir vor, als hätte er überlegt, ob er mich wirklich töten soll. Aber Mairas zeigen normalerweise keine Anzeichen von Intelligenz. Und irgendwie mussten sie ja auch das Sicherheitssystem um London ausgetrickst haben. Vielleicht haben wir es mit einer verbesserten Form der üblichen Mairas zu tun. Welche, die statt schwarzer weiße Augen haben. Und die nicht nur vom Instinkt geleitet werden, sondern ein bisschen ... denken können. Klingt blöd, oder?«

Ryan runzelte die Stirn. »So blöd hört sich das gar nicht an. Aber wenn, dann werden es die Jäger der VO bald herausfinden. Auch damit werden sie fertig.«

Er war heute für seine Verhältnisse ausgesprochen redselig, und ich beschloss, die Chance zu nutzen.

»Es muss wahnsinnig wichtig gewesen sein, was du in London erledigen wolltest. Wenn du dich dafür deiner größten Angst gestellt hast, ohne fertig ausgebildet zu sein.«

Sofort sah ich, wie er seine Mauer wieder hochfuhr und sich sein Gesicht verschloss.

»Ja, es war das Risiko wert.«

Ich schwieg lange und gab ihm Zeit, sich zu öffnen. Schließlich lehnte er sich zurück, seufzte und starrte an die Decke.

»Ich habe mal in London gewohnt, weißt du. In der Nähe der VO. Bevor meine Eltern gestorben sind und ich bei meiner Großmutter lebte. In dem Haus gab es ein Geheimversteck in meinem Zimmer, in dem noch ein paar alte Sachen von mir liegen müssten.«

Sein Tonfall sagte mir, dass er nichts weiter preisgeben wollte. Ich vermutete, dass er mit alten Sachen eher persönliche Sachen meinte. Vielleicht eine Erinnerung an seine Eltern.

»Meine Eltern sind auch tot. Es war angeblich ein Unfall. Woran ...?«

»Du solltest jetzt gehen, bevor Mrs. Iwanow kommt und einen Tobsuchtanfall hat«, unterbrach Ryan mich, und ich wusste, dass ich zu weit gegangen war. Ich kletterte vom Bett und reichte ihm die Decke wieder.

»Es tut mir leid, ich wollte nicht zu neugierig sein.«

An der Tür drehte ich mich noch einmal um. »Danke! Für alles.«

Als ich den Raum verließ, konnte ich gerade noch erkennen, wie er mir nachdenklich hinterherschaute.

Zurück in meinem eigenen Bett dachte ich noch einige Zeit über das Gesagte nach. Und über Ryan. Nachdem er erst einmal seine schroffe Art abgelegt hatte, war er wirklich nett. Er hatte recht, ich durfte mich nicht länger verkriechen und musste mich meinen Ängsten stellen. Sobald ich wieder fit war, würde ich mich ins Training stürzen. Und noch etwas anderes war mir heute klargeworden. Ich hatte nicht Angst davor, dass die Mairas mir etwas tun könnten. Ich hatte Angst um die Menschen um mich herum. Und ich konnte sie nur auf eine Art und Weise schützen. Ich würde zur Jägerin werden.

In dieser Nacht veränderte sich etwas in meinen Träumen. Ich war das erste Mal nicht nur Zuschauer, sondern tat mein Bestes, meine Freunde und Tante Am zu retten. Ich schaffte es, ein paar Mairas in den Tod zu schicken. Es glich immer noch einem Gemetzel, doch für mich war es ein Fortschritt.

Ich war mir sicher, dass Ryans Theorie stimmte und ich die Angst verlieren würde, je besser meine Jägerausbildung voranschritt. Ich musste nur noch aus diesem Krankenflügel raus, denn je schneller meine Wunden verheilten, umso mehr fiel mir die Decke auf den Kopf. Alissa und Derek kamen regelmäßig und unterhielten mich. Sie brachten mir die Hausaufgaben mit und versuchten, mich auf jede erdenkliche Art und Weise aufzumuntern. Nach ein paar Tagen fiel mir auf, dass sie das Thema Mairaangriff extra vermieden, auch wenn ich beiläufig davon sprach. Ich hatte das dumpfe Gefühl, dass sie mir etwas verheimlichten, und ich hätte mein linkes Bein dafür verwettet, dass es mit der Reaktion der anderen Schüler zu tun hatte.

War ich wieder zur Angeberin geworden, die Aufmerksamkeit suchte? Erstaunlicherweise musste ich mir eingestehen, dass es mich absolut nicht mehr interessierte, was die anderen dachten. Ich hatte meine Freunde, und um kein Geld der Welt würden sie mir in den Rücken fallen. Das war alles, was ich wissen musste.

Am Freitag sollte ich endlich entlassen werden. Mrs. Iwanow kam in aller Frühe, um die Fäden aus meinen Wunden am Rücken zu ziehen. Sie hatte kein Erbarmen und fuhr mich auf mein Gejammer hin nur an, ich solle mich nicht so anstellen. Im Spiegel betrachtete ich meine Narben. Sie waren immer noch deutlich zu sehen und würden wahrscheinlich erst in den nächsten Jahren verblassen. Mein Gesicht sah jedoch besser aus. Die dunklen Ringe unter den Augen verschwanden langsam, und die Blutergüsse leuchteten nur noch in einem Gelbgrün. Doch das war nichts gegen das erleichterte Gefühl, als die Magie der Jäger nachließ und ich meine Prana wieder spüren konnte. Ich fühlte mich sofort um einiges sicherer.

Ich sprang noch einmal unter die Dusche, um den Geruch nach Desinfektionsmittel zu entfernen. Als ich aus dem Bad kam, saß Mrs. Grant im Sessel an meinem Bett und schaute finster drein. Scheiße.

Sie sah in ihrem schlichten, weißen Kleid wie immer atemberaubend schön aus. In ihren Augen konnte ich den stummen Vorwurf erkennen, denn sie blitzten mich feindselig an. Ich fragte mich, ob ich es mir jetzt gänzlich mit ihr verscherzt hatte. Sie holte Luft, doch bevor sie etwas sagen konnte, sprudelte es schon aus mir heraus.

»Es tut mir leid, dass ich Ihnen wieder Schwierigkeiten gemacht habe. Es war keine Absicht. Ich wollte Ryan nur schnell zurückholen, weil er die Mairawarnung nicht gehört hatte. Wir waren nicht weit entfernt und wurden einfach überrumpelt. Ich wollte keinen Lehrer damit belasten, alle waren so beschäftigt, und ich dachte mir nichts dabei. Bitte schmeißen Sie mich nicht von der Schule!«

Sie sah mich eine Weile schweigend an, und ich konnte dann ein kleines Lächeln auf ihrem Gesicht ausmachen. »Miss Benett, ich bin nicht hier, um Ihnen einen weiteren sinnlosen Vortrag zu halten. Und ich werde Sie auch nicht der Schule verweisen.«

»Nicht?«, fragte ich sie schüchtern.

»Nein. Jedenfalls nicht heute. Ich habe darüber nachgedacht, glauben Sie mir. Sie missachten ständig Befehle. Für Sie existieren keine Regeln. Aber ich bin zu dem Schluss gekommen, dass Sie draußen in der Welt weitaus mehr Schaden anrichten können als hier in der Schule unter meiner Aufsicht.«

Wie bitte? War ich jetzt etwa eine Bedrohung für die Bevölkerung? Ich sah Mrs. Grant verständnislos an.

»Ich weiß von Ihrem Ausflug in das Archiv der Verborgenenorganisation.«

Ups … jetzt verstand ich ihre Sorgen.

»Woher …?«

»Das spielt keine Rolle! Ich möchte nicht, dass Sie noch einmal eine solche Dummheit begehen. Sie bringen sich selbst und Ihre Freunde in Gefahr.«

Mrs. Grant sah mich besorgt an, und sofort bekam ich ein schlechtes Gewissen. Sie hatte recht. Es war eine dämliche Aktion gewesen, doch ich schwieg lieber.

»Wie dem auch sei«, fuhr sie fort, »ich denke, Sie haben

Ihre Lektion gelernt. Falls Sie Hilfe brauchen, die schrecklichen Träume loszuwerden, zögern Sie nicht, mich zu fragen.«

Ich sah sie geschockt an. Woher wusste Sie das alles? Sie lachte über mein verdutztes Gesicht, und aller Anflug von Ärger war verschwunden.

»Keine Sorge, ich kann keine Gedanken lesen. Mrs. Iwanow hat mir von Ihren nächtlichen Schreien erzählt. Und ich bin ebenfalls schon Mairas begegnet. Ich weiß, was sie für einen Eindruck hinterlassen können.«

Ich atmete erleichtert auf. Eine Zeit lang hatte ich es wirklich beängstigend gefunden, was sie alles wusste. Nun war sie wieder ganz die freundliche Schulleiterin.

»Vielen Dank, Mrs. Grant. Aber ich glaube, ich weiß, wie ich damit fertig werde.«

Sie nickte. »Das kann ich mir vorstellen. Sie haben eine wirklich starke Persönlichkeit. Passen Sie nur auf, dass Sie sich damit nicht noch mehr Schwierigkeiten einhandeln.«

Mrs. Grant stand auf und begab sich zur Tür. »Bevor ich es vergesse, Ihre Strafarbeit beginnt am Montag nach der Schule. Sie werden Mr. Yeng zur Hand gehen und das Schulgebäude von Grund auf reinigen. Ohne Magie.«

Ich nickte. Das hatte ich verdient.

»Vergessen Sie nicht, sich für heute Abend schick zu machen.«

»Heute Abend?«, fragte ich sie verwirrt.

»Hat Ihnen das niemand gesagt? Wer einen Maira tötet, erhält von der VO eine Medaille. Heute Abend werden Sie und Mr. Almont vor allen Schülern und Lehrern von Mr. Cole ausgezeichnet. Sie haben immerhin einen Maira getötet und zwei weitere schwer verletzt. Das zählt sogar unter den Erwachsenen als starke Leistung.«

Sie zwinkerte mir zu und verließ den Krankensaal.

»Nein, das hat mir niemand gesagt«, flüsterte ich.

Kapitel 18

Ich saß in unserem Zimmer vor der schönen Frisierkommode und schmollte. Alissa machte sich mit dem Glätteisen an meinen Haaren zu schaffen. Sie seufzte.

»Wirst du je wieder mit mir reden?«

»Nein.«

Sie lächelte leicht, denn sie wusste, dass ich ihr nicht lange böse sein konnte.

»Es tut mir leid, wir wollten es dir wirklich erzählen. Aber du warst so fertig von den Träumen, und da wollten wir dich nicht weiter aufregen. Du musst doch nur für circa zehn Minuten ein freundliches Gesicht machen und dir eine Medaille umhängen lassen!«

Ich schnaubte. »Vor der ganzen Schule, Ally. Vor der ganzen Schule! Es wäre nett gewesen, wenn ich mich ein bisschen hätte vorbereiten können.«

»Ach, stell dich nicht so an. Sei einfach stolz darauf, was du geschafft hast! Sie suchen doch nur einen Grund zum Feiern. Außerdem wirst du nicht die Einzige sein, es werden mehrere Leute geehrt, und sie haben die Feier nur zu uns in die Schule verlegt. Lass uns den Abend einfach genießen.«

Sie verstand es nicht, doch ich konnte ihr keinen Vorwurf machen. Sie war eben nicht dabei gewesen. Klar war ich stolz darauf, dass wir uns so gut geschlagen hatten. Doch

Ryan und ich waren dem Tod gerade noch von der Schippe gesprungen. Die Tatsache, dass wir uns selbst in Lebensgefahr gebracht hatten, war für mich kein Grund zum Feiern. Und außerdem hatte ich getötet. Na ja, nicht direkt, eigentlich war es Ryan gewesen. Aber ich hatte dazu beigetragen. Auch wenn es in meinen Augen Monster waren … ich hatte ihnen das Leben genommen.

Ally schlang meine dunklen Haare zu einem eleganten Knoten im Nacken und steckte sie mit einer silbernen Spange fest. Ohne meine wilden Locken sah ich reifer aus. Dann machte sie sich daran, mein Gesicht zu schminken.

»Herrje, für die Blutergüsse werden wir einiges an Make-up brauchen.«

Super. Ich würde heute Abend also entweder aussehen, als hätte mich ein Laster überfahren, oder als könnte man mir die Schminke mit der Spachtel abkratzen.

»Dein Nasenpiercing passt nicht dazu. Ich find es ja echt toll, aber das wirkt so unelegant!«

»Vergiss es, der Ring bleibt drin!«

Ally seufzte. Ich fragte mich noch immer, was ich anziehen sollte. Alissa tat in der Beziehung ziemlich geheimnisvoll und meinte, ich solle mich überraschen lassen.

In diesem Moment ging die Tür auf, und Tante Am kam herein. Für einen Moment starrte ich sie geschockt an, dann sprang ich auf und warf ihr die Arme um den Hals. Sie drückte mich fest an sich, und mir stiegen die Tränen in die Augen. Erst jetzt wurde mir klar, wie sehr ich sie vermisst hatte. Und wie sehr mir die letzten Tage zugesetzt hatten.

»Was machst du denn hier?«, fragte ich sie unter Tränen.

Tante Amalia lächelte, doch auch sie hatte Tränen in den Augen. »Glaubst du wirklich, ich lasse mir deine Auszeichnung entgehen? Ich bin so wahnsinnig stolz auf dich. Ich hätte es nicht ertragen, dich auch noch zu verlieren!«

Sie umarmte mich noch einmal fest und hielt mich dann

an den Armen von sich weg, um mich von oben bis unten zu betrachten.

»Du siehst schlecht aus, mein Kind!«

»Na ja, ich hatte ja auch keine besonders gute Woche.«

Tante Am schob mich wieder zur Frisierkommode, und ich sog ein letztes Mal den vertrauten Duft nach Lavendel ein.

»Lasst euch von mir nicht stören und macht ruhig weiter.«

Sie machte es sich auf meinem Bett bequem, und Alissa setzte ihre Arbeit fort, was gar nicht so einfach war, da ich Tante Am in kleinsten Details erzählen musste, was bei dem Mairaangriff passiert war. Ich ließ einige Punkte weg und stellte es so hin, als wären wir zufällig in diese Gasse geraten. Sie fragte nicht weiter nach. Vielleicht hatte sich Ryans Ausflug auch schon herumgesprochen.

Tante Am würde nach der Feier heute Abend wieder abreisen, und wir hatten uns einige Monate nicht gesehen, also gab es viel zu erzählen. Ich unterbrach meinen Redefluss erst, als Alissa ihren Schminkkoffer zuklappte und ich mich zum Spiegel drehte, auf das Schlimmste gefasst.

Mir fiel die Kinnlade herunter. »Oh mein Gott, Ally! Das ist toll geworden.«

Sie hatte es tatsächlich geschafft, meine blauen und gelben Flecken auf dezente Weise zu überschminken. Meine geschwungenen Wimpern sahen mit der Wimperntusche noch länger aus, und der schwarze Lidstrich machte das Ganze perfekt. Das Grün meiner Augen stach noch mehr hervor, als es so schon der Fall war. Mit ein bisschen Rouge hatten meine Wangen einen Hauch Farbe bekommen. Alissa hielt mir eine kleine Schachtel hin.

»Hier, du solltest sie eigentlich zu Weihnachten bekommen, aber ich dachte, du möchtest sie vielleicht heute schon tragen. Es ist schließlich ein großer Tag für dich.«

Ich öffnete die Schachtel und fand zwei kleine, silberne Kreolen, in die mehrere Zirkonias eingearbeitet waren.

Ich umarmte Ally, und jeglicher Ärger von vorhin war vergessen. Sie setzte alles daran, dass ich mich an diesem Abend wohl in meiner Haut fühlen würde. Und es funktionierte.

»Danke, die sind wahnsinnig schön. Jetzt muss ich mir nur noch etwas zum Anziehen suchen.«

Tante Am grinste bis über beide Ohren und schlüpfte kurz aus dem Zimmer, nur um mit einem Kleiderbeutel zurückzukommen.

»Ich dachte mir, dass sie dich bestimmt nicht zum Shoppen aus dem Krankenflügel lassen.«

Ich öffnete den Sack, und zum Vorschein kam ein elegantes, schwarzes Abendkleid, das bis zum Boden reichte. Es war auf einer Seite schulterfrei. Tante Am hatte mitgedacht. Auf der Seite, auf der sich meine langen Narben über Schulter und Rücken zogen, hatte das Kleid einen weiten Ärmel.

Ich bedankte mich überschwänglich und zog den Pullover aus, um das Kleid anzuprobieren. Tante Am stieß einen erstickten Laut aus, als sie meine Narben auf dem Rücken sah. Sie umarmte mich und sagte noch einmal, wie froh sie war, dass sie mich wiederhatte.

Das Kleid passte perfekt. Ich konnte es kaum fassen, was Alissa und Tante Amalia aus meinem zerschundenen Aussehen gemacht hatten. Ich fühlte mich elegant und um einiges erwachsener. Dankbar sah ich die beiden an und kämpfte abermals mit den Tränen. Als ich einen erstickten Laut von mir gab, fuhr Alissa mich an: »Wag es jetzt ja nicht, zu heulen und dein Make-Up zu zerstören!«

Sie wedelte drohend mit dem Zeigefinger, und ich blinzelte lächelnd die Tränen weg. Ally schlüpfte in ein weißes Cocktailkleid mit schwarzen Punkten, das ihre tolle Figur zur Geltung brachte.

Gemeinsam machten wir uns auf den Weg, die große Feierlichkeit zu besuchen. Die Auszeichnung sollte im Speisesaal stattfinden, der extra dafür umgeräumt worden war.

Die Tische hatte man in den vorderen Bereich gerückt und mit prachtvollen Tischdecken, Kerzenleuchtern und Platzdeckchen verziert. Auch an den Wänden leuchteten zahlreiche Kerzen und tauchten den Raum in ein angenehmes Licht. An der hinteren Wand stand nun eine breite Bühne mit einer Tanzfläche davor.

Ein Großteil der Gäste war schon anwesend, und das Gemurmel im Raum schwoll an, als wir uns einen Weg durch die Tische bahnten, um unsere reservierten Plätze zu suchen. Sie befanden sich am Rand des Saals, und so hatte ich einen guten Blick auf die Gäste. Mit uns am Tisch saßen Derek und Ryan, der von einer alten Vampirin mit schneeweißen Haaren begleitet wurde. Ihre dunklen Augen blickten mich freundlich an, und sie stellte sich als Ryans Großmutter Madeleine vor.

Ich konnte unter den Schülern und Lehrern viele bekannte Gesichter ausmachen, doch einige der Erwachsenen waren mir fremd. An unserem Tisch begann sogleich eine angeregte Unterhaltung über einige Jäger der VO, die heute anwesend waren. Ich hielt mich zurück und beobachtete Ryan. Er hatte den Mund zusammengepresst und starrte stur in Richtung der Tanzfläche. Ich wusste, was er fühlte. Ich wäre auch lieber woanders gewesen.

Mr. Cole betrat die Bühne und begrüßte die Leute im Saal überschwänglich. Allein sein Anblick ließ mir die Galle hochkommen, und ich beschäftigte mich schnell mit meinem Glas Cola, bevor ich aufgrund seiner überheblichen Art noch losschnauben musste.

Tante Am schien nichts zu bemerken und klatschte wie alle anderen auch, als er seine Rede über den Mut der Maijäger beendete. Wahrscheinlich war er gar nicht so übel, wie er mir vorkam. Meine Abneigung ihm gegenüber lag bestimmt nur daran, dass er mich unter Druck setzte und mit mir Laborversuche starten wollte. Mit seinen blonden

Haaren, dem hübschen Mittvierziger-Gesicht und dem schicken Anzug machte er wirklich etwas her.

Nacheinander wurden die fremden Jäger auf die Bühne gebeten, die ausgezeichnet werden sollten. Dann sah Mr. Cole in unsere Richtung.

»Und zum Schluss haben wir eine Ehrung der besonderen Art. Ich bitte die Schüler Jillian Benett und Ryan Almont auf die Bühne.«

Im Saal wurde es schlagartig still. Ich fing mehrere Blicke auf. Manche waren aufmunternd und begeistert. Andere, wie der von Vanessa, neidvoll und hasserfüllt. Sie saß neben einer blonden Frau, die dem Aussehen nach nur ihre Mutter sein konnte. Sie hatten beide denselben verkniffenen Gesichtsausdruck. Ryan und ich erhoben uns. Meine Knie drohten nachzugeben, und ich hatte das Gefühl, jeden Moment ohnmächtig zu werden. Im Saal kam es mir plötzlich unerträglich heiß vor. Es waren so viele Menschen! Ich konnte das nicht. Mir wurde übel. Gerade als ich umdrehen und aus dem Raum stürmen wollte, spürte ich Ryans starke Hand in meinem Rücken.

»Immer ins Licht schauen, dann siehst du die vielen Menschen nicht«, flüsterte er mir zu.

Ich gab mir einen Ruck und atmete tief durch. Wenn er es schaffte, dann konnte ich es auch. Ich ballte die Fäuste und kämpfte gegen die Panik an. Ich rief mir in Erinnerung, dass ich heute wahnsinnig heiß in meinem Abendkleid aussah, und marschierte mit hoch erhobenem Kopf auf die Bühne neben die fünf VO-Jäger, allesamt Männer. Ich hörte anerkennendes Gemurmel aus der Menge und bezog es auf mein hinreißendes Kleid, was mich gleich etwas mutiger werden ließ.

Mr. Cole verlas noch einmal die Liste und die Anzahl der getöteten Mairas. Die Auszeichnungen fanden jedes halbe Jahr statt, und zwei Jäger konnten sogar drei getötete Mairas vorweisen. Mr. Cole erntete Gelächter, als er mir und Ryan einen Maira und zwei Halbe zuschrieb, da wir diese nur verletzt hatten. Er beglückwünschte alle der Reihe nach und stellte ein bis zwei Fragen, bevor der jeweiligen Person die Medaille umgehängt wurde. Ich begann zu schwitzen und rief mir Ryans Tipp in Erinnerung. Schnell schaute ich in das grelle Licht, das uns beleuchtete. Der Effekt war zwar, dass mir ein gelber Punkt vor der Pupille herumschwirrte und ich geblendet war, doch ich konnte die vielen Köpfe der Zuschauer ebenfalls nicht mehr sehen. Ich versuchte mir einfach einzubilden, ich wäre mit den wenigen Leuten auf der Bühne allein.

Mr. Cole schritt Jäger für Jäger ab, bis er vor mich trat und mich missbilligend ansah. Er war wohl nicht begeistert von unserem Ausflug, auch wenn er den Anstand hatte, es nicht vor allen auszusprechen.

»Nun, Miss Benett. So jung und schon hier oben auf der Bühne. Sie und Mr. Almont scheinen sehr ehrgeizig zu sein. Herzlichen Glückwunsch.«

Und da war der Seitenhieb. Mit dieser simplen Aussage stellte er es so dar, als wären Ryan und ich absichtlich auf Mairajagd gegangen. Mr. Cole wusste, wie man mit Worten umging. Mir wurde das Mikrofon gereicht, und man wartete auf ein paar Worte meinerseits.

»Danke, Mr. Cole. Es ist mir eine große Ehre, hier oben zu stehen, auch wenn es keineswegs meine Absicht war.«

Vielleicht konnte ich nicht so gut mit Worten umgehen, aber ich wollte das zumindest klarstellen.

»Für die Verborgenenorganisation wären Sie jedenfalls eine große Bereicherung. Natürlich erst, wenn Ihre Ausbildung abgeschlossen ist.« Er lachte, und durch sein Mikrofon klang es echt. Ich jedoch stand direkt vor ihm und sah, dass das Lachen seine kalten Augen nicht erreichte. Ich wusste auch, dass er mich nicht als Bereicherung für die Abteilung der Jäger sah, sondern für seine Forschungen. »Haben Sie diesbezüglich schon Pläne getroffen, Miss Benett?«

Sollte wohl heißen: Sind Sie kooperativ?

»Ehrlich gesagt hatte ich nach der Ausbildung erst einmal vor, mich zur Ruhe zu setzten. Wenn schon das erste Jahr so aufregend ist …«

Die Zuschauer im Saal lachten über meinen Scherz. Mr. Cole konnte sich gerade noch ein Lächeln abringen. Das war nicht die Antwort, auf die er gewartet hatte. Sollte er doch denken, was er wollte, ich würde nicht seine Marionette werden.

Ryan klopfte er nur auf die Schulter, und nachdem die Menge gebührend geklatscht hatte, wurden wir entlassen. Nun konnte der angenehme Teil des Abends beginnen. An unserem Tisch kamen von allen Seiten Glückwünsche, doch es gab auch einige, die meinen Blick mieden.

Zu meiner Überraschung umarmte Tante Amalia auch Ryan.

»Danke, dass du meinem Kind beim Überleben geholfen hast.«

Ich sah das erste Mal, dass Ryan errötete und schüchtern einen Schritt zurücktrat. Sein Körper hatte sich etwas versteift, und ich fragte mich, ob er in diesem Moment so etwas wie Blutdurst verspürte. Alissa bestellte uns eine Flasche Rotwein, und ich bemerkte belustigt, dass sämtliche Erwachsenen in der Nähe so taten, als hätten sie nichts gehört und gesehen. Nach einer Weile ließ auch ich mich von der guten Laune der anderen anstecken. Das Essen war erste Klasse, und ich konnte mich kaum zwischen den exotischen Gerichten entscheiden – nicht, dass ich wirklich gewusst hätte, was sie mir da auftischten. Wahrscheinlich wollte ich es auch gar nicht wissen. War das da eine Schnecke?

Auf der Bühne spielte eine Werwolf-Band. Derek forderte mich zum Tanzen auf, und wir drehten einige Runden über das Parkett. Zu meinem Erstaunen waren Derek und danach auch Tante Am nicht die Einzigen, die an diesem Abend mit mir tanzen wollten. Einige Jungs aus meinem Jahrgang und zwei, die schon etwas älter waren, baten ebenfalls darum. Um nicht unhöflich zu sein, gönnte ich jedem einen Tanz zu einem Lied.

Völlig außer Puste kam ich zu unserem Tisch zurück und ließ mich auf den Stuhl neben Ally fallen. Ich hatte sie beim Tanzen ab und zu vorbeiwirbeln sehen.

»Also ich weiß nicht, ob es am Rotwein liegt, aber der Abend macht irgendwie doch Spaß!«

Sie sah mich unter den Sommersprossen mit ihrem Hab-ich-dir-doch-gesagt-Blick an und deutete dann in Ryans Richtung.

»Dann solltest du die Flasche mal zu deinem Kumpel rüberschieben …«

Ryan saß noch immer auf seinem Platz und blickte finster drein. Auch er hatte sich heute in Schale geworfen und sah mit dem schwarzen Anzug, unter dem er statt einem Hemd ein schwarzes T-Shirt trug, gleichzeitig sportlich und schick aus. Er sah herüber, und ich hob mit einem Blick zur Tanzfläche fragend die Augenbrauen.

Seine Augen weiteten sich. Er schüttelte erschrocken den Kopf und bedeutete mir, dass er nicht tanzen konnte. Spielverderber. Nach einer Weile gesellten sich seine Freunde Jacob, Malcom und Marvin dazu. Tante Am, unsere Schulleiterin Mrs. Grant und Ryans Großmutter Madeleine unterhielten sich angeregt. Alles in allem verlief der Abend ausgelassen und stimmungsvoll, was zum Großteil auch daran lag, dass Mr. Cole mich für heute in Ruhe zu lassen schien und jeden Tisch besuchte, um Kontakte zu pflegen. An unserem war es nur Tante Am, mit der er ein paar freundliche Worte wechselte.

Eine Überraschung gab es allerdings. Nach dem dritten

Glas Rotwein eröffnete Derek uns das, was wir schon längst vermutet hatten.

»Wisst ihr was«, lallte er etwas, »ihr Mädels seid mir einfach zu kompliziert. Jungs sind viel attraktiver, sie machen bedeutend weniger Drama um alles.«

Erst nach ein paar Sekunden riss er die Augen auf und sah uns entsetzt an, als er merkte, dass er sich verplappert hatte.

Ich zwinkerte ihm aufmunternd zu.

»Ach, was soll's«, nuschelte er seufzend, »euch kann ich es eigentlich sagen. Ich stehe auf ...«

»Was du nicht sagst«, unterbrach ihn Alissa trocken und warf einen vielsagenden Blick auf Dereks violettes Halstuch, das etwas extravagant zu dem schicken Anzug aussah. Ich freute mich, dass er den Mut endlich gefunden hatte, auch wenn wir es schon lange wussten. Ihm stand die Erleichterung ins Gesicht geschrieben.

»Ab heute gibt es kein Verstecken mehr!«, sagte er, und das leichte Lallen in der Stimme war wieder zu hören. Ich hoffte nur, dass er überall auf Toleranz treffen würde. Ich gönnte es ihm.

Es war weit nach Mitternacht, als Derek, Ally und ich Tante Am zum Parkplatz vor dem großen Tor begleiteten, um sie zu verabschieden.

»Ach ja, bevor ich es vergesse! Hier sind die Bücher deiner Mutter. Ich hoffe, sie helfen dir weiter. Pass auf dich auf, mein Kind. Ich werde dich vermissen.« Tante Am drückte mir eine große Kiste in die Hand und umarmte mich noch einmal fest, bevor sie mit ihrem dunkelblauen Chevy davonfuhr.

Wir gingen über die mit zahlreichen Lichtern geschmückten Wege des Campus zurück zu unserem Wohntrakt, und ich ließ die Gedanken schweifen. Es war ein toller Abend gewesen. Auf halber Strecke blieb Ally plötzlich stehen und lächelte gequält.

»Derek, nimm doch mal bitte Jill die Kiste ab.« Dann sah sie mich an und seufzte. »Wir gehen schon mal vor. Da will wohl jemand mit dir reden.«

Sie warf mir einen Blick zu, der nur »Denk an meine Warnung« bedeuten konnte. Verwirrt schaute ich ihr und Derek hinterher, als Ryan aus dem Schatten einer großen Linde trat.

Kapitel 19

»Deine Freundin scheint ein besseres Gehör zu haben als mancher Vampir«, gluckste Ryan.

»Ich weiß. Manchmal denke ich sogar, dass sie selbst meine Gedanken hören kann. Wirklich unheimlich …«

Ich sah ihn prüfend an. Er lächelte etwas und hob die Schultern.

»Ich wollte euch nicht stören. Meine Grandma ist gerade weggefahren, und ich nehme lieber den Weg durch die Schatten.«

Also war es wohl Zufall, dass er unseren Weg gekreuzt hatte. Ally interpretierte einfach zu viel in die Gesten anderer. Mir war schon öfter aufgefallen, dass Ryan sich quasi unsichtbar machen konnte, wenn er einen Schatten fand.

»Warum versteckst du dich immer?«

»Ist so eine Angewohnheit, die mir als Kind einmal das Leben gerettet hat.« Er lächelte atemberaubend, doch ich konnte in seinen Augen kurz den Schmerz aufblitzen sehen. Was hatte er durchmachen müssen? Ich hätte ihn gerne gefragt, aber ich wusste, er würde nicht darauf antworten.

Wir schlenderten langsam über den Campus und redeten. Überall glänzten die verschiedensten Lichter in den Büschen und Bäumen. Die Nacht war angenehm mild für November.

»Also, mit was hast du Mr. Cole heute auf der Bühne so verärgert?«

Ich erzählte ihm die ganze Geschichte. »Tja, und wenn ich nicht bald herausfinde, warum ich anders bin als alle Hexen, werde ich zum Versuchskaninchen für seine Tests.«

Ryan sah mich besorgt an. »Das darf er doch gar nicht.«

»Natürlich darf er es. Er ist der VO-Leiter. Er darf alles, das hat er mir unmissverständlich klargemacht. Mrs. Grant hat mich auch davor gewarnt. Der Mann ist ...« Ich hielt inne und seufzte: »Ich glaube nicht, dass er zu den Guten gehört.«

»Er wird dich niemals dazu bringen, nach seiner Pfeife zu tanzen. Dafür bist du zu stur.«

Ryan lachte erneut und zeigte dabei seine Grübchen. Verwundert beobachtete ich ihn von der Seite. Was war heute los mit dem sonst so grimmigen Vampir? Hier gingen wir Seite an Seite, und er verhielt sich fast *normal*.

»Ich würde dir gerne etwas zeigen.« Plötzlich klang er verlegen, und der Duft nach Mandeln wurde stärker. War er etwa nervös?

Er führte mich über den Campus, vorbei an dem Wohntrakt der Vampire. Vorbei an dem großen See, in den Wald hinein. Nur der Mond beleuchtete unseren Weg. Ich kam mir vor wie in einem Traum. Was tat ich hier? Und wo zur Hölle gingen wir hin? Was war in den mürrischen Vampir gefahren, der sonst alle auf Abstand hielt? Und noch viel wichtiger, wieso zum Henker ging ich mit ihm im Wald spazieren? Ich hätte doch wenigstens ein mulmiges Gefühl haben sollen, allein mit einem Vampir mitten im Wald. Um uns herum waren nur die Schatten der Bäume zu erkennen, und ich stolperte ein paar Mal mit meinen hohen Schuhen über Wurzeln. Die Lichter hinter uns wurden langsam vom immer dichter werdenden Gestrüpp verschlungen. Nach einer Weile konnte ich nicht einmal mehr das Lachen der angetrunkenen Schüler auf dem Campus hören. Lag es an Ryans Anwesenheit, dass ich keine Angst hatte, obwohl ich doch erst ein traumatisierendes Ereignis hinter mir hatte?

»Wo gehen wir denn hin?«

Er lächelte geheimnisvoll. »Wart's ab, wir sind gleich da.«

Kurze Zeit später bedeutete er mir, leise zu sein. Ich konnte kaum etwas erkennen und schaute gespannt über seine Schulter. Wir kamen an eine leichte Mulde, und mir blieb der Mund offen stehen, als ich hinabblickte.

Der Mond beleuchtete eine kleine Lichtung und ließ zahlreiche Blumen in seinem weißen Licht erstrahlen. Alle Formen und Farben waren vertreten, es war ein reines Paradies. Ein kleiner Bach schlängelte sich hindurch und plätscherte leise. Doch es waren die bunten und umherschwirrenden Lichter, die mich so fesselten. Ganz schön große Glühwürmchen.

»Oh mein Gott, sind das etwa Elfen?«, flüsterte ich begeistert. »Sie sind wunderschön!«

»Ja, ich komme oft hierher, um nachzudenken. Sie sind sehr scheu, aber es macht Spaß, sie zu beobachten. Besonders nachts ist es schön.«

Jetzt konnte ich die kleinen Körper mit den hauchzarten Flügeln ausmachen, die in allen Farben leuchteten und sich auf dem Wasser spiegelten. Es war ein wundervoller Anblick, wie sie die Blumen mit ihrem Funkeln zum Leben erweckten. Entzückt berührte ich eine schneeweiße Blüte, die vor mir aus dem Boden ragte.

»Hey, das sind Lilien! Tante Am hat ganz viele davon im Garten. Die blühen doch normalerweise nur am Anfang des Sommers!«

»Es ist der einzige Ort hier, an dem zu jeder Jahreszeit Blumen blühen. Die Elfen kümmern sich um sie.«

Wir blieben eine Weile, setzten uns auf einen umgefallenen Baumstamm und beobachteten das Spektakel schweigend.

Ryan zeigte auf etwas hinter der Lichtung. »Siehst du den Schimmer aus Regenbogenfarben dort hinten? Da endet der Schutzzauber der Schule.«

Ich starrte angestrengt ins Dunkel und konnte eine fast unsichtbare Wand ausmachen, auf der sich ab und zu ein paar Farben spiegelten.

Ich sah den Vampir an meiner Seite an, er wirkte entspannt.

»Warum zeigst du mir das alles?«

Er zuckte mit den Achseln. »Ich dachte, es würde dir vielleicht gefallen.«

»Ja, das tut es«, flüsterte ich. »Wie hast du den Ort gefunden?«

»Ich habe in meiner ersten Woche hier ein paar Lehrer davon sprechen hören. Sie zeigen ihn den Schülern erst Ende des letzten Ausbildungsjahres, weil sie nicht wollen, dass so viele Schüler hier rumhängen und die Elfen verscheuchen. Sie halten es geheim, und es ist verboten, sich hier aufzuhalten.«

»Kann ich verstehen, ich könnte den Elfen den ganzen Tag zusehen.«

»Wir sollten uns trotzdem langsam auf den Rückweg machen, es ist schon spät.«

Ich erhob mich widerwillig und folgte Ryan zurück durch die hohen Bäume. Es steckte wohl viel mehr in dem sonst so finsteren Vampir, und ich verspürte den Drang, ihn besser kennenzulernen. Er war mir noch immer ein Rätsel. Seit unserem Gespräch im Krankensaal war er auf einmal nett und zuvorkommend. Ich hatte nicht das geringste Bedürfnis, in mein Zimmer zurückzukehren, doch Alissa machte sich bestimmt schon Sorgen.

Ryan führte mich zurück über den Campus. Offenbar wollte er mich nach Hause bringen.

Vor der Treppe des Hexenwohntraktes hielten wir an. Er drehte sich zu mir und wirkte wieder verlegen.

»Du ... du hast heute wirklich ... ich meine ... das Kleid steht dir wirklich gut. Du hast ganz schön Eindruck hinterlassen.«

Schlagartig fing mein Herz in der Brust an zu hämmern. Ein Kompliment von Ryan Almont, dem unnahbaren und gutaussehenden Vampir?

»Danke«, flüsterte ich.

Die schwarzen Locken fielen ihm wieder in die Stirn. Er stand so nah, dass ich selbst in der Dunkelheit den hellblauen Rand seiner Augen unter den dichten Wimpern erkennen konnte.

Plötzlich erstarrte ich. War das etwa ein Date gewesen? Wollte er mich jetzt küssen? Und wollte ich das? Ich wusste es nicht. Alle Welt um mich herum schien stillzustehen, und ich konnte nicht mehr nachdenken. Nur Alissas Worte drangen in mein Bewusstsein. *Du magst ihn. Denk daran, er ist ein Vampir.*

Hatte sie tatsächlich schon vor mir erkannt, dass ich ihn mochte? Was hatte dieses flatternde Hochgefühl in meiner Magengegend zu bedeuten? Ryan trat einen kleinen Schritt vor und sah mich unsicher an. Ich hob den Kopf, um ihm in die wunderschönen Augen sehen zu können.

»Jill ...« Sein Gesicht war nur noch Zentimeter von meinem entfernt. Ich schloss die Augen ...

»Na sieh mal einer an! Unser neues, berühmtes Pärchen! Pass nur auf, Benett, dass er dir beim Küssen nicht die Kehle aufreißt. Es wäre nicht das erste Mal, dass er die Kontrolle verliert.«

Vanessas Stimme durchschnitt die Stille und zerstörte jegliche Magie, die sich zwischen mir und Ryan aufgebaut hatte. Wir hatten nicht bemerkt, dass Vanessa und Jonathan hinter uns aufgetaucht waren. Ryan trat schnell einen Schritt zurück und sah hasserfüllt zu Vanessa. Sie lachte gehässig und zog Jonathan wie selbstverständlich die Treppe rauf, um ihn mit auf ihr Zimmer zu nehmen.

»Miststück«, murmelte ich, als sie verschwunden war.

Ryan sah plötzlich verändert aus. Er hatte die Hände zu Fäusten geballt und starrte angestrengt zur Seite.

»Ryan, hör nicht auf Vanessa! Sie ...«

»Nein, sie hat recht.« Seine Stimme klang hart. »Ich glaube auch, es war ein Fehler. Ich weiß nicht, was ich mir dabei gedacht habe. Ich kann gar nicht mehr denken, wenn du bei mir bist!«

»Wie bitte? Was soll das, es war doch ein schöner Abend. Du glaubst doch nicht im Ernst, dass du die Kontrolle verlierst und mir jeden Moment das Blut aussaugen wirst!« Ich war verwirrt, sauer und konnte nur schwer die Enttäuschung aus meiner Stimme verbannen. Wie konnte er so schnell seine Meinung ändern? An was hatte Vanessa ihn gerade erinnert?

»Vielleicht ja doch. Du weißt nichts von der Welt der Vampire! Du weißt nicht, wie schwer es ist. Und du hast keine Ahnung, in was für einer Gefahr du schwebst. Ich werde dich verletzten, ich weiß es! Es ... es war ein Fehler! Tut mir leid, ich hätte dich nicht auf einen Spaziergang einladen sollen.«

Er klang verbittert und enttäuscht, was mich zornig machte und mich anfangen ließ, lauter zu werden.

»Schön! Dann glaub doch, was du willst. Aber soll ich dir etwas sagen? Ich bin eine verdammte Hexe und kein hilfloses kleines Mädchen! Ich kann auf mich aufpassen, denn ich habe dich schneller unter Strom gesetzt, als du den ersten Schluck nehmen kannst!«

Damit rannte ich die Treppe rauf und verschwand in

unserem Wohngebäude, ohne mich noch einmal umzudrehen.

Als sich die Eingangstür schloss, lehnte ich mich mit dem Rücken gegen das massive Holz und versuchte, meinen rasenden Puls zu beruhigen, während ich in die Dunkelheit des Aufenthaltsraumes starrte. Als ich ein paar Minuten später unser Zimmer betrat, saß Alissa wie erwartet auf dem Bett und sah mich erwartungsvoll an.

»Und, was wollte dein Romeo?«

Ich schnaubte abfällig. »Das weiß er selber nicht. Und es ist mir auch egal …«

»Nein, das ist es nicht, sonst würdest du dich nicht so aufregen.«

Ich sah Alissa finster an. Manchmal hasste ich es, dass sie mich besser kannte als ich mich selbst. Ich verschwand wortlos im Bad, schminkte mich vor dem riesigen, reich verzierten Spiegel ab und kämmte mir das Haarspray heraus. Meine Haare fielen nun wie ein weicher Vorhang über meine Schultern. Als ich wieder ins Zimmer kam, hatte ich mich so weit abgeregt, dass ich Alissa die ganze Geschichte erzählte.

»Vanessa ist ein Biest«, fluchte sie, »aber vielleicht war es auch besser, dass sie euch gestört hat. Mal im Ernst, Jill. Ryan scheint ganz in Ordnung zu sein, aber ihr hättet keine Zukunft. Oder willst du wie eine von den Blutjunkies enden?«

Ich sah sie fragend an, und sie verdrehte die Augen.

»Du hast deinen Aufsatz für Artenkunde wohl noch nicht angefangen?«

Oh. Richtig. Der Aufsatz über Vampire musste bis nächste Woche fertig sein.

»Also gut, Frau Streberin, was sind Blutjunkies?«

»Beim Biss eines Vampires werden Endorphine freigesetzt,

die das Opfer an ihn binden. Ich habe mal gehört, dass das Hochgefühl besonders im Bett für Spaß sorgen soll, und dass es das Opfer nach mehreren Bissen sogar süchtig macht. Das Gesetz verbietet es, jemanden auf diese Weise an sich zu binden. Ab und zu ein Schluck von einem Freiwilligen ist okay, aber nicht auf Dauer. Nur welcher Vampir kann schon Nein sagen, wenn sich ein Blutjunkie vor ihm auf die Knie wirft und den Hals anbietet?«

Ich sah Alissa erschrocken an. Wieder was Neues über die verborgenen Welt, das ich nicht wusste.

»Keiner hat davon gesprochen, dass Ryan mich beißen wollte!«

»Nein«, beruhigte Ally mich, »ich will nur, dass du dir über das Risiko im Klaren bist. Vampire haben Blutdurst. Regelmäßig! Und wer weiß, ob du nicht nach einer monatelangen Beziehung willst, dass er dich mal kosten darf? Die Gefahr ist einfach groß, dass man die Wirkung der Endorphine bei einem Biss unterschätzt. Einmal abgesehen von der Gefahr, dass er dir genauso gut die Kehle aufreißen könnte, wenn er die Kontrolle über sich verliert. Und du würdest dich sogar gut dabei fühlen und ihn dazu drängen, weiterzumachen. Verstehst du, was ich meine?«

Ja, vermutlich verstand ich es. Ich verstand Ryans Angst und Alissas Sorge. Und ich verstand, warum es keine Beziehungen zwischen Vampiren und anderen Spezies gab. Ich hatte ihm an den Kopf geknallt, dass ich mich als Hexe wehren könne. Hatte gedacht, ich hätte alles im Griff. Doch würde ich ihn noch aufhalten können, wenn ich im Hochgefühl des Rausches schwelgte? Offenbar hatten es schon mehrere versucht und waren kläglich gescheitert.

Alissa hatte recht, ich sollte meine plötzliche Sympathie für Ryan unter Kontrolle bekommen, solange ich es noch konnte. Aber warum nur, warum wollte er mir nicht aus dem Kopf gehen? Ich hatte doch nun wirklich genug am

Hals und keine Nerven für eine Beziehung, die von vornherein zum Scheitern verurteilt war.

Es war weit nach Mitternacht, als wir schlafen gingen. Ich kuschelte mich in die Unmengen weicher Kissen, mit denen mein Himmelbett ausgestattet war und die so wunderbar zu dem goldbestickten Baldachin passten. Ich hörte schon nach wenigen Minuten Alissas leises Schnarchen und zog mir die seidene Decke bis an den Hals. Doch ich konnte nicht aufhören, über Ryan nachzudenken. Gerade in dem Moment, als mir klar geworden war, dass ich ihn wirklich mochte ... wurde mir gesagt, dass es unmöglich war.

Anscheinend hatte ich ein Talent dafür, mir unerreichbare Männer auszusuchen. Erst Nathan. Und dann einen Vampir. Ich seufzte und ließ den Blick durch den Raum gleiten. Obwohl ich schon mehrere Monate auf der Akademie war, konnte ich immer noch nicht glauben, wie reich und prachtvoll die ganze Schule wirkte. Gedankenverloren sah ich zum Fenster und konnte gerade noch einen Schrei unterdrücken, als ich eine dunkle Gestalt sah, die hereinblickte und mich anstarrte.

Oh, verdammt. Mir blieb die Luft weg, und mein Puls begann, in die Höhe zu schnellen. Es klopfte leise an der Scheibe. Mein erster Gedanke galt den Mairas, diesen Wesen, die mir bis in meine Albträume folgten – bis mir klar wurde, dass die wohl kaum anklopfen würden. Ich atmete kurz durch. Mein Herz beruhigte sich langsam, und ich schlüpfte leise aus dem Bett, um Alissa nicht zu wecken. Der weiche Teppich kitzelte unter meinen Füßen und dämpfte meine Schritte, als ich mir den schwarzen, seidigen Bademantel vom Stuhl schnappte und über das luftige Nachthemd zog.

Hinter dem Fenster stand Ryan auf dem Ast einer hohen Eiche, die direkt bis ans Haus reichte. Der fast volle Mond spiegelte sich auf seinen rabenschwarzen Haaren und tauchte die Umgebung in ein bläuliches Licht.

Für einen Moment starrte ich ihn sprachlos an, dann öffnete ich das Fenster geräuschlos und beugte mich hinaus.

Um uns herum war es still, die gesamte Schule in einen tiefen Schlaf verfallen. Nur das leise Rascheln der Blätter hörte sich an, als flüsterten sie mit dem Wind.

»Wie zum Henker …«, begann ich, doch er legte mir einen Finger auf den Mund. Ich konnte die raue Haut seiner Hände spüren, die sich mit einer unendlichen Zärtlichkeit auf meine Wange legten, während sich der Vampir vorbeugte und mich küsste. Ich war zu verblüfft, um einen klaren Gedanken zu fassen. So schloss ich die Augen, und die Welt um uns herum schien sich plötzlich aufzulösen, so intensiv war diese winzige Berührung seiner Lippen, die sich nur ganz leicht um meine schlossen. Ryans unverkennbarer Geruch nach Mandeln umhüllte mich, und nur langsam erwachte ich aus meiner Erstarrung, doch ich wich nicht zurück. Nein, ich blies alle Warnungen in den Wind, denn in diesem Moment zählte nichts mehr als die Wärme dieses Kusses und das Hochgefühl, das er auslöste. Ich ließ mich treiben, erwiderte die Zärtlichkeiten vorsichtig und genoss diesen Moment der Schwerelosigkeit. Ich legte die Hand in seinen Nacken und ließ die Finger durch die weichen Locken gleiten. Sein Kuss wurde plötzlich leidenschaftlicher, verlangender und auch gleichzeitig verzweifelt. War es das, was auch das plötzliche Brennen in meiner Brust auslöste? Verzweiflung? War das dieses Gefühl, das in den Ecken meiner Seele lauerte und hervorzubrechen drohte?

Wir konnten nicht zusammen sein, und er hatte es von Anfang an gewusst. Wir hatten keine Zukunft. Die Erkenntnis mit all den Konsequenzen traf mich wie ein Faustschlag und ließ mich nach Luft schnappen.

Deshalb war er so feindselig, so abweisend. Deshalb ließ

er niemanden an sich heran. Er hatte mir oft genug gesagt, ich solle ihn in Ruhe lassen. Und ich hatte ihn ignoriert. Ich war dumm und hatte es nicht bemerkt. Ich hatte, ohne zu überlegen, Anlauf genommen und seine schützende Mauer durchbrochen.

Und hier standen wir nun, hielten uns umklammert wie zwei Ertrinkende und versuchten wenigstens für einen Moment, der Realität zu entfliehen. Viel zu schnell lösten sich seine Lippen von meinen, und ich spürte seinen heißen Atem auf meiner Wange.

»Ich musste es einfach tun. Wenigstens dieses eine Mal«, hauchte er und blickte mich traurig an. Ich wusste nicht, was ich sagen sollte. Verzweiflung drohte mich zu übermannen, und ich hätte ihn am liebsten wieder zu mir gezogen. Er lehnte sich zurück und strich sanft die unbemerkte Träne von meiner Wange. Er wusste, dass ich es verstanden hatte. Verstanden, dass wir keine Zukunft zusammen haben konnten.

Mit einem letzten, unendlich traurigen Blick ließ er sich vom Baum fallen und verschwand lautlos in der Dunkelheit. Ich hob die Hand, um ihn zurückzuhalten, doch es war zu spät.

»Warte!«, flüsterte ich heißer, doch kein Geräusch kündigte seine Umkehr an. Kein Rascheln der Blätter sagte mir, dass er zurückkommen würde. Ich blieb am Fenster stehen und blickte hinaus, unfähig, mich zu bewegen.

Erst, als es langsam zu dämmern begann, bewegte ich meine steif gefrorenen Glieder unter dem dünnen Nachthemd und legte mich ins Bett. Ich weinte nicht, denn ich war gefangen in der Taubheit, die von meinem Körper Besitz ergriffen hatte. Ich hatte zu spät begriffen, dass Ryan mir wichtig war. Und nun musste ich mit den Konsequenzen leben.

Ryans nächtlicher Besuch blieb unser Geheimnis. Er ging mir aus dem Weg, und ich versuchte, ihn so gut wie möglich auszublenden. Im Unterricht kämpfte ich gegen den Drang, mich umzudrehen und ihn in der letzten Reihe zu suchen. Ich legte sämtliche Aufmerksamkeit in mein Training, kämpfte unerbittlich in meinen Unterrichtsstunden mit Nathan und lernte meine Magie besser kennen. Nathan war begeistert von meinem Enthusiasmus und sparte nicht mit Lob über meine Fortschritte.

Nachdem ich Nathan von meinen Träumen erzählt hatte, durfte ich stets einen kleinen Dolch tragen, den ich in meinen Stiefel steckte. Ich trug kaum noch etwas anderes als die eng anliegenden Kampfanzüge, und es dauerte nicht lange, bis auch meine Albträume nachließen. Ab und zu ging ich zu der Elfenmulde, um etwas Ruhe zu genießen und den kleinen Wesen beim Spielen zuzuschauen. Ryan hatte recht. Dieser Ort hatte etwas Magisches. Die Zeit schien stillzustehen, und das Stück unberührte Natur half mir, meinen Frieden zu finden. Ich fragte mich, ob Ryan auch ab und an hierher kam, denn ich traf ihn nie an. Er bevorzugte den Ort anscheinend nachts, doch ich hatte Angst, mich im Dunkeln zu verlaufen. Nach dem Unterricht machte ich meine Strafarbeit und schaffte es auch hier, Ryan dabei nicht über den Weg zu laufen. Danach erledigte ich meine Hausaufgaben und verbrachte den Rest der Zeit in unserer Ecke der Bibliothek, um mit Alissa und Derek in den Büchern meiner Mutter zu lesen.

Nach drei Wochen hatten wir immer noch nichts Brauchbares über meine Prana herausgefunden. Einige Bücher waren komplett auf Latein geschrieben, und wir brauchten ewig für die Übersetzung. Es handelte sich größtenteils um Bücher über die Unterwelt, über Dämonen und die Magie der Hexen.

Ich fand einige handgeschriebene Notizen meiner Mutter, doch ich konnte mir keinen Reim darauf machen. Sie schrieb in Rätseln. An den Rand des Buches waren zahlreiche Skizzen von Symbolen gemalt. Eines tauchte regelmäßig auf. Ein Kreis, in dem ein kleinerer Kreis lag und in dessen Mitte eine Libelle zu sehen war. Ich seufzte und knallte ein weiteres Buch auf den Stapel.

»Ich komme einfach nicht auf die Antwort«, meckerte Derek und starrte konzentriert in ein zerfleddertes Exemplar über Dämonen. »Deine Mutter scheint irgendetwas herausgefunden zu haben, aber wer soll schon aus *Die Antwort liegt im Tal der Lichter* schlau werden?«

Ich lehnte mich auf meinem Sitzkissen zurück und schloss die Augen. Was für eine Antwort meinte sie? Was wollte sie damit sagen? Dass sie mehr herausgefunden hatte, als sie der Welt weismachen wollte? Hatte sie das Artefakt doch gefunden und versteckt? Was sollten dann die Rätsel? Ich sprach mit Ally und Derek über meine Vermutungen.

»Könnte schon sein, dass sie es gefunden hat«, sagte Ally vage, und ich konnte ihr ansehen, dass sie nicht so richtig daran glaubte.

»Ich weiß es einfach. Sie hatte irgendein Geheimnis, und ich bin mir sicher, dass sie deshalb sterben musste!«

Ally und Derek sahen mich besorgt an.

»Na ja, wenn es so wäre, dann sollten wir vielleicht gar nicht weiter nach Informationen darüber suchen, sondern uns weiter um deine besondere Prana kümmern«, sagte Derek vorsichtig.

Er hatte recht. In Bezug darauf waren wir kein Stück weitergekommen, und ich hatte mich zu sehr von dem Leben meiner Mutter ablenken lassen. Dennoch …

»Warum hat sie dann überhaupt solche Rätsel niedergeschrieben? In den Büchern, die sie zufällig kurz vor ihrem Tod zu Tante Amalia brachte. Wo sie doch genau wusste, dass ich dort aufwachse, wenn ihr etwas passiert! Was, wenn sie wollte, dass ich etwas herausfinde? Was, wenn ich etwas erledigen sollte, dass sie nicht mehr geschafft hat?«

Mir kam der Traum von meiner Mutter in den Sinn.

Erinnere dich, Blümchen.

Alissa setzte sich zu mir.

»Jill, du interpretierst da viel zu viel rein! Mach dich nicht selbst so fertig! Du hast andere Sachen, um die du dich kümmern musst. Du hast doch kaum noch Zeit zum Schlafen! Gönn dir mal eine Pause.«

Sie glaubten mir nicht, und ich konnte es ihnen nicht einmal verübeln. Es hörte sich im ersten Moment wirklich absurd an.

Ich schloss die Augen und rieb mir die Schläfen. »Vielleicht hast du recht. Ich mache Schluss für heute.«

Ausgelaugt verabschiedete ich mich von meinen Freunden und kehrte zurück in den Hexentrakt, wo ich es gerade noch schaffte, mein Nachthemd anzuziehen, bevor mich die Müdigkeit überwältigte und ich in eine wundersame Traumwelt entflog.

Am nächsten Morgen wachte ich mit einem Lächeln auf, das Gefühl der Geborgenheit immer noch auf mir spürend. Ich hatte von meiner Mutter geträumt und rief mir die letzten Bilder noch einmal vor Augen. Sie hatte an meinem Kinderbett gesessen, in der Hand mein Lieblingsbuch »Trixis Geheimnis«. Sie las mir daraus vor und ich ließ mich vom Klang ihrer wundervollen Stimme einlullen. Danach sang sie ein Lied, küsste mich auf die Stirn und sagte mir, wie lieb sie mich habe. Sie war eine gute Mutter, egal ob Vanessa oder irgendwer anders behauptete, sie wäre eine schwarze Hexe gewesen.

Ich sah zum Fenster, der Morgen dämmerte gerade. Heute war Sonntag, Alissa schlief noch tief und fest. Mit meinen Gedanken wollte ich den wundervollen Traum festhalten, doch je mehr ich es versuchte, umso schneller entglitt er mir. Trixi, die kleine Fee. Ich kannte das Buch auswendig, denn nach dem Tod meiner Mutter musste Tante Am die Rolle der Geschichtenerzählerin übernehmen. Trixi fand darin eine kleine Perle, die sie unbedingt vor ihren Brüdern verstecken wollte. Ich fragte mich, ob der Autor des Buches von der Existenz der Elfen und Feen gewusst hatte. Plötzlich schoss ich nach oben. Das war die Antwort!

Kapitel 20

»Die Elfenmulde, natürlich!«, flüsterte ich.

Die Antwort liegt im Tal der Lichter. Das musste es sein! Die kleine Mulde, die Ryan mir gezeigt hatte. War das der Ort, den meine Mutter meinte? War es das, woran ich mich erinnern sollte? Ryan hatte gesagt, dass die Schüler im dritten Ausbildungsjahr den wunderschönen Fleck Natur gezeigt bekamen. Mum wusste also, dass ich früher oder später dorthin gelangen würde. Das Kinderbuch »Trixi« war mein Wegweiser. Was für ein Geheimnis verbarg dieser Ort?

Ich sprang aus dem Bett und zog mich in Windeseile an. Der Himmel färbte sich gerade rosa, als ich mich aus dem Wohntrakt schlich. Zu dieser Uhrzeit würde mir an einem Sonntag wohl keiner über den Weg laufen.

Ich zog meinen Wintermantel enger, und mein Atem bildete weiße Wölkchen. Auf dem Campus war es unheimlich still, und ich schlug den Weg zwischen den hohen Bäumen ein, damit mich nicht doch zufällig jemand vom Fenster aus sah. Der Winter hatte Einzug gehalten, und unter meinen Lederstiefeln knirschte das gefrorene Gras. Meine anfängliche Begeisterung wich langsam der Skepsis. Es wäre doch schon ein riesiger Zufall, wenn ich wirklich recht hatte. Das Tal der Lichter könnte Tausende Orte beschreiben. Eine viertel Stunde später hatte ich mit klappernden Zähnen die Lichtung wiedergefunden.

Abermals raubte mir der Anblick dieses Ortes den Atem. Die Lichter der Elfen funkelten und spiegelten sich auf den mit Raureif überzogenen Blumen und Pflanzen, deren Farben nur blass unter der Eisdecke schimmerten.

Es sah aus wie in einem Märchen, und ich rechnete jeden Moment damit, der Schneekönigin oder Väterchen Frost zu begegnen.

Im Baum über mir zwitscherten einige Vögel, doch heute wollte sich mein Geist beim Anblick der wunderschönen Natur nicht beruhigen.

Ich beobachtete die tanzenden Feenwesen eine Weile von dem umgestürzten Baumstamm aus, konnte jedoch nichts Besonderes entdecken. Ich musste näher heran. Sachte setzte ich einen Schritt vor den anderen, um die Elfen nicht zu erschrecken. Als sie mich bemerkten, verschwanden sie blitzschnell in den Bäumen und Büschen.

»Wo soll ich nur anfangen?«, seufzte ich leise und suchte mir einen Platz auf der kleinen Wiese. Ich zapfte meine Prana an und richtete meine Gedanken auf das Gras, um es zu erwärmen. In den letzten Wochen hatte ich durch das Training genügend Feingefühl bekommen, um den Reif auf dem Gras zu schmelzen, ohne alles in Brand zu stecken. Ich setzte mich auf das trockene Fleckchen und sah mich um. Nach einer Weile konnte ich hier und da wieder Lichter hervorkommen sehen. Die Elfen hielten gebührend Abstand, doch ich konnte ihr wütendes Zirpen hören. Sie wurden nicht gerne gestört. Ein mulmiges Gefühl breitete sich in mir aus. Was, wenn sie mich angriffen?

Plötzlich näherte sich vorsichtig ein kleines Wesen und setzte sich auf mein Knie. Ich wagte es kaum zu atmen. Die kleine Elfe sah, abgesehen von den Libellenflügeln, fast wie ein Mensch im Miniaturformat aus, nur dass sie grüne

Haut und Haare hatte. Sie sah mich wütend an, und ich konnte die kleinen spitzen Zähne erkennen. In ihrer Hand hielt sie einen winzigen, angespitzten Stock, der aussah wie ein Zahnstocher. Ich hatte keine Zweifel, dass eine Horde Elfen nicht minder gefährlich war als ein Maira. Mir wurde klar, dass ich so gut wie nichts über diese Wesen wusste.

»Es tut mir leid, ich wollte euch nicht stören«, sagte ich leise, ohne zu wissen, ob sie mich verstehen konnte. »Ich suche nur etwas, das meiner Mutter gehörte, danach bin ich verschwunden.«

Die Elfe sah mich misstrauisch an. Da hatte ich eine Idee. Vorsichtig nahm ich meinen Dolch aus dem Stiefel und ritzte in ein kleines Fleckchen Erde das Symbol aus dem Buch meiner Mutter. Sofort wurde mir klar, dass das in dem Doppelkreis keine Libelle, sondern Elfenflügel darstellen sollte.

Plötzlich erhob sich die Elfe mit klappernden Flügeln und schwebte vor meinem Gesicht. Sie sah mir prüfend in die Augen, den spitzen Stock direkt auf mein Auge gerichtet. Ich bewegte mich keinen Millimeter und hielt die Luft an.

Was hatte ich getan?

Ruckartig schoss sie plötzlich nach hinten zu einem nahegelegenen Baumstamm, auf den sie mit ihrem Schwert zeigte. Erleichtert stieß ich den Atem aus und folgte ihr. Ich kniete mich davor und schob den Vorhang aus Efeu beiseite. Dort, in der Rinde des Baumes, war genau das gleiche Symbol eingebrannt.

Eingebrannt? Feuer? Meine Mutter war eine Feuerhexe! Es musste von ihr stammen. Ich untersuchte den Stamm und den Boden, konnte jedoch nichts entdecken. Die Elfe flog nach oben und deutet in ein Astloch.

»Im Ernst? Sie hat es in einem Astloch versteckt?«, fragte ich sie entgeistert. Was für ein unoriginelles Versteck. Ich kletterte auf den dünnen Ästen nach oben und hoffte, dass sie unter meinem Gewicht nicht nachgaben.

»Was hätte sie getan, wenn sie eine übergewichtige Tochter mit Höhenangst bekommen hätte?«, murmelte ich, als ich in das Astloch griff. Meine Hände ertasteten ein mit Folie eingewickeltes Paket und begannen vor Aufregung zu zittern. Ich hatte recht gehabt, hier hatte meine Mutter etwas versteckt!

Voller Neugier sprang ich die letzten zwei Meter einfach hinunter und öffnete das Paket. Darin befand sich ein kleines Notizbuch, und ich konnte die Schrift von Silva Bailey, meiner Mum, erkennen. Ich setzte mich hin und begann zu lesen.

Ich las und las ... und musste immer wieder meine eigene Galle herunterschlucken.

»Sie hat es tatsächlich gefunden«, sagte ich tonlos zu der Elfe, die sich auf meiner Schulter niedergelassen hatte.

Das durfte doch nicht wahr sein. Hier stand es, schwarz auf weiß. Das Artefakt existierte. Ich las weiter. Das Buch enthielt allerlei Forschungsergebnisse und Skizzen. Und die Anleitung für zwei Rituale. Mit dem einen konnte man anscheinend einen Dämonenfürsten heraufbeschwören, ohne dass das Artefakt benötigt wurde. Er war dann wie jeder andere Dämon auch in einem Beschwörungskreis gefangen, jedoch konnte ein Dämonenfürst von dort weitaus mehr Einfluss auf die Welt der Menschen nehmen. Ich wollte mir nicht ausmalen, was für ein Schaden das sein könnte. Das zweite Ritual ermöglichte den Übertritt eines Dämons von der Unterwelt in die Realität mit Hilfe des Artefakts.

»Oh Mum, was hast du getan?«, fragte ich entsetzt.

Die Aufzeichnungen offenbarten, dass es sich bei dem Artefakt um einen von Dämonen hergestellten Gegenstand handelte, der sich Silax nannte und den Dämonen Zugang zu unserer Welt beschaffte. Sie hatte ihn auf einer ihrer Reisen in Südafrika gefunden. Um einen Dämon zu beschwören, waren ein in Stein gemeißelter Kreis an einem entweihten Ort und jede Menge Energie nötig, die nur zu Vollmond von einer Hexe erreicht werden konnte.

Meine Hoffnung, dass vielleicht niemand ein entweihtes Stückchen Erde mit Steinkreis kennen würde, wurde ebenfalls zunichte gemacht. Denn genau so ein Ort befand sich in meinem alten Zuhause. Ich konnte mich nicht mehr an unser Haus erinnern, doch in dem Notizbuch vor mir befand sich dasselbe Foto, das auch in meinem alten »Trixi«-Kinderbuch klebte. Ich sah genauer hin. Das zweistöckige alte Haus im Hintergrund, umgeben von Wald, keine Nachbarn. Meine Eltern, die Arm in Arm dastanden. Und noch etwas.

Unter den Füßen meiner Mutter. Sie stand auf einer runden Betonplatte. Mit meiner Nase berührte ich fast das Foto, damit ich einen Teil der darauf eingemeißelten Symbole sehen konnte. Ich blätterte fassungslos weiter, las Beschwörungsformeln auf Latein und die Anleitung, wie die Dämonen in diese Welt gelangen konnten.

Denn das war es, eine Anleitung. Die Anleitung dafür, wie man die Welt zugrunde richten konnte. Mir lief eine heiße Träne über die Wange. Wie konnte Mum so etwas Schreckliches auf Papier verewigen? Was hatte sie sich nur dabei gedacht? Nun war ich mir sicher, dass ihr Tod einen Grund hatte. Diesen Grund hielt ich gerade in den Händen. War es die VO gewesen, die meine Mutter umgebracht hatte, bevor sie Dummheiten begehen konnte?

Ich blätterte zur letzten Seite. Dort standen nur wenige Wörter. *Zerstören! Ich habe es nicht übers Herz gebracht.*

Oh nein, das Artefakt existierte also noch! Und ich sollte es zerstören? Ich wusste nicht einmal, wo es war. Hatte ich irgendeinen Hinweis überlesen? Warum hatte sie es nicht selbst zerstört? Was hatte sie für einen Grund gehabt, der sie davon abhielt?

Ich hatte einiges erwartet, doch das war ein bisschen zu viel. Meine Brust schnürte sich zu, und die Taubheit der letzten Wochen fiel von mir. Ich war kein Stück vorangekommen. Ich hatte noch immer das Problem mit Mr. Cole und nun auch noch eine für mich unlösbare Aufgabe meiner Mutter. Und dieser verdammte Ryan wollte nicht aus meinem Kopf verschwinden, egal wie sehr ich mich ablenkte. Was sollte ich jetzt tun?

In mir staute sich die Wut. Warum nur musste mir jeder Steine in den Weg legen? Wieso durfte ich nicht einmal ein ganz normales und unbeschwertes Leben führen? Mit aller Kraft trat ich gegen den Baum vor mir und hieß den Schmerz in meinem Fuß willkommen. Meine Prana pulsierte warnend in meinem Inneren, und ich zählte langsam bis zehn. So, wie Nathan es mir beigebracht hatte, weil ich zu impulsiv war und ständig irgendetwas zersprengte, wenn ich nicht wusste, wohin mit meinen Gefühlen. Ich musste mit jemandem reden, sofort.

Eilig schrieb ich Alissa eine SMS. Sie müsste mittlerweile beim Frühstück sein und konnte Derek gleich Bescheid sagen.

Eine Stunde später saß ich auf meinem Bett und war noch genauso ratlos wie vorher. Ich hatte Ally und Derek alles erzählt, wir waren die Aufzeichnungen zusammen durchgegangen und hatten keinen weiteren Anhaltspunkt zum Aufenthaltsort des Silax gefunden.

Sie waren genauso geschockt wie ich, doch Alissa hatte schnell einen Weg gefunden, mich zu beruhigen.

»Sieh es doch mal so, die Aufzeichnungen sind vierzehn Jahre alt! Niemand hat das Ding in der Zeit gefunden, und selbst wenn, dann wäre das Artefakt ohne die Aufzeichnungen völlig unnütz. Wer weiß, wo sie es versteckt hat.«

»Ja«, fiel Derek ein und setzte sich auf die gepolsterte

Fensterbank, »von der Elfenmulde solltest du ja eigentlich auch erst im dritten Ausbildungsjahr erfahren. Vielleicht bekommst du am Ende der Ausbildung einen weiteren Hinweis, wo der Silax sich befindet. Außerdem ist euer Haus vor vierzehn Jahren explodiert, der Beschwörungskreis wurde bestimmt zerstört.«

Sie hatten recht, es brachte nichts, sich darüber den Kopf zu zerbrechen.

»Komm schon, Jill. Du solltest die Sache erst einmal auf sich beruhen lassen. Mach dich nicht selbst so fertig, wir kümmern uns jetzt erst einmal um die anderen Probleme. Am besten zerstörst du die Aufzeichnungen, dann hat es sich erledigt.«

Ich sah traurig auf die alten, vergilbten Blätter, die die Handschrift meiner Mutter trugen. »Das kann ich nicht«, sagte ich leise, »sie wollte, dass ich sie bekomme, damit ich den Silax zerstören kann. Irgendetwas steht hier drin, das für uns nur noch keinen Sinn ergibt.«

»Ich denke auch, wir sollten nicht zu voreilig damit sein«, stimmte mir Derek zu, »aber du solltest es wenigstens verstecken.«

Ich nickte und pfefferte das Notizbuch in meinen Kleiderschrank unter das lose Holzbrett. »Ich muss erst ein besseres Versteck finden, die Elfen waren mir eindeutig zu mitteilsam«, sagte ich entschuldigend und ließ mich erschöpft aufs Bett fallen. Es belastete mich, dass ich die Beweggründe meiner Mutter nicht kannte. »Wenn ich nur wüsste, was sie mit den ganzen Sachen angestellt hat. Wozu hatte sie denn bitte einen Beschwörungskreis im Garten? Meint ihr, sie könnte doch der dunklen Seite angehört haben?«

Ally drückte meine Hand, und ich musste eine Träne wegblinzeln. »Dann hätte sie dir nicht aufgetragen, den Silax zu zerstören.«

»Und warum hat sie es selbst nicht übers Herz gebracht?«

Meine Freunde sahen mich ratlos an. Ich wusste, was sie dachten. War die Macht, die sie mit dem Artefakt und dem Beschwörungskreis besaß, zu verlockend?

Derek schüttelte den Kopf. »Deine Mutter hat es geheim gehalten und offenbar auch keine Dämonen auf die Welt losgelassen. Ich denke nicht, dass ihre Absichten böse waren. Lass ein bisschen Gras über die Sache wachsen.«

Ich lächelte ihn an. Es war toll, Freunde zu haben. Ich rief mir meinen Traum in Erinnerung. Konnte eine fürsorgliche Mutter, die ihrem Kind Geschichten vorlas und übers Haar streichelte, im Herzen böse sein und Dämonen beschwören? Um ihrem Kind eine Welt der Zerstörung zu hinterlassen, in der es aufwachsen musste? Sehr unwahrscheinlich.

Alissa und Derek taten ihr Bestes, um mich abzulenken. Als ich am Montagmorgen erwachte, fühlte ich mich ein wenig besser. Meine Strafarbeit war zu Ende, und es waren nur noch ein paar Tage bis zu den Weihnachtsferien. Das hieß, dass Tante Amalia bald für eine Woche zu Besuch kommen würde.

Sehr zum Leidwesen aller Lehrer fing es am Nachmittag sogar an zu schneien. Auf dem Campus wimmelte es von Schülern, die unsicher auf den Gehwegen schlitterten, Schneemänner bauten und sich Schneeballschlachten lieferten. Das Hauptziel waren dabei natürlich die Hinterköpfe der Lehrer. Mr. Sheffield bekam schon am Dienstag einen Schreikrampf und brüllte in Mrs. Grants Büro, dass er kündige, wenn er noch einmal zur Aufsicht auf dem Schulhof eingeteilt werde. Andere Lehrer, wie Nathan oder die zierliche Vampirin Mrs. Evans, schossen alle Regeln in den Wind und feuerten lachend und ohne Gnade zurück. Alissa und ich hatten durch unsere Telekinese einige Vorteile, denn wir konnten unsere Schneebälle gezielter fliegen lassen. Ich nutzte die Pyrokinese, um die auf uns gerichteten Geschosse in Windeseile zu schmelzen, bevor sie uns trafen.

Als die Ferien am Freitag begannen, waren alle Schüler, die über die Feiertage in der Schule blieben, für die Weihnachtsvorbereitungen eingeteilt. Übers Wochenende wurde geputzt, gebacken und geschmückt.

Ally und ich durften zusammen mit einigen anderen Schülern, die die Telekinese beherrschten, den riesigen Weihnachtsbaum im großen Speisesaal schmücken, da keiner Lust hatte, eine vier Meter hohe Leiter zu besorgen. Also ließen wir die bunten Kugeln und Lichter einfach hinaufschweben und ernteten allerlei Lob von der mütterlichen Mrs. Preston, die über die Feiertage glänzende Laune hatte und ihre Vorfreude mit einem total kitschigen roten Strickpullover mit kleinen Weihnachtsmännern darauf zeigte.

Hausmeister Yeng bedankte sich überschwänglich, als wir uns bereit erklärten, auch den Rest der Dekoration aufzuhängen.

»Ich hab noch nie so viel Spaß am Schmücken gehabt«, rief ich Ally zu und ließ eine silberne Girlande auf den oberen Rand eines Wandteppichs fliegen, auf dem ein Bild eines weißhaarigen Königs in roten Roben zu sehen war. Sie lächelte mir zu und kam herüber geschlendert.

»Weißt du, an wen der mich erinnert?«, fragte sie mit einem Blick auf den streng schauenden Monarchen, der hochmütig sein Zepter in der Hand hielt.

Ich zuckte ratlos mit den Schultern, und sie hielt eine Weihnachtsmütze empor.

Ich grinste, denn wir hatten beide denselben Gedanken. Ally ließ die Mütze hinauf zum Kopf des Monarchen schweben und ich befestigte sie mit einer Sicherheitsnadel, woraufhin wir in schallendes Gelächter ausbrachen.

»Er sieht dem Weihnachtsmann zum Verwechseln ähnlich!«

Mr. Sheffield fand es leider weniger lustig, als er gerade durch den Saal schritt und zwischen den künstlichen Eiszapfen ein paar echte gefrieren ließ. Auch die Eisskulptur, ein kleiner Engel, ging auf seine Kosten.

Nur dank der Hilfe von Mrs. Preston konnten wir dem schimpfenden Mann entkommen, bevor er uns eine Strafarbeit aufgeben konnte.

Schon bald glitzerte und funkelte der Saal in allen Ecken. Überall hingen Kerzen, künstliche Eiszapfen und Schneeflocken, Lametta, Mistelzweige und allerlei Weihnachtskram. Die Tische hatten nagelneue Tischdecken bekommen, die wir mit roten Servietten und Weihnachtsgestecken verzierten. Als wir fertig waren, erkannte man den sonst so edlen und eleganten Raum kaum wieder, er strahlte nun Gemütlichkeit und Wärme aus.

An Heiligabend kam Tante Amalia. Endlich! Sie begrüßte mich wie immer überschwänglich und schloss auch Ally und Derek in die Arme.

»Also, was liegt heute an?«, fragte sie gut gelaunt.

In ihrer Gegenwart fühlte ich mich sofort befreiter. Ich hatte mit dem Gedanken gespielt, Tante Am von den Notizen meiner Mutter zu erzählen, doch ich brachte es nicht übers Herz, sie damit zu belasten.

»Alissas Eltern und ihre kleine Schwester kommen gleich, dann bringen wir euch und das Gepäck erstmal auf eure Zimmer. Nachher wollen wir vielleicht auf dem See Schlittschuhfahren, das heißt, wenn du Lust hast. Heute Abend gibt's im Speisesaal dann die Weihnachtsfeier.«

»Und wo bleibt dann die Zeit zum Geschenkeauspacken?« Das Entsetzen, das Tante Am vorspielte, war so täuschend echt, dass ich unwillkürlich anfangen musste zu lachen.

»Das machen wir natürlich vorher!«

Kurz darauf hielt ein dunkler BMW vor dem Tor, und Allys Augen begannen zu leuchten. Alissas Mutter war eine dunkelhaarige und etwas übergewichtige Frau, die mich sofort in eine schraubstockartige Umarmung zog. »Alissa hat so viel von dir erzählt! Es freut mich, dass wir uns endlich kennenlernen.«

Sie war mir auf Anhieb sympathisch, und sofort wusste ich, von wem Alissa ihre Herzlichkeit hatte. Ally stand Arm in Arm mit einem kleinen Mädchen da, das ihr mit den langen roten Haaren und den Sommersprossen zum Verwechseln ähnlich sah, nur dass es nicht solche Ringellöckchen wie seine große Schwester hatte.

»Jill, das ist meine Schwester Lara.«

»Wäre mir fast nicht aufgefallen«, lachte ich. Das schüchterne Mädchen winkte mir freundlich zu.

Zu unserer Überraschung begrüßten sich auch Tante Amalia und Alissas Mutter aufgeregt.

»Miranda und ich sind zusammen in eine Klasse gegangen«, erklärte mir Tante Am augenzwinkernd.

Dereks Eltern hatten ihn zu Weihnachten nach Hause eingeladen, doch er hatte abgelehnt. Vermutlich wollte er sich keine Vorwürfe anhören. Sie hatten die Nachricht, dass er auf Jungs stand, nicht halb so gut verkraftet wie Alissa und ich. Sein Vater wollte ihn enterben, und seine Mutter hatte einen Heulkrampf bekommen. Wir hatten Tage gebraucht, um ihn davon zu überzeugen, dass sie einfach nur Zeit benötigten.

»Wo ist denn Dad«, fragte Ally ihre Mutter, »kommt er noch?«

»Nein, Schatz, er hat zu Hause so viel zu tun und muss sich nebenbei noch um deine Großmutter kümmern. Sie hat wieder einen leichten Schnupfen, du weißt, was für ein Drama das immer ist.« Mrs. Collins verdrehte in gespielter Verzweiflung die Augen. Ally und ich grinsten uns an.

Das würden die tollsten Weihnachtsferien meines Lebens werden.

Kapitel 21

Die Gästezimmer befanden sich im hinteren abgetrennten Teil des riesigen Schulgebäudes, wo auch die Zimmer der Lehrer waren.

Ich staunte nicht schlecht, als ich die luxuriös eingerichteten Räume sah. Flauschige, weinrote Teppiche, die Möbel aus dunklem Ebenholz und Sessel mit Samtbezug, Himmelbetten mit reich bestickten, goldfarbenen Baldachinen und haufenweise Kissen. Diese Schule musste *wirklich* viel Geld haben.

»Die sind ja noch größer als unsere Zimmer!«

»Ja«, lachte Tante Amalia, »den Luxus hier habe ich wirklich vermisst! Wie lange habe ich schon nicht mehr in einer riesigen marmornen Badewanne gesessen.«

»Keine Zeit, wir wollen doch Schlittschuh laufen!«

»Geht ihr Kinder euch ruhig austoben, ich werde so lange mit Miranda einen Kaffee trinken. Wir haben uns viel zu erzählen und wollen uns nicht gleich am ersten Tag die Knochen brechen. Wir sind nicht mehr die Jüngsten, weißt du?!« Sie zwinkerte mir keck zu, und nach einem kurzen Gefühl der Enttäuschung machte ich mich mit Derek, Alissa und Lara auf zum See. Dieser lag auf der linken Seite des Campus, direkt hinter den Werwolf- und Vampirwohnheimen.

Lara schien ihre Scheu schnell überwunden zu haben und

plapperte genauso viel wie ihre Schwester. »Derek, bitte, bitte, zeig mir doch mal, wie du dein Aussehen verändern kannst! Das ist sooo toll, ich hoffe, dass ich das später auch kann. Wie machst du das? Konntest du das schon vor der Winterfold Akademie?«

Derek musste also auf dem ganzen Weg zum See die Größe seiner Nase und die Farbe seiner Haare verändern, wobei er schallendes Gelächter von mir und Alissas Schwester erntete.

»Hey, Lara«, rief ich, »pass mal auf!«

Ich konzentrierte mich auf die Farbe ihrer Haare, zapfte das Geflecht blauer Fäden in meiner Brust an und verstärkte mit der Energie meine Gedanken. Die langen Haare der Kleinen leuchteten plötzlich in einem knalligen Blau.

Sie sah mich mit weit aufgerissenen Augen an und klatschte nach dem kurzen Schreckmoment begeistert in die Hände.

»Super! Wie lange bleibt das so? Kann ich das für immer behalten?«

»Nein, tut mir leid«, lachte ich, »vielleicht bekomme ich das hin, wenn ich mehr geübt habe. In einer halben Stunde sollte es verschwunden sein.«

Alissa hakte sich bei mir unter. »Wenn du das dauerhaft kannst, dann hätte ich gerne ein schönes Braun. Dieses Karottenrot macht mich wahnsinnig. Ich würde so gerne einmal pinke Klamotten tragen, aber das beißt sich.«

Ich verzog das Gesicht. Pink war so gar nicht meine Farbe. Ich bevorzugte Schwarz und Rot, ab und zu auch ein bisschen Weiß oder Beige.

Der See war von hohen Eichen umgeben, und es wimmelte von schlittschuhlaufenden Schülern und Eltern, die ihren Kindern eher unbeholfen hinterher schlitterten. Wir gingen zu dem aufgebauten Stand mit Schlittschuhen, hinter dem die Sekretärin Mrs. Harrison stand, und wählten unsere Größen aus. Lara schwang sich aufs Eis, drehte ein paar wahnsinnig schnelle Runden und fuhr sogar rückwärts. Nach ein paar anfänglichen Schwierigkeiten hatten auch Ally und ich den Dreh raus. Derek jedoch war ein hoffnungsloser Fall, sodass wir ihn in die Mitte nahmen und stützten.

Ich sah mehrere bekannte Gesichter auf dem Eis. Vanessas Freund Jonathan jagte gerade mitten in eine Gruppe von Mondkindern aus dem dritten Jahrgang, die allesamt umfielen wie beim Bowling. Das Mondkind Zoe Balinda fuhr knutschend mit ihrem Freund Jackson aus dem zweiten Jahrgang, ohne sich zu kümmern, dass andere ausweichen mussten. Ryans Großmutter überraschte alle Zuschauer, als sie mindestens genauso schnell und gut wie Lara fuhr. Sie war erstaunlich fit für ihr Alter, was bestimmt an der Vampirsache lag. Auch Ryan drehte elegante Runden. Unsere Blicke kreuzten sich, als er mir entgegenkam. Prompt verlor ich das Gleichgewicht und donnerte aufs Steißbein.

»Autsch«, jammerte ich und durfte mir sofort Sticheleien von Alissa anhören, ich hätte nur Augen für die Männer. Als sie meinen verkniffenen Gesichtsausdruck bemerkte, verstummte sie jedoch.

Durchgefroren und mit roten Wangen begaben wir uns am späten Nachmittag in den Gemeinschaftsraum der Hexen, wo Tante Am und Miranda schon auf uns warteten. Sie hatten die besten Plätze am Kamin reserviert, und auf dem kleinen Beistelltisch dampfte eine riesige Kanne. Wir waren fast allein, nur in einer anderen Ecke hatte es sich eine Familie gemütlich gemacht.

»Oh, heiße Schokolade. Das ist jetzt genau das Richtige!« Ich ließ mich in eines der Sitzkissen fallen, die vor den Sesseln lagen.

Tante Amalia schwenkte einen Beutel mit Geschenken. »Zeit zum Auspacken!«

Ally, Derek und ich holten schnell unsere Päckchen aus den Zimmern und verteilten sie, bevor wir uns dem eigenen Stapel zuwendeten.

Alissas Ohrringe hatte ich ja schon bekommen, allerdings bekamen sowohl Derek als auch ich von ihrer Mutter eine riesige Tüte selbstgebackener Plätzchen. Von Tante Amalia gab es eine Sofortbildkamera und ein leeres Fotoalbum.

»Ich dachte mir, du willst deine Zeit hier mit deinen Freunden gerne festhalten.«

Ich freute mich wahnsinnig. »Danke, Tante Am, das ist genau das Richtige!«

Ally und Derek schenkte sie jeweils eine ihrer selbstgemachten Duftkerzen, die eine schützende Wirkung haben sollten. Sie klatschte begeistert in die Hände, als sie die neuen ätherischen Öle auspackte, die ich in London besorgt hatte. Ich erklärte ihr deren Wirkung. Auch das neue Bettelarmband mit den Holzamuletten legte sie gleich an. Ich schoss gleich ein paar Bilder mit meiner Kamera.

»Hey, ihr zwei, vielen Dank für den Pulli. Ich habe gar nicht mitbekommen, dass ihr ihn gekauft habt.« Alissa schenkte mir und Derek ein strahlendes Lächeln. Sie hatte auf unserer gemeinsamen Einkaufstour vor dem Regal gestanden und von dem Stück geschwärmt. Für einen alleine war er jedoch sehr teuer, und so hatten Derek und ich schnell zusammengelegt, als sie auf der Toilette war.

Derek schenkte mir drei neue Glasfiguren.

»Wahnsinn, dass du dir das gemerkt hast!«, freute ich mich und betrachtete den Schwan, die Schildkröte und den Tiger. Ich hatte in der ersten Woche hier nur ein einziges Mal erwähnt, dass ich zu Hause Glasfiguren sammelte.

Derek schaute grinsend von seiner neuen Kollektion Schals und Tücher auf, die Ally und ich zusammengestellt hatten. Es war mittlerweile zu seinem Markenzeichen geworden, und er legte sogleich ein neues lila Tuch an.

Bald schon war es Zeit für das Fest im Saal, und wir schlitterten über die schmalen Wege zum Hauptgebäude. Jetzt, wo die Sonne nicht mehr durch die großen Fenster fiel, wirkte der Speisesaal im Kerzenschein noch gemütlicher, und die Lichter spiegelten sich in den zahlreichen Glaskugeln der Dekoration.

Der Saal war voll, obwohl fast die Hälfte der Schüler abgereist war. Es wurde ein wahres Festmahl, für das extra Bedienungen von der Schule gestellt wurden. Wir suchten uns einen Tisch mit sechs Stühlen. Es gab eine Speisekarte mit allerlei Spezialitäten, sodass keiner von uns sich richtig entscheiden konnte. Wir bestellten uns einfach ein paar leere Teller und jedes Gericht einmal, damit wir durchprobieren konnten. Ich grub mich durch Ente mit Klößen, Kroketten, Lamm, Salat und Kartoffelpüree. Zum Nachtisch gab es Eis, Früchte, Kuchen und Pudding, bis ich dachte, meine Jeans müsse jeden Moment platzen.

Die kleine Bühne stand wieder am Ende des Saals, und Mrs. Grant, heute in einem weinroten Kleid mit weißem Saum, hielt eine festliche Rede und wünschte uns frohe Weihnacht. Danach spielte ein kleines Orchester, ein Alleinunterhalter brachte uns zum Lachen, und der Schulchor trug seine Lieder vor. Ich hatte mich nie zuvor so wohl gefühlt wie an diesem Weihnachtsabend.

Gesättigt und schläfrig ging ich schließlich mit Alissa die Treppe hinauf zu unserem Zimmer.

»Der Abend war einfach der Wahnsinn«, plapperte sie, »ich frage mich, wie sie es geschafft haben, das Essen so schnell fertig zu bekommen. Und hast du den Dirigenten vom Orchester gesehen? Der war echt heiß und sah erst aus wie zwanzig!«

Ich lächelte, zu satt, um noch große Reden zu schwingen. Schon von Weitem sah ich, dass etwas an der Klinke unserer Zimmertür hing. Alissa bemerkte es auch und stürmte vor.

»Hey, was ist das denn? Oh mein Gott, sieh mal. Das ist eine Blume!«

Ich trat näher und betrachtete sie. Sofort begann mein Herz schneller zu schlagen. Das war nicht irgendeine Blume. Es war die Blüte einer weißen Lilie. Und es gab nur einen Ort, wo sie im Winter noch wuchs. Und somit auch nur eine Person, die sie für mich gepflückt haben konnte.

»Was meinst du, wer hat die da hingehängt? Ein heimlicher Verehrer? Ist die für dich oder mich? Jill? Jill!«

Ich löste mich aus meiner Erstarrung und sah Alissa verwirrt an. »Die ist von Ryan.«

»Was? Ich dachte, das mit ihm hat sich erledigt.«

»Ja, das dachte ich auch«, flüsterte ich.

»Und woher weißt du, dass sie von ihm ist?«

Ich rieb mir erschöpft die Schläfen. »Ist eine lange Geschichte. Lass uns ins Bett gehen.«

Natürlich konnte ich Alissa nicht mit dieser Ausrede abspeisen, und so musste ich ihr genau erzählen, wie mein Date mit Ryan in der Elfenmulde gewesen war.

»Ich weiß ja, das ist euer geheimer Platz. Aber kannst du mich und Lara nicht dorthin mitnehmen? Nur einmal? Bitte, bitte! Es klingt so schön. Ich möchte es mir nur mal anschauen, und dann hast du den Ort wieder für dich! Ich habe doch noch nie Elfen gesehen.«

Genervt seufzte ich und versprach ihr, sie diese Woche dorthin zu führen, einfach nur, damit sie Ruhe gab. Als sie zufrieden das Licht löschte, war meine anfängliche Müdigkeit wie weggeblasen. Ryan hatte mir ein Weihnachtsgeschenk gemacht. Aber warum? Die Sache mit uns hatte keine Zukunft, wir wussten es beide. Wieso konnte er mich nicht einfach vergessen lassen und musste die Wunden wieder aufreißen? Ich spürte wieder dieses vertraute Brennen in der Brust, wie immer, wenn ich an ihn dachte. Aber es brachte nichts, also zog ich mir das Kissen über den Kopf und versuchte einzuschlafen, während die Lilienblüte auf meinem Nachttisch lag und im Mondlicht leuchtete.

Die nächsten Tage waren wir zu beschäftigt, als dass ich mich mit Alissa und Lara hätte wegschleichen können. Die Lehrer der Winterfold Akademie hatten ein riesiges Programm für die Familien aufgestellt, und wir wollten nichts auslassen.

Es gab eine Kutschfahrt mit Pferden durch den schönen Wald. Es gab eine Weihnachts-Challenge, bei der verschiedene Teams im Dreibeinlauf, Iglubauen und Skifahren gegeneinander antraten. Alissa und ich schafften es beim Schlittenrennen auf den ersten Platz, aber wir behielten es für uns, dass ich unsere Bahn zu einer Eisfläche hatte gefrieren lassen.

Lara war total begeistert von Derek, und so traten sie in jedem Spiel miteinander an. Beim Backwettbewerb schlugen sie unsere verbrannten Plätzchen mit einem toll verzierten Lebkuchenhaus. Tante Am und Mrs. Collins waren nicht ganz so erfolgreich, aber sie hatten Spaß.

Mrs. Grant und Nathan hielten in der großen Halle Vorträge über das Ziel unserer Ausbildung, bei denen ich jedoch Probleme hatte, nicht einzuschlafen. Das Essen war die ganze Woche exzellent, und Derek fing schon an zu jammern, dass er es nie wieder würde abspecken können. Die Abende verbrachten wir damit, DVDs zu schauen oder uns vor dem Kamin Geschichten aus unserer Kindheit von Tante Am und Mrs. Collins anzuhören.

Am Samstag hatten wir endlich einen freien Tag. Es war der Tag vor Vollmond, und die Mondkinder wurden unruhig und zogen sich zurück. Aus Solidarität machte die Schule zu dieser Zeit keine Veranstaltungen.

»Lass uns gegen Abend zur Mulde gehen, vermutlich bekommen wir keine bessere Gelegenheit«, flüsterte ich

Alissa beim Mittagessen zu. Lara wollten wir überraschen, da sie uns vermutlich sonst mit ihrem Geplapper verraten hätte.

Wir erzählten Tante Am und Mrs. Collins, dass wir wieder Schlittschuhlaufen gingen. Ich weihte Derek auf dem Weg zum Wohntrakt ein, als wir endlich ein paar Minuten unter uns waren, doch zu unserem Erstaunen lehnte er ab. Misstrauisch und verwirrt sah ich ihn an.

»Was hast du denn sonst vor?«

»Nichts … ich hab nur keine Lust …« Er lief puterrot an. Alissa hatte den Braten gerochen und bohrte nach.

»Derek Watson, was verheimlichst du uns?«, fragte sie grinsend.

»Seid nicht so neugierig!«

»Wenn du so geheimnisvoll tust, wollen wir es erst recht wissen!«

Derek zupfte nervös an seinem roten Schal. »Es ist nicht … also … versprecht mir, dass ihr es für euch behaltet!«

»Allein für den Gedanken, dass wir etwas von dir weitertratschen könnten, sollte ich dich mit dem Gesicht zuerst in den Schnee stecken!«, schimpfte ich ihn aus.

Er nuschelte etwas in seinen Schal.

»Was? Das hat doch kein Mensch verstanden.«

»Ich sagte, ich treffe mich heute mit jemandem. Mit einem Jungen.« Sein Gesicht glühte nun, und er sah auf seine Füße.

»Hey, aber das ist doch toll«, rief ich.

»Wir freuen uns für dich, das braucht dir nicht peinlich zu sein! Wer ist es denn?«, fragte Ally neugierig und strahlte.

»Es ist Don Lewis aus unserem Kurs.«

Mir fiel die Kinnlade herunter. »Was?! Der gehört doch zu Vanessas Clique!«

»Seht ihr, deshalb wollte ich euch nichts sagen!«

»Nein, Derek, ich freue mich immer noch für dich, so

war das nicht gemeint! Ich dachte nur, er gehört zu denen, die uns nicht leiden können.«

Derek lächelte leicht. »Das dachte ich auch erst, aber er ist echt in Ordnung. Und so richtig hat er eigentlich gar nichts mit Vanessa zu tun. Sie würde ihn wahrscheinlich sowieso verstoßen, wenn sie wüsste, dass er ... na ja, ihr wisst schon ...«

»Homosexuell ist!«, ergänzte ich und verdrehte die Augen. »Mein Gott, Derek, sprich es endlich aus, wir sind doch keine Kinder mehr. Wie seid ihr zwei denn dazu gekommen?«

Derek lächelte jetzt schüchtern. »Wir haben beim Backwettbewerb nebeneinander gearbeitet und sind halt irgendwie ins Gespräch gekommen.«

»Na ja, eigentlich hätten wir es uns denken können. So perfekt, wie seine Haare sind ... und es ist doch immer so, die besten Jungs sind entweder vergeben oder vom anderen Ufer«, stellte Alissa trocken fest.

Oder unerreichbar, dachte ich betrübt, doch ich sprach es nicht aus.

»Und, wo trefft ihr euch?«, lenkte ich vom Thema ab.

»Hinter der Sporthalle gibt es einen kleinen Waldweg. Wir wollen eine Runde spazieren gehen.«

»Ja, ich erinnere mich. An unserem ersten Tag sind Ally und ich dort entlang gegangen, aber er führt nur im Kreis und ist sehr ... na ja, unspektakulär.«

»Ja, ich weiß, den findet keiner interessant. Deshalb wird dort wohl auch keiner stören, wir wollen uns ja nur ein bisschen unterhalten.«

Aufmunternd klopfte ich ihm auf die Schulter. »Ich wünsche dir viel Glück.«

Wir verabschiedeten uns vor dem Hexergebäude von Derek und umarmten ihn noch einmal. Bei den letzten Sonnenstrahlen machten wir uns auf den Weg zur Mulde.

Wir hatten Lara eingeweiht, und sie war kaum noch zu halten.

»Kommt schon, beeilt euch doch mal«, rief sie und tanzte vor uns her.

Alissa seufzte genervt. »Mann, wir hätten sie zu Hause lassen sollen.«

»Sei froh, dass du sie hast. Ich hätte auch gerne Geschwister.«

Als wir ankamen, ging gerade die Sonne unter und verwandelte den Himmel in ein Flammenmeer, sodass selbst der Schnee orange, rot und purpurn leuchtete.

»Seid leise jetzt.«

Wir spähten hinter dem Baumstamm hervor, und Lara schoss jede Warnung in den Wind.

»Seht euch das an! Die Elfen leuchten ja in allen Farben! Und hier gibt es überall Blumen!«

»Lara, komm zurück, bevor sie dir ein Auge ausstechen!«, zischte Alissa.

Ich erinnerte mich sorgenvoll an die kleine Elfe, die mir mit ihrem Zahnstocher gedroht hatte. Nicht auszudenken, was eine ganze Gruppe ausrichten könnte. Beunruhigt sah ich in die Baumkronen, in denen die geflügelten Wesen vor Schreck verschwunden waren. Lara ließ sich nicht beirren, setzte sich in den Schnee mitten auf der Lichtung und fing einfach an, ein Lied über Blumen zu singen. Ihre Stimme klang glockenklar, und schon bald war sie umgeben von leuchtenden Libellenflügeln.

»Sieh dir das an«, sagte Ally fassungslos, »sie hat sie voll um den Finger gewickelt.«

Amüsiert schüttelte ich den Kopf. »Die bekommen wir nie wieder weg von hier.«

Es war ein schönes Bild. Das kleine Mädchen strahlte eine Sorglosigkeit aus, die mir das Herz aufgehen ließ. Langsam verschwand die Sonne, und es fing an zu dämmern. Wir würden bald aufbrechen müssen, um den Weg zur Schule noch zu finden. Plötzlich stoben alle Elfen auseinander und waren spurlos in den Bäumen verschwunden.

»Hey, Lara, was hast du mit ihnen gemacht?« fragte Alissa stirnrunzelnd.

»Gar nichts, sie sind einfach davongeflogen!«

Misstrauisch sah ich nach oben, ein komisches Gefühl im Nacken. Lara kam zu uns.

»Hier stimmt was nicht!«

Ich spürte es. Mein Körper spannte sich an und warnte mich vor irgendetwas. Wurden die Elfen von einem Wildschwein verjagt? Oder war es nur ein Greifvogel? Nervös sah ich mich um. Ich kniff die Augen zusammen, als ich zum Schutzschild der Schule spähte, mit der Erwartung, das übliche, transparente Farbengemisch zu sehen. Der Regenbogenschimmer war verschwunden. Und noch etwas anderes ließ mir das Blut in den Adern gefrieren. Der Geruch nach Asche und Verwesung.

Kapitel 22

Mein Herz setzte aus. Kaltes Entsetzen packte mich. Die Schutzzauber waren nicht mehr aktiv, wir standen mitten im Wald, und ganz in der Nähe waren Mairas.

Etwas weiter entfernt sah ich einen Schatten durch die Äste der Bäume huschen.

»Alissa, hier ist ein Maira!«, flüsterte ich entsetzt.

Sie klatschte die Hand auf Laras Mund, die gerade anfangen wollte, zu schreien.

»Jill, was redest du da? Das kann nicht ...«

»Ist es aber! Die Schutzzauber der Schule sind verschwunden!«

»Aber ...«

Ein Zischen, ähnlich dem einer Echse, durchbrach die Stille, und Alissa riss geschockt die Augen auf. Ich fasste den Entschluss, bevor ich richtig darüber nachgedacht hatte. »Lauft zur Schule, schlagt Alarm!«

»Spinnst du? Was ist mit dir?«

»Ich lenke sie ab. Wenn wir jetzt alle losrennen und ihnen den Rücken zudrehen, sind wir erledigt!«

Lara wimmerte entsetzt unter Alissas Hand, und ihr liefen heiße Tränen über die Wange.

Panisch zog Ally an meinem Ärmel. »Jill, ich lass dich nicht ...«

Das markerschütternde Kreischen eines Mairas durchbrach die Stille. Sie hatten uns entdeckt. Ich konnte noch mehr Schatten durch die Äste huschen sehen, milchig-weiße Augen glühten in der Dunkelheit und richteten sich auf uns.

»Lauf!«, schrie ich. »Denk an Lara!«

Alissa drehte sich auf dem Absatz herum und zog Lara hinter sich her. Allein ihr Beschützerinstinkt der kleinen Schwester gegenüber brachte sie dazu, auf mich zu hören.

Über uns brach die Hölle aus. Riesige Flügel schlugen aufgeregt durcheinander, die Mairas zischten und grollten, Äste brachen, als sie sich auf uns stürzen wollten. Ich drehte mich ihnen entgegen, zählte mindestens fünf.

Ich war erledigt, das konnte ich nicht schaffen. Doch Alissa und Lara konnten es, wenn ich die Mairas nur lange genug ablenkte. In Sekundenschnelle griff ich nach meiner Prana und warf einen Energieball auf den Maira, der mir am nächsten war. Von blauen Blitzen umgeben stürzte die Kreatur vom Baum, doch ich wusste, dass ihre Benommenheit nicht lange anhalten würde. Ein weiterer Energieball zerfetzte den Flügel eines anderen Mairas. Ich schoss verzweifelt auf alles, was sich um mich herum bewegte, doch die Mairas waren zu zahlreich und beweglich. Die Pranabälle kosteten mich zu viel Kraft, ich konnte es nicht mehr lange durchhalten.

Vor mir landete ein Maira, und ich griff blitzschnell nach dem langen Dolch in meinem Stiefel. Ich duckte mich unter der ausgestreckten Klaue des Wesens hindurch, wirbelte herum und jagte den Dolch in seinen Rücken. Das harte Training mit Nathan hatte mich zu einer exzellenten Nahkämpferin gemacht, und ich hatte sofort die Stelle zwischen den Rippen gefunden, die es meinem Dolch möglich machte, das Herz des Mairas zu durchbohren. Er zerfiel zu glühendem Staub.

Doch ich machte mir nichts vor, ich konnte nicht gegen alle kämpfen.

Eine Klaue packte mich von hinten am Hals und drückte zu. Ich konnte in der Dunkelheit kaum noch etwas erkennen. Ich konnte die widerliche, lederne Haut der Mairaklaue spüren, die versuchte, meinen Hals zu zerquetschen. Ich wurde mit dem Rücken gegen einen Baum geschleudert und sah das mit lederner Haut überzogene Gesicht, die schwarzen, spitzen Zähne. Ich roch den fauligen Atem des Mairas. Keuchend rang ich nach Luft. Ich konnte nicht atmen. Panik breitete sich in mir aus, verzweifelt versuchte ich, etwas von dem lebensrettenden Sauerstoff um mich herum zu erhaschen. Doch die Kreatur kannte kein Erbarmen. Um mich herum wurde es dunkel, mein Sichtfeld verschwamm. Gleich würde ich in Ohnmacht fallen. Ich wartete auf den tödlichen Biss …

Hätte er nicht schon längst kommen müssen?

Plötzlich wimmelte es um mich herum von kleinen bunten Lichtern. Die Elfen waren zurückgekehrt und hatten sich ebenfalls in den Kampf gestürzt.

Mit ihren messerscharfen Minischwertern schlitzten sie die lederne Haut der Mairas auf und stachen auf ihre Augen ein. Die Hand an meinem Hals löste sich, und ich fiel nach Atem ringend zu Boden. Die Elfen konnten die Mairas zwar nicht töten, doch sie lenkten sie so weit ab, dass ich für einen Moment unbeobachtet blieb. Der Maira, den mein Energieball getroffen hatte, rappelte sich wieder auf und schlug ebenfalls mit den Klauen nach den kleinen, mutigen Elfen, die jedoch viel zu schnell und flink waren.

Ich rappelte mich auf und begann zu rennen. Die Elfen hatten mich gerettet, um mir diese Fluchtmöglichkeit zu ermöglichen. Ich musste sie nutzen.

Ich jagte über die umgestürzten Bäume, ohne langsamer zu werden. Auch hier machte sich mein hartes Ausdauertraining im Unterricht bezahlt, doch die Dunkelheit behinderte meine Sicht. Ich blieb an Sträuchern hängen und stolperte über Wurzeln. Das Atmen bereitete mir Probleme, und ich spürte das feuchte Blut an meinem Hals, wo der Maira meine Haut aufgekratzt hatte. In der Ferne konnte ich den Alarm der Schule hören. Eine Durchsage wurde gemacht, doch ich konnte sie nicht verstehen.

»Oh, Gott sei Dank«, rief ich verzweifelt. Alissa und Lara mussten es geschafft haben. Hinter mir konnte ich die Mairas wieder hören. Die Elfen hatten ihr Bestes getan, doch sie konnten sie nicht ewig aufhalten.

Ich blieb hinter einem breiten Stamm stehen und lauschte angestrengt. Das Kreischen und Zischen befand sich direkt hinter mir. Ich musste mir etwas einfallen lassen, um es das letzte Stück aus dem Wald herauszuschaffen. Meine Pranabälle musste ich gezielt schießen, und die Mairas waren einfach zu zahlreich. Ich brauchte etwas Flächendeckenderes.

Ich trat in dem Moment hinter dem Baum hervor, als die Mairas aus dem Gestrüpp brachen, mit Rissen in den Flügeln und Schnitten in der Haut. Zwei von ihnen befanden sich auf den Bäumen, die anderen beiden auf dem Boden.

Die weißen Augen, die mich in meinen Alpträumen verfolgten, starrten mich an. Spitze Zähne wurden gefletscht. Nein, diese Wesen hatten nicht einmal annährend Ähnlichkeit mit einem Menschen. Es waren Dämonen. Wesen der Unterwelt. Und sie waren überaus tödlich.

Wieder griff ich nach meiner inneren Prana und beschwor ein Feuer herauf, wie ich es nie zuvor geschafft hatte. Die Büsche und Sträucher zündeten, und ich konzentrierte mich auf die Bäume mit den beiden Mairas. Die Flammen schossen in die Höhe, hüllten die kreischenden Wesen ein und fraßen sich durch das Holz.

Ich konnte den beißenden Gestank von brennendem

Fleisch riechen und musste würgen. Die Mairas am Boden kämpften sich durch die Flammen auf mich zu. Ich rannte, drehte mich ab und zu um und setzte ziellos alles hinter mir in Brand. Voller Panik, jeden Moment von hinten geschnappt zu werden, setzte ich einen Schritt vor den anderen. Durch die Bäume konnte ich die Lichter der Schule entdecken, was mir den Ansporn für einen letzten Sprint gab.

Ich spürte einen Maira dicht hinter mir, blieb abrupt stehen und ließ mich flach auf den Boden fallen. Die Kreatur rechnete nicht damit, sauste über mich hinweg, und so konnte ich vom Boden aus einen gezielten Tritt in dessen Kniekehle landen. Der Maira schlug mit den Flügeln, um das Gleichgewicht zu halten, und ich warf mich auf seinen Rücken, von wo aus ich meinen Dolch in dieselbe Stelle zwischen den Rippen rammte, die sich schon zuvor bei einem der Monster als todbringend erwiesen hatte. Ich schlug hart auf dem Boden auf, als der Körper unter mir zu Staub zerfiel.

Keuchend rannte ich zwischen den letzten Bäumen hindurch und fiel auf die Knie, als mir ein Dutzend Lehrer und andere Erwachsene entgegenkamen.

»Mein Gott, Miss Benett!«, rief Mrs. Preston und half mir auf die Beine. »Dem Himmel sei Dank, wir dachten, Sie hätten es nicht geschafft! Wie viele sind es dort?«

»Ich weiß es nicht«, keuchte ich, »es waren fünf. Zwei habe ich erwischt und weitere zwei in Brand gesteckt, keine Ahnung, ob sie das überleben.«

Sie sah mich mit aufgerissenen Augen an. Ich konnte erkennen, dass die Leute, die an mir vorbeiliefen, bis auf die Zähne bewaffnet waren. Ich kam nicht umhin zu bemerken, dass meine mollige Klassenlehrerin mit ihrem Kampfanzug vollkommen fehl am Platz wirkte. Im Wald hinter mir konnte ich noch immer die Flammen in die Höhe schießen sehen.

»Sie ... Sie haben ... ach du meine Güte! Nun gehen Sie schnell in den Speisesaal zu den anderen, wir werden von mehreren Seiten angegriffen!«

Sie rannte weiter und zog gekonnt ein Schwert aus ihrem Anzug. Na gut, vielleicht wusste sie ja doch, wie man kämpft. Ich rannte das letzte Stück über den Campus und riss die Tür zur Eingangshalle der Schule auf. Drinnen herrschte ein heilloses Durcheinander.

Alissa kam auf mich zu gerannt, warf sich plötzlich an meinen Hals und schluchzte. »Ich hatte solche Angst um dich!«

Ich tätschelte ihr verwirrt den Rücken und versuchte, alles zu erfassen. »Was ist hier los?«

»Sie haben alle hierher gebracht. Jedenfalls die Schüler, die Kinder und alle Eltern, die keine Kampfausbildung haben. Mum und deine Tante sind auch mit draußen.«

»Was?!«, schrie ich.

»Ich konnte sie nicht aufhalten!«, sagte Alissa verzweifelt.

Nathan kam an mir vorbeigerannt. »Gott sei Dank, Jill, ich habe gehört, du warst da draußen. Tu mir einen Gefallen und bring hier Ordnung rein, ich werde als Kämpfer gebraucht. Verbarrikadiert alles, es werden immer mehr Mairas!«

Er verschwand in der Menge und ließ mich hilflos zurück. Wie sollte ich mir hier Gehör verschaffen? Alle liefen panisch herum, und durch den Lärm konnte man kaum etwas verstehen.

»Wo ist Derek?«, fragte ich Ally.

»Ich weiß es nicht, ich habe ihn noch nicht gefunden!«

»Hier müssten doch viel mehr Schüler sein!«

»Die Mondkinder fehlen, Jill! Vor einer halben Stunde ist der Mond aufgegangen, und da beginnen sie, sich zu wandeln! Sie haben sich in ihrem Wohnhaus eingeschlossen.«

Hoffentlich waren es genügend Kämpfer, die sich draußen den Mairas entgegenstellten. Ich versuchte, einen klaren Kopf zu bewahren und stellte mich auf den Sockel einer Säule der Eingangshalle. Ich folgte einfach einer Eingebung und improvisierte.

»Alle mal herhören! Ruhe bitte!«

Nach und nach richteten sich die Augen auf mich.

»Da draußen wimmelt es von Mairas, also hört gefälligst auf, wie aufgeregte Hühner durcheinander zu laufen! Wir gehen in den Speisesaal, alle!«

Ich sah mich kurz um, vor mir stand eine Gruppe von Vampiren.

»Jacob, Malcom und wie auch immer du da in dem grünen Pullover heißt ...« Der angesprochene Vampir blickte mich erschrocken an. »Soweit ich weiß, gibt es im ersten Stock noch ein kleines Waffenlager, geht los und bringt so viel davon hierher, wie ihr tragen könnt. Alle Schüler, die die Kampfausbildung bei Nathan begonnen und den Mut haben, nehmen sich bitte eine Waffe. Auch sonst jeder, der es sich zutraut. Stellt euch an den Eingang und die Fenster, nur für den Fall, dass es ein Maira hier herein schafft. Die Restlichen bitte nach hinten, vor allem die Kinder. Und verhaltet euch ruhig! Es bringt keinem etwas, wenn ihr Panik schiebt.«

Zu meinem Erstaunen setzten sich alle in Bewegung und hörten auf mich. Mit offenem Mund betrachtete ich das Schauspiel. Alissa berührte mich am Arm.

»Super, Jill! Die Leute brauchen eine Aufgabe, um nicht im heillosen Durcheinander zu versinken. Bis jetzt hat es nur noch keiner geschafft, die Initiative zu ergreifen.«

Erschöpft ließ ich mich auf den Sockel sinken. Nach und nach kam Ordnung in das Durcheinander von Menschen. Wie sich herausstellte, hatten wir zahlreiche Kämpfer unter uns. Die Vampire kamen mit den Waffen zurück und verteilten Schwerter und Dolche an jene, die keine Magie nutzen konnten. Es dauerte nur ein paar Augenblicke, da stand eine undurchdringliche Reihe an Kämpfern aus dem dritten und zweiten Jahrgang vor allen Hilflosen.

Der Schulsprecher, ein Hexer namens Max, kam auf mich zu geeilt. Ich wusste, dass sein Spezialgebiet die äußerst seltene Ferrokinese war – er konnte magnetisch beeinflussbare Metalle manipulieren. Kurz fragte ich mich, ob ich sie ebenfalls beherrschen konnte.

»Hey, gut gemacht«, sagte er anerkennend. »Wenn du nichts dagegen hast, übernehme ich die Führung jetzt, du siehst fertig aus.«

Ich nickte dankbar. Jetzt, wo alle ihren Beschäftigungen nachgingen, machte ich mir Sorgen um jene, die nicht in der sicheren Halle waren. Da draußen waren Tante Am, Mrs. Collins, Nathan. Auch Derek hatten wir noch nicht gefunden. Eine Unruhe machte sich in mir breit.

Plötzlich ging die Tür auf, und Derek kam hereingestürmt, gefolgt von einem atemlosen Don.

»Derek, wo hast du denn gesteckt?«, rief ich, und Tränen der Erleichterung stiegen mir in die Augen.

»Da draußen ist die Hölle los, Jill! Die Schutzzauber der Schule sind gebrochen, von allen Seiten greifen uns Mairas an.« Er stützte die Hände auf die Knie und rang nach Atem.

»Was ist mit den Jägern, sind wir überlegen?«

Er sah mich missmutig an. »Ich kann es nicht genau sagen, alles war so durcheinander. Aber ich befürchte, wir sind in der Unterzahl. Überall im Wald finden Kämpfe statt, und die Mairas sind bis zum Gebäude der Werwölfe vorgedrungen. Sie versuchen dort einzudringen, und die Mondkinder sind auf sich allein gestellt.«

Mir wurde schlagartig kalt. Die Werwölfe mussten außer sich sein. Konnten sie während der Wandlung überhaupt kämpfen? Wahrscheinlich besser als je zuvor, überlegte ich.

Doch ich konnte nicht einfach hierbleiben und tatenlos herumsitzen, während Tante Am dort draußen um ihr Leben kämpfte. Ich wusste nicht, woher mein plötzlicher Mut kam, aber ich ging zu dem Stapel Waffen, der auf einem Tisch lag, und nahm mir ein Kilidsch und ein langes Schwert.

»Jill, was zum Henker hast du vor?«, kreischte Alissa und sah mich fassungslos an.

»Ich helfe da draußen. Du hast es doch gehört, wir sind in der Unterzahl!«

Erstaunlicherweise klang meine Stimme fest und entschlossen. Mir wurde klar, dass ich seit dem Mairaangriff kaum Angst um mich selbst gehabt hatte. Das war es also, was Ryan gemeint hatte. Die Angst besiegen. Ich wusste, dass ich nicht mehr hilflos war und kämpfen konnte. Dafür hatte ich schließlich geübt. Die Sorge um Tante Amalia und alle anderen, die mir lieb und teuer waren, brachte mich jedoch fast um.

»Wir kommen mit!«, rief Alissa sofort.

»Nein, Ally, das werdet ihr nicht. Lara braucht dich hier. Du und Derek habt weder ein Spezialgebiet, das beim Kämpfen nützlich ist, noch habt ihr auch nur eine einzige Trainingsstunde für Mairajäger absolviert.«

Sie sah mich gekränkt an, und sofort bekam ich ein schlechtes Gewissen. Ich packte sie an den Armen.

»Bitte, Ally! Ich kann mir nicht auch noch Sorgen um euch beide machen, ich brauche euch hier. Wenn wir da draußen versagen, dann müsst ihr es hier im Saal mit den Mairas aufnehmen! Ihr habt den Selbstverteidigungsunterricht mitgemacht, aber das reicht nicht, um es mit mehreren Mairas dort draußen aufzunehmen.«

Sie sah mich an, und wieder liefen ihr die Tränen über die Wangen. »Wieso nur musst du dich immer so in Gefahr bringen? Das ist doch unsagbar dämlich!«

»Weil ich nicht einfach tatenlos hier rumsitzen kann! Ja,

vielleicht ist es dämlich, aber ich könnte es mir sonst nicht verzeihen.«

Sie setzte zum Protest an, doch Derek legte ihr beruhigend seine Hand auf den Arm.

»Lass sie! Wenn jemand helfen kann, dann Jill.«

Erstaunt sah ich ihn an, und er umarmte mich.

»Wenn das Böse die Dreistigkeit hat, muss das Gute den Mut haben. Pass auf dich auf!«

»Ich komme mit«, ertönte plötzlich Ryans Stimme hinter mir. Mir stockte für einen Moment der Atem, als ich mich herumdrehte und in sein perfektes Gesicht blickte. Dann riss ich mich zusammen.

»Vergiss es.« Wütend starrte ich ihn an.

»Spar dir das. Ich mache, was ich will, und da draußen kämpft auch meine Großmutter für uns.«

Verzweifelt suchte ich nach einem Grund, ihn hierzulassen, doch mir wollte keiner einfallen. Ryan war einer der besten Kämpfer, die ich kannte. Wenn mir einer den Rücken decken konnte, dann er. Ich sah auf die Uhr, uns lief die Zeit davon.

»Also schön, machen wir, dass wir hier wegkommen, bevor sonst noch irgendwer den Helden spielen will und die Kinder am Ende ganz allein hier sind.« Ich stieß einen frustrierten Laut aus und trat gemeinsam mit dem Jungen, den ich eigentlich um alles auf der Welt außer Gefahr wissen wollte, auf den dunklen Campus. In diesem Moment wünschte ich mir einmal mehr, ich wäre ein ganz normales Mädchen.

Kapitel 23

Überall in der Ferne ertönten Kampfesschreie, das Zischen und Fauchen von Mairas, Schüsse, hier und da sah man Flammen oder Lichtblitze im Wald. Ryan und ich sahen uns kurz an.

»Zum Wohntrakt der Werwölfe!«, sagte ich bestimmt, und er nickte. Um uns herum war es ruhig und dunkel, wir joggten nebeneinander her.

Plötzlich hielt Ryan mich am Arm zurück. »Dort vorne auf dem Baum, er lauert auf uns!«

Ich spähte in die Dunkelheit. »Ich sehe aber nichts.«

»Vertrau mir, ich kann ihn hören!«

Ach ja, richtig. Vampirgehör.

»Wo genau?«

Er zeigte auf eine Baumkrone, etwa dreißig Schritte entfernt. Ich konzentrierte mich darauf und ließ den Baum innerhalb von Sekunden in Flammen aufgehen. Ein Kreischen ertönte, als ein brennender, geflügelter Leib abhob und vor uns auf dem Boden landete, um sich im Schnee zu rollen. Ryan war schnell wie der Wind, rannte hin und setzte einen gezielten Stich ins Herz der Kreatur. Die Krone des Baums loderte, man konnte Zweige knacken und Flammen knistern hören. Wir beeilten uns, damit wir von dem brennenden Baum wegkamen.

»Du weißt, was das heißt. Wir müssen zur nächsten Ehrung wieder auf diese dämliche Bühne«, murmelte ich, damit Ryan meine Nervosität nicht mitbekam. Er schnaubte, und wir kamen in Sichtweite des Wohntraktes der Mondkinder.

»Sieh dir das an!«

Ich sah geschockt auf das Gebäude, das von mindestens zwanzig Mairas belagert wurde, die entschlossen nach Eingängen suchten. Sie kratzten an Türen, krochen über das Dach, schlugen Fenster ein. Sie waren außer sich, die eingeschlossene Beute trieb sie in den Blutrausch, und nur der Hunger schien sie zu lenken. Die vielen Schüler mussten ein wahres Festmahl für die Mairas darstellen.

»Was tun wir jetzt?«, rief ich verzweifelt, unfähig den Blick abzuwenden.

»Na, was wohl. Wir helfen ihnen!«

Ryan packte meine Hand, und wir rannten los. Das Gebäude war noch gut zweihundert Meter entfernt, als die Mairas es schafften einzudringen. Aus der Entfernung feuerte ich Energiebälle ab, die ein paar Mairas vom Dach holten. Aus dem Wohntrakt konnte man das Heulen der Mondkinder hören. Mir kroch eine Gänsehaut den Rücken hinauf, es klang so unmenschlich. Eine Mischung aus Menschengebrüll und Wolfslauten. Sie kämpften um ihr Leben.

Die Eingangstür sprang auf, und einige Werwölfe stürmten nach draußen, um den Kampf unter freiem Himmel fortzuführen. Ich hielt an und starrte gebannt auf die Szene. Es war nicht mehr zu erkennen, um welche meiner Schulkameraden genau es sich handelte, denn sie hatten sich verwandelt.

Ich schluckte, doch mein Mund fühlte sich plötzlich ausgetrocknet an. Ich konnte lange Schnauzen mit spitzen Reißzähnen erkennen, leuchtend gelbe Augen, in denen nichts mehr von dem sonst meist wunderschönen Gold zu sehen war. Buschige Augenbrauen, gebückte Haltung und lange

Klauen. Über den Armen und an manchen Stellen im Gesicht konnte ich leichtes Fell erkennen. Halb Mensch, halb Wolf, es war scheußlich. Sie schlugen mit ihren Klauen um sich, rissen mit den Zähnen ganze Fetzen aus den Mairas.

Ryan zögerte ebenfalls. »Vielleicht ist das doch keine so gute Idee …«

»Doch, sie brauchen uns«, sagte ich, als ich sah, dass die Mairas sich keineswegs von Bissen und den tiefen Wunden der Klauen verscheuchen ließen. Sie kannten keinen Schmerz.

Ich zog meine Schwerter, als ich auf die Menge zu rannte, mich mitten hineinstürzte und auf alles einschlug, was wie ein Maira aussah. Mein Verstand setzte aus, hier zählte nur der Kampf ums nackte Überleben. Ich bekam am Rande mit, wie ich zwei Mairas den Kopf abschlug und einem weiteren das Herz durchbohrte. Ich war im Kampfmodus. Meine Arme und Beine bewegten sich, ohne dass ich richtig darüber nachdachte. Rücken an Rücken stand ich mit Ryan, und wir spürten die Absichten des anderen, ohne uns verständigen zu müssen.

Es war ein Gemetzel. Ein Werwolf kam im Rausch des Kampfes auf mich zu gestürzt, und ich musste ihn mit dem Ellenbogen K. O. schlagen. Die Mairas waren keineswegs die einzige Gefahr für uns, denn kaum ein Mondkind konnte noch zwischen Freund und Feind unterscheiden. Sie verhielten sich im wahrsten Sinne des Wortes wie Tiere. Ich verschoss zwischen meinen Schwertschlägen ein paar blaue Energiebälle, die die Mairas so lange betäubten, bis ein anderer sie tötete.

Die Kampfesgeräusche um uns herum wurden leiser, und als ich dem letzten Maira mein Kilidsch ins Herz rammte, wurde es um uns herum still. Erst jetzt bemerkte ich die Tränen, die mir über die Wange liefen. Ich verabscheute mich für meine Blutrünstigkeit, auch wenn es Monster waren, die ich umgebracht hatte.

Ich atmete, tastete nach meinem Arm, der von einer Mairaklaue erwischt wurde. Die Wunde war nicht tief, aber ich blutete relativ stark. Sofort wich Ryan, der direkt neben mir stand, etwa zwei Meter zur Seite, und ich konnte erkennen, dass er die Luft anhielt. Plötzlich erstarrte er. Doch sein Blick war weniger auf meine Wunde gerichtet, als auf irgendetwas um uns herum. Dann hörte ich das Grollen.

Ich sah mich verwirrt um. Wir standen inmitten einer Horde verwandelter Werwölfe, die uns zähnefletschend ansahen und umkreisten. Das konnte doch wohl nicht wahr sein. Undankbares Pack.

»Ist das euer Ernst? Wir haben gerade versucht, euch zu retten!«, rief ich wütend.

Ich konnte Verwirrung in den Gesichtern der Mondkinder erkennen. Sie versuchten krampfhaft, wieder zu sich selbst zu finden ...

Ryan kam langsam wieder zu mir und blickte mit wachsamen Augen um sich. »Vielleicht ist das nicht der richtige Zeitpunkt, um sie anzuschreien.«

Ich schnaubte. »Super, ich überlebe eine Horde Mairas und werde von meinen Mitschülern zerfleischt.«

Der Werwolf mir gegenüber fletschte die Zähne. Er hatte etwas Wildes, Unbezähmbares im Blick. Diese Augen und auch das blonde, nun ja, *Fell* kamen mir bekannt vor.

»Jonathan«, flüsterte ich, und mir wurde übel.

Der Werwolf setzte zum Sprung an.

»Genug jetzt!«, ertönte eine herrische Stimme, und Mrs. Grant kam aus der Dunkelheit geschritten. Sie sah aus wie eine Göttin. Die schwarzen Haare wehten in unsichtbarem Wind, und der Kampfanzug, in dem sie steckte, machte ihr Auftreten nur noch imposanter. Um ihre Hände spielten helle Pranablitze, und sie strahlte eine Macht aus, die es einem unmöglich machte wegzuschauen. Ich war noch nie so dankbar, sie zu sehen.

»Der Kampf ist vorbei, die Mairas sind besiegt. Gehen Sie ins Gebäude und beruhigen Sie sich. Ich schicke jemanden, der sich um Ihre Wunden kümmert.«

Ohne zu zögern gehorchten die Mondkinder, und auch Jonathan verschwand mit einem letzten Knurren im Wohntrakt. Keine Frage, Mrs. Grants Auftreten hatte sie schnell zur Besinnung gebracht.

»Und Sie beide gehen zurück in die Halle. Dort hat ebenfalls ein Kampf stattgefunden, und es wird jede Hilfe benötigt. Wir bringen die Toten und Verletzten dorthin.«

Ohne sich weiter um uns zu kümmern, eilte sie weiter.

Kaltes Entsetzen überrollte mich. Tote? Ich hatte das Gefühl, in ein tiefes Loch zu stürzen. War Tante Am etwas passiert? Unfähig, mich zu bewegen, sah ich entsetzt meiner Schulleiterin hinterher, die in die Richtung rannte, aus der ich vorher noch Kampfesschreie gehört hatte. Ryan packte mich am Arm und holte mich in die Wirklichkeit zurück. »Komm schon!«

Ich überlegte nicht lange und rannte los. Alissa. Lara. Derek. Ging es ihnen gut? Wie schlimm waren die Kämpfe im Schulgebäude gewesen?

Als ich den Saal erreichte, zwängte ich mich verzweifelt zwischen den aufgeregten Schülern und Eltern hindurch. In der hintersten Ecke fand ich sie. Alissa mit ihrer Familie, Tante Am und Derek, der Hand in Hand mit Don stand und mich heranwinkte.

Der Knoten in meiner Brust löste sich, und ich warf mich in die Arme von Tante Amalia, die auf einem Stuhl saß und sich von Mrs. Collins eine tiefe Wunde über dem Auge verbinden ließ.

»Jillian, ich hatte solche Angst, dass dir etwas zugestoßen ist!«

»Es tut mir leid«, schluchzte ich, »ich musste etwas tun.«

Sie drückte mich noch etwas fester an sich. »Ich weiß, mein Kind, und ich bin wahnsinnig stolz auf dich.«

Jetzt ließ ich meinen Tränen freien Lauf. Es war so entsetzlich viel passiert an diesem Abend. Alissa erzählte mir, dass es sieben Mairas in den Saal geschafft hatten, die jedoch kaum eine Chance gegen die hohe Anzahl von Kämpfern gehabt hatten.

Erschöpft setzte ich mich auf den Boden zu Tante Ams Füßen. Die Sorge um Freunde und Familie hatte mir die Kraft gegeben, den ganzen Weg hierher zu rennen, doch nun merkte ich, wie ausgelaugt ich war.

Im Saal herrschte noch immer ein heilloses Durcheinander. Die Verletzten wurden in den hinteren Teil gebracht und von Mrs. Iwanov und ein paar freiwilligen Helfern mit entsprechender Ausbildung versorgt. Ich sah Ryan etwas weiter entfernt mit seiner Großmutter reden.

»Gott sei Dank, Mrs. Almont geht es auch gut.«

»Sie war der Wahnsinn«, flüsterte Tante Am ernst, »ich habe selten jemanden so gut und so schnell kämpfen sehen. Und das in dem Alter.«

»Du hast ihr in nichts nachgestanden, Amalia«, sagte Mrs. Collins und legte einen Verband um die Stirn meiner Tante.

Ich beobachtete Ryan und die weißhaarige Frau, die eigentlich so gebrechlich aussah, als Mrs. Grant den Saal betrat. Sie sah mitgenommen aus, und auf ihrem Anzug konnte man die Spuren des Kampfes sehen. Ich wusste, was jetzt kam, und wappnete mich. Am liebsten hätte ich mir die Ohren zugehalten und laut gesummt. Aus gutem Grund hatte ich keinem die Frage nach den Toten gestellt.

Mrs. Grant räusperte sich und bat um Gehör. Im Saal wurde es schlagartig still. Sie wiederholte kurz das Geschehene und versuchte dann mit brechender Stimme, die richtigen Worte zu finden.

»Wir haben heute gekämpft … Wir haben unsere Schule mit Mut verteidigt … Wir konnten die Mairas vertreiben … Leider haben auch wir dabei Verluste erlitten. Schweren Herzens muss ich verkünden, dass Mrs. Harrison und Mr. Bowland heute Abend im Kampf gegen das Böse ihr Leben gelassen haben. Sie opferten sich für den Schutz dieser Schüler, und ihnen gehört mein größter Respekt. In drei Tagen wird die Trauerfeier bei uns stattfinden.«

Ich hörte Alissas Schluchzen neben mir und nahm sie in den Arm. Mr. Bowland war ihr Informatiklehrer gewesen, und ich wusste, dass sie ihn gemocht hatte. Mrs. Harrison, die Sekretärin, hatte ich nach unserem ersten Tag hier nur ein paar Mal zu Gesicht bekommen, doch sie war stets freundlich gewesen. Dennoch war ich fast erleichtert, dass es nicht mehr Tote waren, und auf die Erleichterung folgten Schuldgefühle, weil ich so dachte. Mrs. Harrison hatte Kinder. Auch Mr. Bowland hatte bestimmt eine Familie. Sie hatten es nicht verdient zu sterben.

Auch Verletzte gab es genug, denn Mrs. Iwanov und ihre Helfer schienen alle Hände voll zu tun zu haben. Mrs. Grant fuhr fort.

»Der Wohntrakt der Mondkinder wurde gestürmt, doch dank dem herausragenden Mut der Wölfe, begleitet von Miss Benett und Mr. Almont, konnten die Mairas auch dort überwältigt werden. Ich bitte alle hier anwesenden Mitglieder der VO und alle Lehrer in einer halben Stunde zu einer Versammlung in mein Büro. Miss Benett und Mr. Almont werden ebenfalls um Erscheinen gebeten. Alle anderen, die nicht verletzt sind oder bei Mrs. Iwanov gebraucht werden, gehen bitte auf die Zimmer. Ich werde noch heute Nacht dafür sorgen, dass die Schutzzauber wiederhergestellt werden und ausreichend Wachen vorhanden sind. Sie brauchen sich also keine Sorgen zu machen.«

Ich seufzte und ließ den Kopf auf die Knie sinken. Ich

wusste nicht, ob ich mich geehrt fühlen oder schnellstmöglich die Beine in die Hand nehmen sollte. Was sollte ich auf der Versammlung? Ich wollte nur noch ins Bett, mir die Decke über den Kopf ziehen und den Tag schnellstmöglich vergessen.

Nathan begann, herumzulaufen und alles zu organisieren. Er stellte ein Aufräumteam zusammen, teilte Wachen ein und sorgte dafür, dass alle anderen auf die Zimmer gingen. Nach und nach brachte man alle transportfähigen Patienten auf die Krankenstation.

»Ich werde mal schauen, ob ich dort helfen kann«, sagte Tante Amalia. Alissa und ihre Mutter redeten beruhigend auf die immer noch aufgelöste Lara ein und brachten sie aufs Zimmer. Derek und Don standen etwas verlegen nebeneinander, bevor sie sich auf den Weg zum Hexertrakt machten. Ich beschloss, mir die Beine an der frischen Luft zu vertreten, bevor mich die Müdigkeit noch umhaute.

Auf dem Campus begrüßte ich die eiskalte Nachtluft, die meine Lebensgeister erweckte. Ich war nicht weit gekommen, da rief Ryan hinter mir und holte auf.

»Jill, warte!«

Genervt drehte ich mich um. Konnte ich nicht einmal meine Ruhe haben?

»Was ist denn?«

»Das hier«, sagte er, nahm, bevor ich reagieren konnte, meinen Kopf in beide Hände und küsste mich. Ich war zu geschockt, um etwas zu unternehmen. Seine weichen Lippen bewegten sich auf meinen, und ich nahm vage wahr, wie ich ihn an mich zog. Sofort wurde ich von dem warmen Gefühl überrollt, das ich nur bei Ryan spürte. Mein Herz klopfte so laut, dass ich mir sicher war, jeder im Umkreis von zwanzig Metern könnte es hören. Nicht, dass es mich interessierte. Ich war gefangen in dem Augenblick, die Zeit schien stillzustehen, und alle Spannungen, die sich in den letzten Stunden in meinem Körper aufgebaut hatten, fielen von mir ab.

Ryan löste sich langsam von mir, und ich sah in seine leuchtenden Augen. Ich konnte mir kaum noch vorstellen, dass sie einst finster und dunkel auf mich gewirkt hatten.

»Was … wieso jetzt?«, fragte ich und versuchte, mich von ihm zu lösen. Er hielt mich fest und lächelte mich an, sodass mir die Knie weich wurden.

»Weil du recht hattest. Du bist eine verdammte Hexe. Und du hast es heute mit einer Horde Mairas aufgenommen, da wirst du ja wohl einen einzigen Vampir in Schach halten können.«

Ich konnte kurz die Unsicherheit in seinem Blick aufblitzen sehen.

»Bist du dir sicher?«

»Nein, bin ich nicht. Aber ich würde es gerne versuchen, das heißt, wenn du das auch willst … Ich kann dir nur nicht versprechen, dass es ein gutes Ende nehmen wird. Aber ich hatte heute schreckliche Angst um dich, und ich werde es nicht riskieren, noch mehr Zeit mit der Frage zu verplempern, ob es vielleicht schief gehen könnte.«

Ich schluckte, doch wenigstens war er ehrlich zu mir. Zum ersten Mal auf dieser Akademie hatte ich das Gefühl, dass etwas richtig lief. Konnte ich eine Beziehung mit einem Vampir eingehen? Würden wir glücklich werden? Mein Verstand sagte Nein, mein Herz dagegen Ja. Und so zog ich ihn nur an mich und küsste ihn mit einer Leidenschaft, die mich selbst überraschte.

Kapitel 24

Hand in Hand machten Ryan und ich uns auf den Weg zu Mrs. Grants Büro. In dem großen und elegant ausgestatteten Raum saßen sämtliche Lehrer und einige Männer, die wohl zur VO gehören mussten. Jemand hatte kreuz und quer alles voller Stühle und Sessel gestellt. Ryan und ich suchten uns einen Sessel in einer Ecke, von der aus wir alles beobachten konnten. Er setzte sich auf die Lehne und legte den Arm um mich.

Mrs. Preston schluchzte noch immer in ihr Taschentuch hinein, und es herrschte eine deprimierte Stimmung. Viele der Lehrer hatten heute nicht nur zwei Arbeitskollegen, sondern auch zwei Freunde verloren. Sogleich ging es zur Sache, und es wurde wild durcheinander geredet und spekuliert.

»Mairas, die in einem Rudel angreifen!«

»So etwas hat es noch nie gegeben!«

»Wir müssen herausfinden, wie das passieren konnte.«

»Wie konnten sie die Schutzzauber brechen?«

Von dem Gerede bekam ich Kopfschmerzen, und ich versuchte, die aufgeregten Stimmen auszublenden.

Mr. Sheffield saß einige Plätze weiter entfernt und sah mich scharf mit seinen wässrig-grünen Augen an. Ich wusste, dass es nichts Gutes bedeuten konnte, als seine kalte Stimme ertönte.

»Nun, die Frage ist nicht, wie konnten die Mairas die Schutzschilde brechen, sondern wer hat ihnen dabei geholfen?« Sein Blick war weiter auf mich gerichtet, und die Leute verstummten. »Ich wüsste zu gerne, was Miss Benett zu dieser Uhrzeit mitten im Wald und so nah am Rand des Schutzzaubers gesucht hat.«

Alle Augen schauten zu mir.

»Was wollen Sie damit sagen?«, fragte ich mit ebenso kalter und fester Stimme. Ich klang gefasster, als ich mich fühlte. Wollte er mir gerade in die Schuhe schieben, dass ich Mairas auf die Schule gehetzt hatte? Einige schauten mich verwirrt an.

»Was ich damit sagen will, ist, dass wir alle wissen, woraus die Schutzzauber bestehen. Sie sind die reine Energie. Eine Mischung aus Feuer, Eis und Luft, geformt von der Makropsychokinese und Telekinese, die weder Dämonen noch Mairas durchbrechen können. Nur eine ganze Gruppe von Hexen kann so einen Schutzzauber herstellen oder ihn zerstören.« Er legte eine bedeutungsschwere Pause ein, bevor er fortfuhr. »Oder eine Hexe, die alle Fähigkeiten gleichzeitig hat.«

Mit offenem Mund starrte ich ihn an. Was hatte dieser Typ gegen mich? Seit ich an dieser Schule war, versuchte er, mich fertigzumachen. Ich durfte ihm die Genugtuung nicht verschaffen, mich aus der Fassung zu bringen, und dennoch überschlug sich meine Stimme fast, als ich antwortete.

»Ich hatte bis eben nicht die geringste Ahnung, wie die Schutzzauber gemacht werden, geschweige denn, wie man sie zerstört. Auf dem Gelände befanden sich all meine Freunde und die einzige Verwandte, die ich noch habe. Glauben Sie allen Ernstes, ich hätte hier eine Horde Mairas reingelassen? Sind Sie noch bei Trost?«

Einige schnappten empört nach Luft, doch ich konnte auch zustimmendes Gemurmel hören.

»Hören Sie schon auf damit, Harvey!«, stimmte Mrs. Grant mir bei. »Sie ist siebzehn, und noch sind wir nicht sicher, ob sie alle Gebiete beherrscht. Sie hätte es niemals schaffen können. Und vergessen Sie nicht, nur dank der Warnung des Mädchens konnten wir Schlimmeres verhindern. Sie hat heute mehr Mairas getötet als manch anderer hier!«

»Ja, vielleicht, um von sich abzulenken.«

»Schluss jetzt! Sie ist nicht Silva, vergessen Sie das nicht!«

Mrs. Grants Ton ließ keine Widerrede zu, und Mr. Sheffield funkelte mich zornig an. Ich konnte nur mit Mühe den Drang unterdrücken, ihm die Zunge herauszustrecken.

»Hat sonst noch jemand Bedenken oder Fragen bezüglich Miss Benett?«

Einige sahen betreten zu Boden, doch die meisten blickten mich respektvoll an und verneinten die Frage.

»Ja, ich hab eine«, rief ein kleiner Mann mit Brille und Anzug, der zweifellos zur VO gehörte. »Warum ist sie auf unserer Versammlung? Sie ist doch noch ein Kind.«

Einige sahen neugierig zur Schulleiterin. Ich musste zugeben, dass ich mir diese Frage auch schon gestellt hatte. Dass Ryan auch erst siebzehn war, wurde ignoriert. Wahrscheinlich, weil er ein Mann war.

»Das hat einen guten Grund, James. Das Verhalten der Mairas hat sich verändert. Miss Benett hatte in dem letzten halben Jahr drei Begegnungen mit ihnen. Ich möchte wissen, inwieweit sich das Verhalten der Mairas gewandelt hat.«

Mr. Sheffield räusperte sich. »Miss Benett gehört nicht unbedingt zu meinen besten Schülerinnen im Fach Dämonologie. Ich bezweifle, dass sie weiß, wie Mairas sich normalerweise verhalten müssten!«

Ich ignorierte seinen Einwurf mit zusammengebissenen Zähnen und rief mir die ersten Unterrichtsstunden bei ihm in den Sinn. »Na ja, da wäre zum einen die Sache mit den weißen Augen. Sie sollten doch normalerweise schwarz sein. Und sie sind anscheinend keine Einzelgänger mehr.«

»Das wissen wir ja nun schon«, meinte Mr. Sheffield verächtlich.

»Ach ja, da wäre noch etwas«, begann ich zögernd. »Wir haben gelernt, dass Mairas sich ohne zu überlegen auf ihre Beute stürzen. Sie verfallen in eine Art Rausch und werden nur von Instinkten geleitet. Na ja, ich bin mir nicht sicher, aber der Maira, der mich in London festhielt, hat mich nicht getötet. Er hat gezögert. Und in Langfield hat mich ein Maira vom Baum aus beobachtet, ohne gleich anzugreifen.«

Um mich herum hörte ich aufgeregtes Gemurmel. Mrs. Grant wirkte geschockt und sah mich mit aufgerissenen Augen an, doch es dauerte nicht lange, bis sie sich wieder unter Kontrolle hatte und ihre Professionalität zurückkehrte. Was hatte das zu bedeuten?

Mr. Sheffield lachte herablassend. »Heute Abend waren sie ja wohl kaum zurückhaltend, wie Ihnen Mrs. Harrison und Mr. Bowland zweifellos bestätigen würden, wenn sie nicht *tot* wären.«

So langsam hing mir der Mann zum Hals heraus, und ich wäre am liebsten aufgesprungen und weggegangen.

»Ich denke auch, dass es wohl eher Zufall war«, bestätigte Mrs. Grant zögernd.

Aha. Das hatte aber gerade ganz anders ausgesehen. Ich zuckte mit den Schultern. Sollten sie doch denken, was sie wollten. Mir war es egal, ich hatte ihnen gegeben, was sie wollten. Ich zog die Beine auf den gepolsterten Sessel und kuschelte mich in Ryans Arme. Der angenehme Duft nach Honig und Mandeln umgab mich, und meine Augen wurden immer schwerer. Es wurde noch eine Weile spekuliert, doch im Großen und Ganzen hatte niemand eine Idee, wie die Mairas auf das Gelände gelangen konnten oder warum sie sich veränderten.

»Gut, dann werde ich nun die VO benachrichtigen, damit man der Sache nachgeht«, schloss Mrs. Grant die Sitzung, und man sah ihr die Erschöpfung mehr denn je an. »Ich wünsche Ihnen allen eine ruhige Nacht. Miss Benett, wenn Sie noch einen kurzen Moment bleiben würden …«

Ich nickte und blieb einfach sitzen. Die Uhr an der Wand verkündete, dass es bereits vier Uhr morgens war. Morgen würde mich keiner aus dem Bett bekommen. Ryan drückte mir einen Kuss auf die Stirn, und mir wurde heiß. Unglaublich, was der Junge mit der kleinsten Berührung bei mir auslösen konnte.

Als wir alleine waren, kam Mrs. Grant um den großen Schreibtisch herum und setzte sich auf einen Sessel mir gegenüber. Sie sah mich besorgt an. »Jillian, ich muss Sie etwas Persönliches fragen. Hat Ihnen Ihre Mutter nach ihrem Tod irgendetwas hinterlassen? Oder irgendwelche Informationen gegeben?«

Verdutzt über die Frage schaute ich ihr in die Augen. Ja, sie hatte mir etwas hinterlassen. Das totale Chaos. Jede Menge Fragen. Gerüchte über sie als schwarze Hexe. Aufzeichnungen über das wohl gefährlichste Artefakt und Ritual der Welt. Den Auftrag, es zu zerstören, ohne zu wissen, wo ich beginnen sollte. Kurz verspürte ich den Drang, Mrs. Grant mein Herz auszuschütten und ihr davon zu erzählen. Sie würde mich verstehen. Sie konnte mir bestimmt auch helfen. Doch irgendetwas hielt mich zurück. Meine Mutter hatte nicht gewollt, dass irgendjemand außer mir davon erfuhr. Ich hatte es schon Alissa und Derek erzählt, doch ihnen konnte ich blind vertrauen. Nicht einmal Tante Amalia wusste davon.

»Nein«, antwortete ich und versuchte, so unschuldig wie möglich zu wirken, »das hat sie nicht. Ein paar Bilder und Kinderbücher sind alles, was mir von ihr geblieben ist. Was hat das mit heute Abend zu tun?«

Die Schulleiterin seufzte und lehnte sich zurück. »Silva Bailey hat vor Jahren so etwas Ähnliches wie das, was heute Abend passiert ist, vorausgesagt.«

Ich sah sie schockiert an.

»Verstehen Sie mich nicht falsch, ich habe Ihnen gesagt, dass Ihre Mutter eine gute Hexe war, und bleibe dabei. Sie hat jedoch sehr gefährliche Dinge bei ihren Forschungen herausgefunden, von denen sie mir bei unserer Zusammenarbeit erzählt hat. Dass die Mairas beeinflussbar sind, und dass diese Information auf keinen Fall an die Öffentlichkeit geraten darf. Ich möchte nur sichergehen, dass es nicht noch irgendwelche Aufzeichnungen darüber gibt.«

Oh doch, die gab es. Aber die Aufzeichnungen, die ich besaß, waren weit gefährlicher als die, von denen Mrs. Grant sprach. Über die Kontrolle von Mairas stand dort nichts. Ich schüttelte stumm den Kopf.

»Nun, wie auch immer, irgendjemand scheint es dennoch herausgefunden zu haben.«

»Sie meinen, die Mairas werden benutzt?«, fragte ich neugierig. »Haben Sie eine Idee, von wem?«

Sie sah mich mit einem seltsamen Gesichtsausdruck an und schwieg eine ganze Weile. »Es ist sehr gefährlich, jemandem so etwas zu unterstellen. Sie sollten unser Gespräch am besten gleich wieder vergessen, wenn Sie diesen Raum verlassen. Aber sagen wir einfach, nur jemand mit sehr viel Macht und Einfluss kann da seine Hände im Spiel haben.«

»Sie meinen, ein Dämon?«, fragte ich verwirrt.

»Wie Goethe schon sagte: *Je höher ein Mensch, desto mehr steht er unter dem Einfluss der Dämonen, und er muss nur immer aufpassen, dass sein leitender Wille nicht auf Abwege gerate*«, zitierte Mrs. Grant. »Denken Sie an die Warnung, die ich Ihnen einst gegeben habe.«

Ich dachte nach, doch heute Abend war einfach zu viel

passiert, als dass ich noch einen klaren Gedanken hätte fassen können, also schwieg ich.

»Gehen Sie ins Bett, es war eine lange Nacht, und Sie müssen sehr erschöpft sein.«

Ich nickte, doch mir fiel noch etwas ein. »Mrs. Grant? Was haben Sie gemeint, als Sie Mr. Sheffield sagten, ich wäre nicht Silva Bailey? Hat er sie auch für eine schwarze Hexe gehalten?«

»Oh nein, keine Sorge. Mr. Sheffield und Ihre Mutter hatten andere Differenzen. Sie war eine seiner besten Schülerinnen, aber leider auch sehr temperamentvoll. Sagen wir einfach, sie hat ihn des Öfteren mit ihrem Wissen und ihrer Logik in den Schatten gestellt. Harvey mag es nicht besonders, wenn er verbessert wird.« Sie zwinkerte mir verschwörerisch zu und wirkte für einen Moment jung und spitzbübisch, bevor sie mich aus dem Büro scheuchte.

Ich schlurfte den Weg zurück in meinen Wohntrakt. Auf dem Campus liefen einige Lehrer und Erwachsene herum und hielten Wache, was mich gleich etwas ruhiger werden ließ. Im Zimmer angekommen warteten zu meinem Entsetzen Derek, Don, Alissa und Ryan auf mich.

»Was tut ihr denn alle hier?«, fragte ich entgeistert.

»Na ja, ich wohne hier«, sagte Alissa trocken.

Stirnrunzelnd sah ich sie an. Sie saß im Schneidersitz auf ihrem Bett, und ihr Grinsen sagte mir, dass sie genau wusste, dass ich nicht von ihr gesprochen hatte.

»Derek und Don wollten noch ein bisschen über die Ereignisse des Abends reden. Ich vermute allerdings, sie hatten einfach Angst, heute Nacht alleine zu sein.«

»Haben wir nicht«, rief Derek empört vom Sessel der Frisierkommode aus, »aber selbst wenn, könnte es einem wohl keiner verübeln!«

»Wie auch immer«, murmelte Alissa. »Ach ja, und Ryan

hier haben wir auch gleich aufgegabelt. Wir dachten, es macht dir nichts aus, nachdem ihr euch heute mitten auf dem Campus um den Hals gefallen seid.«

Sofort spürte ich die Röte in meine Wangen schießen und vermied den Blick zu dem hübschen Vampir, der etwas steif auf meinem Bett saß und frech grinste. Alissa warf mir einen Blick zu, der mir sagte, dass sie nichts anderes erwartet hatte. Ich hätte mit einem Troll zusammen sein können, und meine Freunde hätten ihn trotzdem akzeptiert. Außerdem war Ryan wirklich süß. Ich war froh, dass er da war, denn auch wenn ich todmüde war, wollte ich nicht unbedingt allein sein. Alissa zählte nicht, sie schlief wie ein Stein.

»Also habt ihr kurzerhand beschlossen, eine Pyjamaparty zu schmeißen«, seufzte ich.

Warum eigentlich nicht, heute war wahrscheinlich die einzige Nacht, in der es keinem auffiel, wenn manche Betten nicht belegt waren. Ich war mir sicher, dass auch Ally froh war, Ablenkung vom Tod ihres Informatiklehrers zu bekommen.

Ich ging ins Bad und wusch mir den Schmutz der vergangenen Stunden ab, bevor ich mich auf mein Bett warf und den Kopf in Ryans Schoß legte. Sofort entspannte er sich etwas und strich mir über die Haare. Ein wohliger Schauer durchlief mich, auch wenn ich mir wirklich komisch dabei vorkam, vor den anderen mit meinem Vampir zu kuscheln. Wir hatten ja kaum Gelegenheit dazu gehabt, über uns zu reden.

»Also«, fing Derek an, »Ryan hat uns schon alles über die Versammlung erzählt. Mr. Sheffield ist echt ein Mistkerl. Was wollte denn Mrs. Grant noch von dir?«

Mein Blick wanderte kurz zu Don, der schüchtern auf dem Boden zu Dereks Füßen saß. Ich war mir noch nicht sicher, was ich von ihm halten sollte, denn ich kannte ihn kaum. Er saß an Dereks Sessel gelehnt auf dem Boden, und mit seiner perfekt gestylten, braunen Rockabillyfrisur sah er tatsächlich zum Anbeißen aus. Er lächelte mich freundlich an, und Derek schien ihm nach nur einem Tag voll und ganz zu vertrauen. Doch mir reichte das für heute einfach noch nicht aus, um die Geheimnisse meiner Mutter vor ihm darzulegen.

»Nichts Besonderes. Sie hat mir erklärt, warum Mr. Sheffield mich nicht leiden kann. Meine Mutter hat ihn wohl irgendwie bloßgestellt«, wich ich aus.

Alissa durchschaute mich sofort, doch sie sah mich nur scharf an und tat dann, als wäre nichts gewesen.

»Hier, wir konnten im Gemeinschaftsraum noch Kaffee ergattern«, sagte Ally, griff nach der Kanne und brachte mir dann eine dampfende Tasse ans Bett. »Hast du irgendeine Theorie zu heute Abend?«

Ich setzte mich auf und nahm dankbar das Getränk entgegen. Kaffee war genau das Richtige in so einer Nacht.

»Nein, ich habe absolut keine Ahnung«, seufzte ich und nahm den ersten, wohltuenden Schluck, »aber ich glaube nicht, dass die Mairas sich zusammengeschlossen haben, um auf Nahrungssuche zu gehen. Irgendetwas stimmt hier nicht. Sie waren aus einem bestimmten Grund da. Ich kann mir nur nicht erklären, welcher das sein soll.«

Wir spekulierten noch eine Weile, und ich kuschelte mich wieder an Ryan. Mein Körper schmerzte von den ganzen Kämpfen, und ich war mir sicher, dass ich mich morgen vor Muskelkater kaum bewegen können würde. Ich überlegte immer noch, welche Warnung Mrs. Grant mir heute hatte zukommen lassen wollen und überließ es den Anderen, Konversation zu betreiben. Ryan schien sehr gut mit meinen Freunden auszukommen. Auch wenn er eher zurückhaltend war, bemerkte man nichts mehr von seiner sonst so mürrischen Art.

Ich bekam nicht mehr viel von dem Gespräch mit, denn

der Kampf und die Anstrengung von heute forderten ihren Tribut, und mir fielen trotz des Koffeins die Augen zu. Das Letzte, was mir in den Sinn kam, bevor mich der traumlose Tiefschlaf überrollte, waren die Worte meiner Schulleiterin vor ein paar Monaten: *Hüten Sie sich vor Mr. Cole. Ein Mensch, der so viel Einfluss hat, kommt schnell in Versuchung, seine Macht auszunutzen. Reizen Sie ihn nicht.*

Kapitel 25

In den nächsten Wochen kehrten alle zu einer fast schon beängstigenden Normalität zurück. Nach der Trauerfeier von Mrs. Harrison und Mr. Bowland, für die eigens die Wandteppiche des Speisesaals mit schwarzen Tüchern verhangen wurden, gab es eine Aufräumaktion auf dem Campus. Der Wohntrakt der Mondkinder wurde renoviert, und die Tür des Schulgebäudes, die die Mairas aufgebrochen hatten, wurde erneuert. Nur ein paar verkohlte Bäume und der Gestank nach Asche zeugten noch von dem Kampf.

Tagelang liefen Mitglieder der VO herum und untersuchten den nun wiederhergestellten Schutzzauber. Alissa und ich wurden stundenlang von einer Frau mit strengem Haarknoten verhört, die wissen wollte, was wir denn so nahe am Rand des Zaubers zu suchen gehabt hatten.

Auch Mr. Cole kam mir ein paar Mal im Gang entgegen, und ich bemühte mich, so unscheinbar wie möglich zu wirken, damit er mich nicht sah. Ein paar Mal begegnete ich seinem Blick, und mir liefen Schauder den Rücken herunter, wenn ich in seine kalten, blauen Augen sah. Seit der Warnung betrachtete ich ihn in einem ganz anderen Licht. Er trug wie immer eine professionelle Miene zur Schau. War er so skrupellos, eine ganze Schule in Gefahr zu bringen, nur um seine Ziele zu erreichen? Schließlich hatte er über

Weihnachten sicher mit der Familie in seiner Residenz in London gesessen. Hatte der Angriff etwas mit mir zu tun gehabt? Vielleicht sah er mich aufgrund meiner Fähigkeiten als Bedrohung an, oder er dachte, ich trete in die Fußstapfen meiner Mutter. Sie wurde schließlich auch umgebracht, und ich war mir sicher, dass die VO dahinter steckte und es vertuschte.

Nach einer Woche erfolgloser Suche brach die VO dann ihre Zelte ab und betrieb von London aus weitere Forschungen.

Die Elfenmulde war von den Mairas und meinem Feuerzauber fast vollständig zerstört worden, doch man versicherte mir, dass die kleinen geflügelten Wesen schnell einen neuen Lebensraum in der Nähe finden würden. Es tat mir leid für die kleinen Krieger, die mir das Leben gerettet hatten.

Zu Neujahr gab es wieder ein prachtvolles Essen, doch aufgrund der vergangenen Ereignisse hatte niemand richtig Lust zum Feiern. Als unsere Verwandten die Schule verließen und die restlichen Schüler aus ihren Ferien zurückkamen, sprach niemand mehr von dem Vorfall.

Die zwei freien Plätze in unserem Klassenzimmer, die von Schülern stammten, deren Eltern die Rückkehr an die Schule für zu gefährlich hielten, wurden ignoriert. Einiges im Unterricht hatte sich jedoch geändert.

Don saß nun links von Derek in unserer Reihe, und die beiden ertrugen stoisch und mit zusammengebissenen Zähnen alle Sticheleien von Vanessa. Doch auch ein Derek hatte seine Grenzen und flippte schließlich im Unterricht von Mrs. Preston aus. Vanessa musste nun die nächsten Wochen mit einer Haarfarbe herumlaufen, die an ein schmutziges Grünbraun erinnerte. Die halbe Klasse applaudierte nach dieser Leistung, und Vanessa stürmte wutentbrannt aus dem Raum.

»Hey, du hast geübt!«, rief ich und klopfte dem peinlich berührten Derek auf die Schulter. Selbst Mrs. Preston konnte sich einen anerkennenden und doch tadelnden Blick zu Derek nicht verkneifen. In diesem Fall sah sie von einer Strafarbeit ab und beließ es bei einer Verwarnung, denn auch sie hatte Vanessas boshafte Kommentare über die zurückhaltende Beziehung der beiden Jungen mitbekommen.

Ich musste zugeben, dass Don gut zu uns passte. Der doch recht schüchterne Junge war freundlich und zuvorkommend. Er beherrschte die Makropsychokinese und konnte Gegenstände umformen. Ich hatte mich mit diesem Gebiet noch nicht beschäftigt und fand es albern, dass er stundenlang die Knete vor ihm mit Hilfe von Gedanken veränderte, wo es doch mit der Hand so viel schneller ging. Für richtig feste Materialien reichten seine Fähigkeiten noch nicht aus.

In unserer Freizeit war er stets bei uns, und nach einiger Zeit kam es uns so vor, als wäre es nie anders gewesen.

Nach den Weihnachtsferien wurden die Kurse neu geordnet. Über die Hälfte der Schüler aus den Informatik- und Sozialkundeklassen, darunter auch Derek und Ally, wollte nun zu Nathans Unterricht wechseln. Der junge Lehrer hatte alle Hände voll zu tun, und so ließen wir den Sonderunterricht am Samstag ausfallen. Ich sei ohnehin schon besser als mancher Erwachsener, und er sei wahnsinnig stolz auf meine Leistung, verkündete Nathan mir.

Ich kam mir bei so viel Lob dumm vor und fühlte mich überschätzt. Irgendetwas lastete auf mir. Es war wie eine dunkle Vorahnung. Ich wusste, dass der Mairaangriff einen besonderen Grund gehabt hatte, und mir kam es vor, als hätte ich etwas Wichtiges übersehen. Jemand plante etwas und nutzte die Mairas für seine Zwecke. Mir kamen die Worte der alten Dame aus London in den Sinn. *Die Dunkelheit wird kommen! Tut etwas dagegen!* Wusste sie, dass uns etwas Schreckliches bevorstand? Ich wurde das Gefühl nicht los, dass Ally, Derek und ich etwas hätten tun sollen, doch ich wusste nicht, was.

Und dann war da die Sache mit Ryan.

Es stellte sich als weitaus schwieriger heraus, mit ihm zusammen zu sein, als wir anfangs vermutet hatten. Klar, wir verbrachten jede freie Minute zusammen und lernten uns so nach und nach erst richtig kennen. Doch Ryan musste besonders beim Küssen einen gewissen Abstand wahren, damit ihm sein Blutdurst nicht die Kontrolle nahm. Sobald ich ihm zu nahe kam, konnte ich den Hunger und die Leidenschaft in seinen Augen aufblitzten sehen – eine gefährliche Mischung. Wenn er sich versteifte und den Atem anhielt, war das für mich ein sicheres Zeichen, mich zurückzuziehen. Und so versuchten wir noch immer, ein Gleichgewicht zu finden und unsere Zuneigung zueinander auszudrücken, ohne dass es für ihn zur Qual und für mich zur Gefahr wurde. Nach und nach lernte ich die Vampirwelt kennen und musste mir eingestehen, dass ich trotz meines mulmigen Gefühls nie glücklicher gewesen war.

Im Januar wurde der Campus von einer weiteren Ladung Schnee bedeckt. Alissa, Derek und Don wollten an einem Samstag Schlitten fahren. Ryan und ich nutzten die Gelegenheit, ein bisschen unter uns zu bleiben.

»Komm, zieh deinen Mantel an, und raus geht's. Ich muss dir etwas zeigen!«, rief er, als er in mein Zimmer gestürmt kam.

»Ich sollte ein Türschloss bei der Schulleitung beantragen«, seufzte ich übertrieben gespielt. Ich lag auf dem Bauch und hatte es mir gerade mit einem Buch auf dem Bett gemütlich gemacht.

Er ignorierte mich und warf mir meine Wintersachen zu.

»Draußen ist es kalt«, murrte ich.

»Dann zieh dich dick an!«

»Können wir nicht einfach hier bleiben?«, jammerte ich.

»Nein!«

Ich seufzte und ließ den Kopf hängen, wobei meine dunklen Locken wie ein Vorhang über mein Gesicht hingen und mein Augenrollen versteckten.

Ryan stand mit verschränkten Armen in der Tür und blickte mich ungeduldig an.

»Schon gut, ich komme ja«, seufzte ich und schnappte mir ein Haargummi, um meine Mähne zu einem lockeren Knoten zusammenzubinden. Ein paar vereinzelte Strähnen kitzelten mich im Nacken.

Meine Jeans würde mich einigermaßen vor der Kälte schützen, und auch mein roter Pulli hielt warm, also zog ich Mütze und Handschuhe über, schlüpfte in die Winterstiefel, schnappte den Mantel und stapfte mürrisch hinter Ryan her.

»Frieren Vampire eigentlich nie?«, fragte ich mit einem Blick auf seinen schwarzen Kapuzenpullover, als wir den Hexenwohntrakt verließen und über den Campus am Schulgebäude vorbeischlenderten. Ich hatte in diesem Winter noch nicht einen einzigen Vampir mit Jacke gesehen.

»Nein, eigentlich nicht. Wärme und Kälte macht uns nichts aus.«

»Ihr Glücklichen …«

»Wow, du bist heute aber genervt. Ist alles in Ordnung?«

»Tut mir leid«, sagte ich und nahm Ryans Hand, »ich habe heute nur ein komisches Gefühl.«

»Es ist bald wieder Vollmond, da fühlen wir uns alle anders. Irgendwie aufgedrehter.«

Aufgedreht war nicht das richtige Wort, doch ich sagte nichts weiter dazu und folgte ihm über die freigeräumten Wege.

Er führte mich vorbei am Gebäude der Vampire, und kurz dachte ich, wir würden den See ansteuern. Doch auch den passierten wir, ohne stehenzubleiben. Ich beobachtete ein paar einzelne Schlittschuhläufer, die der Kälte trotzten und den Atem in dampfenden Wolken ausstießen.

Am Waldrand blieben wir stehen, und Ryan sah stirnrunzelnd auf den Schnee, der etwa anderthalb Meter tief vor uns aufragte. »Mist, gestern war das noch nicht so viel!«

»Was wollen wir denn im Wald? Ich habe eigentlich kein Bedürfnis, da jemals wieder reinzugehen.«

Er seufzte und kickte mit dem Fuß einen Kieselstein weg. »Es sollte eigentlich eine Überraschung sein. Die Elfen haben die Mulde wieder hergerichtet!«

»Im Ernst? Das ist toll!«

»Ich dachte, wir statten ihnen einen Besuch ab und sehen, ob wir helfen können.«

»Na, dann tun wir das auch. Ich bin ihnen sowieso noch ein Dankeschön schuldig.« Entschlossen trat ich vor und konzentrierte mich auf den Schneeberg. Sofort schmolz vor uns ein breiter Gang.

»Ich hatte gar nicht daran gedacht, wie viele Vorteile es hat, mit einer Hexe zusammen zu sein«, sagte Ryan lachend.

Ich ignorierte ihn und stapfte zielstrebig in den Wald hinein. Es dauerte nicht lange, und wir konnten das rege Treiben der Elfen zwischen den Bäumen erkennen. Unschlüssig blieb ich stehen. »Was ist, wenn sie mich angreifen, weil ich das Feuer gelegt habe?«

»Tun sie nicht«, sagte Ryan entschlossen. »Elfen sind intelligente Wesen, sie wissen, dass du keine andere Wahl hattest.«

Zögernd trat ich auf die Lichtung.

»Sieh dir das an, es sieht schon fast wieder aus wie vorher!«

Die kleinen Feenwesen hatten es sogar geschafft, Leben auf der verbrannten Grasfläche entstehen zu lassen. Dort wuchsen nun einzelne und noch sehr kleine Blumen, doch ich war mir sicher, dass der Blütenzauber bald wieder in voller Pracht erblühen würde. Die Elfen bemerkten uns, doch anstatt wie üblich in die Bäume zu fliehen, kamen sie und schwirrten um Ryan herum.

»Du scheinst ganz schön Eindruck hinterlassen zu haben«, neckte ich ihn. Die farbenfrohen und glitzernden Lichter wollten so gar nicht zu Ryan und seinem düsteren Auftreten passen.

»Sie kennen mich, ich bin schließlich öfter hier.«

Plötzlich schwebte die kleine Kriegerin vor meinem Gesicht, die mich damals mit dem Zahnstocher bedroht hatte. Ich streckte die Hand mit der Fläche nach oben aus, damit sie darauf landen konnte.

»Hey, schön, euch zu sehen«, flüsterte ich, »und danke, dass ihr mir das Leben gerettet habt.«

Die Elfe machte eine wegwerfende Handbewegung.

»Können wir euch irgendwie helfen, wieder alles in Ordnung zu bringen?«

Sie überlegte kurz und flog plötzlich zu ein paar verbrannten Ästen und Baumstämmen.

»Ich glaube, wir sollen die schweren Sachen aus dem Weg räumen. Dürfte ziemlich schwierig für die Elfen sein, so etwas hochzuheben.«

Also machten wir uns an die Arbeit und stapelten die herumliegenden verkohlten Holzreste auf einen Haufen.

»Habt ihr etwas dagegen, wenn ich ein Feuer daraus mache?«, rief ich den Elfen zu, und sie schüttelten die Köpfe.

Schon bald war die Lichtung geräumt, und wir standen an dem prasselnden Feuer, das unsere Glieder wärmte. Selbst die Sonne kam heraus und ließ den Schnee um uns herum glitzern und funkeln. Lächelnd schirmte ich die Augen mit der Hand ab und schmolz den Schnee an einer Stelle neben dem Feuer, um einen Sitzplatz für mich und Ryan zu schaffen.

Gähnend setzte ich mich und wärmte die Hände an den Flammen des Holzes, die fröhlich vor sich hin knisterten. Selbst ein paar der Elfen kamen mit großen Laubblättern in der Hand zu uns geflogen, die sie als Sitzdecken benutzten. Sie genossen die Wärme des Feuers ebenfalls.

»Ich kann mir nichts Schöneres vorstellen, als den ganzen Tag mit dir hier zu bleiben«, meinte Ryan verträumt und vergrub die Nase in meinen Haaren, als er sich hinter mich setzte. Ich lehnte mich zurück und lächelte.

»Dabei konntest du mich anfangs nicht einmal leiden.«

Er zögerte und räusperte sich verlegen. »Wenn ich ehrlich sein soll, hast du mich vom ersten Tag an fasziniert. Und dafür habe ich dich gehasst.«

Ich drehte mich erstaunt zu ihm um, und er lächelte gequält. Die Sonne spiegelte sich in seinen schwarzen Haaren und ließ die bleiche Haut hell erstrahlen. Mein Gott, der Junge sollte Model werden.

»Verstehst du nicht? Jahrelang habe ich eine Barriere um mich herum aufgebaut, gegen jeden, der mir nur irgendwie zu nahe kam. Es hat super funktioniert, und da kommst du plötzlich daher und reißt sie mit einem einzigen Blick aus deinen grünen Augen nieder. Ich wollte dich nicht mögen. Erstens, weil Hexen und Vampire sowieso nicht zusammenpassen. Seien wir mal ehrlich, wir Vampire sind abartig. In den Kühlschränken in unserem Wohntrakt stehen Blutkonserven wie Trinkpäckchen, das muss euch doch abschrecken! Und der zweite Grund war, dass jeder, der mir etwas bedeutet, offenbar dem Tod geweiht ist.«

Ich traute mich nicht, irgendetwas zu antworten. Wie waren wir so schnell in ein ernstes Thema gerutscht? Etwas lastete schon lange auf seiner Seele, das konnte ich spüren, also ließ ich ihn weitererzählen.

»Dann hast du jedoch angefangen, dich auch ohne meine Hilfe in Gefahr zu bringen. Erst im Archiv der VO und dann, indem du mir gefolgt bist. Du scheinst Ärger magisch anzuziehen, ob ich nun dabei bin oder nicht. Also habe ich beschlossen, dass ich dich wenigstens schützen will, wenn ich dich schon nicht von mir fernhalten kann. Allerdings stelle ich für dich genauso eine Gefahr dar, und das macht mich fertig. Ich habe bei Weitem noch nicht genug Kontrolle, um dich länger als ein paar Augenblicke zu küssen, ohne dass mir das Rauschen deines Blutes den Verstand raubt.«

Ich nahm einen Stock und stocherte gedankenverloren im Feuer herum. »Warum hast du dich dann anders entschieden?«

Er lächelte und rollte eine meiner Locken um seinen Finger, die sich aus meinem Zopf gelöst hatte. »Weil du eine der stärksten Hexen bist, die mir jemals begegnet ist. Und du bist dermaßen stur, dass du ständig deinen Willen durchsetzt. Diese Eigenschaft könnte dich eines Tages vor mir retten. Nur wenige haben die Charakterstärke, dem Rausch eines Vampirbisses zu widerstehen und sich selbst zu schützen. Sollte ich je die Kontrolle verlieren, und glaub mir, es wäre unverzeihlich für mich, dann wirst du dich wehren können. Hoffe ich jedenfalls.«

Er sah mich besorgt an, und ich lächelte.

»Keine Sorge, ich bin mir sicher, dass ich dich aufhalten kann.«

War ich nicht. Aber das musste er nicht wissen, denn ich vertraute darauf, dass er mir nie etwas tun würde. Noch lief alles ganz ok. Aber etwas an seinem Geständnis störte mich.

»Ryan, wieso denkst du, dass jeder dem Tod geweiht ist, der dir etwas bedeutet?«

Er versteifte sich und schwieg lange. Gerade, als ich ihn darauf hinweisen wollte, dass er nicht antworten müsse, holte er tief Luft und räusperte sich.

»Weißt du, wie meine Eltern gestorben sind?«

Ich schüttelte den Kopf.

»Sie sind gestorben, um mich zu retten. Meine Grandma hat auf dem Land gewohnt, und wir waren zu Besuch bei ihr. Ich habe nicht auf sie gehört. Ich bin abgehauen und bin im Wald spielen gegangen, trotz ihrer Warnung. Sie kamen gerade noch rechtzeitig, um mich von einem Maira wegzuziehen. Meine Mum schickte mich zurück zum Haus, und zusammen mit meinem Vater stellte sie sich dem Maira entgegen – ohne Ausbildung. Sie sind gestorben, damit ich überleben konnte. Damit ich den Weg bis zum Haus schaffte. Und das ist bei Weitem nicht alles, was ich angestellt habe.«

Seine Stimme klang hart und verbittert. Vanessas Worte, als sie uns am Abend der Ehrungen zusammen gesehen hatte, hallten in meinem Kopf wieder. Es wäre nicht das erste Mal, dass er die Kontrolle verlor. Ich musste ihn einfach fragen.

»Hast du schon einmal jemanden gebissen?«

Er biss die Zähne zusammen und blickte traurig ins Feuer. »Ja. Als ich acht war, habe ich meiner besten Freundin das Blut ausgesaugt. Sie war eine Hexe und wusste nicht einmal, wie ihr geschah. Ich konnte dem Geruch nicht widerstehen, und ihre Mutter konnte sie gerade noch vor mir retten, bevor es zu spät war.«

»Aber du warst doch noch ein Kind«, beruhigte ich ihn und legte meine Hand auf seine, damit er nicht dachte, er hätte mich verschreckt.

»Das spielt keine Rolle. Du verstehst das nicht. Es hat einen Grund, dass Vampire kein frisches Blut trinken sollen, bevor sie erwachsen sind. Wenn du es einmal geschmeckt hast, wirst du es nie wieder vergessen. Der süße Geruch dringt mir sofort in die Nase, sobald ich unter Leute komme. Deshalb halte ich Abstand von allen und jedem.«

Ich seufzte und gab ihm mit einem Kuss zu verstehen, dass er keineswegs Abstand von mir halten brauchte. Trotzdem verstand ich jetzt, warum er so abweisend geworden war. Als Kind konnte man solche Vorfälle wahrscheinlich schwer verdauen.

»Ist es immer so schwer, dem Geruch zu widerstehen?«

»Nein, eigentlich nicht. Nur wenn mir jemand wirklich nahe kommt. Irgendwann gewöhnt man sich an den ständigen Geruch von Blut um sich herum. Deines riecht übrigens komisch!«

Ich schnaubte. »Na, vielen Dank auch.«

»Nein, im Ernst. Irgendwie … würziger?«

Ich sah ihn stirnrunzelnd an. Das war wirklich kein Thema, über das ich reden wollte, doch wenn ich die Welt der Vampire akzeptieren wollte, durfte ich mir nichts anmerken lassen.

»Also rieche ich für dich nun verlockender oder eher abstoßend?«

»Beides irgendwie. Es ist … wie soll ich das erklären? Kennst du die Schokolade mit der Füllung aus Bitterorange und Karamell? Irgendwie interessant, aber es fühlt sich total falsch auf der Zunge an.«

Nun schauderte ich doch, und Ryan warf mir ein entschuldigendes Lächeln zu.

Ich hatte meinen Mantel unter uns ausgebreitet, legte mich hin und bettete den Kopf in seinen Schoß, um in die Baumkronen zu blicken.

Hier hatten wir die Mairas entdeckt, und wieder zerbrach ich mir den Kopf. »Was meinst du, warum die Mairas die Schule angegriffen haben? Ich werde einfach nicht schlau daraus.«

»Keine Ahnung«, seufzte Ryan und schien froh über den Themenwechsel zu sein.

Ich beobachtete zwei Elfen dabei, wie sie sich gegenseitig durch die Baumkronen jagten. Es musste toll sein, Flügel zu haben und fliegen zu können. Die Elfen nutzten die aufsteigende Warmluft des Feuers und wirbelten umher. Die grüne Elfe landete auf meinem Bauch und brachte mir eine wunderschöne Rosenblüte.

»Danke schön, das wäre doch nicht nötig gewesen. Wir haben euch gerne geholfen, schließlich habe ich auch vieles hier kaputtgemacht.«

Die Elfe schüttelte mit dem Kopf. Sie schob die Schuld anscheinend eher den Mairas in die Schuhe. Ich setzte mich auf und sah sie an.

»Weißt du zufällig, was die Mairas hier zu suchen hatten? Gab es einen Grund dafür?«

Ich erwartete keine Antwort, doch zu meinem Erstaunen nickte sie. Ich zog die Augenbrauen nach oben, als sie davonflog.

»Wo will sie hin?«, fragte Ryan verwirrt und folgte mit dem Blick den leuchtend grünen Flügeln.

»Oh, verdammt!«, flüsterte ich, und Übelkeit stieg in mir auf, als ich den Baum erkannte, zu dem sie geflogen war. Es war der Baum, in dem ich die Aufzeichnungen meiner Mutter gefunden hatte. Aber dort lagen sie ja nicht mehr, sondern sie waren sicher in meinem Schrank verstaut. Oder?

Plötzlich erkannte ich, wie alles zusammenhing, was im vergangenen Jahr passiert war. Es war wie ein Schalter in meinem Kopf, der sich umlegte und mir die Gedanken offenbarte, die ich in mein Unterbewusstsein verdrängt hatte. Nun war ich mir sicher. Die Mairas waren nur die Werkzeuge von irgendwem. Sie waren Marionetten. Sie wurden in die Schule geschickt, um das Buch meiner Mutter zu finden. Oder uns alle abzulenken. Doch wenn die Mairas wussten, dass die Aufzeichnungen hier auf dem Schulgelände waren, wer weiß, ob man sie nicht auch auf die Tochter von Silva Bailey angesetzt hatte? War an dem Abend des Angriffes vielleicht auch jemand in unserem Zimmer gewesen? Mir wurde kalt, denn seit dem Mairaangriff hatte ich nicht mehr nachgeschaut, ob die Aufzeichnungen noch in meinem Versteck im Schrank lagen.

Kapitel 26

»Es ist weg!«, rief ich verzweifelt und starrte in das leere Loch unter den Brettern meines Schrankes. Hinter mir standen Alissa, Derek und Ryan zwischen meinen auf dem Boden verstreuten Sachen. Alle drei blickten mich verwirrt an.

»Jill, komm mal wieder runter! Was ist denn los?«, rief Ally zum wohl hundertsten Mal.

»Verstehst du nicht? Die Aufzeichnungen meiner Mutter sind weg! Das war es, was die Mairas hier in der Schule getan haben. Sie haben das Buch gesucht. Oder sie haben uns einfach nur abgelenkt, und irgendjemand hat das ausgenutzt!«

Ally schwieg eine Zeit lang und sah mich ausdruckslos an. Ich konnte förmlich das Zahnrädchen in ihrem Kopf drehen sehen, als sie überlegte.

»Scheiße.«

»Ja, genau! Scheiße!«

Den Tränen nahe warf ich mich aufs Bett und vergrub das Gesicht in den Kissen. Der weiche Stoff fühlte sich kühl auf meiner Haut an.

»Ich bin so dumm! Mrs. Grant hat mich noch gewarnt, und ich bin nicht einmal auf die Idee gekommen nachzuschauen! Was, wenn er es benutzen wird?«

»Was meinst du mit *er?*«, fragte Derek. Er hatte bis eben stumm meinen Ausbruch beobachtet.

»Mr. Cole«, flüsterte ich erstickt in das cremefarbene, bestickte Kissen.

»Bist du jetzt völlig übergeschnappt?« Derek sah mich an, als würde ich jeden Moment den Verstand verlieren.

»Nein, er steckt dahinter, da bin ich mir sicher.«

Ich hatte meinen Freunden noch nichts von meinen Vermutungen gesagt und erzählte in kurzen Sätzen, was die Schulleiterin mir durch die Blume zu verstehen gegeben hatte.

»Er giert nach Macht und will die Dämonen benutzen. Überlegt doch mal, alles passt zusammen. Wer sonst hätte genug Einfluss, die Schutzzauber von London oder der Schule zu manipulieren? Ich wette, er hat eine ganze Menge Anhänger, die ihm zu Füßen liegen! Deshalb hatte er auch so ein Interesse an mir. Nicht nur wegen meiner Fähigkeiten, sondern auch wegen meiner Mutter und dem, was sie wusste.«

Ryan setzte sich zu mir und legte den Arm auf meine Schultern. Erst jetzt bemerkte ich, dass mein ganzer Körper zitterte.

»Nur mit den Aufzeichnungen kann er doch sowieso nichts anfangen, oder? Er braucht das Artefakt«, versuchte er, mich zu beruhigen.

»Stimmt, außer der Beschwörung eines Dämonenfürsten kann er damit nichts machen! Denn das ist die zweite Sache, die in dem Buch steht«, sagte ich verbittert, während aus Ryans Gesicht alle Farbe wich. »Und außerdem können wir nicht wissen, ob er das Artefakt nicht schon gefunden hat. Nur gut, dass das Ritual nur zu Vollmond abgehalten werden kann.«

Derek fing an, von einem Fuß auf den anderen zu treten. »Ähm, Jill ...«

Ich hielt kurz die Luft an und bedachte ihn mit einem Ich-töte-dich-wenn-du-jetzt-weitersprichst-Blick.

»Sag jetzt bitte nicht, dass *heute* Vollmond ist«, sagte ich tonlos.

»In drei Stunden, um genau zu sein«, sagte Derek kleinlaut mit einem Blick aus dem Fenster. Draußen hatte es schon zu dämmern begonnen.

»Das kann doch alles nicht wahr sein!« Ich begann, freudlos zu lachen, und konnte mich gerade noch bremsen, bevor ich in ein hysterisches Kichern verfiel. Ich kam mir vor wie in einem schlechten Film. Oder einem Albtraum. Und zugleich fühlte ich mich wie die dämlichste Hexe der Welt.

»Hey, was hast du denn jetzt vor?«, rief Ally, als ich meinen Mantel packte und mit laut klappernden Absätzen aus dem Zimmer stürmte.

»Das, was ich schon die ganze Zeit hätte tun sollen«, rief ich über die Schulter. »Ich gehe zu Mrs. Grant und erzähle ihr alles.«

Meine Freunde schafften es kaum, mit mir Schritt zu halten, als ich über den Campus zum Schulgebäude rannte. Die Gänge der Schule waren schon verlassen, und meine Schritte hallten trotz der schönen Wandteppiche an den Wänden wieder. Vor dem Büro der Schulleiterin im zweiten Stock kam ich schlitternd zum Stehen und rang nach Atem, bevor ich klopfte. Ally und Ryan waren dicht hinter mir. Derek war etwas zurückgefallen und sah aus, als benötigte er dringend ein Sauerstoffzelt, als er sich an die Wand lehnte.

Aus dem Büro kam keine Antwort. Ich versuchte es noch einmal und stöhnte dann. »Sie ist nicht da.«

»Vielleicht im Lehrerzimmer«, mutmaßte Ryan.

Wir gingen zwei Korridore weiter und klopften an. Ich unterdrückte ein Stöhnen, als ich den Lehrer erkannte, der uns öffnete. Ausgerechnet Mr. Sheffield streckte den Kopf aus der Tür.

»Was wollen Sie denn so spät noch hier?« Seine Stimme klang wie üblich schroff und überheblich.

»Wir sind auf der Suche nach Mrs. Grant. Wissen Sie, wo wir sie finden können?«

»Ich glaube kaum, dass die Schulleiterin Zeit für Ihren belanglosen Kinderkram hat.«

Ich war kurz davor zu platzen, doch zu meinem Erstaunen war es Ryan, der die Stimme hob und bedrohlich klang. »Wenn es nicht wichtig wäre, würden wir unseren Samstagabend wie jeder andere auch im Kinoraum oder beim Billard verbringen. Wissen Sie nun, wo Mrs. Grant ist, oder nicht? Wir haben keine Zeit für Leute wie Sie!«

Erstaunt sah ich ihn an, und auch Mr. Sheffield musterte ihn abschätzig.

»Sie ist heute Morgen für ein paar Tage nach Irland gereist, um ein paar Jäger als Wachen für die Schule anzuwerben. Die VO kann momentan keinen entbehren. Und jetzt verschwinden Sie, bevor ich mich vergesse.« Damit schlug er uns die Tür vor der Nase zu und ließ uns in dem dunklen Schein der Fackeln an den Wänden stehen.

»Ihr habt einen Kinoraum?«, fragte ich tonlos in die Stille, um meine Panik zu verbergen.

Ryan brummte etwas Bestätigendes.

»Was tun wir jetzt?«, fragte Ally.

Ich massierte mir die Schläfen und dachte nach. Mr. Cole konnte seine Leute überall haben, und ich war mir sicher, dass auch der ein oder andere Lehrer dazu gehörte. Wem konnten wir vertrauen?

»Nathan!«, sagte ich und setzte mich erneut in Bewegung. Ryan machte ein verkniffenes Gesicht, doch ich hatte keine Zeit für Eifersüchteleien. Ich wusste, dass Nathan Mr. Cole nicht leiden konnte, und vertraute ihm in allem, was nicht mit Frauen und Brüsten zu tun hatte. Er musste uns helfen.

Bedrückt traten wir aus dem Schulgebäude, und die eiskalte Luft schnitt in mein Gesicht. Es hatte zu schneien begonnen. Kleine Flöckchen wirbelten umher und setzten sich auf unserer Kleidung und den Haaren nieder. Ich warf einen Blick auf Ryan, und wieder blieb mir der Atem weg, als ich daran dachte, wie perfekt er doch aussah. Die kleinen Eiskristalle verschmolzen mit den rabenschwarzen Haaren, die sich etwas lockten und ihm lässig in die Stirn fielen. Der muskulöse Körper war nur allzu deutlich unter dem engen Pullover zu erkennen. Mit einem Kopfschütteln rief ich mich zur Ordnung, wir hatten Wichtigeres zu tun. Trotzdem konnte ich ein kleines Gefühl des Triumpfes nicht unterdrücken. Ja, ich hatte einen verdammt heißen Freund.

Wir begannen unsere Suche in der Turnhalle und hatten sofort Glück. Nathan war gerade dabei, die zahlreichen Waffen an der Wand zu pflegen.

»Hey, ihr vier, wollt ihr mir bei der Arbeit helfen?«, schmunzelte er, doch das Lächeln wich sogleich einem besorgten Ausdruck, als er mein Gesicht sah. »Was ist passiert?«

Ich ließ mich mit dem Hintern auf eine der Matten fallen, die über den Boden verteilt waren, und stützte den Kopf in meine Hände.

Verzweifelt begann ich zu erzählen. Über das Buch, die Rituale, die Zusammenhänge mit den Mairas und dass heute der erste Vollmond nach dem Verschwinden der Aufzeichnungen war. Ich rasselte alles herunter, und Nathan hörte mir schweigend zu, wobei seine Miene immer ernster wurde.

»Und jetzt ist Mrs. Grant in Irland, und du bist der Einzige, der uns helfen kann!«, schloss ich und schaute ihm atemlos in die Augen.

Er schwieg eine Weile und sah uns dann nacheinander an. »Bitte sagt mir, dass ihr mich verarschen wollt.«

»Nein, leider nicht«, meinte Derek geknickt.

Nathan fuhr sich mit der Hand durch die braunen Locken und stieß den Atem aus. »Ich werde sofort die VO benachrichtigen.«

»Nein!«, rief ich, und Nathan blickte mich erstaunt an.

»Jillian, hier geht es um eine verdammt wichtige Sache. Ich verspreche dir, dass wir dem Ruf deiner Mutter nicht schaden werden, aber es muss sich darum gekümmert werden.«

»Es geht nicht um den Ruf meiner Mutter«, meinte ich bedrückt, »sondern darum, dass ich vermute, Mr. Cole steckt hinter dieser Angelegenheit.«

»Mr. Cole? Der VO-Leiter?«

Nathan sah mich stirnrunzelnd an, und ich nickte.

»Jillian, hör zu, ich weiß, dass du aufgewühlt bist. Aber ich lege meine Hand für Henry Cole ins Feuer. Er mag arrogant und überheblich sein, aber er steht auf der richtigen Seite.«

»Nein, tut er nicht! Merkt denn keiner, dass sein ganzes Verhalten nur gespielt ist? Er hat mich bedroht, weil er mehr über meine Prana wissen wollte. An diesem Mann ist definitiv etwas faul!«

»Er ist es nur nicht gewohnt, dass jemand nicht nach seiner Pfeife tanzt. Aber er würde niemals die ganze Menschheit in Gefahr bringen!«

»Nathan …«

»Schluss jetzt, vertrau mir einfach! Wir dürfen keine Zeit mehr verlieren, ich muss sofort nach London. Tu mir einmal den Gefallen und mische dich nicht weiter ein. Geht auf eure Zimmer, ihr alle! Das hier ist eine Nummer zu groß für euch!«

Ich sah ihn schweigend an.

»Okay«, sagte ich nach einer Weile.

»O… okay?«, fragte er verblüfft. Anscheinend hatte er

nicht damit gerechnet, dass ich so schnell nachgebe. Er sah mich misstrauisch an.

»Ja, okay!« Ich zuckte trotzig mit den Achseln. »Denn jetzt bin ich wenigstens nicht mehr alleine schuld daran, wenn die Menschheit zugrunde geht!«

Nathan stöhnte und schaute zu Ryan.

»Wie hältst du das bloß aus mit ihr?«

Ryan versuchte mühsam, ein Lächeln zu unterdrücken. Ja, klar, sollten sie sich doch gegen mich verbünden. Beleidigt drehte ich mich um und stapfte aus der Halle, ohne mich noch einmal umzusehen. Ich hörte, wie Nathan sich zum Aufbruch bereit machte.

Draußen atmete ich tief die kalte Nachtluft ein und versuchte, mich zu beruhigen. Der Campus lag still unter einer Schneedecke. Nur vereinzelte Spuren zogen sich durch das unberührte Weiß, in dem sich der Orangeton der untergehenden Sonne spiegelte. Ich konnte spüren, dass meine Freunde mir folgten.

Alissa seufzte. »Du hast keineswegs vor, einfach die Füße stillzuhalten, oder?«

Sie kannte mich einfach zu gut.

»Nein, habe ich nicht.«

»Und was machen wir nun?«

Mein Blick folgte den Rücklichtern von Nathans Motorrad, das gerade aus der Garage hinter der Turnhalle geschossen kam und schlitternd auf das Haupttor zuhielt.

»Wir müssen nach Birmingham. So schnell wie möglich.«

»Birmingham?«, fragte Derek verdattert. »Was wollen wir denn dort?«

Ich sog noch einmal tief den Sauerstoff ein.

»Dort steht das Haus von meinen Eltern.«

Alle drei starrten mich an, als wäre ich verrückt geworden.

»Jill …«

»Hört zu, ihr müsst das nicht machen. Ich bin schließlich diejenige, die es vermasselt hat. Aber denkt doch mal nach. Nathan reist jetzt nach London, das wird einen Haufen Zeit beanspruchen. Dort hat Mr. Cole mit Sicherheit schon genügend Vorkehrungen getroffen, damit ihm heute Nacht niemand in die Quere kommt. Und glaubt ihr wirklich, bei der VO springen gleich alle auf und folgen Nathan, ohne dass er Beweise hat? Falls er etwas erreicht, wird es viel zu spät sein.«

Dereks Miene blieb skeptisch, und Ryan war wie immer nicht zu durchschauen.

Alissa seufzte und blickte uns der Reihe nach an. »Also, wer von euch kann fahren?«

Ich hätte Alissa am liebsten umarmt. Sie würde mich nie im Stich lassen.

»Meine Großmutter hat mir das Autofahren beigebracht, sollte nicht allzu schwer sein«, sagte Ryan mit einem Grinsen, das mein Herz gleich höher schlagen ließ.

»Ich hoffe, du kommst auch mit einer Limousine klar, denn das sind die einzigen Autos, die der Schule zur Verfügung stehen. Falls wir überhaupt an sie herankommen.«

Sein Lächeln verblasste, als er an die riesigen und sicher schwer zu handhabenden Autos dachte.

»Wartet kurz hier«, brummte er und rannte zurück in die Turnhalle.

Nervös trat ich von einem Fuß auf den anderen. Wir hatten schon viel zu viel Zeit verloren und mussten uns immer noch überlegen, wie wir ungesehen ein über vier Meter langes Auto »leihen« konnten. Die Limousinen standen auf dem Parkplatz hinter dem Hauptgebäude der Schule, wo uns jeder vom Fenster aus würde sehen können. Auch die Fenster der Lehrerquartiere lagen auf dieser Seite.

Ryan kam wieder aus der Tür der Turnhalle. Auf dem linken Arm trug er ein paar Waffen, die er an Ally und Derek verteilte. Er wusste, dass ich keine brauchte, weil ich immer welche bei mir trug. In seiner rechten Hand baumelten jedoch ein paar Autoschlüssel. Er grinste bis über beide Ohren.

»Ihr glaubt doch nicht im Ernst, dass ein Nathan Lockwood so etwas Uncooles wie eine Limousine benutzt. Er hat sein Motorrad – und einen Aston Martin Rapide, der momentan unbewacht in der Garage dort stehen müsste.«

Mit offenem Mund starrten wir ihn an, bis ich mir ins Gedächtnis rief, warum wir eigentlich hier standen.

»Also gut, kommt schon. Wir sind sowieso geliefert, wenn ich falsch liege oder uns jemand erwischt. Was kann da der Diebstahl von einem James-Bond-Auto schon verschlimmern?«

»James Bond hatte keinen Rapide, sondern …«

»Ja, ja, schon gut!«, fauchte ich.

Ryan ignorierte mich und fuhr das Garagentor hoch, während Alissa und Derek die Umgebung im Auge behielten.

»Los, rein da und macht das Tor nochmal zu! Da vorne läuft Mrs. Evans Streife«, warnte Derek, und wir schlüpften unter dem halb geöffneten Tor hindurch. Wir warteten ein paar Minuten und beobachteten die hübsche Vampirlehrerin durch das kleine Fenster der Garage, während Ryan ehrfurchtsvoll den silbernen Lack des Wagens streichelte. Männer!

»Alles klar, sie ist weg. Fahren wir endlich!«

Wir stiegen ins Auto, und Ryan startete den Motor. Ein lautes Dröhnen hallte durch die Garage und ließ die Wände erzittern.

»Ist das dein Ernst?«, fragte ich trocken. »Sollen wir vielleicht noch eine Sirene laufen lassen, nur für den Fall, dass uns jemand noch *nicht* gehört hat?«

»Was hast du denn erwartet? Dass er leise vor sich hin summt?«

Ich rollte die Augen und sah zu, wie das Garagentor wieder hochfuhr.

»Oh, oh, der erste Beziehungskrach«, flüsterte Alissa amüsiert vom Rücksitz aus, doch ich ignorierte sie.

Nach ein paar anfänglichen Problemen hatte Ryan den Wagen unter Kontrolle, und wir fuhren vom Gelände. Ich spannte mich an und fragte mich, was uns erwartete. Ryan spürte meine Stimmung sofort und legte mir beruhigend die Hand aufs Bein. »Wird schon schiefgehen.«

Ich seufzte. Bis Birmingham waren es etwa zweieinhalb Stunden, doch bei dem Tempo, das der Vampir an den Tag legte, sollten wir bedeutend schneller da sein. Ich vertraute seinen Reflexen.

Die Fahrt verlief schweigend, bis auf Dereks ständiges Gemurmel, dass wir sicher bei einem Autounfall sterben würden. Ich sah aus dem Fenster und beobachtete staunend, dass der Schnee immer weniger wurde, je näher wir meiner alten Heimat kamen. Die warme Luft der Heizung blies mir in den Nacken und ließ ein paar kleine Locken über meine Haut streichen, die meinem Zopf entkommen waren.

Ich machte mir Sorgen. Lag ich falsch mit meiner Vermutung? Würden wir das Haus oder das, was noch davon übrig war, leer vorfinden? Oder viel schlimmer noch. Was, wenn es nicht leer war? Ich hatte keine Ahnung, was wir überhaupt tun konnten. Doch irgendein Gefühl sagte mir, dass wir dorthin mussten. Und dass sich etwas Dunkles anbahnte.

Erst als sich der Druck von Ryans Hand auf meinem Schenkel verstärkte, wurde mir klar, dass ich unruhig mit dem Bein wippte, und zwang mich, es stillzuhalten. Die Minuten strichen dahin, bis wir den dichten Wald in der Nähe von Birmingham erreichten.

Das Haus meiner Eltern lag ziemlich abseits der bewohnten Gegenden, und schon nach ein paar Minuten wurden die Bäume und das Gestrüpp dichter und dunkler um uns herum. Ryan manövrierte den Wagen zwischen den engen Stellen des Waldweges hindurch, und wir brauchten eine Weile, bis wir die Ruine fanden.

»Stell das Licht aus und lass uns den Rest laufen«, sagte ich angespannt, als wir etwa fünfhundert Meter entfernt waren. Ich konnte nur die Umrisse eines Grundstückes erkennen und wischte über die angelaufene Scheibe, um besser sehen zu können. Das Glas des Autofensters lag kühl und feucht unter meiner Hand, und ich ließ auch die Stirn dagegen sinken, um die Augen zu schließen und mich kurz zu sammeln.

»Gehen wir«, sagte Ryan und stieg aus dem Wagen, nicht jedoch, ohne vorher noch einmal zärtlich über das Lenkrad zu streicheln. Ich rollte mit den Augen. Der Wald lag ruhig, und wir folgten schweigend dem gewundenen Pfad, der nur von einer leichten Schneedecke bedeckt war.

Wir kamen an ein von einer hohen Mauer umgebenes Grundstück. An dem schweren Eisentor hielten wir kurz an, um einzeln darüber zu klettern. Niemand sagte etwas. Wir schlichen durch die Schatten der Bäume, die die Wiesen des langen Gehwegs säumten.

»Dort vorne ist jemand entlanggelaufen. Ich kann die Spuren im Schnee erkennen«, wisperte ich.

Sofort begann mein Herz, schneller zu schlagen. Ich umklammerte die Hand meines Vampirs. Man könnte meinen, dass auf so einem großen Grundstück mindestens eine Villa stehen müsste, doch bei meinem Elternhaus handelte es sich nur um ein zweistöckiges Haus aus grauem Stein mit großer Holzveranda und einem hohen, mit mehreren Giebeln versehenen Dach. Das Gebäude stand nur noch zur Hälfte und endete rechts in einem Berg von Trümmern.

Ich blieb geschockt stehen. Mit einem Mal strömten die wenigen Erinnerungen meiner Kindheit auf mich ein. Meine Mutter, wie sie auf der Veranda stand und mir beim Spielen zusah. Mein Vater, wie er die Eingangstür in einem leuchtenden Grün strich. Sogar die kleine Schaukel, auf der er mich immer angeschubst hatte, hing noch an dem Baum neben dem Haus. Ryan legte den Arm um meine Schultern und holte mich somit in die Wirklichkeit zurück. Mein Blick blieb an der Tür hängen, an der die grüne Farbe schon vor langer Zeit angefangen hatte abzublättern.

»Ich weiß, wie sich das anfühlt«, sagte er leise und zog mich an sich. Ich wischte mir die Träne weg, die sich heimlich aus meinen Augenwinkeln gestohlen hatte, und ging weiter.

»Wir müssen ums Haus herum«, flüsterte ich, als ich meine Stimme wieder unter Kontrolle hatte. Ich schluckte und sah hinauf in den Himmel, der Vollmond war gerade aufgegangen. »Beeilen wir uns!«

Hinter dem Haus befand sich eine kleine Wiese, in deren Mitte, wie ich wusste, die Bodenplatte mit dem Beschwörungskreis liegen musste. Wir huschten durch die Schatten und blieben hinter dem Gebüsch zwischen ein paar dicht nebeneinander stehenden Kastanienbäumen stehen.

Wir waren tatsächlich nicht allein. Die kreisrunde Wiese wurde von einigen Fackeln beleuchtet, die nur noch von dem Schein des großen Feuers auf der Bodenplatte in der Mitte überstrahlt wurden. Ich rückte näher in das Dickicht und versuchte, zwischen den Zweigen hindurch zu spähen. Ein paar eisüberzogene Äste stachen in meine Hände, als ich sie beiseiteschob. Mir stockte der Atem, als ich in den umliegenden Bäumen Schatten erkennen konnte. Ich erkannte nicht nur die raubtierhaften Bewegungen wieder, sondern auch die leuchtenden Augen der Mairas, die mir das kalte Entsetzen in Schaudern über den Rücken laufen ließen. Wieder überrollte mich kalte Angst, die mich bewegungsunfähig machte. Doch das alles war nichts gegen das Entsetzen, das mich packte, als ich die Person erkannte, die sich am Beschwörungskreis zu schaffen machte. Vor unseren Augen beschwor Mrs. Grant gerade einen Dämonenfürsten.

Kapitel 27

Verrat. Verzweiflung. Angst.

Ich wusste kaum noch, wie ich Herr über meine Gefühle werden sollte. Dort auf der Wiese stand eine der Personen, denen ich vertraut hatte. Die Gespräche mit der Schulleiterin über meine Mutter. Über mich. Über Mr. Cole. Wie viel davon war gelogen?

»Oh mein Gott ...«, hörte ich Alissa flüstern.

Der Schock lähmte uns. Entsetzt starrten wir auf das Bild, das sich uns bot. Mrs. Grant kniete mit gesenktem Kopf am Rande der großen Betonplatte in einem eleganten, dunkelroten Abendkleid. Obwohl es schulterfrei war, schien sie keine Kälte zu spüren. Es war das erste Mal, dass ihre dunklen Haare nicht wie von Geisterhand um ihr Haupt schwebten, sondern schlaff ins Gesicht fielen. Vor ihr lag aufgeschlagen ein Buch, und ich brauchte nur eins und eins zusammenzuzählen, um zu wissen, dass es das Buch meiner Mutter war. Die mächtige Hexe psalmodierte leise vor sich hin.

»Was tun wir jetzt?«, flüsterte Ryan in mein Ohr.

Ratlos schüttelte ich den Kopf, ohne den Blick von dem Schauspiel abwenden zu können. Tränen der Wut stiegen mir in die Augen und bahnten sich heiß einen Weg über meine kalten Wangen. Ich widerstand dem Drang, auf die

Wiese zu laufen und der Schulleiterin links und rechts ein paar Ohrfeigen für ihren Verrat zu verpassen. Ich würde keine drei Meter weit kommen, denn was konnte ich schon gegen ihre Macht ausrichten? Sie konnte, genau wie ich, direkt auf ihre Prana zugreifen und hatte eine exzellente Ausbildung genossen. Ich stand noch ganz am Anfang.

Und selbst wenn sie uns nicht außer Gefecht setzte – die Mairas würden es allemal tun. Sie waren nicht zum Spaß hier. Sie dienten Mrs. Grants Schutz.

Ich zitterte, ohne zu wissen, ob es an der Kälte lag oder an dem, was gleich geschehen würde. Wir waren verloren. Keiner von uns bewegte sich.

Wir waren wie gebannt von der hüfthohen Feuersäule, die nun das Zentrum des Kreises einschloss. Mrs. Grants Gemurmel endete, und sie hob die Stimme. »Leviathan, Großfürst der Unterwelt, ich rufe Euch!«

Ich beobachtete angestrengt den Kreis und hielt die Luft an. Erst sah es so aus, als wollte nichts geschehen, doch dann begann der Rauch des Feuers, sich zu verändern. Er schien von einem Punkt in der Mitte des Kreises angezogen zu werden und sich dort zu sammeln. Der Qualm formte sich zu einem undeutlichen Gesicht, das über dem Boden schwebte. Es ähnelte einem Mann.

»Das darf doch alles nicht wahr sein«, krächzte ich heiser. Ich konnte spüren, wie Alissa neben mir mal wieder vor Nervosität an meinem Ärmel zupfte. Was wir hier sahen, überstieg unsere kühnsten Vorstellungen. Ich wusste, dass ich etwas tun sollte, doch ich konnte mich noch immer kaum rühren.

Ich fühlte mich klein und nutzlos, ein Gefühl, mit dem ich nur allzu vertraut war. Der Rauch des Feuers bewegte sich weiter, und eine Stimme hallte über die Wiese, so tief und machtvoll, dass sie nicht aus unserer Welt stammen konnte.

»Annabell, meine Schöne! Lange habe ich auf diesen Zeitpunkt gewartet. Es ist Vollmond, und doch erscheine ich wieder in dieser unnützen Gestalt. Ich gehe also davon aus, dass du versagt hast! Hat dir meine Information über den Aufenthalt der Aufzeichnungen nicht geholfen? Haben dir meine Diener nicht geholfen?«

Er blickte hinauf in die Bäume, in denen die Mairas unruhig wurden. Mir lief ein Schauder über den Rücken, und alle Härchen auf meinem Körper sträubten sich bei dem Klang seiner Worte. Die Stimme sollte schmeichelnd klingen, doch ich konnte den drohenden Unterton hören. Das hier war so falsch.

Mrs. Grant neigte ergeben den Kopf zum Gruß, doch kurz darauf trat sie mit erhobenem Kinn vor den Dämon aus Rauch. »Nein, mein Gebieter. Ich habe nicht versagt. Die Aufzeichnungen sind hier, ich könnte Euch ohne Weiteres für diese Nacht einen Körper verleihen.«

Sie ließ das *Aber* ungesagt, doch wir alle hörten es heraus. Sie hatte unmissverständlich klargemacht, dass sie die Fäden in der Hand hielt. Der Dämon namens Leviathan kniff wütend die Augen zusammen, bevor er plötzlich anfing zu lachen.

»Töricht, dreist und hinterlistig! Du wirst mir noch von großem Nutzen sein. Vergiss nur niemals, dass ich nur mit dem Finger zu schnippen brauche, um dich zu töten!«

Die Schulleiterin zog überheblich die Augenbrauen in die Höhe. »Dazu seid Ihr momentan wohl kaum in der Lage!«

Er besah sie mit einem Blick, der jeden anderen in die Knie gezwungen hätte; die Augen in dem rauchigen Gesicht schienen förmlich zu glühen. Mrs. Grant jedoch hielt ihm Stand und wartete ab.

»Also schön«, knurrte der Dämon, »was sind deine Bedingungen?«

Das Gesicht veränderte sich, und der Rauch bildete den

Körper eines großen, breitschultrigen Mannes. Nun konnte ich auch besser die Gesichtszüge ausmachen. Der Dämon hatte breite Wangenknochen, die ihm ein attraktives Aussehen verliehen. Er sah aus wie Anfang dreißig, obwohl sich das bei dem Rauch schlecht sagen ließ. Auf dem Gesicht der Schulleiterin breitete sich ein boshaftes Lächeln aus.

»Ich will Schutz vor Euch und Euresgleichen, sowohl in dieser Nacht als auch in Zukunft. Ich habe die Aufzeichnungen von Silva Bailey gefunden. Damit kann ich Euch einen Körper verleihen, auch wenn Ihr den Kreis nicht verlassen könnt, Gebieter. Ich bin nicht so dumm zu glauben, dass das heißt, Ihr währet machtlos. Die Abmachung wird offiziell mit Blut besiegelt, Ihr müsst Euch also an das Gesetz der Unterwelt halten.«

»Ahh, da hat jemand seine Hausaufgaben gemacht«, sagte der Dämon gedehnt und überheblich.

»Ich bin noch nicht fertig«, antwortete Mrs. Grant bestimmt.

Ein dunkles Grollen klang aus der Kehle des Unterweltfürsten. »Ich schon, wenn du mir nicht bald einen guten Grund gibst, nicht auf der Stelle zu verschwinden. Glaubst du wirklich, du kannst mich damit locken, für eine Nacht einen Körper in der Realität zu haben, der in einem Kreis eingesperrt ist?! Normalerweise bekomme ich bei einer Beschwörung wenigstens eine schreiende Jungfrau geboten!«

Für einen Moment sah ich einen Anflug von Unsicherheit auf dem Gesicht der hübschen Frau, den sie jedoch schnell wieder verbarg. Leviathan rollte mit den Augen und begann, am Rand des Feuerkreises entlangzuwandern und mit der Hand über die schimmernde Barriere aus Feuer zu streichen. Er untersuchte sie auf Schwachstellen.

Annabell Grant beobachtete ihn unbeeindruckt. »Was wäre, wenn ich den Dämonen ohne Beschwörungskreise Zutritt zur Realität verschaffen könnte?«

Der Dämon hielt inne und blickte sie forschend an. »Das funktioniert nur mit dem Silax und einem Ritual, das nicht einmal mehr die Dämonen kennen. Und wir sind allwissend, Schätzchen.«

Nun war es Mrs. Grant, die lachte und selbstsicher die Hände in die Hüfte stemmte. Der Dämon blickte ungläubig. Dann schien er langsam zu begreifen …

»Selbst wenn du es herausgefunden hast, dieses Ritual wirklich kennen würdest – warum solltest du wollen, dass die Dämonen in diese Welt gelangen können? Der Schutz, den ich dir gewährleisten könnte, würde dich vielleicht am Leben lassen. Aber er wird dich nicht vor der Sklaverei schützen, wenn die Dämonen diese Welt regieren. Was hast du in deinem kleinen, boshaften Köpfchen ausgeheckt, Hexchen?«

Die Schulleiterin sah ihm hochmütig ins Gesicht, und ich konnte förmlich spüren, wie aufgeregt sie war. Diesen Moment schien sie lange geplant zu haben. Und sie wusste, dass sie etwas hatte, das der Dämon unbedingt haben wollte.

»Ich gedenke nicht, als Sklavin in dieser Welt zu verweilen. Vielmehr reizt es mich, als Herrscherin an Eurer Seite zu stehen.«

Schallendes Gelächter erklang aus dem Mund der Rauchgestalt, doch Mrs. Grant redete unbeirrt weiter.

»Lange genug haben wir Hexen uns vor den Normalsterblichen versteckt und mit Ungeziefer wie Werwölfen und Vampiren zusammengelebt! Es wird Zeit, dass die Hierarchie neu geordnet wird! Gemeinsam können wir die Dämonen aus der Unterwelt befreien, wenn wir den Silax finden. Und gemeinsam werden Hexen und Dämonen herrschen! Die besseren Spezies!«

Mir stockte der Atem. Das war es, was sie wollte? Zumindest hatte sie den Silax noch nicht gefunden.

Leviathan rückte so nah an sie heran, wie der Beschwörungskreis es zuließ. Ihre Gesichter waren nur noch Zentimeter voneinander entfernt.

»Wozu brauchst du mich dann?«

Die Schulleiterin machte eine nervöse Geste mit der Hand, und der Dämon lächelte. Das hier war ein Machtspiel, bei dem es um die Frage ging, wer genug zu bieten hatte, wer am längeren Hebel saß.

»Ich brauche Eure Kräfte, um den Silax zu finden. Hexen können Dämonenmagie nicht spüren, aber ich bin mir sicher, dass er ganz in der Nähe ist. Silva Bailey hat ihn nicht zerstört! Und das Ritual kann nur von einer Hexe und einem Dämon *gemeinsam* durchgeführt werden.«

Der Dämon bleckte die Zähne. »Du willst hoch hinaus! An Boshaftigkeit mangelt es dir nicht, du hast dich schon lange den Prinzipien der Dämonen verschrieben. Lügen. Verrat. Die Gier nach Macht. Aber ich teile meine Herrschaft nicht!«

»Dann herrsche von mir aus weiter. Alleine. In der Unterwelt!«

»Du verfluchtes …«, begann der Fürst, doch dann riss er sich zusammen. Ich hielt den Atem an.

»Also schön«, sagte er langsam, und mir rutschte das Herz in die Hose, »du wirst an meiner Seite herrschen, aber dich meinen Befehlen beugen!«

Auf den Zügen der Hexe breitete sich ein Lächeln aus. Sie war fast an ihrem Ziel angelangt.

Konnte sie wirklich so dumm sein? Ja, sie war es. Mit einem Dolch ritzte sie sich die Handfläche auf und streckte sie durch die Feuersäule, bevor es sich der Dämon anders überlegen konnte. Ich stöhnte, denn selbst ich hatte bemerkt, dass das Abkommen einige Lücken zu Gunsten des Dämons enthielt. Man verhandelte nicht mit Dämonen, sie gewannen immer!

Blut tropfte auf den Stein der Bodenplatte und zischte.

Obwohl wir einige Meter entfernt waren, schien sich ein eigenartiger Geruch nach verbranntem Gummi in meiner Nase festzusetzen, und ein metallischer Geschmack breitete sich auf meiner Zunge aus. Das war nicht einfach nur Blut, es war Magie. Für einen Moment hoffte ich, Leviathan würde die Hand von Mrs. Grant packen und in Stücke reißen, doch er streckte ebenfalls die rauchige Klaue aus und schlug ein. Ihr Pakt war besiegelt. Ich wusste, dass Leviathan nun Kraft des Gesetzes der Unterwelt dazu verpflichtet war, Mrs. Grants Bedingungen einzuhalten. Seine Versprechen einzuhalten. Trotz allem lächelte er boshaft.

»Ach übrigens, Liebling«, sagte er mit einem anzüglichen Tonfall, und die Hexe wurde bleich.

Mir wurde übel, es war genau das, was ich befürchtet hatte. Mrs. Grant würde sich wohl mit dem Gedanken auseinandersetzen müssen, als Leviathans Bettgefährtin herzuhalten, seine Befehle zu befolgen, wenn ihr nicht noch irgendetwas einfiel. Ich konnte förmlich sehen, wie sie innerlich über diese Lücke in ihren Bedingungen fluchte. Dämliche Hexe. So waren Dämonen nun einmal! Sie konnten in einem Beschwörungskreis eingeschlossen nicht lügen und, weiß der Geier warum, mussten sich an ihre Versprechen halten. Doch sie fanden immer Schlupflöcher und führten ihre Opfer hinters Licht. Mrs. Grant hatte soeben zugestimmt, ihm zu gehorchen. Sie war seine Sklavin, auch wenn er sie nicht töten konnte.

Er machte eine laszive Bewegung und redete weiter. »Du hast wirklich Glück heute. Ich brauche heute keinen Körper, um den Silax zu spüren. Er ist bei Silva Baileys Tochter.«

Ich brauchte einige Augenblicke, bis ich verstand, was er gerade gesagt hatte. Verwirrt drehte ich mich um und blickte in die fragenden Gesichter meiner Freunde. Ich schüttelte stumm den Kopf und gab ihnen zu verstehen, dass ich keine Ahnung hatte, was hier vor sich ging.

Die verrückte Schulleiterin machte ebenfalls ein ungläubiges Gesicht. »Jillian Benett? Das kann nicht sein, ich habe sie unter die Lupe genommen. Sie macht zwar viel Ärger, aber sie vertraut mir und hat keine Ahnung, wie der Silax überhaupt aussieht. So wie wir alle!«

Leviathan lachte schallend. »Natürlich weiß sie es nicht. Silva Bailey war nicht so dumm, ihrer dreijährigen Tochter diese Informationen zu geben. Und dennoch trägt sie ihn immer um den Hals. Aber warum fragen wir sie nicht selber? Sie steht dort drüben hinter dem Baum und lauscht seit etwa einer halben Stunde ...«

Automatisch wanderte meine Hand zu meiner Kehle, wo sie die kleine Kette mit dem schönen, blauen Anhänger meiner Mutter ertastete. Ich konnte mich nicht rühren und blickte durch die Äste schockiert den Dämon an, der direkt in unsere Richtung starrte, als könne er durch das Gestrüpp hindurchblicken.

Dann ging alles ganz schnell. Mrs. Grant drehte sich in unsere Richtung. »Ergreift sie!«

Entsetzen packte mich, und ich hörte nur noch gedämpft Ryans Schreie, ich solle mich endlich in Bewegung setzen. Er zog mich am Ärmel auf die Beine, aber erst Alissas ängstliches »Weg hier!« holte mich aus meinem Schockzustand.

Ich stolperte Ryan hinterher, doch wir waren nicht weit gekommen, als sich die Mairas auf uns stürzten. Ich war urplötzlich umgeben von ledrigen Flügeln, Klauen und nadelspitzen Zähnen. Der widerliche Geruch nach Asche und Verwesung ließ mich würgen, er raubte mir die Luft. Die Mairas waren überall, und wir waren vollkommen unterlegen, doch unser Überlebenstrieb brachte uns dazu, die Waffen zu heben.

Ich verfiel, wie schon beim letzten Angriff, in meinen Kampfmodus. Ich stach einen Maira nach dem anderen nieder, immer darauf achtend, dass Alissa und Derek nicht in

Bedrängnis gerieten. Mein Verstand schaltete ab, ich musste töten, um meine Freunde zu retten. Ryans Vampirreflexe halfen ihm, ebenso viele Kreaturen zu Fall zu bringen.

»Genug jetzt!«, hörte ich die Stimme der Schulleiterin, und ein plötzlicher Schmerz zwang mich in die Knie. Es war, als fließe purer Strom durch meinen Körper. Jede Pore brannte wie Feuer und brachte mich an die Grenzen meines Bewusstseins. Ich schrie auf und krümmte mich auf dem Boden zusammen. Ich kämpfte gegen den Schmerz an, so gut ich es vermochte. Verschwommen sah ich durch einen roten Schleier der Qualen, wie die Mairas meine Freunde packten, bevor ich selbst hochgehoben wurde und in den lindernden Zustand der Bewusstlosigkeit fiel.

Wir waren so gut wie tot.

Als ich wieder zu mir kam, wunderte ich mich, warum ich aufrecht stand, bis ich den Baum in meinem Rücken bemerkte, hinter dem meine Hände gebunden waren. Die raue Rinde schürfte bei jeder Bewegung an meinen Gelenken. Ich versuchte, die Finger zu bewegen, musste jedoch schnell feststellen, dass jegliches Gefühl aufgrund der Kälte aus meinen Händen verschwunden war. Mit dem Bewusstsein kam der Schmerz zurück, wenn auch etwas abgeschwächt. Um mich herum konnte ich helle, fast weiße Pranastränge erkennen, die sich um meine Brust wanden und mich daran hinderten, klare Gedanken zu fassen.

Es tat weh. Ich kannte das Gefühl von meinen missglückten Versuchen, meine Prana in mir zu halten, als sie ausbrechen wollte. Nur, dass es diesmal nicht meine eigene Energie war, die mich innerlich verbrannte.

Als ich genauer hinsah, kam ich nicht umhin, mir einzugestehen, dass das Weiß der Pranastränge um meine Brust schmutzig aussah. Mrs. Grant hatte mich mit ihrer Energie außer Gefecht gesetzt. Was hatte sie nur getan, dass sich der

Schmutz ihrer Seele sogar in der Farbe ihrer Prana spiegelte? Alissa und Derek waren links von mir ebenfalls an Bäume gekettet, und Derek verzog das Gesicht schmerzhaft, soweit ich das aus den Augenwinkeln heraus erkennen konnte. Über Allys Wangen zogen sich einige Kratzer, und auch ihr Mantel wirkte stark mitgenommen. Ryan befand sich rechts und kämpfte mit zusammengebissenen Zähnen gegen die Fesseln an.

Keiner von den anderen musste sich mit diesem hellen Energiezeug von Mrs. Grant herumplagen, aber was sollten Alissa und Derek auch großartig mit Telekinese und Biokinese anstellen?

Wir waren geliefert, und es war alles meine Schuld. Ich hätte die Aufzeichnungen gleich zerstören sollen. Wie hatte ich nur davon ausgehen können, hier selbst etwas ausrichten zu können? Und das Schlimmste war, dass meine Freunde wieder durch mich in diesen Schlamassel geraten waren.

Ich stöhnte vor Schmerzen, als ich den Kopf hob. Meine Haare hingen mir im Gesicht, klebten an meiner Stirn. Ich konnte nur schwer Mrs. Grant erkennen, die neben ihrem Beschwörungskreis stand und mich entzückt anschaute.

Leviathan war noch immer damit beschäftigt, sich kaputtzulachen.

»Was für ein glücklicher Zufall«, rief er, nachdem er sich wieder im Griff hatte. »Da sich der Silax ja nun schon hier befindet, bleibt es uns erspart, bis zum nächsten Vollmond zu warten.«

Die Schulleiterin kam begierig auf mich zu. Es war das erste Mal, dass ich ihr heute Abend in die Augen sehen konnte, und ich fragte mich, warum ich den Wahnsinn und die dunklen Schatten in ihrem Blick nicht schon vorher bemerkt hatte. Die Frau war irre. Um ihre Hände zuckten kleine, weiße Lichtblitze, und ich bemerkte wieder einen metallischen Geschmack auf meiner Zunge. Es war, als könne ich ihre Macht schmecken. Igitt.

Sie kam dicht vor mir zum Stehen und legte die Hand um den blauen Stein meiner Kette. Die Luft knisterte wieder, und ihre Haare bewegten sich in dem unsichtbaren Wind, der ständig um sie herum zu tanzen schien. Sie sah aus wie eine Göttin, unbezwingbar.

»Pfoten weg, du Miststück!«, brachte ich heraus, bevor sie den Energiefluss um meine Brust verstärkte und ich zu sehr damit beschäftigt war, einen Schrei zu unterdrücken.

»Zu schade«, sagte sie und streichelte mit der anderen Hand über meine Wange. Ich drehte angeekelt den Kopf zur Seite. »So viel vergeudetes Talent. Du wirst sicher verstehen, dass ich euch nach diesem Abend nicht am Leben lassen kann – es sei denn, du willst dich mir anschließen?«

Ich spuckte ihr vor die Füße und erhielt dafür eine schallende Ohrfeige.

»Lassen Sie sie in Ruhe«, zischte Ryan und erntete dafür einen Luftstoß, der ihm für einen Moment den Atem nahm und ihn fester an den Stamm drückte. Mrs. Grant hatte nicht einmal hinsehen müssen, um ihre Aerokinese gegen ihn einsetzen zu können.

»Halt die Klappe, Vampir, oder du bist der Erste, der das Zeitliche segnet. Ich habe ohnehin keinen Nutzen für euch alle! Du bist nur noch am Leben, weil ich will, dass ihr meinen Triumpf mitanseht.«

Mit einem Ruck zog sie an meiner Kette, die mit einem schmerzhaften Reißen an meinem Hals entzweisprang, und ging zu Leviathan zurück.

»Nun schick mich endlich zurück, damit du mich mit einem richtigen Körper beschwören kannst und wir endlich dieses Ritual durchführen können«, knurrte er und konnte dabei die Augen kaum von dem Silax abwenden, dessen blaue Gestalt im Schein des Feuers glitzerte.

Mrs. Grant trat an die Feuersäule und starrte glücklich wie ein kleines Kind vor seinem Geburtstagstischchen auf die so unscheinbare Kette. Sie kam einen Schritt zu nahe, denn blitzschnell schoss plötzlich der rauchige Arm des Dämons hervor, durchbrach den Schutzkreis und legte sich um ihren Hals.

»Und du solltest mich besser nicht hintergehen, denn ich werde dich finden! Du gehörst mir!«, grollte die dämonische Stimme, und ich konnte sehen, wie die Hexe verzweifelt nach Atem rang. Dunkle Rauchschwaden krochen wie Schlangen über ihre freien Schultern, den Rücken hinab bis zu ihren Beinen. Leviathan verdeutlichte seinen Standpunkt. Er war hier der Boss und konnte Mrs. Grant selbst ohne einen festen Körper bezwingen.

Mit einem Ruck ließ er los und zog den Arm zischend wieder in den Beschwörungskreis zurück. Die Schulleiterin hielt sich mit bleichem Gesicht die Kehle, und ich konnte sehen, wie ihre Hände zitterten. Die Stellen, an denen der Rauch über ihren Körper gekrochen war, sahen leicht verbrannt aus.

»Leviathan, kehrt nun zurück in die Unterwelt und wartet, bis ich Euch erneut beschwöre«, stammelte sie und atmete auf, als der Dämon sich in Nichts auflöste und die Feuersäule erlosch.

Doch ich hatte etwas bemerkt. Die Pranafesseln um meine Brust hatten an Kraft nachgelassen, und meine Gedanken wurden klarer, als Annabell Grant abgelenkt war. Trotz allem laugten sie mich immer noch so weit aus, dass ich meine eigene Prana nicht erreichen konnte. Es war, als fließe Mrs. Grants Energie durch meinen Körper und hielte die meine in Schach.

Die Hexe zog eine Tasche heran und begann, zahlreiche Utensilien auf die Bodenplatte vor sich zu legen und zu sortieren. Als ich die Kerzen, das Messer und die verschiedenen

Kräuter sah, erkannte ich das Ritual, mit dem sie Leviathan einen Körper beschaffen konnte. Ich hatte die Zeilen über das Ritual wieder und wieder gelesen, weil ich es nicht fassen konnte, dass meine Mutter so etwas geschrieben haben sollte.

Kalte Wut stieg in mir auf.

»Er wird Sie umbringen, wenn er hat, was er will! Das wissen Sie, oder, Grant?«, schleuderte ich ihr entgegen.

Sie funkelte mich zornig an. »Für dich heißt es immer noch *Mrs. Grant!*«

Ich schnaubte verächtlich. »Tut mir leid, diesen Respekt von mir haben Sie verwirkt!«

Sie gab sich damit zufrieden, eine weitere Energiewelle durch mich zu ziehen und sortierte weiter die Gegenstände. Mein Kopf fühlte sich an, als würde er jeden Moment explodieren, und ich konnte ein weiteres Stöhnen nicht unterdrücken.

Alissa und Derek flüsterten neben mir, während die Schulleiterin die Kerzen rund um den erloschenen Beschwörungskreis aufstellte und entzündete. Sie war wieder vollkommen in ihrem Element und bester Laune.

»Jill«, hörte ich Derek zischen, »halt jetzt ganz still!«

Ich versuchte, den Kopf zur Seite zu drehen, doch Derek war größtenteils von Alissa verdeckt, die meine Füße anstarrte. Nein, starren war nicht das richtige Wort, sie konzentrierte sich darauf. Ich spürte, wie sich etwas an meinem Bein bewegte, und kurz darauf kam der Dolch zum Vorschein, den ich immer in meinem Stiefelschaft versteckte. Sie hatten ihn übersehen, als sie uns an die Bäume banden.

Alissa setzte die Telekinese ein, um den Dolch hinter den Baum zu meinen Fesseln schweben zu lassen, doch ich konnte meine Hände nicht bewegen, um ihn zu fassen.

»Halt still«, flüsterte sie, »ich versuche, sie durchzuschneiden.«

»Rutsch bloß nicht ab«, sagte ich leise mit einem nervösen Gedanken an meine Pulsschlagader und die Tatsache, dass Ally gerade erst anfing, ihre Fähigkeiten kontrollieren zu können.

Ryan schnaubte. »Vor uns steht eine durchgedrehte Hexe, die eine Horde Dämonen in diese Welt lassen will und uns sowieso umbringt, wenn sie fertig ist. Und du hast Angst, das Ally dich mit einem Messerchen ritzt.«

Ich warf einen Blick zu Mrs. Grant, doch sie war so in ihre Arbeit vertieft, dass sie das gedämpfte Gespräch nicht mitbekam.

»Tut mir leid«, sagte ich sarkastisch, »im Moment kann ich nicht so klare Gedanken fassen, weil mir so ein blödes Pranaband den Kopf fast zerspringen lässt!«

»Wir müssen sie ablenken!«

»Und dann, Mr. Besserwisser?«

Ryan ignorierte meine Beleidigung. »Nathan müsste jetzt bei der VO sein. Vielleicht sind sie auch schon auf dem Weg hierher, sie sind unsere einzige Chance.«

Ich verstummte und versuchte, meine Gedanken zu ordnen, so gut es die Schmerzen zuließen. Er hatte recht, wir durften nicht tatenlos zusehen. Doch da wir bewegungslos waren und der Dolch in meinem Rücken mit einer quälenden Langsamkeit an dem dicken Tau ritzte, blieb nur eine Möglichkeit.

»Annabell, hören Sie schon auf damit!«, rief ich und hoffte, ihre Aufmerksamkeit zu gewinnen. »Das bringt doch alles nichts. Was nützt es, die Dämonen in unsere Welt zu lassen? Glauben Sie allen Ernstes, dass Leviathan Sie an seiner Seite herrschen lässt? Die werden uns nur nach und nach alle umbringen!«

Die Schulleiterin sah zu meiner Erleichterung von den Kräutern auf, die sie gerade in den Kreis warf.

»Du verstehst es einfach nicht, oder? Sie werden diese

Welt ordnen, so, wie es sich gehört! Lange genug haben wir Hexen uns vor den Normalsterblichen versteckt, obwohl wir so viel mächtiger sind. Und dieses Dreckspack von Mondkindern und Vampiren, sie sind abnormal und schwach! Es wird Zeit für ein neues Zeitalter, in dem Hexen und Dämonen sich vereinen und gemeinsam herrschen!«

»Das ist krank! Die werden Sie und uns umbringen oder versklaven!«

Nun hielt sie inne, blickte mich an, und auf ihrem Gesicht bildete sich ein boshaftes Lächeln, während sie die Hand mit den Gewächsen langsam sinken ließ. Die Kräuter rieselten lautlos auf den gefrorenen Boden. Ich konnte nur hoffen, dass sie Alissas konzentrierten Blick nicht bemerkte. Doch sie sah mich nur weiter mit ihren stechend grünen Augen an.

»Traurig, dass du so eine schlechte Meinung von den Dämonen hast. Wo du doch eine von ihnen bist!«

Kapitel 28

Ich konnte Mrs. Grant für einen Moment nur anstarren.

War diese Frau noch bei Trost?

»Was reden Sie da? Meine Mutter war eine Hexe!«

Sie kam nun auf mich zu, und das Pranaband um meine Brust ließ an Kraft nach. Sie wollte, dass ich auch wirklich alles mitbekam und senkte die Energiemenge. »Deine Mutter war eine Hexe, richtig. Dein Vater nicht.«

»Sie lügt«, knurrte Ryan.

Wütend richtete sie ihre Aufmerksamkeit auf Ryan und blieb vor ihm stehen. Ihre Gesichter waren kaum fünf Zentimeter voneinander entfernt, als sie mit kalter Stimme flüsterte: »Ach wirklich, Vampir? Dann erkläre mir doch einmal, warum sie, genau wie die Dämonen, eine blaue Prana und alle möglichen Fähigkeiten besitzt? Sie ist ein Kind der Unterwelt, wenn auch nur zur Hälfte.«

Ihre Worte hallten in meinem Kopf wider, ohne dass ich wirklich verstand, was sie bedeuteten.

Zweifel stiegen in mir auf. Sollte das heißen, mein Vater war ein Dämon? War das möglich? Das war absurd! Und doch … hatte ich nun das erste Mal eine Erklärung für meine Fähigkeiten, wenn auch eine ziemlich abgedrehte. Wenn das stimmen sollte …

Aber Dämonen waren böse, und zwar von Grund auf! War

meine Mutter jahrelang von ihrem Mann getäuscht worden? Hatte sie ihn geliebt? Und konnte sie deshalb den Silax nicht zerstören, weil damit die einzige Chance, ihren Ehemann zu beschwören, verloren wäre? Oder wurde sie von einem Dämon vergewaltigt, und der Vater, an den ich mich erinnerte, war ein anderer? Es waren zu viele Fragen, die mich verwirrten. Ein anderer Gedanke schlich sich in meinen Kopf, bahnte sich einen Weg bis in mein Bewusstsein.

Kind der Unterwelt … die Frau auf dem Marktplatz. Hatte sie gewusst, was ich war? Ihre Worte ertönten in meinem Kopf, als hätte ich sie gerade erst gehört.

Seid vom Verrat geblendet!
Im Blute dunkel, das Herz ist rein.
Es wird das Kind der Hölle sein,
Das das Blatt wendet.

Das Kind der Hölle. Das war ich also. Ich war nicht nur ein Freak, wie ich die ganze Zeit gedacht hatte. Ich war ein Monster. Entsetzen überlief mich, es war, als fiele ich in ein tiefes, dunkles Loch, das sich vor mir auftat.

»Jill, hör nicht auf sie!«, rief Ryan und sah mich besorgt an, als könne er meine Gedanken lesen.

»Lass sie«, säuselte Mrs. Grant und wendete den Blick nicht von meinem Gesicht ab, »sie wird schon selbst die richtigen Schlüsse ziehen und darauf kommen, was das bedeutet.«

Was es bedeutete? Würde sich etwas ändern, falls wir lebend hier herauskamen?

Ja. Es würde sich etwas ändern. Ich konnte mir nicht vorstellen, dass die VO einen Dämon jenseits der Unterwelt dulden würde. Ich war eine Aussätzige. Ein Fehler, der korrigiert werden musste. Etwas, das man aus dem Weg schaffen sollte.

Ich begegnete dem Blick meiner Schulleiterin, und wieder bemerkte ich den Schatten in ihren jadegrünen Augen, mit denen sie in meine Seele zu blicken schien.

»Ganz genau«, flüsterte sie, »egal, was du tust, die VO wird dich verfolgen, wohin du auch gehst. Und sie werden dich töten. Oder zumindest lebenslang einsperren.«

Alissa schnappte hörbar nach Luft, und ich konnte Dereks verzweifelten Blick auf mir spüren.

»Seit wann wissen Sie es schon?«, fragte ich verbittert.

»Schon eine ganze Weile«, antwortete die Hexe und begab sich schlendernd wieder Richtung Beschwörungskreis. Sie plauderte weiter, als säßen wir gerade zusammen bei einem Kaffeekränzchen, anstatt einem verabscheuungswürdigen Ritual beizuwohnen. »Ich bin stutzig geworden, als dich mein Maira in Langfield nicht gleich getötet hat. Er sollte eigentlich auf die Suche nach dem Silax gehen. Mairas töten keine Dämonen. Sie sind zu stark, sie sind ihre Befehlsgeber. Damals dachte ich noch, es wäre Zufall, aber als du mehrere Fähigkeiten entwickelt hast, ist es mir nach und nach klar geworden.«

Sie trat an den Rand der Steinplatte, auf der noch der verkohlte Ring des Feuers zu sehen war, nahm den kleinen Dolch und ritzte sich abermals die Handfläche auf, um mit ihrem Blut ein paar Symbole auf den Beschwörungskreis zu zeichnen.

Immer noch gelähmt vor Schreck und gehindert durch die hell pulsierende Prana um meinen Körper blieb mir nichts anderes übrig, als ihr zuzusehen. Innerhalb von Sekunden war mein Leben zu einem einzigen Trümmerhaufen geworden. Ich hätte am liebsten geschrien und geweint, doch ich durfte nicht die Nerven verlieren.

In meinem Rücken spürte ich, wie sich die Fesseln lösten, doch das Pranaband hielt mich noch immer an Ort und Stelle. Ich musste Mrs. Grant weiter von dem Ritual ablenken, während Alissa begann, Ryans Fesseln durchzuschneiden. Wir brauchten mehr Zeit!

»Wieso haben Sie es der VO nicht gleich gesagt? Dann hätten die sich um mich gekümmert!«, rief ich ihr zu.

»Ja, vielleicht hätte ich das tun sollen! Aber wenn herausgekommen wäre, dass du ein Dämon bist, oder ein Halbdämon besser gesagt, dann hätte man sich gefragt, wie das passieren konnte. Der Fall deiner Mutter wäre wieder aufgerollt worden, und ich wollte nicht, dass die VO zu viel Aufmerksamkeit auf diese Sache legt.«

Der belehrende Ton verschwand, als sie wütend ein zweites Mal mit der Klinge über ihre Handfläche fuhr. Gott, dieses Ritual erforderte verdammt viel Blut.

»Aber nein, du musstest ja unbedingt jedem zeigen, was du kannst. Also habe ich Henry Cole als Sündenbock dargestellt, damit du ihm nicht zu viel verrätst. Trotzdem habe ich noch nie jemanden erlebt, der mir so viele Scherereien gemacht hat wie du!«

Sie blickte auf und sah mich zornig an. Ich testete die Energiestränge um mich herum, doch die Kraft war immer noch stark und brannte sich in meine Seele. Wie lange konnte ich diesen stetigen Schmerz noch aushalten, ohne verrückt zu werden?

»Es waren wohl noch nicht genug, sonst würden Sie jetzt nicht hier stehen«, sagte ich mit zusammengebissenen Zähnen.

»Wenn es nach mir gegangen wäre, hätte ich schon viel früher hier gestanden! Seit du auf die Akademie gekommen bist, hast du mir einen Strich nach dem anderen durch die Rechnung gemacht! Erst die Sache mit deinen Fähigkeiten, die du überall umherposaunt hast. Dann organisiere ich einen Ausflug nach London, damit ich in dieses verdammte Archiv eindringen kann, während die VO durch die Schüler abgelenkt ist. Aber nein, Miss Jillian Benett muss unbedingt selbst dort einbrechen und sämtliche Schutzmaßnahmen auslösen, die es gibt!«

»Haben Sie deshalb die Mairas nach London geholt?«

»Irgendetwas musste ja für Ablenkung sorgen! Ich hatte mit ein bisschen mehr Zeit gerechnet, aber auch das haben du und dein vermaledeiter Vampirfreund verhindert. Und zu guter Letzt schnappst du mir aus der Elfenmulde noch die Aufzeichnungen von Silva unter den Fingern weg!« Sie spuckte förmlich beim Reden, und ich konnte es kaum fassen, wie irre die ganze Situation war.

»Deshalb der Angriff auf die Schule? Nur, um die Mairas nach diesem blöden Buch suchen zu lassen? Annabell, dabei sind zwei Ihrer Freunde ums Leben gekommen!«

Sie machte eine wegwerfende Handbewegung, stand auf und machte ein paar Schritte auf mich zu. Anscheinend hatte sie alle Vorbereitungen getroffen und musste nur noch den Dämon rufen. Ich hatte versagt.

»Sie sind fürs größere Wohl gestorben«, sagte sie leise, und wieder konnte ich den Wahnsinn in ihrem Blick erkennen. »Mal dir doch nur aus, was aus dieser Welt werden könnte. Du bist das beste Beispiel dafür, dass es funktioniert. Eine Mischung aus Dämon und Hexe, so etwas hat es nie zuvor gegeben!«

Ja, weil keine Hexe so dumm war, einen Dämon zu beschwören und sich ihm anzubieten. Außer meiner Mutter. Mein Kopf hämmerte, und ich widerstand mit Mühe dem Drang, meine Arme zu heben und mir an die Schläfe zu fassen. Mrs. Grant sah mich nachdenklich an, und ich schluckte in der Hoffnung, dass sie meine gelösten Fesseln nicht bemerkt hatte.

»Vielleicht solltest du es dir wirklich noch einmal überlegen, die Seiten zu wechseln! In dieser Welt, wie sie jetzt ist, ist sowieso kein Platz für einen Dämon wie dich. Dämonen und Hexen gehören zusammen! Noch hast du die Wahl!«

Für mich gab es nichts zu überlegen. »Sie können mich mal!«

»Ganz die Mutter«, murmelte sie und blickte mich verächtlich an, bevor sie mir den Rücken zudrehte, um aus dem Buch zu lesen und einen der mächtigsten Dämonen heraufzubeschwören.

Ich musste sie aufhalten. »Annabell, warten Sie bitte.«

Genervt drehte sie sich zu mir, doch ich sah auch das Aufblitzen von Erstaunen darüber, dass ich »bitte« gesagt hatte.

In mir brannte tatsächlich noch eine Frage. Ziemlich albern, wenn man bedachte, dass wir alle dem Tod geweiht waren. »Sie haben mir gesagt, dass meine Mutter mit Ihnen zusammengearbeitet hat. Und dass sie keine schwarze Hexe war. War das auch gelogen?«

Sie schnaubte. »Ziemlich naheliegend, wenn man bedenkt, dass sie einen Dämon geheiratet hat. Und eigenartigerweise hat sie ihn sogar geliebt, Gott weiß, wieso. Aber nein, das war nicht gelogen. Ja, ich habe mit ihr zusammengearbeitet. Bis sie mich aus dem Projekt rausgeschmissen hat, bevor wir etwas Sinnvolles herausfinden konnten. Ich hatte zu dieser Zeit nicht erwartet, dass es den Silax wirklich gibt. Erst Jahre später habe ich bemerkt, wie nahe sie unserem Ziel gekommen war. Deine Mutter hatte eine gute Menschenkenntnis und konnte sich nicht mit meinen Überzeugungen identifizieren. Zu schade, es hätte ihr das Leben retten können.«

Mir wurde kalt. »Was meinen Sie damit? Ich dachte, die VO …«

Sie stieß ein kurzes, schrilles Lachen aus. »Was? Dass die VO sie getötet hat? Nein, sie haben ihr eine kleine Verwarnung verpasst, dass sie ihre Forschungen doch einstellen möge. Deine Mutter war selbst an ihrem Tod schuld, denn hätte sie sich mir im letzten Augenblick noch angeschlossen, hätte ich sie nicht in die Luft jagen müssen. Ich mochte sie! Sie hatte die Wahl, genau wie du, doch sie wollte lieber *sterben*, als mir die Informationen zu geben.«

Fassungslos rang ich nach Atem. Vor mir stand die Mörderin meiner Mutter. Sie hatte mich und alle anderen getäuscht und sich als die liebenswerte und gerechte Schulleiterin ausgegeben. Niemand war auch nur auf die Idee gekommen, dass alles geschauspielert und sie zur dunklen Seite übergelaufen war. Niemand außer meiner Mutter. Nicht ich war hier der Dämon, sondern Annabell Grant. Sie war schon vor langer Zeit zu einem geworden.

»Sie skrupelloses Miststück, sie war Ihre Freundin!«, schrie ich, doch Mrs. Grant lachte nur überheblich. Ohne diese Frau hätte ich mit meinen Eltern aufwachsen können. Ohne diese Frau hätte ich jemanden gehabt, der mir meine Herkunft hätte erklären können. Ohne sie hätte ich eine Mutter gehabt!

Eine unsagbare Wut erfasste mich und ich rang nach Atem. Die Wut brannte sich in meine Brust, in mein Herz. Ich konnte es spüren. Es war, als hätte sich ein Schalter in meinem Inneren umgelegt. Eine Tür geöffnet. Die Tür zu meiner Energiequelle. Die Wut in mir fühlte sich an wie ein loderndes Feuer, das durch meine Adern floss und eine Energie in mir weckte, die schon immer tief in mir geschlummert hatte. Ich hatte es schon immer geahnt, schon immer gewusst, dass meine Ressourcen bei Weitem noch nicht erschöpft waren – egal, wieviel Macht ich verbrauchte. Doch mein Geist hatte mir bis jetzt den Zugang zu dieser Machtquelle verwehrt. Denn es war eine Energie, die ich nie unter Kontrolle würde halten können. Und das musste ich auch nicht, denn es gab nichts mehr, was mich heute noch retten konnte.

Ich hörte auf, gegen den Energiestrom anzukämpfen, der sich in mir sammelte und anstaute, sodass es mich zu zerreißen drohte.

Die Fesseln von Mrs. Grants Prana zersprangen in tausend helle Funken, als ich der Macht in mir freien Lauf ließ. Eine Macht, die in meinem Körper keinen Platz mehr hatte, denn sie strömte aus all meinen Poren. Ich hielt sie nicht mehr zurück, ich versuchte es erst gar nicht – denn wenn sie mich nicht jetzt schon umbrachte, dann spätestens dann, wenn ich versuchen würde, sie zu unterdrücken.

Um mich herum konnte ich dunkelblaue Lichtfunken erkennen. Ich hatte das Gefühl zu schweben und von dem unsichtbaren Wind, der meine Haare bewegte, aufrechtgehalten zu werden. Die Schulleiterin wirbelte geschockt herum und riss die Augen auf.

»Nein!«, schrie sie noch, bevor ich ihr, unter der Aufbietung all meiner Kräfte, sämtliche Energie entgegenschleuderte.

Doch sie war nicht umsonst eine der besten Hexen Englands und konterte mit einem Energiestoß ihrerseits. Die beiden Kräfte trafen aufeinander und lösten eine Explosion etwa drei Meter über uns aus. Funken regneten auf uns herab und verglühten auf dem gefrorenen Boden. Um uns herum zog ein Sturm auf, der alles, was nicht niet- und nagelfest war, durch die Luft wirbelte. Ich wusste nicht, ob ich ihn ausgelöst hatte oder er von der Hexe vor mir stammte, die mich plötzlich mit angstgeweiteten und doch entschlossenen Augen ansah. Es war mir auch egal, ich hätte ihn sowieso nicht mehr kontrollieren können.

Ich konnte aus den Augenwinkeln erkennen, dass meine Freunde ihre Fesseln los waren und mit den Mairas kämpften, die sich auf sie gestürzt hatten. Ich hatte die Kreaturen schon fast vergessen, doch nun wollten sie ihre Herrin schützen. Ally, Derek und Ryan mussten alleine zurechtkommen, ich konnte ihnen nicht helfen. Ein paar der Kreaturen gerieten in den Wirbelsturm und wurden weggeweht. Mrs. Grant schoss einen weiteren Energiestrahl auf mich ab, der auf meine mich umgebende Prana traf. Ein scharfer Schmerz bohrte sich in meine Brust, und ich lenkte meine Energie gedanklich wieder nach vorne. Ein weiteres Mal trafen meine blaue und ihre weiße Prana aufeinander, und ich spürte eine starke Vibration in meinem Bewusstsein. Ich hielt dagegen. Mit jeder Faser meines Körpers konzentrierte ich mich auf mein Ziel. Der Druck ließ nach, und ich gewann langsam die Kontrolle über den Kampf. Die Schulleiterin ging mit vor Anstrengung verzerrtem Gesicht in die Knie – und mit einem letzten, wütenden Aufschrei drängte ich den Rest ihrer Prana zurück.

»Das. Ist. Für. Meine. Mutter!«

Meine Energie traf Mrs. Grant in der Brust und warf sie nach hinten. In ihrem Blick lag Todesangst. Sie schrie und krümmte sich vor Schmerzen. Den gleichen Schmerzen, die sie mir vor nur wenigen Minuten noch zugefügt hatte. Ich zog scharf die Luft ein und brauchte all meine Willenskraft, um meine Prana zu bremsen. Ja, ich war vielleicht ein Dämon, aber ich war nicht bereit zu töten.

Einen Großteil der Energie hatte ich verbraucht, doch es war immer noch genügend übrig. Ich zog die Prana wieder in meinen Körper zurück und nahm abermals die schweren, innerlichen Verbrennungen in Kauf, die Mrs. Grant jedoch das Leben retteten.

Sie lag auf dem Boden und wimmerte leise vor sich hin. Ein Häufchen Elend war alles, was von ihr geblieben war. Sie hatte gerade miterleben müssen, wie sie kurz vor ihrem Ziel verloren hatte. Verzweifelt krallte sie ihre Hände in das spärliche Gras, das aus der dünnen Schneedecke herausragte.

Ich ließ mich auf die Knie fallen, unfähig, noch länger aufrecht zu stehen. Wir hatten es geschafft! Eine Welle der Erschöpfung ließ mich keuchend auf dem Boden zurück. Ich zwang mich, den Kopf zu heben, und sah, dass auch meine Freunde ihren Kampf gewonnen hatten.

Derek saß mit schmerzverzerrtem Gesicht im Schnee und hielt sich das rechte Bein, das in einem eigenartigen Winkel zur Seite stand. Alissa war bei ihm, und Ryan köpfte gerade den letzten Maira, bevor er mit besorgtem Ausdruck im Gesicht auf mich zu gejoggt kam. Mann, ich musste wirklich fertig aussehen, wenn ich seinen Blick richtig deutete. Ich blickte mit schweren Lidern zu Mrs. Grant, sie lag noch immer am Boden und jammerte leise vor sich hin.

Meine Alarmglocken schrillten. Irgendetwas stimmte hier nicht. Fassungslos sah ich Mrs. Grant an und konnte nun auch einige der leisen Wörter aus ihrem Mund verstehen.

»… exercitum tenebrarum … daemon …«

Oh, verdammt, das war kein Jammern!

»Ryan, sie beschwört Leviathan!«, schrie ich verzweifelt. Ich konnte sie nicht mehr rechtzeitig erreichen, selbst wenn ich die Kraft zum Aufstehen gehabt hätte. Doch der Vampir war schon in Bewegung und stürzte sich auf sie, um sie mit einem gut gesetzten Faustschlag auf die Schläfe außer Gefecht zu setzten. Ihr Körper erschlaffte und schlug dumpf auf dem eiskristallisierten Gras auf.

Eisige Stille umgab uns, und erst jetzt wurde mir richtig bewusst, was für einen Lärm wir veranstaltet hatten. Um uns herum lagen die hohen Bäume des Waldes verborgen im Dunkel der Nacht. Nur der Mondschein und einige der Fackeln um uns herum spendeten Licht. Die eisige Kälte des Bodens kroch in meine Knie, doch es war mir egal. Betend drehte ich mich um. Ich hielt den Atem an, sah zum Beschwörungskreis. Hatte sie die Beschwörungsformel fertig gesprochen? Nichts passierte. Ich wandte mich ab und wollte gerade erleichtert zusammensacken, als Alissas Schrei ertönte.

Ich riss den Kopf hoch und konnte den Rauch im Kreis erkennen, wie zuvor auch schon. Nur dass er sich diesmal zu einer festen Masse formte. Mrs. Grant hatte es geschafft,

Leviathan mit all seinen Kräften in unsere Welt zu rufen. Über mir tobten nur düstere Wolken und absolute Dunkelheit, die selbst das Leuchten des Mondes verschlangen.

»Das Buch! Wir müssen das Buch finden!«, rief ich und sah mich panisch um. Derek ließ sich auf dem Hintern zur Seite kippen und bekam es zu fassen. Sein Fuß war anscheinend gebrochen und machte es ihm unmöglich, aufzustehen. Er blätterte verzweifelt die Seiten durch, um die Formel zu finden, die den Dämon zurückschickte.

Ich blickte zu Leviathan, der sich nun vollständig materialisiert hatte und als eleganter Geschäftsmann im Anzug erschien. Kurzzeitig war ich verblüfft über diesen Aufzug.

»Das darf doch wohl nicht …!«

Leviathan versuchte, die Situation zu erfassen. Seine Augen huschten für den Bruchteil einer Sekunde zu der bewusstlosen Schulleiterin und blieben dann wuterfüllt an Derek hängen, als er erkannte, was passierte. Der Dämon hatte ihn als Ziel gewählt, um ihn zum Schweigen zu bringen. Ich sprang auf, um Derek zur Seite zu stehen, doch Leviathan war schneller. Er wirbelte herum, und aus seinen Händen schoss etwas, das aussah wie eine schwarze Pechkugel, noch bevor ich Derek erreichen konnte.

Derek war unsere einzige Chance. Ich musste ihn retten und zwang mich auf die Beine, doch ich war einfach zu weit entfernt.

Ryan aber stürzte sich mit seiner Vampirgeschwindigkeit vor den psalmodierenden Jungen und fing die Kugel mit der Brust ab. Die schwarze Masse versank in seinem Körper, und er warf mir einen verblüfften Blick zu, bevor er reglos zu Boden sank.

In meinem Kopf spielte sich alles in Zeitlupe ab. Ryan! Er hatte dieses Ding abbekommen. Jede Wette, dass der Zauber tödlich war. Hatte ich ihn nun endgültig verloren, so kurz, nachdem wir uns gefunden hatten? Ich schrie und wollte zu ihm rennen, doch Alissa stellte sich mir in den Weg. Ryan lag direkt hinter ihr.

»Jill, wir müssen Derek helfen!« Sie zeigte auf unseren Freund, der sich mit den Händen die Haare raufte und ebenfalls zu schreien begonnen hatte.

»Er ist in meinem Kopf! Macht, dass er da raus geht!«

»Wir müssen ihn aufhalten, damit Derek die Formel zu Ende sprechen kann!«

»Wie?!«, brüllte ich panisch und ließ mich neben den leblosen Ryan sinken. Ich konnte keine Atembewegungen erkennen. Wieder drohte mich ein Meer von Gefühlen zu überwältigen.

Ally packte mich an den Oberarmen und drehte mein Gesicht so, dass ich ihr in die Augen schauen musste. »Konzentrier dich! Gib alle Kraft, die du hast, und lenk sie zum Beschwörungskreis! Ich werde versuchen, sie einzudämmen! Wir schließen ihn in einer Schutzblase ein!«

Es war unsere letzte Chance, doch mein Körper war wie ausgebrannt.

»Ich kann nicht, Ally!«

»Doch, du kannst! Tu es für Ryan!«

Ryan. Etwas in mir glühte auf und hinterließ ein seltsames, warmes Gefühl. Er konnte nicht tot sein. Ich würde es nicht akzeptieren. Ich zögerte nur einen Moment, dann griff ich nach Alissas Hand.

»Lass es uns versuchen!«

Meine freie Hand schlang ich um Ryans Handgelenk, um Trost und Kraft in seiner Berührung zu finden. Und dann konnte ich seinen Pulsschlag fühlen. Er war nicht tot!

Ich spürte wieder diese Wärme in mir. Ein Gefühl der Hoffnung und Zuneigung durchströmte mich und füllte die innere Leere meines Körpers, die sich bei dem Gedanken an sein Ableben ausgebreitet hatte.

Die Wut, die bislang Kraft wie Feuer durch meine Adern

gejagt hatte, war nun durch ein ganz anderes Gefühl ersetzt. Es war keine Energie, die zornig in mir tobte. Es war keine Energie, die so unbändig war, dass ich sie nicht kontrollieren konnte. Sondern es war eine Kraft, die rein und klar in meinen Venen sang und meine Prana auffüllte.

Leviathan blickte mich an und grinste hämisch. »Du kannst mich nicht aufhalten, auch wenn du ein Dämon bist. Wir haben dieselbe Energie, nur dass meine Quelle größer ist! Egal, was du versuchst, es wird mich höchstens kitzeln.«

Derek schrie noch immer aufgrund der Schmerzen in seinem Kopf, und Ally drückte meine Hand zum Zeichen, dass sie bereit war. Ich sah dem Dämon fest in die Augen und stellte mich aufrecht hin.

»Nein, wir haben nicht dieselbe Energie«, sagte ich ruhig und mit glockenklarer Stimme, »denn meine Quelle ist nicht Hass, sondern Liebe! Aber davon verstehst du nichts.«

Ein Ausdruck der Überraschung machte sich auf Leviathans Gesicht breit, und ich lächelte, als ich ihm die melodisch klingende Kraft entgegenschleuderte.

Und diesmal war es anders. Die Prana verbrannte nicht wie sonst meine Hände und mein Innerstes, sondern glitt kühl durch meine Arme, als sie auf den Dämon zu jagte. Ich hatte endlich einen Weg gefunden, meine Energie zu nutzen, ohne mir selbst zu schaden, und staunte nicht schlecht, als sie viel heller als das sonst so dunkle Mitternachtsblau aus meinen Händen schoss. Ich richtete all meine Gedanken auf den Beschwörungskreis und versuchte, das gesamte Sortiment meiner Fähigkeiten hineinzulegen. Feuer, Eis, Luft, selbst die Biokinese. Ich wusste, dass Alissas Telekinese eine solche Macht nicht alleine bändigen konnte, also verstärkte ich ihre Blase zusätzlich.

Leviathan war plötzlich in einem Ball aus hellblauer Prana eingeschlossen und warf sich wütend gegen die Barriere. Sie hielt stand, und ich konnte sehen, wie er vor Schmerzen die Zähne zusammenbiss, als die Energie sich in seine Haut fraß. Seine elegante Gentleman-Fassade bröckelte von ihm ab, und er begann, durch die wirbelnde Prana eher einem Maira zu ähneln.

Derek hatte sich stöhnend auf die Seite gerollt und schielte auf das Buch, um die letzten lateinischen Zeilen zu lesen.

»Ihr verfluchten Bälger«, presste die Kreatur heraus und schien vor Schmerzen zusammenzusinken.

»Leviathan, kehre nun zurück in die Unterwelt.« Derek endete, und Leviathans Hände begannen schon, sich in Rauch aufzulösen. Ich ließ den Energiefluss abebben, und die Blase um den Dämon löste sich auf. Sofort richtete er sich auf, doch es war zu spät für ihn. Während er seine feste Gestalt verlor, ließ er mich nicht aus den Augen.

Doch sein Zorn wich plötzlich etwas anderem, und beinahe glaubte ich, Anerkennung in seinem Blick zu sehen. Vielleicht war ich aber auch nach allem, was in dieser Nacht passiert war, einfach nur durchgedreht. Die Konturen des Dämons verblassten.

»Wir werden uns wiedertreffen. Irgendwann werden wir uns wiedertreffen!«

In der Ferne konnte ich Sirenen hören. Die VO, pünktlich wie immer, dachte ich und unterdrückte ein Stöhnen.

»Das glaube ich kaum«, sagte ich erschöpft. Ich wüsste keinen Grund, warum ich mich mit Dämonen abgeben sollte.

Leviathan lachte, und nur sein Kopf schwebte noch in der rauchgeschwängerten Luft.

»Ich werde deinen Vater von dir grüßen! Es wird ihn freuen zu hören, dass sein kleines Töchterchen noch lebt«, hallte seine Stimme über die Wiese, bevor er gänzlich verschwunden war.

Ich konnte mich nicht mehr auf den Beinen halten und ließ mich einfach mit dem Rücken in den Schnee sinken. Alissa beugte sich besorgt über mich, und ich blickte sie an, um sie mit einem Lächeln zu beruhigen. Ich würde nicht sterben, nicht heute. Ich hatte nur so viel Energie von mir gegeben, wie es das ganze Lehrerkollegium nicht geschafft hätte. Doch anstatt zurückzulächeln, riss Ally entsetzt den Mund auf.

»Jill! Deine Augen!«

Ich stöhnte. »Was ist damit?«

»Na ja … sie sind anders!«

Seufzend legte ich den Kopf zurück und zuckte mit den Achseln. Wie ich schon sagte, ich würde wohl nie normal sein.

Kapitel 29

»Wirst du dich noch irgendwann an schöne Kleider gewöhnen?«, fragte Ally seufzend.

»Nein«, murrte ich und kämpfte mit dem Saum meiner knöchellangen Abendgarderobe.

»Dabei habe ich mir solche Mühe gegeben, du siehst *toll* aus. Ich sollte einen Extraorden als Stylistin bekommen!« Schnippisch hob sie das Kinn.

»Du aber auch, Ally«, sagte Ryan, und ich hakte mich bei ihm ein, um nicht das Gleichgewicht auf den wahnsinnig hohen Absätzen meiner High Heels zu verlieren.

Ich musste ihm recht geben, Alissa hatte uns für den heutigen Abend auf Hochglanz poliert. Sie sah fabelhaft in dem kurzen weißen Cocktailkleid und den roten Schuhen aus.

Mir dagegen hatte sie ein langes türkises Kleid aus luftigem Stoff verpasst, das sich um meinen Körper schmiegte und den Großteil meines Rückens freilegte. Meine Haare waren zu einem wilden Knoten zusammengesteckt, aus dem Alissa hier und da ein paar Strähnen gezogen hatte, die sich nun auf meinen freien Schultern lockten.

»Das Kleid ist an den Beinen viel zu eng, Ally. Ich kriege die Beine nicht auseinander und kann kaum laufen. Wie soll ich denn jetzt da raufkommen?«

Verzweifelt stand ich vor den Treppen des Schulgebäudes.

»Mann, Jill, du kannst echt nervig sein«, schnaubte Ryan, bückte sich und riss mit einem Ruck mein Kleid auf der einen Seite auseinander. *Ratsch!* Ich sah herunter und blickte auf einen langen Schlitz, der mir nun bis zum Oberschenkel reichte.

»Oh, wow!«

»Ryan!«, rief Alissa empört, doch ich lachte nur und bedachte ihn mit einem dankbaren Lächeln. Er wusste, dass ich es nicht leiden konnte, wenn ich in meinen Bewegungen eingeschränkt war. Wenn es nach mir gegangen wäre, wäre ich heute im Kampfanzug auf unserer Ehrungsfeier erschienen. Ryan sah in seiner Anzugjacke wie immer toll aus.

»Ihr Modebanausen«, murmelte Ally. »Das Kleid hat so schön zu ihren Augen gepasst.«

»Das passt es doch immer noch, die Farbe ist ja die gleiche geblieben«, sagte Derek, der uns gerade eingeholt hatte. »Und der Schlitz sieht tatsächlich aus, als wäre er immer da gewesen. Reife Leistung, Vampir! Wie hast du ihn so gerade gekriegt?«

Er stützte sich mit einer Hand auf die Krücke und mit der anderen auf Don, denn der Gips an seinem Bein wurde erst in ein paar Tagen entfernt. Trotz allem ließ er sich die Gelegenheit nicht entgehen, einen schicken Anzug zu tragen.

Er legte mir eine Hand auf die Schulter.

»Ich finde deine Augen klasse! Sie sehen aus wie das Meer auf Hawaii!«

Ich zuckte widerstrebend mit den Schultern. Es war ein verdammt großer Schock gewesen, als ich das erste Mal in den Spiegel geblickt hatte. Meine Augen waren nicht länger Hexengrün, sondern leuchteten in einem hellen Türkis. Ich fand die Farbe selbst nicht schlecht, jedoch erinnerte sie mich Tag für Tag bei einem Blick in den Spiegel an meine Abstammung.

Derek hatte eine Theorie dazu aufgestellt, die sich halbwegs logisch anhörte. Ich hatte an dem Abend beim Haus meiner Eltern eine riesige Menge an Energie freigesetzt – Dämonenmagie, um genau zu sein – die bis dahin in meinem Körper geschlummert hatte. Diese Magie hatte meinen Körper verändert, den dämonischen Teil hervorgerufen, auch wenn es bis jetzt nur an meiner Augenfarbe sichtbar war. Ich war eben eine Mischung aus Hexe und Dämon. Ich war gespannt, wie lange es dauern würde, bis es jemand herausfand.

»Die Augenfarbe wird mich noch irgendwann verraten«, sagte ich geknickt.

Keiner meiner Freunde hatte jemandem erzählt, was der Dämon über meine Mutter und mich offenbart hatte. Sie waren stillschweigend übereingekommen, mich zu schützen, und ich war ihnen wahnsinnig dankbar dafür.

Die zahlreichen Jäger der VO hatten nicht schlecht gestaunt, als sie unser Schlachtfeld und die ohnmächtige Mrs. Grant vorgefunden hatten. Wir mussten uns wieder und wieder stundenlangen Verhören unterziehen, und die Sache wurde lange Zeit überprüft. Mrs. Grant hatte man in die Psychiatrie eines Hochsicherheitsgefängnisses gesteckt, da sie nach dem Aufwachen lachend und ziellos alles und jeden angegriffen hatte, ohne noch einmal ein Wort zu sprechen. Es wurde herausgefunden, dass sie die Mairas seit Jahren mit Leviathans Hilfe manipuliert hatte, um das Artefakt zu finden.

Ich spürte noch immer einen Stich, wenn ich an ihren Verrat dachte und daran, wie sehr ich mich in ihr getäuscht hatte. Die Aufzeichnungen meiner Mutter wurden zerstört, denn keiner wollte riskieren, dass sich der Vorfall wiederholte. Um den Silax hatte ich mich gekümmert. Von Dämonenmagie hergestellt konnte er auch nur mit derselbigen Energie vernichtet werden – ein Leichtes für mich. Der VO erzählten wir, der Silax wäre im Zuge des Kampfes verpufft.

Ryan bemerkte meinen Stimmungsumschwung und zog mich ein Stück von den anderen weg. »Süße, was ist los?«

»Nichts«, sagte ich und kickte mit dem Fuß vor einen Stein, »ich mache mir nur Sorgen, wie lange mir die VO glaubt, dass meine Augenfarbe von einem Dämonenfluch gekommen ist. Ich bin noch nicht so weit, es zu offenbaren.«

Mit dieser Lüge hatten wir sie abgespeist. Ryan sah mich besorgt an und zog mich in seine Arme.

»Mach dir keine Sorgen, uns fällt schon etwas ein, wenn es herauskommt. Vielleicht sehen es die Leute gar nicht so eng, die meisten wissen doch, dass du ein gutes Herz hast.«

Ich zuckte mit den Schultern und sah weiter auf den Boden.

»Okay, spuck's aus, was beschäftigt dich noch?«

Ich holte tief Luft. »Ich bin ein verdammter Dämon, Ryan. Ein Monster! Das ist los! Ich frage mich, wie du einfach so mit mir zusammen sein kannst, so als wäre nichts passiert! Was, wenn ich auch irgendwann ... na ja ... böse werde?«

Ich warf einen kurzen Blick zu meinen Freunden und sah dann zu Boden.

Ryan legte einen Finger unter mein Kinn und hob meinen Kopf an. Er lächelte.

»Jillian Benett, wer sagt, dass du unbedingt böse sein musst, nur weil du ein Dämon bist? Du hast ein Herz so rein wie das einer Elfe, und keine Abstammung der Welt wird das ändern! Jetzt mal ehrlich, du hattest sogar ein schlechtes Gewissen, als du die Mairas getötet hast, die uns den Kopf abreißen wollten! Und streite das ja nicht ab, ich habe es dir angesehen!« Ich lächelte verlegen, und er zog mich an sich. »Außerdem, was soll ich da erst sagen? Ich bin hier das Monster von uns beiden.«

»Nur weil du ein Vampir bist, heißt das noch lange nicht,

dass du böse sein musst«, schlug ich ihn mit seinen eigenen Worten. Und ich glaubte auch an das, was ich sagte, auch wenn es wohl noch ein hartes Stück Arbeit sein würde, ihn selbst davon zu überzeugen. Er seufzte tief.

»Das ist eine andere Geschichte ... lassen wir es dabei. Ist sonst alles ok?«

Ich zuckte mit den Schultern und löste mich leicht von ihm. »Ich habe mich gefragt ... na ja ... Leviathan hat angedeutet, dass mein Vater in der Unterwelt lebt. Was, wenn meine Mutter ihn wirklich geliebt hat? Vielleicht wollte sie, dass ich ihn kennenlernen kann?«

»Jill, ich glaube eher nicht, dass es so war. Ich bin mir sicher, es gibt einen anderen Grund dafür, dass sie den Silax aufgehoben hat. Wieso, willst du ihn etwa kennenlernen?«

Ich sah Ryan tief in die Augen. »Ich möchte einfach nur die Wahrheit finden. Irgendwann. Ich muss wissen, ob er meine Mutter getäuscht hat und sie wegen ihm in solche Schwierigkeiten gekommen ist.«

»Der Silax ist doch zerstört.«

»Ich weiß. Aber dank Leviathan wird er wissen, dass ich damals nicht bei der Explosion ums Leben gekommen bin. Vielleicht findet er irgendwann einen Weg, um mich zu finden. Und darauf will ich vorbereitet sein.«

Mir lief ein kalter Schauder über den Rücken.

Bevor Ryan etwas erwidern konnte, kam Tante Am aus der Schule und eilte die Treppe herunter, direkt auf uns zu.

»Jill, Liebes, hier steckst du! Gott, wie habe ich dich vermisst!« Sie zog mich in eine Umarmung, die mir die Luft abdrückte, und blickte mir ins Gesicht. Ryan hatte sich diskret zu den Anderen zurückgezogen.

»Tante Am! Ich habe mich schon gefragt, wo du steckst!«

»Ich war etwas spät dran und bin gleich zur Feier geeilt. Meine Güte, an diese Augenfarbe muss ich mich erst gewöhnen. Und du bist so«, sie räusperte sich, »erwachsen geworden. Wenn ich überlege, dass du vor ein paar Monaten noch äußerst schüchtern und ruhig warst …« Sie musterte mit hochgezogenen Augenbrauen den tiefen Beinschlitz meines Kleides. »Das wird doch wohl nicht mit diesem äußerst attraktiven Vampir zu tun haben, der dich eben im Arm gehalten hat?«

Sie zwinkerte mir verschwörerisch zu, und ich spürte die Röte in mein Gesicht steigen.

»Ja, weißt du … darüber wollte ich noch mit dir reden. Das ist mein Freund, Ryan. Du kennst ihn ja noch von deinem letzten Besuch.« Ich spielte nervös an meinen Locken herum und wartete auf die Reaktion meiner Tante.

»Natürlich, ich hatte mich schon gefragt, wie lange es dauert, bis ihr zwei endlich zueinanderfindet.«

Verdutzt schaute ich sie an. »Was meinst du damit?«

»Ach, Liebes, glaubst du wirklich, mir sind an Weihnachten die Blicke entgangen, mit denen ihr euch angesehen habt, wenn der jeweils andere gerade weggeschaut hat?« Sie lachte und zwinkerte mir abermals zu.

»Und du hast nichts dagegen, dass ich mit einem Vampir zusammen bin? Obwohl es gefährlich ist?«

»Grundgütiger, nein! Nach allem, was du in letzter Zeit bewältigt hast? Da wirst du doch auch mit einem Vampir fertig. Es ist Ryan, um den ich mir Sorgen mache. Ich bin mir nicht ganz sicher, ob er weiß, auf was er sich mit dir eingelassen hat.«

»Tante Am!«, rief ich empört, doch sie lachte nur schelmisch. Wenn sie wüsste, wie recht sie hatte.

»War nur Spaß, mein Kind! Ihr zwei bekommt das schon hin! Jetzt lass uns endlich reingehen, sonst verpasst ihr eure Feier. Oder willst du den ganzen Abend hier draußen stehenbleiben? Ihr werdet an der ganzen Schule als Helden verehrt!«

Das war zwar etwas übertrieben, aber tatsächlich hatte

sich in den letzten Wochen einiges geändert. Ich wurde nicht mehr als Lügnerin und Angeberin abgestempelt, sondern respektiert. Von den meisten jedenfalls. Vanessa machte noch immer ihre fiesen Sprüche, auch wenn diese bedeutend seltener geworden waren.

Voller Zuneigung nahm ich die Hand meiner Tante. Irgendwann würde ich ihr sagen, was ich wirklich war. Und vielleicht auch dem Rest der Welt, wer weiß. Vielleicht würde ich eines Tages auch meinem Vater begegnen. Ich konnte mich nicht ewig verstecken, doch fürs Erste würde ich mich auf meine Ausbildung und die schwierige Beziehung mit meinem Vampir konzentrieren.

Ich holte tief Luft und wappnete mich für einen weiteren Abend im Rampenlicht. Diesmal hatte ich jedoch nicht nur Ryan, der mir auf der Bühne Halt gab, sondern auch meine Freunde. Und sie hatten es verdient, ausgezeichnet zu werden. Zusammen konnten wir alles schaffen, egal, was noch auf uns zukommen sollte.

»Du hast recht, Tante Am. Lass uns reingehen. Heute Abend wird gefeiert!«

Lust auf mehr von Linea Harris?

Dann sollten Sie unbedingt umblättern.

*Coveränderungen vorbehalten

Leseprobe

Linea Harris

Geteiltes Blut

Bitter & Sweet 2

ivi, 384 Seiten

ISBN 978-3-492-70422-9

Kapitel 1

Der Wecker klingelte und riss mich unsanft aus dem Schlaf. Stöhnend rieb ich mir die Augen und sah auf die leuchtend roten Zahlen. Zehn Minuten vor Mitternacht. Noch verwirrt von meinem Traum wischte ich die letzten Erinnerungen an ausgestorbene, brüchige Straßen mit einer Handbewegung beiseite, und die Bilder verblassten wie jahrzehntealtes Pergament.

Ich warf die dünne Bettdecke von mir und setzte mich schwerfällig auf. Seufzend streckte ich meine Beine aus. Wir hatten Ferien, und ich hatte eigentlich geplant, wach zu bleiben, aber nachdem ich meiner Tante den ganzen Tag im Garten geholfen hatte, war ich wie ein Stein aufs Bett gefallen und konnte die Augen gerade noch lange genug aufhalten, um meinen Funkwecker einzustellen. Kurz rief ich mir in Erinnerung, warum ich mich so quälte, und ein leichtes Kribbeln machte sich in meiner Bauchgegend bemerkbar.

Ich sprang auf und eilte zum Spiegel an meinem großen, massiven Kleiderschrank, um meine langen braunen Locken mit den Fingern etwas zu glätten. Nachdem ich mir ein frisches T-Shirt übergezogen hatte, blieb ich stehen und lauschte. Im Haus war es bis auf das Ticken der Wanduhr im Wohnzimmer ruhig, und Tante Amalia hatte generell einen festen Schlaf. Trotzdem öffnete ich mein Fenster so leise wie möglich und stieg das mit Efeu bewachsene Gitter an der Hauswand hinab. Das Holz ächzte bedrohlich unter meinen Füßen, doch es hielt stand. Als ich den letzten Meter hinabsprang, rutschten meine Turnschuhe quietschend über das nasse Gras, und ich konnte mich gerade noch mit den Händen abfangen.

Leise fluchend wischte ich sie an der Jeans ab und nahm meine Umgebung wahr. Gegen Abend hatten sich die dunklen Gewitterwolken verzogen, und der Mondschein erhellte unseren Garten mit seinem bleichen Schein gerade so weit, dass ich mich problemlos zwischen den Sträuchern, Obstbäumen und Blumenbeeten, die meine Tante so liebte, fortbewegen konnte. Er spiegelte sich in den zahlreichen Zierkugeln und dem Glas erloschener Lampen, was den Garten unnatürlich glitzern ließ. Nebel zog sich in sanften Wellen über das Sommergras.

Ich liebte diesen Ort und hatte Tante Amalia mit Freuden dabei geholfen, das lästige Unkraut zu entfernen. Um mich herum zirpten ein paar Grillen, und selbst der Gesang der Frösche am See des Parkes von Langfield drang bis an meine Ohren. Alles war friedlich und still. Ich fröstelte, als eine kühle Brise über meine unbedeckten Arme strich.

Schlendernd ging ich zu der zierlichen Bank am Gartenteich, entschied mich aber im letzten Moment dagegen, mich zu setzen. Tante Am bräuchte nur aus dem Schlafzimmerfenster blicken, um mich zu entdecken. Stattdessen wählte ich eine verdeckte Stelle unter den Kirschbäumen nahe der Mauer und wartete ungeduldig. Meine Armbanduhr verriet mir, dass es schon eine Minute nach Mitternacht war. Genervt verschränkte ich die Arme und lehnte mich an einen großen Stamm.

Ich atmete tief ein, um die Müdigkeit ein wenig zu vertreiben, und rieb meine Augen, die sich langsam an die Dunkelheit gewöhnten. Der Duft nach Regen und dem vergangenen Gewitter hing noch immer in der Luft, und darunter machte sich ein leicht verbrannter Geruch bemerkbar.

Sofort schrillten meine Alarmglocken, und ich erstarrte. Roch es nach Kaminfeuer oder eher nach brennendem verrotteten Laub? Die Luft kühlte schlagartig ab, und die Kälte zog in meine Glieder. Aus Gewohnheit fuhr meine Hand zur Hüfte, doch statt der Waffen, die ich dort für gewöhnlich trug, ertastete ich nur weichen Stoff. Ich hielt die Luft an und zählte bis zehn. Nach ein paar hämmernden Herzschlägen beruhigte ich mich etwas. Es war nicht der Geruch der Mairas, der Halbdämonen, mit denen ich es im letzten Schuljahr mehr als einmal aufgenommen hatte und deren albtraumartiges Antlitz mich wohl noch bis ans Ende meiner Träume verfolgen würde.

»Ich werde schon paranoid«, flüsterte ich mir selbst Mut zu, doch ich trat nervös von einem Fuß auf den anderen. Waren die Grillen aus unserem Garten verschwunden und in den Nachbargarten geflüchtet? Sie wirkten plötzlich so leise …

Es war unnatürlich still geworden, und meine Wachsamkeit kehrte zurück. Der Mond verschwand hinter einer Wolke, und ein Schleier aus Dunkelheit legte sich über den Rasen. Die Schmuckbänder, die Tante Am in den Bäumen zur Zierde hängen hatte, machten es mir nicht gerade leicht, mich zu entspannen. Sie bewegten sich sachte im Wind und ließen die unheimlichen Schatten lebendig wirken. Die friedliche Stimmung war schlagartig verschwunden.

Die feinen Härchen in meinem Nacken stellten sich auf und verrieten mir, dass ich beobachtet wurde. Ich hörte einen Zweig in der Nähe des Gartentores knacken und kniff die Augen zusammen, um in der Dunkelheit besser sehen zu können. Mein Blick blieb an einem der Schatten hängen. Stand dort nicht jemand zwischen den Sträuchern? Ein weißes Schimmern erregte meine Aufmerksamkeit. Ich presste mich an die raue Rinde des Baumes, umklammerte den Stamm seitlich und versuchte, die aufkommende Panik zu unterdrücken.

Eine Hand packte mich von hinten an der Schulter, und ich wirbelte herum. In nur dem Bruchteil einer Sekunde sammelte ich meine Magie in meinem Innersten und ließ sie in meine Hände fließen, bereit, sie abzufeuern.

Ich konnte gerade noch verhindern, dass ich mein Gegenüber verletzte, als ich ihn erkannte. Ein paar knisternde, blaue Funken fielen aus meinen Händen auf den Boden und verloschen, während die Energie schmerzhaft in mein Innerstes zurückfloss.

»*Ryan*! Verdammt nochmal, ich hätte dich fast gegrillt! Konntest du nicht …?«

Der Vampir stoppte meine Schimpftirade, indem er seine Lippen zärtlich auf meine drückte. Sofort entspannte sich mein Körper merklich, und ich ließ mich in seine Arme sinken, als das Brennen der in meinen Körper zurückgezogenen Magie nachließ. Er lachte leise unter dem Kuss und strich mir sanft über den Rücken. Wohlige Schauder ergriffen mich und vernebelten meinen Verstand.

»Happy Birthday, Süße«, flüsterte er leise, doch ich zog ihn nur weiter zu mir herab und ließ die Finger durch seine rabenschwarzen Haare gleiten. Erst jetzt fiel mir auf, wie sehr ich ihn vermisst hatte. Und wie sehr ich ihn brauchte. Sein vertrauter Duft umhüllte mich und ließ die letzten Nervositäten von mir abfallen.

Ich biss zärtlich auf seine Unterlippe, immer darauf bedacht, seine Reaktionen im Auge zu behalten. Ich wusste, dass es ihm nicht gerade leicht fiel, seinem Verlangen nach meinem Blut zu widerstehen, und wollte ihn nicht an seine Grenzen treiben. Viel zu schnell löste er sich von mir und schob mich ein Stück weg, um mich zu betrachten.

»Ich wollte dir keine Angst machen, tut mir leid.«

Ryan konnte sich nicht nur lautlos wie eine Katze bewegen, sondern auch problemlos mit allen Schatten der Umgebung verschmelzen, was mir schon den einen oder anderen Schrecken eingejagt hatte. Mir fiel wieder ein, warum ich so nervös gewesen war, als er auftauchte. Ich schielte hinüber zu der Stelle, an der ich die Silhouette einer Person erspäht hatte. Es war nichts zu sehen, und auch die Musik der Grillen schien wieder an Lautstärke gewonnen zu haben.

»Schon gut, ich habe nur eben schlecht geträumt und glaube, das sind die Nachwirkungen«, seufzte ich.

Er sah mich besorgt aus seinen fast vollkommen schwarz wirkenden Augen an. »Träumst du wieder von den Mairas?«

»Nein, nein, keine Angst. Es war etwas anderes. Nicht so wichtig.«

Um ehrlich zu sein wusste ich nicht, was es zu bedeuten hatte. Ich träumte seit Längerem von diesen verlassenen dunklen Straßen, die sich zwischen Ruinen von Gebäuden schlängelten und ins Nirgendwo zu führen schienen. Es war echt gruselig, aber immer noch besser als zusehen zu müssen, wie die dämonischen Kreaturen meine Freunde in Stücke rissen, ohne dass ich etwas tun konnte. Mairas hatten die besondere Begabung, ihren Opfern Albträume einzuflößen, um sie durch ihre Angst aufzuspüren. Ich hatte lange gebraucht, bis ich den Kampf gegen diese Träume gewonnen hatte.

»Also, erklärst du mir jetzt, warum ich mitten in der Nacht hier im Garten stehe?«, fragte ich amüsiert und strich mit dem Zeigefinger über seine gestählte Brust.

Vor zwei Tagen hatte ich einen Zettel in meinem Zimmer gefunden, der Ryans Handschrift trug und mich hierher lotste. Ich hatte keine Fragen gestellt, als wir am Tag darauf telefoniert hatten. Weder über das Treffen, noch über das mysteriöse Auftauchen der Nachricht.

Er zuckte mit den Schultern und lächelte verschmitzt. »Ich glaube nicht, dass Amalia so begeistert gewesen wäre, wenn ich zu solchen Uhrzeiten an eurer Tür geklingelt hätte.«

»Und warum wolltest du nicht einfach morgen offiziell zu Besuch kommen? Oder nächsten Samstag, zu meiner Geburtstagsfeier?«

Er sah mich gespielt geschockt an. »Und damit riskieren, dass ich nicht der Erste bin, der dir zu deinem achtzehnten Geburtstag gratuliert?! Um Gottes Willen …« Er griff sich mit den Händen an die Brust und sah verzweifelt nach oben, als könne er den Gedanken kaum ertragen. Ich lachte und gab ihm mit einem Schubs zu verstehen, dass er etwas leiser sein sollte.

»Gib es zu, du wolltest wieder den Romantiker raushängen lassen«, neckte ich ihn, als er mich zu einer kleinen Bank unter einem besonders schön mit Bändern behangenen Baum führte. Als der Mond wieder auftauchte, kehrte auch die Schönheit des Gartens zurück.

»Erwischt«, murmelte er und begann vorsichtig, meinen Hals zu küssen. »Hat es denn funktioniert?«

»Ja, hat es …«, brachte ich gerade noch so unter dem Gefühl heißer Wellen hervor, die durch meinen Körper liefen. Ich hielt so still wie möglich, es war eine gefährliche Situation, was mich seltsamerweise nur noch mehr erregte. Ryan zog sich etwas zurück, als er das Rauschen meines Blutes bemerkte. Seine Hände wanderten um meinen Nacken, und ich spürte etwas Kühles um meinen Hals liegen.

Als ich herabblickte, sah ich eine schmale Kette im Mondlicht schimmern. Ich betrachtete den Anhänger genauer und stieß einen entzückten Laut aus, als ich eine kleine, silberne Libelle erkannte. Das Zeichen der Libelle stand mit den funkelnden Elfen und der Blütenpracht der Elfenmulde auf dem Schulgelände in Verbindung, wo wir unser erstes Date verbracht hatten.

»Ich dachte, da du ja die Kette deiner Mutter nicht mehr hast …«, meinte er und wirkte plötzlich verlegen.

»Sie ist wunderschön, Ryan! Danke!«

Eins musste man ihm lassen, er wusste wirklich, wie man das Herz einer Frau erobert. Welches Mädchen träumte schließlich nicht davon, im Mondschein in einem wunderschönen Garten von ihrem Romeo überrascht zu werden? Ich wollte nicht weiter auf seine romantische Ader eingehen, weil ich wusste, dass er nach außen lieber seine düstere und unnahbare Fassade aufrecht erhielt.

Gedankenverloren betrachtete ich den funkelnden Anhänger und ließ ihn zwischen den Fingern auf- und abgleiten. Bis vor ein paar Monaten hatte ich die Kette getragen, die mir meine Mutter vor ihrem Tod vermacht hatte, bis sich herausstellte, dass der Anhänger der Silax, das wohl gefährlichste Artefakt war, das es auf Erden gab. Er besaß die Macht, Dämonen aus der Unterwelt in das Reich der Sterblichen eindringen zu lassen. Nachdem unsere Schulleiterin Mrs. Grant durchgedreht war und meine Freunde und ich nur knapp verhindert hatten, dass sie die Welt ins Unglück stürzte, hatte ich den Silax nur zu bereitwillig zerstört.

Noch heute war es mir ein Rätsel, warum meine Hexenmutter ein Kind von einem Dämon bekommen hatte und mich somit wohl oder übel zu einer Halbdämonin gemacht hatte. Im Gegensatz zu den Menschen konnten sich Hexen mit Dämonen fortpflanzen, ohne dass ein grässliches Ungeheuer daraus entstand. Nur meine seit Neuestem türkisen Augen unterschieden mich von den grünen Augen der anderen Hexen, und das auch erst, seit ich bei meinem letzten Kampf herausgefunden hatte, wie ich die in meinem Inneren schlummernde Dämonenmagie freisetzen konnte.

Das alles hatten wir erst vor Kurzem herausgefunden. Ich wollte gar nicht über die Konsequenzen nachdenken, sollte die Nachricht an die Öffentlichkeit geraten, dass ein Halbdämon unter den Menschen lebte. Ich war als Hexe schon auffällig genug an unserer Schule.

Ryan schien wie immer meine Gedanken lesen zu können und fasste sanft unter mein Kinn, um meinen Kopf in seine Richtung zu drehen.

»Sie werden es schon nicht herausfinden. Egal wie deine Augen aussehen. Und ich finde sie toll, habe ich das schon erwähnt?«

»Nur etwa einhundert Mal«, erwiderte ich grinsend. Ich ließ mich erneut von ihm küssen, bevor ich den Kopf an seine Brust legte und dem Rascheln der Blätter lauschte. Ich fühlte mich vollkommen sicher und wohl in seiner Gegenwart und konnte kaum glauben, dass es einst anders gewesen war. Zwischen uns war eine intensive Verbindung entstanden, die mich schon fast ängstigte.

Ich ließ die Hand vorsichtig über seine sehnigen Arme gleiten. »Was hast du deiner Großmutter erzählt, wohin du gehst?«

Ich hörte sein Lächeln in der Stimme, als er leise antwortete: »Sie ist meine Ausflüge gewohnt.«

Ich erinnerte mich wieder an den Zettel, den ich in meinem Zimmer gefunden hatte, und hob misstrauisch den Kopf. »Ok, raus mit der Sprache. Wie oft warst du in den Ferien hier in Langfield, ohne dass ich es wusste?«

»Ich werde immer in deiner Nähe sein, wenn du mich brauchst«, erwiderte er geheimnisvoll mit einem Augenzwinkern.

Ich schnaubte. »Wir sollten uns dringend über Privatsphäre unterhalten …«, murmelte ich und lehnte mich wieder gegen ihn.

Seine Brust bebte durch das grollende Lachen, dass er ausstieß. »Ich bin kein Stalker, Jill! Ich habe in den letzten zwei Wochen nur ab und zu nach dir gesehen. Von Weitem. Ich schwöre!« Er hob zum Zeichen seines Schwures die Hand und legte sie auf seine Brust, direkt über das Herz. »Außerdem verbringe ich gerne Zeit mit meiner Großmutter. Sie braucht mich, auch wenn sie es nie zugeben würde.«

Etwas besänftigt schloss ich die Augen und genoss weiter seine Nähe. Auch wenn mir der Gedanke unheimlich erschien, dass Ryan ab und zu in unsere Kleinstadt gekommen war und auf mich aufgepasst hatte, ohne dass ich es bemerkte, fühlte ich mich dennoch geehrt. Ich konnte mir ein Grinsen nicht verkneifen.

Wir alberten noch eine Weile herum, bis ich vor Müdigkeit kaum noch die Augen aufhalten konnte. »Es ist so unfair. Ich glaube langsam, dass du mich angelogen hast, als du sagtest, ihr Vampire müsstet auch schlafen.«

Er lächelte etwas gequält, als ich ihn an die Eigenheiten seiner Art erinnerte.

»Tun wir auch … ab und zu …«

Ich rollte mit den Augen und unterdrückte ein weiteres Gähnen.

»Ich bringe dich zum Haus zurück«, flüsterte Ryan und strich mir über die Haare.

»Ich will aber noch nicht.«

»Keine Wiederrede. Du siehst echt fertig aus.« Er stand auf und zog mich auf die Beine. Während er meine Hand hielt, sah ich misstrauisch noch einmal in die dunkle Ecke des Gartens.

»Was ist?«, fragte Ryan, dem keine meiner Reaktionen entging und der die Beschleunigung meines Pulses gespürt haben musste.

»Nichts, ich habe mich nur beobachtet gefühlt, bevor du aufgetaucht bist. Aber ich glaube, es war nur Einbildung.«

Ich konnte spüren, wie sein Körper sich anspannte und er mit blitzenden Augen die Umgebung absuchte. »Ich kann niemanden riechen, aber bei dem ganzen Gewächskram hier ist das ja auch kein Wunder. Hättest du mir das nicht vor einer halben Stunde sagen können, als ich aufgetaucht bin?«

Schuldbewusst grinste ich ihn an. Sollte er doch wissen, dass er mich abgelenkt hatte.

Er schüttelte genervt den Kopf. »Ich kenne niemanden mit so einem schlechten Selbsterhaltungstrieb wie dich.«

»Ryan«, beruhigte ich ihn, »es war nichts weiter. Wahrscheinlich habe ich nur deine Anwesenheit gespürt, du bist schließlich direkt danach aufgetaucht. Außerdem hättest du es sofort bemerkt, wenn jemand da gewesen wäre.«

Er nickte mit undurchdringlicher Miene. Wir hielten unter meinem Fenster an, und ich drehte ihm meinen Körper zu, um meinen Abschiedskuss abzuholen. Er umfasste meine Hüften und beugte sich hinab.

»Das war die schönste Geburtstagsüberraschung, die ich je bekommen habe«, flüsterte ich und ließ sanft meine Lippen über seine Wangen gleiten. Er drehte den Kopf und küsste mich noch einmal mit einer solchen Leidenschaft, dass meine Knie nachzugeben drohten. Sein süßer Duft umnebelte meine Gedanken. Wir würden uns erst in einer Woche zu meiner Geburtstagsfeier wiedersehen, und schon jetzt kam mir die Zeit ohne ihn unerträglich lang vor. Er versteifte sich etwas und zog sich zurück, um wieder einen klaren Kopf zu bekommen.

»Ich vermisse dich jede einzelne Sekunde, die du nicht bei mir bist«, seufzte er und stützte meinen Arm, als ich das Efeugitter hinauf zu meinem Zimmer kletterte.

»Pass auf dich auf«, sagte ich leise, als ich am Fenster angekommen war und hinabblickte. Ryan war verschwunden, doch ich konnte noch sein Lachen in den Schatten wahrnehmen. Lächelnd und mit klopfendem Herzen schlüpfte ich in mein Zimmer und schloss das Fenster.